# 灰色

杨代文 著

北京日报报业集团
同心出版社

# 目 录
Contents

人物表

引　子　/ 1

第一部　凶杀　/ 7

第二部　交易　/ 91

第三部　背叛　/ 137

第四部　复仇　/ 201

尾　声　/ 214

后　记　/ 217

# 人物表

**猛　强**　藏族　家住丙中洛　贩毒集团主犯　杀手

**沈红义**　香港人　黑社会组织老 K 三爷　贩毒集团首犯

**许　燕**　香港人　沈红义情人　协助沈红义管理　贩毒集团主犯

**勒　民**　中缅边界　佤族人　贩毒集团主犯　负责毒品运输

**胡卫军**　广东人　贩毒集团成员　勒民的副手

**陈光 / 小 B**　DL 市人　贩毒集团成员　勒民的助手

**冠　明**　香港人　贩毒集团主犯　负责毒品的保管

**胡雅荔**　DL 市人　勒民的情人

**陈美艳**　DL 市人　小 B 的情人

**朱　强**　广东人　铁路建设工程指挥部　工作人员

**三　哥**　缅甸人　缅甸贩毒集团老大

**查小华**　昆明人　被贩毒集团冒用身份的无辜者

**孙英杰**　山东人　总参 × 部军事情报二部　中校　借调至公安部缉毒局

**孟　丽**　缅甸中国混血人　孙英杰的助手　上尉　总参 × 部军事情报二部军官

**余　光**　云南人　DL 市公安局刑警大队大队长（原西双版纳公安局刑警大队大队长）

**钱　彬**　云南人　DL 市公安局刑警大队　余光的助手（跟随余光从西双版纳公安局调入 DL 市公安局）

**岩　军**　云南人　DL 市公安局刑警大队　余光的助手（原军队侦察参谋 新转业干部）

**夏玉斌**　云南人　DL 市公安局刑警大队　余光的助手（警校新毕业高材生）

**胡诚光**　公安部缉毒局副局长　警监

**杨远山**　云南人　DL 市公安局局长

**罗向北**　云南人　DL 市公安局政委

**涂光明**　云南人　DL 市公安局副局长（原 DL 市公安局刑警大队大队长）

**马文彪**　云南人　DL 市公安局刑警大队　中队长

**才　力**　云南人　DL 市公安局刑警大队　中队长

**张　彬**　孙英杰的助手　总参谋部军事情报二部军官　少校

**田　静**　四川人　代号 4587　线人

# 引子

卧底警察孟丽在DL市五星级大酒店门口被贩毒分子雇佣的杀手猛强所杀害，她临死前把关键情报用手机传送给上级孙英杰，但手机也被猛强抢走。

2010年9月21日14：00左右，DL市最豪华的涉外旅游酒店——丽锦酒店内。

电梯里，一个白衣女子急匆匆地准备拨打手机，这时，手机响了，她看了一眼号码，犹豫了一下，还是接通了电话。

“小丽啊，你先别走，老板马上要来，他想见见你，你不是想要见他吗？快上来吧。”

“胡老板，别骗我哦。老板真的要来？真的要见我？”

“废话！我敢拿老板开玩笑？他马上就到。”

这时电梯停下了，小丽边出电梯边问：“真的？”

“小丽，胡哥和勒哥在找你，你快跟我上去吧？”她刚出电梯门就碰见勒哥的司机小B在大堂找她。

“胡老板，小B在这儿等我呢。你下来吧，我们一起在大堂等老板。”

“你见着小B了，勒哥让他找你呢。你和小B一起上来吧，我还要告诉你老板找你干什么。”

“胡老板，不好吧？大老板马上来，我们应该在大堂等他，要不然老板会不高兴的。”

“嘿嘿，你说得也对，你和小B在大堂等我们。把电话给小B用一下，让我和他说句话。”

“胡哥，找我有事啊？”小B接过电话说。

胡哥压低声音说：“你把她看紧点，千万别让她离开你一步，我们马上下来。”

“行，没问题。胡哥，我和小丽在大堂等你们。”

小丽见一下子走不掉就对小B说：“小B啊，我们俩就在吧台那儿坐着等他们吧。”

“小B，刚才我在上边和胡哥、勒哥在一起，也没听说大老板要见我啊？大老板真会见我？”

“小丽，我们做小弟的哪知道这个啊。不过，胡哥这么说，肯定不会错的。”小B心里想，大老板会见你？想得美。大老板从来不见外人。不知勒哥、胡哥他们干吗非要留下她来。不过，这小妞长得真不丑，条子很顺，盘子很靓，说话也够味儿。搞不好勒哥、胡哥是想把她送给老板玩玩呢。小B正在胡思乱想时，就听小丽对他说：“小B，大老板怎么样？你见过吗？我心里有点紧张呢。”

“我哪有资格见大老板，差好几级呢。这次托你福，搞不好我也可以见见老板。”

“你等一下，我去一下洗手间，马上就回来，服务员，拿4杯沱茶来。”

小B心里一紧，心想：想跟我玩心眼儿，你跑了，我拿什么跟勒哥、胡哥交代。赶紧回答道：“别去了，你看，胡哥、勒哥这不都来了。”

“勒哥、胡哥，你们坐，我去一下洗手间。”

“别去了，我告诉你，大老板要来和你谈带货的事，你可要机灵点。大老板可不好说话，你现在在这里好好准备一下，有什么问题可以向勒哥请教请教，勒哥可是个带货的专家啊。”

“哪里的话，有你胡哥在，还有什么搞不定的。你不是号称能把所有女孩子的事统统摆平吗？这么靓的姑娘你都搞不定，你还混什么混啊？还要我帮你？行，没问题，小丽的事都包在我身上了，以后就没你胡哥什么事了。小丽啊，你有什么事要我勒哥来帮你啊？”说着他那双又干又瘦的大手就向小丽的腰间摸去。

“胡哥，你看勒哥在占我便宜呢！再说你胡哥那么厉害，我怎么还会去找别人帮忙呢。胡哥，我是找定你了哦。”小丽边撒娇边巧妙地转了转腰身把那双色迷迷的大手甩掉。

“你怎么知道我有多厉害？你都还没有尝过呢。要不要现在就上去试试？”

“去去，以后有的是机会。现在让勒哥在一边干等啊？”

“不要紧的嘛，我来做裁判。输的请客。”

“你在一边干看，你那么变态啊？”

“嘿嘿，吃不到，看看也是好的。”

“无聊！胡哥，你看，你也不说说他？”小丽看他俩越说越不像话赶紧打岔。

“我怎么能帮你呢？兄弟如手足，女人如衣服呀！我至少不能见色忘友哦？要不然我们来一个两龙戏一凤也行啊。”

“没正经，不跟你们说了。老板现在还没到，我先去一下洗手间。”

“别别，跟你说正事，这次是你第一次带货，带到一个货两万块，先给5000块。你好好想一下你怎么带，一次带几个，老板来了我们也好帮你说说嘛。”胡哥急忙说。

这时大堂内来了一个旅行团，清一色带着黄色棒球帽，帽子正前沿上面写着红字“中国青旅”。大包小包摆了一地。打着的小绿旗上写着“滇西—香格里拉寻梦之旅”。

“坐大巴真累，我背都酸了。”

“山路真险，不知道转了多少个弯了。”

“我在香港开了十几年车了，香港也算是有山的了。在这我可不敢开，那么多弯，S弯、发卡弯都数不过来了。下那么陡那么长那么窄的大坡。嗨。不过我还真想开开试试。”

“你就是敢开，我还不敢坐呢。”

“风景真好，我还在车上就拍了几十张照片了。等会儿要多买几卷胶卷。”

“不会用DC吗，可以存几百张的。”

“DC能拍风景吗？那个只能你们小姐拍拍玩玩。你看我的300镜头，尼康F1机身。还带了正片、反转片、三角架，这才是拍风景的。够专业的吧？”

“专业工具不一定拍出专业水准，我业余设备也不一定就拍不出专业照片哦！要不然我们回香港比一比？”

“我的登山包呢？”

“这不就是你的。”

“这酒店看上去不错，以后都住这样条件的酒店就好了。”

“想得美！来前旅行社不说得很清楚吗，就DL、丽江是四星级酒店，其他地方三星都没有，都是小招待所、农家饭店，还有帐篷，冲古寺还是庙呢。准备吃苦吧。”

“我的房间钥匙呢？今天要好好洗个澡，下次不知什么时候才能洗上澡呢。”

小丽见脱不了身，皱了皱眉头，喊道：“服务员，服务员，我们的沱茶怎么还不上来？”

“来了！来了！”

“小姐，你的茶，还要点别的吗？”

“不用了。”

“胡老板，我不就差你2000块钱吗？你就要我接客，我现在就还你，以后你不要来烦我了。”突然小丽站起来高声叫道。

“你胡说什么呀？谁要你接客了？你小声点。”勒哥站起来，一把抓住小丽说。

“你放手，放手！你别抓着我。保安——保安快来，我要报警。”

这时整个大厅内几十个人都回过头来看着他们。

小B一下站了起来，一把把小丽按倒在座位上举手就要打，这时大堂副理上来说：“你不能在这里打人，有什么事不能好好说吗？”

“我差他们2000块钱，他们就逼我陪他们，我还他们钱都不行。”小丽说。

“胡说，谁逼你陪我们了，臭婊子。”

“那你放手，让我走。”

“想得美，跟我走。”勒哥和小B拉着小丽就要走。

“不行，你们现在不能走，有什么事好好说！”大堂副理拦道。

“你想干什么？”胡哥一掌推开大堂副理说。

大堂副理一眼看见急匆匆跑来的几个保安，马上叫道：“别让他们走。”

几个保安上来拦住了勒哥他们。

“你们想干什么？不想活了？”小B骂道，伸手就要往怀里掏。

“谁不想活了？你们打了我们经理，还想跑，是谁不想活了？想不想尝尝电棍的味道。”一个保安扬着电棍骂道。

勒哥一把把小B推开说：“等一下，这小婊子欠我们钱，她还了，我们就不带她走。”

小丽说：“我现在就还你，你放开我。”

大堂副理说：“你放开她，让她还你钱。”

勒哥放了手，小丽定了定神，从包里拿了2000块钱还给了胡哥，“2000块钱还你，我现在可以走了嘛？”

胡哥眼睛一转回答道：“小婊子，你明明欠我两万块钱，你现在还我2000块钱，就想走，他妈的没门儿！”

小丽说："我就差你2000块钱，什么时候变成两万块了？你有本事拿借条出来。要不我们找警察。"

勒哥骂道："明明是赌债，有个屁借条。你今天不还钱，你就不许走。"

小丽说："我什么时候借你这么多啊？"

胡哥抽了小丽一个耳光说："利钱不算啦？"

大堂副理说："别吵了，我看这样吧！现在她先还你们2000块钱，你们放她走，以后你们怎么算账我不管，反正不能现在就在这大堂里吵，我们还要做生意呢。要不然我就打电话叫警察来，你们看怎么样？"

小B骂道："你小子是不是觉得你很有种，想找事？"

"你怎么敢这样和我们经理说话？在我们饭店还敢这样？也不看看这里是什么地方？我们经理说了话，你不放也得放，放也得放。"刚又带了几个保安赶来的保安队长接过话来说。

几个保安立刻动手把小丽抢了出来。小B又要从腰里掏家伙，勒哥拉了小B一把说："山不转水转，哥们儿以后走着瞧。小丽，今天算你狠，以后希望我们不要再见面了。"

"谢谢！谢谢你们。"小丽连忙把2000块钱扔给了胡哥，又对大堂副理说道："不过请你们再帮个忙，帮我拦一下他们，我是很怕他们的。"

"行，但以后不要赌了，早点把利钱也还掉，你搞不过他们的。"

"小婊子你等着，有你哭的时候。"小B还在斗狠。

"你从大堂这边走，让他们几个从餐厅那边走。"大堂副理说道。

小丽一边推开围观的人群从大堂边往外走，一边拨手机。出了大门招手打的时手机通了，小丽对手机说道："他们是用森警的直升机运的货……"

这时突然一辆白色的北京2020吉普急匆匆地冲着小丽开了过来，小丽立刻转身要跑，"砰、砰"两声枪响从车里传来。同时吉普停下，从车里冲出一个戴着棒球帽、墨镜和口罩的高个男人，拿着枪向小丽跑去。

小丽倒在地上，血从她的胸口、嘴里不断地涌出。小丽用最后的力量把手机关了。

那个男人跑到小丽身边，弯下腰，用左手从小丽手上夺去手机，同时右手又朝小丽的头部补了一枪，小丽的整个头都炸开了。

那个男人转身跑回吉普，边走边叫道："看什么看！快让开！"眨眼间就开车跑了。

# 第一部
# 凶杀

孙英杰按照孟丽提供的情报找到了贩毒分子把海洛因从缅甸偷运进中国的方法：利用森林警察的巡山直升机偷运。但是飞行员在被逮捕时又被猛强狙击杀害，临死前飞行员把交易秘密的记录本所在银行的保管箱地址和密码告诉了警察。这个消息被贩毒团伙在公安局的内线发现，结果猛强枪杀了去银行取记录本的警察，抢走了记录本。

# 一

在DL市去昆明的干线公路边，有一栋约九成新的豪华办公楼，顶楼最里面有一套大办公室，套房最里面的一间被隔成两间。里间不大，房子中间放着一套老板桌，桌上摆着一台液晶显示器。后面墙上挂着一张营业执照。

公司名称：滇缅商贸有限公司

公司性质：国内合资

注册资本：500万元人民币

注册时间：2008年6月

经营范围：国内贸易，有色金属贸易（包含矿物及其半成品），建材贸易（包括原木及其制品），边境小额贸易。

老板桌旁边放着一个新式的大保险柜。后面有一张供桌，供桌上供着关帝爷，左边挂着“天地君师亲”，右边的是“仁礼智勇信”，横批一个斗大的“和”字。前边供着长明灯和一套香炉。透过隔断上的玻璃，可以看到外面的会客间。会客间里有一套沙发，门边的文件柜不高，却挡着进门时正对里边一间办公室的视线，但在里边办公室从文件柜顶上正好看见门的顶端上面的自动闭门器，可以知道门是不是关好了。

坐在老板桌后的是一个40多岁的男人，这个男人脸型、五官、身材都极其普通，放到大街上就会淹没在人群中，但是仔细瞅的话，他的眼神中有一股咄咄逼人的气势，不过，一般的时候，他的眼神是柔和的。此时，他正对坐在老板桌对面的一个年轻小姐说：“小王啊，那个木材准运证怎么还没办好？”

“孙总，那个木材是从缅甸进来的，进口手续不太全，要补交不少税才能办到准运证的。”

这时，手机响了。孙总拿起手机看了一眼号码，打开手机把手机贴紧耳朵，听见手机里在一阵中国大街上特有的喧闹声中传来小丽急促的声音：“他们用森警的直升机运的货。”紧接着又“砰、砰”传来两声枪声，然后手机就没声了。孙总怔怔地看着手机好一会儿，才对小王说：“把税补上，手续办全。出去把两个门都关上，叫张彬5分钟后进来。我们有事，让其他人不要打搅我们。”

他又拿起手机，按了一连串的号码说：“是DL市刑警大队余光大队长吗？”

“我是余光，请问你是哪位？”

“北风在咆哮。”孙总说。

余光看了一眼电话说："请你等一下，别挂，我现在正在开会。"

余光正坐在DL市公安局大会议室里，参加缉毒反黑工作每月总结会。他正在发言。他转身对局长说："我接个电话。"然后没等局长回答，就赶紧走出会议室。在里边的涂副局长向杨局长和罗政委看去，发现两人都有点不高兴地摇摇头。

余光到了走廊看了一下周围没人，就把手机往耳边小心地一放低声说："南天满地雪。"

"风过雪飞化。刚才在大街上可能发生一起枪击案，一名年轻女孩可能被害。你把那个女孩的随身物品保护好，把她的遗体照看好。同时按正常程序调查现场。给我准备一份报告，要快。还有，你派最可靠的同志去调查所有DL地区森林警察直升机的有关情况。包括飞行路线、最大飞行距离、飞行状况以及直升机飞行员情况。所有飞行员都开始秘密调查。我想DL整个地区森林警察的直升机飞行员数量不会超过5个。最重要的是快速、保密。有事给我打这个电话。"

"是。"

这时一个小伙子跑来对余光喊："大队长，丽锦酒店门口发生枪击案，一个女孩被杀。"

"快告诉局长他们，通知刑警队所有人员出现场，取消刑警队所有人员休假。"余光回答道。余光急急忙忙地下了楼，连会议室都没回，喊道："钱彬、岩军、小夏上我的车。"然后就向丽锦酒店开了过去。

孙英杰挂了手机，听见外面在敲门。"进来。"

进来了一个年轻人转身关好了门，进了里间，对孙英杰说："什么事？"

孙英杰说："你把胡卫军、勒民、小B的资料准备好。"他转过身去低下了头慢慢地说道："小丽可能已经牺牲了。"

孙英杰脸对着窗外漫无目标地望着，眼泪慢慢地流了下来。

4个月前的情景清晰地浮现在他的眼前……

戒备森严的××二部的一间小会客室内，坐着三个人，他的直接上级××二部大校赵勇，一个身穿警服的陌生人以及孙英杰本人。

赵勇大校把一份命令交给了他。他现在还一字不差地记得命令的内容：

命　令

孙英杰中校及其指挥的第3572小组自北京时间2010年5月8日上午10时起暂交公安部缉毒局指挥。命令有效期至新命令发布之日止。

×××部军事情报二部

×××部长

2010年5月7日15：00

赵勇大校说："这位是公安部缉毒局副局长胡诚光警监，从现在起你和你的小组由他直接指挥。有什么问题和要求可以现在直接提出来。"

孙英杰想了一想问道："这是借调吗？"

赵勇大校回答说："命令很清楚，算借调。你和你的小组所有人事关系仍在我们这儿，工资照样由我们发，档案还放在我们这里，但是活动经费由公安部缉毒局负责，并接受他们的指挥。在得到新命令前，没有特殊情况，不要主动和我们联系。有问题可以由缉毒局转交，还有什么问题吗？"

孙英杰想了想回答道："没了。"

孙英杰当时就和胡诚光警监一起去了长安街公安部大院内的缉毒局办公楼。在一间保密办公室内，胡诚光警监给他下了命令并介绍了相关情况。

胡诚光警监说："根据全国缉毒工作形势。准备在全国重点地区建立由缉毒局直接指挥的秘密缉毒机构，现正准备进行试点工作。由于我们在秘密行动方面的人力和经验都有欠缺，特别是国外行动上更加没有经验。所以我们缉毒局和你们军情二部进行了商讨，决定从你们单位借调一个秘密行动小组来组建我们的第一个秘密缉毒机构，并进行试点。你们单位根据你们小组的专长和活动范围以及小组成员的背景推荐了你的小组。对此你有什么意见没有？"

孙英杰说："感谢组织信任，我没有任何意见，不过我希望以后仍然回到原来的单位。"

胡诚光警监说："这一点你放心，我们原本希望直接调你和你的小组来我们部门工作，但是你们领导不同意放人。我们计划以一年为期，针对一个特大案件来进行试点工作。无论破没破案，都要进行总结，并结束这次试点工作。我们挑选了这个案件作为我们的试点目标，因为这类案件将是我们建立秘密缉毒机构以后侦破的主要案件类型。"

接着胡警监对案件的相关情况做了如下介绍：根据缅甸和香港方面的秘密情报，缅甸北方的掸邦国际贩毒集团在云南南部的西双版纳的贩毒路线，由于受到我警方的多次重大打击，已经被彻底切断。为此，掸邦贩毒集团和香港黑社会组织老K联手，重新开辟了通过我国云南西部的贩毒通道，成吨地向我国国内贩运毒品。

由于云南西部边境的怒江独龙江地区山高水险林密，是我国目前最不发达地区。至今有很多地方无电，也不通公路，甚至部分地方有几个月的大雪封山期，仍需要马帮进行日常的物资交流。并且缅甸是我国的友好邻国，所以边防十分薄弱。边境那边是属于缅甸俗称"野人山"的热带雨林无人区。仅有的几个过境点在我们得到情报后，都进行了严密控制，毒品是不可能大规模运进来的。但是情报表明，仍然有大量的毒品从那个方向不断地进入国内。

缅甸的"野人山"无人区是当年二战时期由杜聿明将军指挥的中国远征军第五军几乎全军覆没的地方。当时他率领着国民党最精锐也是唯一的机械化部队第五军第200师、新22师、第96师以及第六军的新38师和93师6万多人，被迫从缅甸通过“野人山”无人区退回国内。结果新38师和新22师由于无路可走最后退往印度。第五军的军部和第200师、第96师3万多人通过“野人山”无人区后，由于恶劣的气候、自然环境和断粮，2万多人在“野人山”无人区死于蚂蟥、毒蛇、打摆子、痢疾和瘴气、沼泽等各种因素，最后到达国内的不足万人。而全军覆没的第93师的二三百名掉队士兵成为“金三角”地区武装贩毒的祖师爷，开创了“金三角”地区武装贩毒的烂觞。由于上述情况“金三角”的贩毒团伙几十年来一直以东面的缅甸、老挝边境地区为基地，并向南方泰国方向发展，中国改革开放以后逐渐向北方中国境内渗透，几乎从不在“金三角”西北方向的“野人山”地区活动。他们一向认为“野人山”是他们无法逾越的天险。

由于上述史实，缉毒局认为“野人山”无人区几乎是“金三角”国际贩毒集团无法逾越的天然屏障，贩毒集团不可能通过这个地区大规模向中国境内贩卖毒品。但是情报明确显示贩毒集团正在通过这个地区向中国大规模贩毒。

过去西双版纳地区是国内毒品的一个消费地区，从没有发现跨国贩毒活动。发现上述情报后，我们在DL地区组织了多次大规模扫毒行动，只破获了几个小规模的贩毒团伙。但发现有超大规模的贩毒集团在DL市活动的迹象。同时通过对该贩毒集团几次失败的行动分析认为：该贩毒集团在DL市公安局内部有内线。

行动目的：

1. 查明贩毒集团通过“野人山”无人区的方法，切断运毒通道。
2. 彻底破获该贩毒集团，抓捕该贩毒集团的主要成员。
3. 查明DL市公安局内部内奸的身份。

同时为了配合孙英杰的工作，调原西双版纳地区缉毒大队大队长余光任DL市公安局刑警大队大队长，全面配合孙英杰工作，并接受孙英杰秘密指挥。规定了孙英杰指挥余光的秘密暗号及其回答“北风在咆哮”、“南天满地雪”、“风过雪飞化”。这次行动的代号是“北风行动”。

胡诚光警监强调：“这次行动，你将直接向我汇报有关情况，不得与云南省公安厅、DL市公安局发生横向联系。我将派缉毒局的两位同志跟随你们工作，并学习你们的工作方法和程序。”

胡诚光警监最后说：“还有一点我想提醒你，你现在从事的工作和过去的不太一样，你现在的身份是一名警察，你的所作所为，一定要遵循法律和警察纪律，一定要重视证据，要有完整的证据链，在法律上，必须无懈可击！须知没有证据的案子是不能成立的。这点可能和你过去做的有所不同。希望你能理解！”

胡诚光警监交给了孙英杰一份秘密档案，是刚打入该贩毒集团外围的线人4587的档案。

接受任务后，孙英杰指示他的组员孟丽利用自己的身份潜入云南，接触可能的贩毒成员，伺机掌握贩毒分子运毒的途径和方式。

5月底孙英杰和他的小组秘密来到DL市，开设了这家滇缅商贸有限公司，在当地招了些员工，买了几辆货车和一辆40英尺的集装箱车，主要进行木材、铜矿石的买卖和运输活动。那些原木都是从缅甸那边边贸过来的，都是好木材，运到北京、上海、广东等地的地板公司做木地板用，有的甚至被当成红木用作高档家具材料。矿石都是当地小土窑私挖的。这些生意几乎都不挣钱，有时还赔钱。因为挣钱一定要走私偷税或者用当地私采的木材冒充进口货（一样的品种，因为国内天然林禁采及进口关税造成国内木材价格远远高于国际市场价格），而他们做得很规矩，从不偷税也从不买国内偷采的原木。重要的是给别人这个印象：公司不在乎木材、矿石交易中能不能够挣到钱。但公司自己有车长期开往昆明、上海、北京、广东等全国各地，能够方便、迅速地把毒品夹带出去。他们还放出风声说他们和香港黑社会"合盛堂"有联系。

在上述业务的掩护下，孙英杰和他的小组开始进行秘密侦察活动。

现在，孟丽刚刚获得运毒的关键情报，却不幸牺牲了。但是，这把破案的钥匙毕竟已经交到了孙英杰的手中。

"孟丽，我一定会为你报仇的！"孙英杰暗暗地发誓。

## 二

一辆北京2020吉普从丽锦酒店沿着门口的北京路向北开了两个路口后右转，过了两个路口后穿过一条迷宫似的小巷，再向右转到DL市最大的华联超市大卖场，在停车场停下了。一个身材高大的男子坐在驾驶座上，他就是那名杀手，名字叫猛强。他扔了棒球帽，取下口罩，又迅速换了鞋子和衣服，然后把鞋装在一个包里装好，他下了车打开后车门，从后备箱里抓出两个5升的塑料桶来，放在副驾驶位置上。向四周看了看，回到了驾驶座，把一个塑料桶放到了副驾驶座下面，把另一个塑料桶打开推倒在副驾驶位置上。从杂物箱里拿出一束很粗的藏香，选了一根，掐断，然后把剩下的一小截香点燃，小心地放在副驾驶位置上。顺手又点了一支香烟，猛抽了一口。做完这些，他提着装鞋的包，在商场门口像突然记起什么，看了看手中的香烟，回身转了一圈，在这一圈中他小心观察了四周，熙熙攘攘、快乐祥和的人群进进出出。没人注意他。他紧张的面孔上露出了笑容。他把烟头扔到废物箱，快步进入商场，然后从边门出来，叫了辆出租车，上车说"去丽锦酒店"，在车启动后，他注意到停车场那辆北京2020烧了起来。

司机说："停车场一部车失火了！"

"是吗？哦！真的烧起来了，怎么回事？不管它了。司机快点开，我还有急事呢。"

他在车上把整个行动过程又想了一遍，没有发现破绽，公安不可能从中找到什么线索。他知道，他必须小心谨慎，随时做好行动准备。这次从接到电话，到赶到丽锦酒店行动（他不愿把他所有的犯罪活动的名字叫作大家约定俗成的名字，他统一把它们叫行动，比如把杀人、贩毒、放火等等，他统统地叫行动。因为这样可以减轻他的罪恶感），时间不超过10分钟，他对自己的状态十分满意。让公安去忙得团团转吧，看他们能挖到什么宝贝。

突然司机说："警察把前边封锁了，过不去了，不知道出了什么事，你怎么办？要不现在就下车？反正快到了，要不自己走过去？"

"行。"

他下了车挤到人群前边，看见那个他行动的对象已经被白布盖上，他不知道那3个笨蛋跑没跑掉，如果给公安抓到、招了，那一切都完了。无论如何那3个笨蛋应该趁乱早跑了，要不然麻烦就大了。但是如果那个丫头把情报传了出去，他也没有办法，他已经尽了自己最大的力量。他突然感到他应该尽早检查拣到的那个手机（他是绝不会用抢这个字的），从中至少会查到那个最后的电话打给谁。如果运气好的话，他可能会发现那个丫头在给谁干活，佛爷保佑，最好那个电话刚开始打，她还没来得及把情报传回去。

他转身挤出了人群，他干了活后喜欢回到现场，看公安在现场忙活，尤其是在干了"湿活"以后。他知道这很危险，但他改不了这习惯，因为这样会给他带来成就感。他认为他需要肾上腺素，他需要刺激，他需要紧张感。这有助于他保持良好的状态。

他上了辆出租车，特地坐在了后座，他决定再倒一次车："去汽车站。"

拿出了那个他拣的手机，那是一部新式的苹果iPhone。他打开手机查了一下最后一个打出的电话，打了2分15秒。心想，完了，那个丫头把情报传出去了。突然他又想起，这个最后的电话是2天前打的，他连忙查了她最后一个打进来的电话，发现是昨天的。可是他行动时明明看见她正在打电话，这是怎么回事？他又查了手机里的电话号码簿，发现上面没有任何人的联系电话，通话记录上面打进和打出的以及未接的电话都很少，平均一天没有一个。通讯的号码更少，大概不到五六个。手机的其他功能也完全没有使用过。他知道他遇到对手了，因为他的手机也一样，完全没有个人生活，完全职业化的。从这个手机里他不会发现任何他感兴趣的东西。但是她最后通话的那个电话号码呢？它在哪儿？他一定要找到答案。

司机说："到了。"

他下了车，到汽车站转了一圈，从另一个门出来，又上了部出租车，说："去金安花园。"

他在金安花园下了车。下车看了周围，感到一切正常。才放心地进了一栋独栋别墅。

客厅的正面挂了一幅水墨中堂，画上一只蝉沐浴在夏日的阳光下欢乐地歌唱。猛强一直不喜欢这幅画，但是他知道老板十分喜欢这幅画，走到哪都带着，他总觉得蝉的生命太短暂，认为兆头太坏，可是他却从来都不说，也不敢说。

“大哥，活儿做完了。”猛强说。他发现那3个笨蛋也在这儿。这下，他完全放心了，最大的危险解除了。

“车处理了？活漂亮吗？”沈红义问道。

沈红义40多岁，保养得很好。穿了件红黑格子的睡衣正烦躁地转圈。

猛强简洁地回答道：“没问题。”

“行，我知道就你行。燕子，给猛强倒点什么……你辛苦了。哎，你要喝点什么？威士忌？咖啡？白兰地？”沈红义顺手递了根高希霸雪茄给猛强。

“谢谢，谢谢老板。这我抽不惯。嘿嘿，我……我没什么。许小姐你别给我倒，我自己来。”

“算了，算了，你还是给猛强拿罐啤酒吧。我知道你是喝不惯那些洋玩意儿的。”

“猛强、燕子，你们过来听听他们说的话，也分析分析。”

“你们3个人都老大不小了，跟我也干了不少年了，看看都干了些什么？一个人把那件事告诉了那个小婊子。呃，那个小婊子叫什么？小丽？她怎么迷住你的？呃，我叫你们少搞点女人，你们听吗？不管什么香的、臭的都拉到自己床上来。呃，你们搞女人，我可以不管。你们得艾滋病，我也可以不管。但是你把那件事告诉了那个小婊子，我能不管吗？你知道我们在它身上花了多长时间吗？7年啊？那是什么事，那是我们的命根子！命根子！你知不知道。没了它我们怎么挣钱？！你们3个大男人，竟然还让她跑了？要猛强去给你们堵漏子、擦屁股。你们羞不羞啊？”

“那个丫头好像把情报传了出去，我觉得我到晚了。”猛强在一旁插话道。

只见沈红义慢慢地转过头来，两个眼睛死死地盯住猛强，那两个眼睛闪出的逼人毒光让猛强不禁心头一紧，从心底冒上来一股寒意。

“我到的时候她正在给人打电话，还没有打完，我估计她只说了一两句话，我就动了手。我想她可能已经把情报传了一部分出去。”猛强赶紧补充，又突地想到：“胡卫军完了，他死定了，沈红义决不会饶了他的。”猛强突然感到了一种悲哀，虽然他不喜欢胡卫军，看不起他，但是他也不希望他死，更不希望他因为自己说的这句话而死。但是他该死，是他造成了这么大的问题，他的确该死。但是他还是不由自主地从心中升起一股强烈的悲凉的兔死狐悲的感觉。

整个房间静静地鸦雀无声，过了好一会儿，听见许燕轻轻地说：“沈哥，事情已经发生了，发火也没有办法了，你就是杀了胡卫军也没用了，现在只有想想办法了。”

“扑通”一声，胡卫军一下跪在许燕面前磕头如捣蒜：“谢谢许小姐救命之恩啊，我下辈子做牛做马也忘不了您的大恩大德啊……”

“啪”的一声，只见一股鲜血从胡卫军嘴中慢慢地冒了出来。许燕厉声对胡卫军说道：“胡卫军，你该死！你说，你该不该死？你求错了人了，我救不了你，也不会救你。”

“我有一句话不知当讲不当讲，我总觉得那个小婊子不是公安的人，是老三那边的人，因为那个小婊子的路数不对，用的方法不像是公安的方法。太专业了，公安没这个水平。”勒民说完偷偷地看了一眼沈红义的表情。只见沈红义面无表情，两眼发直，呆呆的眼神看着不知哪个地方。

勒民不禁两腿打战，浑身发软，不由自主地要跪了下去。只听见沈红义慢慢地犹如从空中虚无缥缈地传来的声音：“胡卫军从头到尾仔细地把今天的事再说一遍，说得不对的地方勒民随时补充，重点讲一讲是怎样认识那个小婊子的，那个小婊子还干过什么事。认识我们哪些人。”沈红义说完慢慢地坐到了沙发上，把头靠在了沙发背上，抬起了头，两眼缓缓地闭上却充满杀气地吐出一个字：“说。”

胡卫军想了想慢慢回忆说：“昨天晚上，我在南国桑拿中心洗澡时碰见小丽，上个月我和勒哥、小 B 三人在缅甸江心坡和老三他们接头做上笔大交易时就见过小丽，当时发现小丽和老三的人挺熟的。但是好像他们和我们交易关键事时都避着她，不过我想我们和老三在做什么她是知道的。这次碰到后，我见她很漂亮，就上去搭讪想占点便宜。她也没太反对，不过她说，她想顺手拿点货，挣点零花钱。我就问她干吗不帮老三他们干，她说老三他们都把她当小孩子，不让她干。我就糊弄她说行，我跟老板说说。她说她不想让老三知道她想给我们带货的事，怕老三说她。让我不要告诉你她和老三他们认识。我也答应了。我们就约了今天中午在丽晶吃饭。”

“你凭什么知道小丽知道我们和老三他们在做什么？小丽她到底和老三他们是什么关系？你详细说说。”沈红义闭着眼睛问道。

胡卫军偷偷地看了一眼沈红义说：“我们也不清楚他们之间的关系，当时在江心坡，只听见小丽把阿卡叫卡叔，东虎叫虎哥的。听他们之间说的话小丽也认识老三，管老三叫三伯。还让阿卡和东虎给老三带好呢。阿卡、东虎对她就像对小孩子一样，惯得厉害但也很客气。勒哥，我说得对不对？”

勒民赶紧补充说：“对，对，就这样。不仅这些，小丽还会说缅甸话，说得很地道。连当地土语她都会说，就像在当地长大的一样，而且看样子阿卡和东虎他们也挺怕她的。”

“对，我也想起来了，在江心坡附近都是老林子，我们都很害怕，不敢乱走，她对老林子比我们熟得多，就像是在老林子里长大的一样。我估计她在缅甸那边生活过很长一段时间。”胡卫军又绞尽脑汁地回忆说。

“今天怎么样？”沈红义又问道。

“今天中午，我们一起吃了饭，喝了不少酒。她很能喝酒，我们俩每人大概都喝了一斤多。中间她问我，她给我们带货的事，我还糊弄她说，和老板讲了，老板说他要考虑考虑，她又问我是怎么和老板说的。我就说我跟老板说她是个粉妹，没钱想挣点钱。我们在桑拿中心认识的。老板我根本不想让她给我们带货，我知道我们从来不找人带货的，只不过是在糊弄糊弄她罢了。我只不过是要玩玩她而已。”胡卫军赶紧为自己辩解道。

胡卫军见沈红义没反应接着赶紧说：“后来，我们在饭店开了间房，上去后我喝了不少酒，头很昏，她让我先洗了个澡，给我泡了杯茶。我喝了以后就想睡了，后面的事记不清楚了。”

“你是怎么和她说起我们运货的事的？”

胡卫军吞吞吐吐地说：“我睡了，记不清楚。当时她先给我做了个按摩，然后好像拿了个玻璃球给我看，要我盯着看，还要我放松，脑子里不要想任何事，当时她按摩得我很舒服，我好像是在云端里飞一样。迷迷糊糊记得她问过不少话。最后问我们是怎么在江心坡把货运进国内的。我不知怎么好像很听她的话，老老实实就说是用森警直升机运的。她又问我货交给谁了。就在这时，勒哥进来把我推醒了，醒了就感到不对，因为我知道这件事的分量。她怎么会问我这些事，我怎么会告诉她实话呢？”

“勒民，你是怎么知道这时候进去的？”

“我也是误打误撞进去的，今天下午吃过饭，没事干，和小B聊天时，我问胡卫军去什么地方了，我准备找他打麻将。小B说，胡卫军可没时间打麻将，他昨晚上碰到了上月在江心坡见过的那个靓妹小丽，今天中午在丽晶请她吃饭。现在搞不好两个人已经在床上忙呢。小丽我也认识，我就和小B一起去了丽晶找他们。在餐厅没找到，就给胡哥打手机，他手机不接。我猜他可能在丽晶开了房间，就到总台去查，一查就查到了他们开的房间号，我就闯了进去。”

“小B，你是怎么知道胡卫军今天中午和小丽在丽锦酒店吃饭的？”

“今天早上吃早茶时，听胡哥说他快要把上个月在江心坡遇见的那个靓妹骗上手了。我就开玩笑说他吹牛，我说你现在都不知道人家在什么地方，就吹牛说要把人家骗上手了。胡哥说他不知道她现在在什么地方谋生，但却知道那个靓妹昨晚在什么地方，今天中午会在什么地方，后来他就说出了中午在丽晶请她吃饭。”

“胡卫军，你有没有告诉她我的名字。”

“没有，没有，肯定没有的呀。我也不敢啊。”胡卫军赶紧说道。

“不是不敢吧，是她没来得及问吧。”沈红义不紧不慢地说道。

“这、这……她没问这话。”

“你是怎么闯进去的？进去时，他们两个在干什么？”

“当时我先敲门，里边没反应，但是我听见里边有声音，就继续敲门，后来，小丽问是谁在敲门，我说是我勒哥，我们在江心坡见过，她问我什么事，我说我找胡哥有事，她说，胡哥酒喝多了睡了，让我晚上再找他。当时我就感到奇怪，我们这么大声，胡哥怎么还没醒，再说胡哥的酒量我清楚，近2斤，怎么会喝醉？我怕胡哥出事，就说老板有急事。非让她开门不可，她没办法，过了一会儿才开了门，我见她穿了件浴衣脸色很紧张，又见胡哥穿了件浴衣，在床上睡着，我就把胡哥推醒了。”

“后来呢？”

“胡哥醒了，我就问胡哥你怎么了，他说他也不清楚，我见他迷迷糊糊的就让他洗把冷水脸醒醒酒，这时小丽把衣服换好了，说既然老板找胡哥有事，她就不打搅我们正事了，当时，胡哥正在卫生间里洗脸。然后她连招呼都没和胡哥打就急急忙忙走了。胡哥洗完脸后就说不对，对我说小丽问了他我们怎么运货的事和货交给谁。我赶紧问他是怎么回答的，胡哥说，好像告诉了她我们是怎么运货的，但没告诉货交给谁。我连忙让胡哥给她打电话，把她骗回来，我自己打电话让小B在楼下把她截住。然后就打电话向你汇报了这件事。”

“小丽后来呢？”

“她好像一直想溜，小B在大堂拦住她时，她先不肯上房间来，要在大堂等。我们赶去了大堂，她又说要去洗手间，胡哥就说他向老板说过她想带货的事，老板要见她，想把她稳住，大概她见溜不掉了，她就大喊我们逼她卖淫。我们当时就想干掉她，但是当时是在饭店大堂里，来了个香港旅游团，四周都是人，后来又来了十几个保安，我们没办法。我想当时我们就是把她干掉了，我们也可能走不掉。没办法，我们只好先让她走。我们赶到饭店门口，准备在路上再把她干掉。结果她刚出饭店门口就被猛强给干掉了。”

胡卫军见大家都在注意听勒哥讲话，没人注意他，突然跳了起来，把他左边的小B撞倒，从小B腰里抢了把枪，刚打开保险要拿抢对准沈红义，猛强的枪先响了，一枪打在胡卫军的右手手腕上，把胡卫军的整个右手从手腕开始都打飞了。胡卫军马上被勒民和小B摁倒在地上。

“妈的，你还敢跟我玩这个，猛强，我要好好谢谢兄弟你了。”沈红义说。

“没什么，我一直注意着胡卫军，就怕他狗急跳墙要拼命，没想到还真防对了。”猛强说。

“好！好！我没把你看走眼，你能干，还忠心，立了大功还不骄傲。真有你的，以后我有的就有你的。”沈红义说。

猛强赶紧回答：“老板，这都是我该做的，要不然你要我们这些人干什么呢？而且，我不都是你栽培的吗？没有你收留了我，我都不知道自己现在在干什么呢！”

沈红义弯腰从地上拣起了枪说：“话虽这么说，不过你总是救了我一命啊。”

猛强说：“也不能这么说！胡卫军也许不会向你开枪的，我想他不过是想威胁我们，让我们不要杀他，让他走罢了。”

“哈哈哈……你们听见没有，你们都跟了我这么长时间了，猛强跟了我还没两年。看样子你们以后都要跟他好好学学了。”

“强哥，年轻有为啊，我们都老了，不行了。以后的天下还是要靠你们年轻人闯啊！”勒哥酸溜溜地说。

“勒哥，你怎么能这么说呢？不是靠你跟着沈老板打下的基础，哪有我猛强的今天啊。”

许燕媚笑着对沈红义说：“唉，都怪你沈哥太仁义了，对兄弟们一直这么好！从来不防着点儿，不过也是，胡卫军也跟了沈哥这么多年了，谁会防着他呀。以后害人之心不可有，防人之心不可无啊！”

沈红义转过身去，跪下一只脚，左手抓着胡卫军的头发，一把把胡卫军的头给拽了过来，把枪杵到胡卫军的嘴里说：“胡卫军啊胡卫军，你说你跟了我这么多年，我过去待你可从来不薄吧？你今天和我来这一套，我杀了你全家你信不信？你说？”沈红义又把枪从胡卫军嘴里拔出来一点。

“老板，我信啊。你就看在我跟了你这么多年的份上，饶了我全家吧，我求求你了，老板啊。”

“好，我先问你，你和我说实话，你对没对那个臭婊子说你老板是谁？”

“老板，我真的没说你是谁啊！如果你不信，你以后知道我说过这个话，你就杀了我全家就是。现在我求求你，看在我跟了你那么多年的份上放过他们吧，我在下面也感谢你大恩大德啊。”

“砰”的一声！沈红义站了起来说：“小B把这里打扫干净，我们到书房说话去，这儿血腥味重了点。”

他们一起离开了客厅，上了楼到了书房，沈红义问：“你们信不信胡卫军的话？”

“说实在的，我不信那个小婊子就这样的伎俩能问出胡卫军啥机密话，就是问出来以后，她能怎么办？因为胡卫军醒过来就明白他说过什么，胡卫军会找她算账的，除非那个小婊子打算问完了话，就把胡卫军杀了！这也不像？”勒民想了想说。

许燕说：“我倒听说过催眠，催眠和小丽的做法很像，不过我不懂不敢乱说。”

沈红义叹了口气说：“这就是催眠，幸亏勒民中间闯了进去，小婊子的催眠只做了一半，还没来得及做完，哼！她可能还下了什么药，要不然小婊子不仅能把她要问的话统统都问出来，还能让胡卫军根本记不起来说过什么，只记得自己喝多了睡了一觉。那我们就真全完了，真是菩萨保佑我们啊，让你中间闯了进去。”

勒民说：“我还是不信，如果有这种办法，公安抓到我们以后，也不要问话了。只要把我们催眠了，我们什么都招了。”

“你以为催眠术就像开刀取个阑尾，是个外科医生都会啊？我想会这个的没几个。就像外科医生都知道做器官移植，却没几个外科医生能做的好一样。”

“老板说得没错，我听了老板的话，老板要我们多看看古今中外的各种案例，让我们从中吸取一点经验教训。我就看过这样的一个案例。记得是上个世纪60年代，克格勃的一个女马戏团演员就用这种方法在澳大利亚骗了一个当官的，得到不少情报。”

“是的，你们多学猛强一点，以后不要老是玩女人、打麻将、喝酒，不干点正事。这个小丽会催眠术，她是在给谁干活呢？”沈红义又问道。

“听你们这么说的话，肯定不会是给公安在干，因为公安没这水平。”勒民抢着回答道。

“还有一件事，我一直没时间说，我现在说一下，我见小丽在打电话，我做了她以后，就拣了她的那个手机。我检查了一下，发现她的手机里根本没有最后的那个电话记录，你们说奇不奇怪？你们看，这就是她的那个手机。”猛强冷不丁插了一句。

勒民眨了一下眼睛说：“强哥，你说的什么意思，我怎么没听懂呢？你能不能再说清楚一点。”

“就是手机只要打了电话，不管是你打给别人，还是别人打给你的，手机上都有记录，是几点几分打的，打了多长时间，和什么电话号码进行的通话，对不对？除非你把通话记录给删了。但是我看见她的时候，她的那个电话正在打，我就行动了，她根本没来得及清除通话记录，为什么电话记录中没有那个电话号码？”

“是不是她根本没来得及打电话，只是在拨号码，那样的话就不会有记录的。”许燕说。

“不是的，我看得很清楚，她说了话，肯定是通了话，不仅这样，我查了她的手机，上面通话记录很少，总共不到10个记录。通讯簿上一个电话号码都没有，就像刚开始用的手机一样。”

“不是的，我在江心坡见她用的就是这个手机，那里和中国很近，有的地方有中国电信的信号。因为这个手机是苹果iPhone我记得很清楚。”

“这很容易，我们现在随便拨个号码试试，看看有没有记录就行了。”许燕提议道。然后就拿起电话随便拨了个号码，电话通了，许燕对手机说：“王萍吗？什么，不是你，打错了，哦！对不起。”

许燕低头又查了通话记录说：“我说的她没打那个电话吧？你看刚才我打的电话记录不是在这儿吗？”

猛强从许燕手中拿过电话看通话记录说：“不会的，我看得很清楚，她通了话的。你这个是有啊，可那个电话怎么就没有呢？”

沈红义想了一下说：“这个问题先放一放，以后再说！我还是要问你们，她是在给谁干活？”

“她会不会是老三的人？老三想知道我们的路线后甩了我们，他自己干？”勒民又抢着说。

猛强说：“不会的。老三他们和公安一样没这个水平。如果她是老三的人，她就会在江心坡对付你们，根本不需要到DL来，那样风险会小了许多。她肯定不是老三的人。”

沈红义问道：“猛强说得对。她肯定不是老三的人。勒民，那个小丽是不是和阿卡、东虎他们一起来见你们的。”

“不是的，那是在江心坡一个破饭店里，阿卡、东虎他们请我们吃饭时碰见她的，当时她一口一个卡叔、虎哥的，叫的亲热得很，而阿卡和东虎对她也亲热得很，以后几天，她一直跟着我们在一起，只是我们在谈生意时，她就自动离开了。”

许燕想了想小心翼翼地说：“强哥说得对，那个小丽不是老三的人。义哥，我们是不是可以问问老三她的底。无论如何只要她不是老三的人，老三都会告诉我们她的底细，同时打电话问问我们那个内线，就能清楚她到底是不是公安。”

“现在，出了这种在大街上杀人的事，他一定很忙。你晚点打电话给他摸摸底。要注意一点，他不能算是我们的人。他不过没办法罢了，他恨不得我们都统统死光了，他才高兴呢。”

“这我知道，不过谅他也不敢不说实话，他全家都捏在我们手心里了。他敢不说实话？”许燕说道。

“是不是义哥你现在给老三打个电话，摸摸那个丫头的底？”许燕催道。

“好吧！不是我不想打，而是想怎么问他，他这个老狐狸不一定会对我们说实话。你给我把老三的电话拨通，我来说。对了，勒民你现在也给东虎打电话问问。我们好对照一下他们的说法。”

“义哥，电话通了。”许燕把电话递给沈红义。

沈红义接过电话说：“三哥啊，现在怎么样啊？今年风调雨顺的，你们那儿货多得卖不掉吧！”

电话那头老三说：“义哥啊，谁说的呀？今年虽然风调雨顺的，可是虫子很多啊，加上现在缅甸管得比过去严多了，种的人也少了，搞得今年的货反而比去年的少。再加上现在消费旺盛，不少下家在等着要货呢。”

“那我们的货，你可要保证哦。”

“这一点你放心，你既是老主顾，又是大主顾。我们无论如何也会先满足你们的，不过这价格嘛，因为我们过去合作得很愉快，算了，我们这次就不加你的价了。”

“是吗。那我还要好好地感谢你喽。”

“哪里哪里，义哥你太客气了点儿嘛。你这样说搞得我自己都有点不好意思了嘛。”

“是吗？！对了，我还有件事要问你，你认识一个叫小丽的20来岁的漂亮女孩子吗？”

“啊？！我想想，可我搞过那么多女孩，哪记得清她们的名字了，我记不起来了，哎，对了，你问这个干什么？”

“是这么回事，她在查我们的底，我听勒民说她叫你三伯，叫阿卡是卡叔，叫东虎虎哥什么的，而且阿卡他们都叫她小丽的，我怕她是你们的什么人，我们大水冲了龙王庙，自家人不认自家人了！所以问你一下，如果不是你们的人，我就做了她。”

“勒民怎么知道她叫我三伯，叫阿卡卡叔，叫东虎虎哥的？我都记不清有这么个叫小丽的妞叫我三伯。”

“上个月，勒民他们去江心坡时，和阿卡、东虎一起见到过小丽，听勒民说小丽叫阿卡是卡叔，叫东虎虎哥的。还要阿卡向你这个三伯带好呢！你再好好想想。”

“那让我再好好想想。她干了什么，你怎么这么着急啊？”

“三哥，我们发现她在查我们怎么把货运进来的，所以我怀疑她不是你的人。”

“哦！义哥，她肯定不是我的人，虽然我也想知道你们是怎么把货运进去的，但是我们应该是井水不犯河水，我们各吃一段，有钱大家赚嘛！”

“是的，是的，三哥说得对，有钱大家一起赚，有事大家一起做嘛！大家都坐在一条船上，船翻了，谁落了水，大家都落不着好！而且我也不认为她是你的人，你我还信不过？要不然我会来问你吗？”

“好说，好说。你既然这么说，我就和你说实话吧。小丽的爸妈很早就和我、阿卡、东虎他们认识，她爸妈死得早，上个世纪90年代初就全死了。当时她才几岁。后来我听说她回中国内地去了，这几年她大学毕业了，翅膀硬了，有时就回来看看。你听明白了，她的事我既不想管，也没能力管，更不敢管，当然就不会管的。”

“这……”

“我已经说得太多了，我只能说这么多。如果她在查你们的事，你就只能好自为之、自求多福吧！我是一点忙也帮不了你。不过，她不应该管你们的事才对。你自己好好想想我说的话。就这样了，没别的事，我就挂电话了。”

沈红义挂了电话想了一会儿，接着问也挂了电话的同伙：“勒民，你给东虎打电话，他怎么说？”

勒民回答说：“他只说，他在老三那里见过，从老三那里认识的，其他什么都不肯说。”

“是啊！老三也吞吞吐吐的不肯明说。在和我打哑谜呢，这个老狐狸。不过我也能猜到个八九成。”

许燕催道：“老三怎么说？她是警察还是老三的人？她是什么来历？你快说嘛。”

“这事麻烦大了，她不是老三的人，也不是公安。反正她是连老三也得罪不起的。她怎么会找到我们，来管我们的事？”

“燕子，你把那个手机拿着，想想办法，找个高手，好好把手机查查，看看她到底把电话打给谁了。这个手机肯定还有其他的问题，我们现在只发现了这一个疑点罢了。”

“猛强，你现在就赶到泸水，听我的命令，做好把那个飞行员干掉的准备。”

“义哥，那样以后我们就不做了吗？”勒民有点着急。

“唉，现在管不到以后了，只有先过了这一关再说了。而且我也没说现在就干掉他，只不过是让猛强做好干掉他的准备。”

“老板，她既不是公安，又不是老三的人，那个电话又没打出去，我们怕什么怕？”勒民不解地问。

“如果那个电话没打出去的话，我就是杞人忧天了。可是我肯定她把那个电话打出去了，我现在只希望我们能平平安安地过了这关，能把手上的货处理完，我们就收山不干了。现在我就怕猛强赶去还来不来得及。”

猛强提议说：“老板，那我们为什么现在不给那个开飞机的打个电话，给他提个醒，让他找个理由先避一避。如果我们打听清楚，没事他就回去，有事我再行动。岂不两全其美。”

“你这个方法好是好，可是行不通啊。”

许燕不解地说：“为什么，我觉得强哥这法子不错，到底我们在他身上前前后后地花了五六年心血，他一死，我们货就运不进来了，我们生意就没法做了。”

沈红义说：“你们真笨，那个飞行员和我们不一条心，他纯粹是为了钱。如果我们一提这个醒，他现在手上有好几百万了，马上就会跑，他还会怕我们灭口，根本就不会来找我们的，他又没经验，带那么多钱肯定跑不了两天的，就会给公安抓到，那时候我们连哭都来不及。猛强你快走，把你所有的家伙都带上，连夜赶到泸水去。一到泸水就给我打电话。”

猛强说：“行，老板你放心，只要我到了泸水，一定做得干净。”

“好，你办事我还是放心的。你开勒民的车，先换个车牌，路上小心一点。回来以后我再给你换车，应该是现在就给你换车的，但是现在我手上没有可靠的车。只有你路上小心一点了。”

猛强说：“那我现在就走了。”猛强转身就走了。

沈红义见猛强走了，说：“勒民，你和小B现在不要回家了，马上到广州去，一是避避风头，二是我可能还有事让你们干，你们家里事，我会派人照顾的，你们不要和家里人打电话，除了我和燕子你们不要和任何人联系。现在就走，要不然恐怕走不掉了，你们不要坐飞机和长途车走，你们坐农用车、的士、短途车什么的。避开大路，专走小路。不要怕花时间多，安全最重要，还有每隔两个小时都给我打手机，最好用公用电话，你们的手机、电话号码都要换掉。如果你们两个小时不给我打电话，我就认为你们是被公安抓了，听明白了吗？”

勒民紧张地点点头说：“老板，我听明白了。夜里也要打吗？老板有这么危险吗？那个丫头是干什么的啊？”

沈红义说：“不管白天、黑夜都要打或者发短信。打完以后把号码删掉。你们现在也赶紧走吧，其他的你们别管，也不要多问。”

“谢谢老板，我们家里就交给老板你了，我没什么，小B老婆马上要生小孩了，我怕他忍不住会和老婆联系的。”

“告诉他，千万不要和家里人联系，我会让人照顾他老婆的，他老婆有什么事我会告诉他的。燕子给勒民拿几万块钱，让他们路上花。”

“那，谢谢老板，我们走了。”

许燕给沈红义倒了一杯茶说：“义哥，你休息一下，不要太着急了，我马上给我们的内线打个电话，探探消息。我想即使公安知道了飞行员，也一下找不到我们头上。对了，小丽不是老三的人，老三为什么不告诉我们她的底？”

“你不明白，那个小丽不是公安，我想我们的内线也不会知道什么情况的。你晚上6点左右打给他，现在不急。实际上老三帮了我们很大的忙，你想，老三说了，小丽不是他的人；和她爹妈很早在一起干过；又说了她几岁以后才回中国呆了十几年；这段时间才回掸邦，他又说过他现在不敢管她的事；还说小丽不应该管我们的事。你好好想想小丽是干什么的。”

许燕过了好一会儿说：“我想不出来。”

“算了，你不知道老三他们过去的底。老三他们过去都是缅共，你是猜不出来的。她应该是大陆国家安全机关的人，她爸妈应该是红卫兵。这样一切就合理了，她会催眠术，用的不是公安的路数，老三不敢得罪她，她不应该管我们贩毒的事。都对上了。可是她为什么来查我们的事呢？”

“如果她真的是国家安全机关的人，那样的话我们的麻烦可就大了。”

“是祸躲不过，你也不要太害怕，国家安全机关的也是人，也没有什么三头六臂，我倒要和他们好好斗斗，看他们能把我怎样？我们现在开始不要住在这儿了，我们住到你那个地方去，那儿没人知道。你明天先找人把那个手机的秘密查出来。”

“我们现在就走？”

“是的，我一直怕胡卫军告诉了小丽我的名字。你找个公用电话通知和胡卫军有联系的人注意，把电话都换掉。同时重复在这非常时期，要求所有人互相联系都采用无法查找的公用电话打对方的手机，一般情况下不准用手机互相进行联系。我们快走。还好胡卫军在这没家没口的，要不然还要处理他的家里人。”

沈红义亲手取下了那幅水墨画走了。

## 三

余光带着3名手下开车去往丽锦酒店。对这3个手下，他是充分信任的，绝不可能和贩毒集团有任何瓜葛。钱彬是跟他从西双版纳一起调过来的助手；岩军是今年5月转业的军干，在部队是个侦察兵出身，转业时是军队里的保卫干事；而小夏更是7月份才报到的省警校高材生，这3人将是他在这个大案中的主要侦破力量，而其他DL市刑警队的人他现在只有控制使用了。

余光说：“你们3个到了丽锦酒店，不要管那个案子了，你们有更重要的事，马上到DL市森林警察支队去，了解一下整个地区他们有多少直升机，有多少飞行员，直升机的型号，载重量，最大航程，每架直升机要有几名飞行员才能飞行，机场都在什么地方等等一切有关直升机和直升机飞行员的情况。然后打电话向我直接汇报。注意保密，不要向任何人说这件事，也不要在有别人在场时向我汇报。听明白了吗？”

小夏不解地说：“那要是我的中队长或其他领导问起来，我也不说？”

钱彬说：“头儿说了，不要向任何人说，你没听清楚吗？其他的事有头儿操心，不关你的事。”

岩军问：“那我们到了森警支队去问这些事，人家会问我们的，我们为什么要了解这个情况，我们怎么说？”

余光说：“你们就说，你们怀疑他们的直升机可能和某件案子有关，因为现在只是怀疑，要他们注意保密，千万不要泄密了。”

说着说着，丽锦酒店到了，余光命令说："你们开我的车，现在就赶过去。"

余光跳下车，就看到饭店保安队长已经带人把现场完整地保护起来了。刑警一中队队长马文彪也已经到了，看见自己来了，就过来说："这个保安队长很会来事，当时现场有很多目击者，包括他自己和几个保安，大堂经理，还有门童，他都把他们集中起来等我们问话呢。现场也保护得很好，这个案子破了，应该首先给他记一功呢。"

余光高兴地说："是吗？有这样的好事。以后每次办案子都能碰到这样的人就好了。对了，你把那个死者的遗物收集一下，交给我，我要看一下。法医来了告诉他死因很清楚，只要收集到弹头就行了。其他不要处理，千万不要把遗体搞得乱七八糟。那个保安队长呢？我现在就去问他话。"

"那就是保安队郑队长。"

"我们过去。"

马文彪对郑队长说："这位是我们刑警大队余大队长。"

郑队长马上伸出两只手拉着余光的手说："欢迎！欢迎！我已经把目击者都集中起来了，现场也保护得不错，就是……前边和那个死者吵架的3个人趁乱跑了。我还让服务员把他们用过的杯子都不要动，等你们来检查呢。"

余光握着郑队长的手说："谢谢！郑队长，你给我们帮了大忙了。如果每次办案都能碰到你这样负责任的，我们肯定能多破几个案子。这个案子破了，我首先给你记头一功。"

"余大队长，你太客气了，我也不要你记功，如果你觉得我还有用，破了案子把我调到你们刑警队就行了。"郑队长抓抓头不好意思地说。

余光大队长一把抓着郑队长的胳臂说："哈哈……好说好说。现在先帮我找个地方，让我跟所有的目击者谈个话。"

"行，没问题，没问题，你看是不是到我们小会议室去。那儿条件好一点。"

"不用了，就在附近找个地方，我看在那边的餐厅找个包厢就可以了。"

"行，行。那你先过去，我把那些目击者叫过来。"

"那就谢谢你了。"

马文彪说："余大队，我先过去把现场遗物收集一下，再过来。"

"行，就这样。"

"小于，你去跟着余大队记录一下。"保安郑队长又调了个机灵的人协助余光。

余光见一下子来了十几个目击者就对郑队长说："你帮个忙，组织一下，按见到死者的先后顺序进来。"

郑队长高兴地说："没问题，你放心好了。"

郑队长问："你们是谁先见到他们的啊？"

那十几个人互相望了望，没人说话，只见大堂经理说："小王，你是给他们送茶的，我们这里你最先见他们的，你先进去。"

郑队长把小王带进去说:“余大队长，这是吧台服务员小王，是她先给他们倒茶的。”

“谢谢！郑队长你先出去一下，我问完她话，你再找下一个进来，好吗？”

“行，我让第二个人准备好。”

小王怯生生地进来站着，余光向她招招手:“小王，不要紧张，你先坐下喝口水，你只要把你见到的和听到的仔仔细细、完完整整地和我们说就行了，我问你，是谁要你过去倒水的？”

小王说:“我怕我说不清楚，刚才我自己好好想了想，记得他们先来了两个人，那个女的和那个年轻点的男的，大概都20多岁吧。那个女的要了4杯沱茶，后来又来了两个男的，年纪大点，大概都40来岁。”

余光说:“小王，你这不是说得很好吗。就这么说。我再问你，你觉得他们4个人谈得怎样，是不是一开始就吵架了？”

“不，一开始，他们谈得挺好的，说说笑笑挺开心的，后来等我把水端给他们的时候，我还没走开，那个女的就突然站了起来喊他们要她卖淫，她不干什么的。那个年轻的抓住她要打她，他们就吵了起来。这时大堂李经理过来，不让他们吵，又来了许多保安，后来的事，他们都知道，我害怕，躲在一旁。具体什么就不太清楚了，就听他们说到还钱、赌债，两万元钱什么的，我说不清楚，你问李经理和郑队长他们吧。”小王说完松了一口气。

“好，好，你不要紧张。我最后问你一个问题，你给他们送水时，他们接没接杯子，如果有人接过杯子，是谁接的？你好好回忆一下。”

“这我记得很清楚，我把水端过去时，就那个年轻的男的站了起来，接过杯子，一杯一杯放在他们面前，最后一杯给了自己。好像他是他们手下一样。其他人都没碰过杯子？”

余光追问道:“你想清楚了，他也给那个女的端水了？其他人都没碰过杯子？”

小王说:“我记得很清楚，那个年轻的男人把第一杯水给那个女的端了。其他人都没碰过杯子，不过，他们吵了起来以后，有没有人碰过杯子就不清楚了。”

“如果下次让你辨认那3个人，你能认出来吗？”

“我想能认出他们来。”

余光说:“谢谢。你可以出去了，再想起什么，给我打电话，这是我的名片。”说着把名片递了过去。

余光稍作沉思，说:“下一个进来吧。”

这时刑警二中队队长才力进来问:“刚才119接到报警:离丽锦酒店不远的华联超市香格里拉店停车场有一辆北京2020吉普烧了起来，而那个杀手就是开的那辆车，是不是派人过去看看？”

余光说:“那你带点人赶快过去，把物证都收集一下。”

才力急匆匆地走了，这时大堂李经理问:“我可以进来吗？”

余光连忙回答说:“请进。你是……”

李经理回答说："我是大堂经理，姓李，叫文群。当时我见那些人吵了起来，有个年轻人把那个女的推倒在沙发上，要打她。我见他们在我们大堂打架，当时大堂里还有个香港旅行团，我怕对我们饭店影响不好，就上去拦住他们不让动手。那个年轻的很野蛮，要连我一起打，后来保安赶了过来，他们见我们人越来越多，就没敢动手，我让那个女的还了他们 2000 块钱。就让女的从大堂走了，我还让那 3 个男的从餐厅绕着走，当时我估计就是那 3 个男的绕过去了，那女的也能跑掉。这样就不会在我们饭店里再发生什么冲突了。没想到，那个女的刚走到大门口就被人杀了。那 3 个男的一听到枪声，也冲出了餐厅，上了车跑了。当时很乱，我们也吓呆了，忘了把他们拦下来，如果当时把他们拦下来就好了。"

余光说："你们做得很对，你也不要自责了。而且即使你们想拦，也不一定拦得住。他们在吵什么？你听清楚了吗？他们是开什么车跑的，你看清楚了吗？"

李经理回答说："好像是那个女的欠了他们赌债，不还钱，大概本金 2000 元，利息有 18000 元，利息这么高我也不知道是怎么算的。我就先让那个女的还了 2000 块本金，其他的我就不管了，让那个女的走了。现在想想，觉得他们不一定在为那赌债吵架，好像还有其他原因，两边都不肯说似的。凶手开什么车跑的我没看清楚，离得远，也没注意。当时乱哄哄的，好像是辆白色车，型号没看清楚，大概是辆桑塔纳。"

余光感兴趣地问道："你为什么觉得他们吵架还有其他原因？"

李经理说："一是为了一万多块赌债就用枪杀人，不太合情理吧，而且他们都像是有钱人。我是大堂经理，人见得多，是不是有钱人，我一眼就能看个八九不离十；二是我见那个女的还他们钱时，手提包里还有不少钱，而且看穿戴也不像还不了一万多块钱的人。还有一个事，那女的最后走的时候是边走边在打手机，那个手机是 iPhone，值五六千呢。好像有什么急事要告诉别人。"

余光笑着对他说："你凭什么觉得那 3 个男人和凶手是一伙的？"

李经理连忙说："这我可不敢打包票说他们是一伙的。不过这也太巧了点吧。"

这时马文彪进来说："余大队，现场都清理完了，死者遗物也收集好了。那个凶手共开了 3 枪，用的都是炸子儿。一开始两枪打在胸部，最后又补了一枪在头部。3 个弹壳都找到了。门童说当时那个女的正在打手机，凶手就抢走了那部手机，其他什么都没拿。凶手开的是部灰白色的北京 2020，牌号是云 A-×××××，中间没看清楚，最后那个数字也可能是 8。凶手是个高个子，戴着鸭舌帽和墨镜，没人看清楚他的脸。那个女的和那个 40 来岁穿圣罗兰黄 T 恤的男人——就是后来吵架中的一个，中午在餐厅一起吃的饭，后来还一起在 2248 房间开了房，用的是那男人的身份证，叫胡卫军。另外两个男人是下午快两点时来的，来了还到总台查了登记簿。现在就了解到这些情况。对了，杨局长、罗政委、涂副局长他们都赶过来了。"

"是吗？剩下的人你接着问，我过去见一下杨局长他们。"余光说着就出去了。

余光出去以后没去见杨局长他们，反而先找了个没人的地方打起了手机说："我是余光。"

电话那头孙英杰回答说："是我，你说吧。"

余光说："那个女的已经牺牲了，她还被抢走一部手机。其他东西都在我们这里，要不要我给你送去？"

孙英杰说："你先收好吧，到时我过来取。那个飞行员的事呢？"

余光说："我已经派我最可靠的人去查了。那个女的先是和一个40多岁的男人在丽锦酒店吃的中午饭，然后一起开了房。后来下午两点多又来了两个男的……"

孙英杰打断余光的话说："你别说了，你说的我大致都能想到。以后给我详细的报告吧。我现在给你3份材料，你给目击者看看，是不是这3个人。然后在全市进行大搜捕，全部车站和交通要道一定要封锁，重点是边境和昆明两个方向。我把材料放邮箱里了。你记一下，邮箱地址是beifeng12@vip.sohu.com，密码是17654683。你听清楚了吗？"

余光说："听清楚了。邮箱地址是beifeng12@vip.sohu.com，密码是17654683。对吗？"

孙英杰说："是的。你有材料也可以用这个邮箱发给我。还有，你安排一下，我要看看死者的遗容，最好是今天晚上，我不希望让别人看见我，她的遗物也同时交给我。有问题吗？"

"行，没问题，我一定安排好。我安排好了会向你汇报的。没有其他事的话，我现在就去收你的邮件去了。"

余光出来以后直奔商务中心上网把邮件下了下来，打开一看，是一封信。

信很简单。这样写道：

余光大队长，你好！

虽然我们从没有见过面，但我相信我们终有共饮庆功酒的一天。然而，不幸的是，我们的一位好战友、好姐妹——孟丽，却可能永远离开了我们。孟丽的照片和指纹在附件1内，请核实牺牲者的身份。

附件2、附件3和附件4是三名嫌疑犯的相关资料。这三名疑犯均是贩毒集团的骨干分子。都参与了上次在缅甸与国外贩毒集团接触和交接毒品的活动。请核实上述三名嫌疑犯是否与孟丽遇害有关。并查明上述三人的身份，重点清查各种犯罪档案。

北　风

余光解开了压缩包后，打开了第一个附件，里边是孟丽的4张照片和一套指纹。分别是一张正面标准照、一张侧面标准照和两张全身生活照。照片上的姑娘面带微笑，有着高挑的身材、白皙的皮肤、精致的五官，集南方姑娘和北方姑娘的优点于一身。余光暗想，无论如何，他都要把那些杀害这个好姑娘的罪犯绳之以法，以告慰她的在天之灵。

他连忙打开第二个附件，里边有3张照片，分别是正面头像、侧面头像和一张全身照。全是近距离偷拍的。还有两个指纹和一张说明，内容如下：

姓名：不详

地址：不详

身份证号码：不详

绰号：勒哥

年龄：45 岁左右

身高：1.72 米左右

体重：70 公斤左右，偏胖

电话：不详

手机：不详

备注：该名嫌疑犯在缅甸和老三国际贩毒集团联系交易时起领导作用。是国内贩毒集团的主要犯罪分子。操云南南部口音。

第三个附件里边也有 3 张照片，也都是近距离偷拍的。还有 6 个指纹和一张说明。上面写着：

姓名：胡卫军

地址：不详

身份证号码：不详

绰号：胡哥

年龄：40 岁左右

身高：1.68 米左右

体重：65 公斤左右

电话：不详

手机：138××××××1

备注：该名嫌疑犯在缅甸和老三国际贩毒集团联系交易时起主要作用。是国内贩毒集团的骨干犯罪分子。准备和该名嫌疑犯于 2010 年 9 月 12 日中午在丽锦酒店（DL 市）见面。操广东口音。（彻底清查该手机的有关联系人。北风）

第四个附件，里边依然是 3 张照片和 6 个指纹及一张说明。

姓名：不详

地址：不详

身份证号码：不详

绰号：小 B

年龄：25 岁左右

身高：1.66 米左右

体重：55 公斤左右，正常

电话：不详

手机：不详

备注：该名嫌疑犯在缅甸和老三国际贩毒集团联系交易时起辅助作用。是国内贩毒集团的骨干犯罪分子。操云南DL口音。（估计小B应该有犯罪记录，应在全省范围内查找有关线索。北风）

余光看到这里，明白了这很可能就是从大堂跑掉的3个人。他感兴趣的是，北风是如何搞到这些材料的？他们在缅甸什么地方做交易？这些北风应该都知道，他却有意将这些内容删除了。现在的关键是如何让这些材料发挥最大的作用，因为他不能说明这些材料的来源。他打印了照片、指纹和说明，但是在打印说明时把部分备注给删除了。

余光出来正碰到马文彪，马文彪说："余大队，杨局长在找你开会呢。我们走吧。"

余光把材料递给马文彪说："你先别走，把这4个人的照片给那些目击者看看，是不是有人能认出他们来。这还有指纹，和死者与杯子上的指纹核对一下。快去——对了，在什么地方开会？"

马文彪说："好的，我现在就去。照片、指纹是怎么来的？杨局长他们在这儿三楼的一个小会议室，就等你了。"

"你别管照片、指纹怎么来的了，赶快去核对，我等着要结果。"

余光赶到三楼会议室，杨局长、罗政委、涂副局长和刑警队的大部分人都在。

涂副局长见余光到了就对杨局长说："人差不多到齐了，我们现在是不是就开始？"

"行。"

涂副局长说："大家静一静，现在杨局长给我们讲话。"

杨局长说："刚才我向市委黄书记、政法委吴书记分别做了汇报，他们都很重视这个案子。吴书记人在昆明，听了汇报后，马上决定立即赶回。两位领导要求我们要有高度的政治责任心，以及对人民群众生命财产高度负责的态度来对待此案，这个案子不但一定要破，而且要快。原因嘛，我不说大家也知道。在我们DL市这样以旅游业为产业发展龙头的城市，光天化日之下，在五星级涉外旅游饭店的大门口发生如此严重的恶性枪杀案，在DL市是史无前例的，简直是给我们城市的形象抹黑。而且枪杀案就发生在刚刚来到我们DL市的香港旅游团面前，这会给我们城市的旅游业带来多么不利的影响。从时间上看，还有两个星期就是国庆节了，市委给我们的期限是，国庆节以前一定要破案。在这个案子上要对我们公安局进行一票否决制。我也向他们做了保证：我们这次一定要以最快的速度侦破此案，领导也表了态，要钱给钱，要人给人，不破此案，决不收兵！现在我宣布：成立921枪杀案专案组，专案组由我担任组长，涂副局长、余大队长任副组长。成员包括刑警一中队、二中队和三中队的相关同志，手上的其他案子先转交其他同志。侦破工作的具体负责嘛，我看还是涂副局长来，余大队长来协助他。原因嘛，余大队长刚调到我们DL市工作还没半年，各方面的情况都不是太熟悉，而涂副局长是上一任刑警大队长，各方面情况都比较熟悉。余大队长你看怎么样？”

余光低着头，没有回答。涂副局长说：“我看还是由余大队长具体负责好，应该给年轻人多压点担子嘛。”

杨局长说：“你就不要谦虚了，再说你也应该做好传、帮、带的工作嘛。”

涂副局长笑着说：“行，行。我不说了，看样子我想多休息一下要等退休以后了。”

说着全场都笑了。杨局长笑着说：“这就对了，共产党员要求生命不止，奋斗不息。你还要多休息一下，什么思想嘛？现在我宣布，从现在起专案组全体同志取消休假，集中工作和生活，案件不破，决不收兵。家中有什么具体情况，可以向罗政委反映，由罗政委协调解决。现在来谈案子的具体情况。顾法医你先说。”

顾法医说：“详细的尸检报告要明天才能出来，我先说一下大致情况。死者女性，20～25岁，身高1.67米，身体健康，营养状况良好，生前应经过长期的艰苦锻炼，但也十分注意美容保养，我注意到她手臂上、腹部还有腿部的肌肉，虽然不显眼，但是异常结实，她应该有着长期锻炼的历史。同时一般如果锻炼到这样，手上应该有老茧，至少皮肤也会比较粗糙，但是死者手部皮肤却十分细腻，她应该十分注意自己的美容，保护自己的手部皮肤，不让它长茧子。死者被枪击致死。身中3枪，一枪击中右上腹，一枪在右胸部，一枪在头部。右胸和头部一枪均是致命伤。听现场目击者说，凶手首先开了两枪。最后近距离又补了一枪在头部。现场已将弹壳、弹头全部找到。”

技侦队王队长说：“我来说两句。从弹头、弹壳上看，凶手是一名极端凶残的职业杀手。弹壳是11.43厘米口径子弹。现在使用这种口径子弹的手枪只有一种，美国白朗宁M1911A1军用手枪，这是美军从一战开始一直使用到上个世纪七八十年代的军用制式手枪，比我国常见的9厘米和7.62厘米口径要大许多，因为携带不方便和后坐力太大，美军上个世纪80年代才退出现役。这种枪威力十分巨大，可能是目前仍然在广泛使用的威力最大的手枪。但是后坐力、枪把也十分大，我们东方人并不便于使用。所以我认为凶手是个身材高大、肌肉发达、有双大手的人，要不然是不会用这种枪的。凶手为了确保万无一失，不仅使用这种大威力的手枪，还使用了国际禁用的达姆弹，最后还在头部补了一枪，可见凶手的残酷。”

刑警一中队的女队员说：“什么是达姆弹？”

王队长说：“我来介绍一下达姆弹。达姆弹一般俗称‘炸子儿’。它是英国人19世纪末在印度的达姆兵工厂发明的，所以名字叫达姆弹。因为这种子弹在击中人体后，弹头会在人体内膨胀爆炸，一般来说这种子弹击中人体后，进来是一个小孔，在体内会膨胀爆炸产生一个拳头大的空洞，拳头大小的人体组织全部被撕裂破坏。因为过于残酷，这种子弹没几年就被海牙国际公约禁止使用了。即使是在一战、二战时期，战争那么激烈、残酷，各国也均没有公开使用过这种子弹。现在一般只有最为凶残的犯罪分子才会使用这种子弹。”

杨局长听了以后皱着眉摇摇头说：“大家都听清楚了，从这点就能看出我们要对付的犯罪分子是多么的凶残狡猾。他是个极富有经验的职业杀手，我们一定要抓住他，为人民除一个大害。”

突然余光的手机响了，余光拿出电话听到才力在说：“余大队长，华联超市的那辆北京2020就是杀手开的那辆车，没错。灰色，牌照是云A-×××××。却全烧光了，什么有价值的线索都没有。但是还有一点，我特别计算了一下，我从丽锦酒店开到这儿，花了20分钟。路上很堵，而且这一带是市中心，车一直也开不快，凶手大概是3点15分在丽锦酒店杀了人。3点32分119接到报案说这辆车着火了。这样凶手从丽锦酒店开到华联超市香格里拉店最多只花了15分钟。这是个疑点。这不太可能！他即使一路绿灯也不太可能比我快这么多的。”

余光说：“你首先找一下有没有目击者看清楚了凶手的真容，然后再把这条路来回开几遍，看看要花多少时间。多走几条不同的路，看看最快要多少时间。同时一定要好好查这辆车的来历。”

涂副局长问：“谁的电话？什么事？”

余光回答说：“才力的。凶手开的车已经找到了，就是在华联超市香格里拉店着火的那辆。但是车基本已经烧光了，除了车牌其他线索都没有了。刚才才力说他从丽晶开到华联超市香格里拉店花了20分钟。而根据119火警记录，从丽锦酒店发案开始，到119接到火灾报警，才花了17分钟。这是个疑点。如果不解决这个问题，就不能认定凶手就是开这辆车作的案。”

涂副局长说：“你给我好好批评才力一下，从这里到华联超市香格里拉店在四川路边上有一条小巷，多绕几个弯，车很少，也没红绿灯。走这条路比从大路走大概要少花4～5分钟。让他把这条路也开一遍再看看时间。作为一个刑警，一定要对辖区内的情况熟悉，不能想当然，要不然就是有天大的本事也做不好的。现在看来，凶手一定是本地人，或者是在DL市住过相当长时间。要不然，他不会选这条路！”

杨局长对涂副局长说：“才力这个小伙子还是不错的，人很能干，也很有洞察力的，他一下子就发现了时间问题，这从侧面证明了凶手对DL市十分熟悉。而且你也不能要求才力和你一样，你在DL市刑警队干了30年，才力才干了七八年。DL市犄角旮旯，什么地方有你不知道的，人家会有你那么清楚？要不然我也不会把这个案子交给你负责了。余光新调到我们这不久，DL市的情况不是太熟悉，你可一定要给余大队做好传、帮、带工作哦。”

涂副局长说：“杨局长你放心，这个案子我一定限期侦破。我现在就立下军令状。我一定要让我们公安局打一次翻身仗，把这次贩毒案带来的耻辱给洗刷干净。才力是我提拔上来的，他的能力我最清楚，我刚不是急的吗，才这么说他的，但是这也是为他好。只有严格要求，才能让他进步更快。至于余大队的工作，我一定会尽快帮他熟悉情况的。”

这时马文彪兴冲冲地进来说:“案子破了，就等着抓人了。”

杨局长问:“什么案子破了？”

马文彪挥着照片和指纹回答说:“就这个案子，死者和那3个人的身份都差不多搞清楚了，照片和指纹都对上了，案子不就破了。”

杨局长拿过照片和指纹说:“照片和指纹哪来的，那个杀手呢？把情况说清楚嘛。”

马文彪摸着头不好意思地说:“这我不太清楚，是余大队长给我的。”

余光看了看杨局长说:“死者是我过去在西双版纳就发展的一个眼线，叫孟丽。那3个人就是她刚接触的贩毒分子，除了照片、指纹，就知道他们的一个手机号码和一个人名，其他什么都不知道了，我看这个案子还是由我来具体负责吧。一来孟丽是我的眼线，情况我比较熟悉；二来于情于理我都应该把杀她的人抓到，亲手为她报仇；三来这个案子就是原来那个贩毒组织干的，我来时省厅就让我负责主抓那个案子的。所以我想还是由我来负责这个案子的具体工作吧。杨局长你看呢？”

杨局长想了想说:“既然这样，就由你来负责吧。由涂副局长协助你工作，你有什么问题可以多向他请教，他对DL市的情况可是了如指掌。并且，你的破案计划一定要向局党委作汇报，不允许自作主张，我们可不能搞个人英雄主义的一套，更不能把线人的生命不当一回事。你对线人死亡的问题要及时做出总结，不能再犯同样的错误，过后交个报告给我，我同样要向上级领导做检查。涂副局长刚才说了我们前边在那个贩毒案上栽了跟头，这次又发生了线人被杀的事件，再不破案，恐怕我们无法向上级领导交代，更无法向全市人民交代。”

“是的，孟丽同志的牺牲，我要负全部责任，我一定向局党委做出深刻检查。同时一定在局党委的领导下和同志们一起全力侦破这起贩毒案。不破案子，决不收兵！现在，我就分配任务了，一中队，马上组织全城大搜捕，通知各派出所和全体武警、巡警，进行全城布控，把3名嫌犯的照片发到每个人手中。重点是各车站、机场。对下午2点以后从DL市发出的长途汽车、飞机一定要彻底清查。以300公里为半径，在各主要路口设卡堵截，防止犯罪分子驾车出逃。重点方向是昆明和边境方向，一定要严防死守，要把嫌犯堵在市内，不能让他们外逃。我估计嫌犯现在正在离开DL的途中，所以一定要尽快行动。抓捕行动请涂副局长负责协调。

“二中队负责调查那个杀手。要从那辆汽车着手，北京2020挂的是昆明的牌照，这种车并不是很多，要尽快搞清楚车的来历。

“三中队负责查明那3名嫌犯的真实身份。从户籍档案着手，同时核对有关指纹档案，看看他们有没有案底。把他们的照片给所有被关押的人看，看看谁认识他们。那个胡卫军的电话号码要重点查。他的所有电话联系人都要一一落实。胡卫军不是有身份证吗？我估计是假的。但是不管是不是假的，都要查，仔细清查。胡卫军是广东口音，不是本地人，到广东去协查，看看有没有这个人，重点是要在贩毒分子中查。我们就是挖地3尺，也要把这几个人的真实身份查出来。

“案子现在才刚刚开始，我们首先要争取抓到那3个嫌疑犯，其次那个杀手要高度的警惕，贩毒团伙是十分狡猾的。

“孟丽的遗体不要解剖了，死因没有疑问，我们还是尊重遗体。把遗体送到殡仪馆冷藏起来，要求殡仪馆让最好的整容师进行整容，速度要快。我会通知她家属，今天晚上来认领遗体。

“杨局长，你看是不是在电视上把那 3 名嫌犯的照片播一下，还有那辆车也播一下。这样一是让群众放心，咱们公安机关还是有能力的。二是发动群众，提供线索，3 个嫌疑犯就更难逃跑了。你看这样行不行？”

杨局长点点头：“行，你先做好准备，等我向市委作出汇报，再通知你是否播出。现在散会，请大家立即开始各自的任务。”

## 四

DL 市地处云南西部，是个多民族聚居地区，全境除汉族外，还有白、藏、苗、独龙等 10 多个少数民族。位于云贵高原和青藏高原交界处，横断山脉从北至南贯穿全境，他当格力山、独龙江、高黎贡山、怒江、碧罗雪山、澜沧江、哈巴雪山、扬子江、二郎山自北向南、由西向东，把 DL 地区分割成 4 块，分别是独龙江流域、怒江流域、澜沧江流域和长江流域。全境不通铁路（正在建设中），公路一般都是在流域内南北贯穿。东西向只有一条主要公路为滇藏公路，由于去西藏路段地质条件极为复杂，不能保证全天候通车，在冬季和雨季经常封路不能通行。对外交通几乎全部依靠 DL 至昆明的公路。

全地区范围内森林密布，有我国除东北大兴安岭外最大的原始森林，在天然林禁采后成立了森林警察支队保护天然林。由于林区地形复杂，道路不通，人口稀少，为了防止森林火灾，森警支队配备了少量直升机进行日常的巡山防火工作。

钱彬他们一行 3 人驱车来到 DL 市森林警察支队队部，找支队保卫科了解森警支队直升机的有关情况。

保卫科王科长介绍说：“全 DL 地区森警有两架直升机，一架的基地在泸水，一架的基地在靠近西藏的贡山。一般在夏季和旱季进行巡山工作，主要是防止森林火灾的发生，及早发现森林火警。如果发生了火警的话，就运灭火队员去扑灭山火。直升机型号是法国生产的小松鼠 500 型，飞行员一人，最大飞行距离为 450 公里。最大载重为 250 公斤，可载 4 人，最大飞行速度每小时 205 公里。这种直升机飞行简单，维护量很少，可以进行野外起降，用一般的 97 号汽油就可以飞行。主要针对地形极为复杂、交通十分不便、人烟十分稀少的地区进行野外森林巡查。”

钱彬问：“飞行基地离边境有多远？”

王科长说：“大概就几十公里吧。贡山的远一些，也就 100 公里不到。”

“那你们巡山一般如何进行的，大约每周飞几次？”

王科长说：“我们巡山一般是一个飞行员飞行，一般大约飞 3 个小时左右。每周飞行次数是不定的，一般来说冬季和雨季不巡山，因为那时森林火灾发生的几率很小。主要进行飞机的保养和飞行员的训练工作，在冬夏之交和夏秋之交的森林火灾高发季节，我们至少每天要飞一次，有时甚至巡山两次。”

“那一般飞行距离有多少？”

“大概 300 ～ 350 公里吧。巡山时飞行速度一般是 120 ～ 130 公里 / 小时。”

钱彬又问：“那么，如果飞行员在飞行中途没有去巡山，而是开着直升机去干别的事，你们能不能发现？”

“那我们肯定知道，因为在巡山的时候，无线电和机场是一直通着的，飞行员有什么情况要求随时通报机场。同时我们有规定，除了日常巡山和直升机训练工作时期，直升机是不允许飞行的。”

“我的意思是，如果飞行员有意识的隐瞒飞行目的，比如说他说去巡山了，但是他没有去巡山，而是中途开着直升机去干别的事去了，同时在无线电内和机场保持正常的联系，说他在巡山，你们能不能发现？”

“在我们这里干这种事是严格禁止的，如果发现了要停飞，甚至要受处分、强制退伍。我们飞行员是不可能干这种事的。你们是不是发现我们飞行员有什么不法行为了？”

“我们只是认为你们的直升机可能和我们的一起案子有关，现在只不过是有这个怀疑，没有证据，希望你们一定保密。还有你们每架直升机有几名飞行员，我还想了解一下飞行员的具体情况。”

“保密没问题。因为飞行员的培养十分困难，我们每架直升机现在只有一名飞行员。飞行员的情况我不太熟悉，我帮你找一下人事科的同志吧。”

人事科的同志介绍：“贡山的飞行员叫郭保军，今年 32 岁，18 岁入伍，是空军飞行学院毕业的。毕业以后分到陆航，是我们去年从陆航转业调来的同志。泸水的飞行员叫郭华，是我们本地人，28 岁，18 岁入伍，原来就在我们支队机关工作，在我们这里因为表现好，我们 2005 年送他去学飞行，2008 年初学成以后回队里工作。”

“那贡山和泸水的机场地址具体在哪里？还有，现在飞行员应该在机场吧？”

“地址我写给你。现在刚过森林火灾的高发季节，飞机在保养，飞行员一定要按规定住在机场，离开机场是要请假的。”

“谢谢你们了，我们以后有什么情况再向你们请教。不过我们今天的谈话一定要注意保密。”

“行，有什么事，我们一定帮忙，我们都是警察嘛，天下警察是一家，不过是分工不同，你们是刑警，我们是森警，你们是保护国家人民的安全，我们是保护国家自然的安全。保密一定没问题。”

钱彬等人回到局里，见到余光汇报了情况，余光点头说：“很好。你们准备一下，马上就要出差，一刻钟后过来找我，我给你们布置任务。”

余光马上给孙英杰打电话汇报了有关情况。

孙英杰说：“你们现在就去泸水吧，把那个叫郭华的飞行员控制住，先拘留起来。我给部里汇报，赶紧办手续。”

余光说：“那个飞行员是什么罪，我们为什么要抓他？不抓那个贡山的？我们现在没有任何证据，没有证据是办不了手续的。而且他是现役军人，抓他手续是很麻烦的。”

孙英杰说：“我怀疑那个郭华就是把毒品运进国内的人。那件贩毒案侦破工作你过去没有参加，但是我要你仔细详细地查看了那份案卷。你知道那件贩毒案中最困惑我们的是什么吗？其中有一条是毒品到底怎么从缅甸大规模运到国内。因为我们这里和缅甸两边的边境都是原始森林，几乎没有道路，大规模运送毒品是很困难的。现在我们搞清楚了，是用直升机运的。你看地图上贡山靠近西藏，离金三角太远，泸水是在贡山和金三角之间，离金三角的距离不远。贩毒分子要从贡山贩毒的话，得把毒品通过泸水对面的缅甸运到靠近贡山的附近，再用飞机运进贡山，还要从贡山通过泸水、DL运到昆明，才能转运其他地方。贡山和其他地方不通公路和铁路。你想贩毒集团会采用什么路线。而且贡山的飞行员是去年才来的，据我们掌握的情况这个贩毒集团在这里贩毒至少有两年了，他一来就和贩毒集团挂上钩，开始贩毒，这个可能性不高吧？郭华就不一样了，他是本地人，社会关系肯定比贡山的那个飞行员复杂。他2008年开始在这里开直升机，和我们掌握的时间也吻合，所以郭华的嫌疑最大。”

余光说：“可是我们没有任何证据啊？这个情报是怎么得到的？”

“那个在丽锦酒店门口牺牲的孟丽同志就是得到这个消息才被贩毒分子杀害的。她才和我说了一句话，话还没有说完，就牺牲了。她用自己的生命给我们换来了这个情报。现在我们是没有任何证据，但是贩毒分子可能已经发觉了。不过无法确认孟丽是不是及时送出了情报。我们只有抢时间，无论如何都要先把那个飞行员控制起来。先拘留搜查，争取48小时内找到相关证据。这样至少可以打草惊蛇，打乱贩毒集团的阵脚，让他们露出破绽。而且至少也堵住了毒品运进国内的一条大通道。”

“我们是不是通知森警，让他们把那个飞行员先监视起来，不要让他跑了。”

“贩毒分子建立这条渠道也是很不容易的，不到最后关头他们是不会放弃的。你一定要注意保密，你很清楚在你们公安内部一定有贩毒分子的内线。不要向任何人说飞行员的情况，知道这件事的人越少越好。你先让钱彬、岩军和小夏去泸水，我找有关部门开拘留证，由泸水公安局发给他，把人控制住，带回来，仔细搜查，你突审，一定要撬开他的嘴，拿下他。”

“行，但是那个飞行员是现役军人，我们是地方警察，我们是无权拘留他的，要先和部队协商。你看这事如何处理？还有一点，你8点左右可以去殡仪馆，我已经安排了你瞻仰孟丽遗体的事情。到时候我会在殡仪馆大门口等你的。”

“行，谢谢！我来时给你打电话。拘留证以及和森警协调的事我来做，你放心，你做你的吧。我现在的人手很缺，要不然孟丽也不会牺牲的。”

“那需不需要我派几个同志去协助你们？”

“不必了，请一定要注意保密。”

余光把任务布置给钱彬等人，然后赶到公安局指挥中心，杨局长和涂副局长正在交谈，见他来了，杨局长就说：“正等你呢，你和罗政委、涂副局长一起到我办公室来，我们大家一起研究一下案情。”

余光随同杨局长一行来到办公室，刚坐定，杨局长就说：“来来大家抽支好烟，极品云烟。我们来研究一下这件贩毒案，上次我们在这件贩毒案上栽了个大跟头，这次要群策群力，一定破案，打个翻身仗。你们说呢？我这儿还收着好沱茶呢，你们也尝尝。”

涂副局长说：“我们抽了你的好烟，还喝了你的好茶，这恐怕是你杨局长别有用心吧？你说给我们布置什么任务吧？我们一定不折不扣地完成任务。余队长你说呢？”

余光说：“我们都是在杨局长的直接领导下，杨局长布置的任务我们还有什么话可说的，我们一定遵照执行。”

罗政委说：“这个贩毒案子局里的压力很大，咱们多给杨局长分担一点担子，破了案，打个翻身仗，就一切好说了。”

杨局长说：“我已经给省厅打了报告，责任由我来负。这次如果还破不了案，就只有回家卖红薯喽。我已经向市委胡书记和省厅做了汇报，市委同意我们在电视台公布嫌犯照片的想法，并且批准设立 4 万元的举报奖金。我已经让宣传处准备播放片子了。”

涂副局长说：“上次的贩毒案是我负责侦破的，没有破案，责任在我，和你杨局长有什么关系，怎么能让你替我背黑锅呢？”

杨局长说：“背不背黑锅不要紧，重要的是这次一定要破案。现在已经安排了四门落锁，各个交通要道都设卡检查，刑警、武警、巡警、民警各个警种力量都发动了。同时已通知邻近地市的公安机关也上路设卡了，我们这里交通不是太发达，嫌疑犯要跑，几乎就只有一条公路，不是向昆明去，就是往边境走，这两个方向都做了重点布置。我想这下那 3 个人是跑不了的，说不定会堵在市内了。”

杨局长转头看着余光，说：“余队长，我要批评你，你为什么在这件案子上和上下左右都不通气，结果造成线人死在五星级酒店的大门口，给全市的安定团结形势和旅游事业带来了多大的损失啊，给破案工作带来多大的麻烦啊。我建议这个贩毒案我们成立一个领导组，就由我和涂副局长还有你 3 人组成，所有侦破工作都要在组内公开。由你具体负责侦破工作，你看还要调哪些同志参加这个专案组？”

“我同意。我还想让钱彬、岩军、小夏，就是那个新来的夏玉斌参加这个专案组，其他同志协助专案组工作，杨局长你看这样行不行？”

杨局长抽了一口烟，又慢慢呼出，“我知道那个贩毒案没有成功侦破，很多同志认为我们内部有鬼，但是我认为案子没有侦破的原因很多，也不能因此就认定我们有内鬼嘛，现在不是还没有定论吗？是不是还有其他的可能？不能因此就对其他同志都抱着一种不信任的态度。你别说，刑警队就这3个同志是新来的，没参加过那件贩毒案的侦破工作，你就挑了这3个人参加专案组。这说明了你对刑警队其他同志的不信任嘛。如果就这几个人安排参加专案组，人员还严重不足，这会给破案工作带来极大的阻碍。虽然省厅在你来的时候，和我打过招呼，由你来负责这个贩毒案的侦破工作。但是我也想给你提一个建议，多和老同志交流交流，像涂副局长，上次侦破工作就是他负责的，对整个案情非常熟悉，对刑警队的情况也很了解，又有丰富的破案经验。对你破案应该会有很大的帮助。”

余光连忙说：“现在案子还刚刚开始，事情不是很多，我怕人员过多反而没事干。我也不是不信任老同志，不过既然有这样的怀疑，我想我们还是谨慎一点好，这样虽然有点委屈了同志们，但是我想只要对破案有好处，同志们是会理解的。而且很多具体工作仍然是由原来的老队员来做，我也没有把他们排斥在这个案子以外。比如追捕那3人和调查那个杀手等都是老同志在做。”

杨局长说：“那样就好，这个案子是由你具体负责，我只是提醒你一下，帮你出出主意。涂副局长你还有什么说的？”

“我没啥好说的。现在抓捕工作已经布置下去了，我们现在就是等消息。那个汽车牌照，才力查了，是昆明一个私人的，现在才力已经赶去昆明了，他会把问题搞清楚的。胡卫军那张身份证是假的，上网查了，根本没有这个身份证号码。现在情况就这么多。”

杨局长说：“余光，你也介绍一下你了解的有关情况，你已经在这个案子上做了相当多的工作，应该有了不小的进展，也该给我们说说吧。比如说那个线人孟丽的情况，我们可以完全信任她吗？那3个逃跑的人是干什么的？在贩毒集团中起什么作用？还有那个杀手，你还了解什么情况？还有那几张照片是怎么来的？”

余光端起茶杯，抿了一口，说：“这个案子的侦破工作才刚刚开始，很多情况我也不是太了解。孟丽是我在西双版纳就发展的一个线人，帮我破过很多大案要案，我信任她。她的情报是十分准确的。那几张照片和指纹都是孟丽给我的，孟丽只是说那3个人都是贩毒集团的骨干分子，具体干什么的，她也不是很清楚。那个杀手我更是一无所知。现在的情况大致就这样了。孟丽为什么被杀，我估计她是被贩毒分子发现了什么问题。为了不暴露她的身份，我和她的联系很少，而且她也不希望我知道她是如何得到情报的，她一般只肯告诉我最后的结果。现在她一牺牲，我也不知道这些情报的来源了。”

涂副局长说：“就这么多？孟丽给你照片和指纹时，你没问问她有关情况？她是怎么认识他们的？她平常是做什么的？”

杨局长也问道：“孟丽是怎么样给你指纹的？她是怎么搞到指纹的？”

余光又想了想，回答说："孟丽无业，她长期出没在酒吧、歌厅、赌场等各种娱乐场所，因为人既聪明又漂亮，所以认识很多各式各样的犯罪分子。指纹的事我问过她，她说是和他们在她房间喝酒以后，从玻璃杯上用胶带提取的。照片是她用手机偷拍的。"

杨局长又问："她为什么给我们做线人？"

余光连忙回答："不为什么，她没案底，也不完全为钱，虽然我经常给她奖金。第一次是在抓赌时在赌场抓到她的。教育释放时，她主动提出给我们做线人，说她喜欢刺激。后来她帮我们破了不少大案要案。"

这时电话响了，杨局长拿起电话说："你好！我是杨远山，请问您是哪位？"

"杨局长吗，你好！我是森警支队的周宁啊！"

"周支队长啊，你好！你好！你是无事不登三宝殿的啊！你说，什么事？"

"哈哈，我能有什么事啊？只要你不来找我的麻烦就谢天谢地了。我问你一件事，你们刑警队今天下午来了3个人，带头的叫钱彬，他们找我们保卫科和人事科，了解我们直升机的有关情况，了解得很详细，包括数量、基地、性能、使用和飞行员的情况，都问了。说怀疑我们直升机和一件案子有关。听他们说话的意思是，认为我们飞行员私自使用直升机做了犯罪活动。他们还要求我们保卫科保密，保卫科在他们走了以后，就向我做了汇报。我想问问你，这到底是这么回事啊？"

杨局长不满地看了余光一眼说："是吗？这情况我还不太清楚，今天丽锦酒店大门口发生了枪杀案，我一直在忙那件案子，可能是他们怕我忙不过来，还没来得及向我汇报。我来问一下这件事，等一会儿我给你打电话，好吗？"

"行，就这样。我等你电话。"

杨局长放下电话，看了一眼余光，说："我说余大队长啊，你能不能跟我说说，钱彬他们3个人今天去森警支队干什么啊？你不会说你不知道这件事吧。要不要我去问钱彬？"

余光正在庆幸来了电话，好让自己理理思路来回答杨局长的问题，不再追问有关孟丽的情况，现在听到杨局长问钱彬去森警支队的事，他的头一下子就大了。他明白他没法再糊弄杨局长他们了。他不得不说实话。但是孙英杰要求他保密，他又能怎么做呢？

余光说："钱彬是我要他去森警支队的，与这件案子有关。因为我不想让太多的人知道。所以我对案子的进展是有所保留的。孟丽牺牲时正在给我打电话，她告诉我森警的直升机和贩毒案有关，话还没有说完就牺牲了。所以我让钱彬他们去查这件事。"

杨局长火了，说："你连在座的3个人都不相信，你还能相信谁？你就相信你自己，你不相信组织，你是完全的个人英雄主义。你连局党委的领导都不要了。难道我们连及时了解案情和对侦破工作提出我们看法的权利都没有了？你说！"

余光辩解道："我不是这个意思，因为这个情报是孟丽用生命换来的，极端重要，为了破案，我把情报扩散的范围尽量压缩在最小限度内。这不是信不信任谁的问题，而是出于保密的需要。”

罗政委说：“你难道不知道你已经越权了，森警支队是武警，如果现役军人犯罪是要上军事法庭的，应该由军队自己管，地方是没有权力管的，要通过组织和他们取得联系，才能共同侦破。”

余光说：“我不是让钱彬和他们保卫部门联系的吗？我还是通过正常途径的。”

涂副局长说：“算了，算了，看余光也是好心，破案心切，我们也要理解。”

余光感激地看了涂副局长一眼说：“就是这样，现在我是没有任何隐瞒的了。”

杨局长说：“那你现在准备怎么办。你认为森警的直升机和案子有什么关系？现在他们人呢？”

余光说：“什么关系我还不清楚，现在正让钱彬他们调查。目前只知道森警有几架直升机、直升机的性能和飞行员的简单情况，其他的都不知道。我已经让钱彬他们去看看直升机，可能和飞行员直接接触一下。具体怎么办，我听你们的意见。”

杨局长生气地说：“你把我们都当傻子啊。什么关系你能不清楚，你现在就想把飞行员给抓起来，是不是？如果森警的直升机和这件案子有什么关系的话，就一定是用来运毒品的。这件事你用脚趾头想都能想明白，你会想不到？”

余光说：“我也是这样想的，但是没用，一点证据没有，我是不能抓人的。”

“我问你，钱彬是怎么向你汇报的？”

余光把钱彬说的话复述一遍，然后说：“我已经让钱彬他们到两个机场去了解一下具体情况再说。还有这个事我们不要再扩大消息范围了，这个怀疑太重大了，森警是现役武警部队，而且……”

杨局长说：“你别说了，我明白你的意思。我们几个你还不放心，我们也不会传这个消息的。老涂，你看哪一个会有问题？”

涂副局长说：“我想，泸水的嫌疑要大一些。”

这时杨局长的手机响了，杨局长拿起手机听了一下，是宣传处的打电话过来，说电视台准备播出通缉令，并且还要过来采访杨局长。

杨局长说：“电视台的要过来采访这个案子了。”

余光见这是个离开的机会，就赶紧说：“杨局长你要打扮打扮，好上电视，我现在就去安排。”说完赶紧走了。

涂副局长见余光走了，摇了摇头说：“你看他，他根本就不想和我们多说，是能不说就不说。我们知道这点情况，也是挤牙膏一样，一点一点挤出来的。就怕我们了解案情，好像我们中间就有那个内奸似的。”

杨局长说：“我要向省厅汇报这件事，再也不能就这样让他无组织无纪律地胡闹下去了。老涂，咱们哪跌倒哪爬起，你要多费费心了，这件案子你再组织一班人，全面调查。”

罗政委说：“这样不好吧，省厅调他过来时，就说过让他主抓这件案子的。”

杨局长想了想说："不行。我现在就给省厅的李厅长打电话，这件案子既然牵涉到森警，那个飞行员是现役军人，我们应该及时向上级汇报，要不然我们可能就被动了。"

杨局长拿起电话，拨通了省厅李厅长的电话，把事情的经过向李厅长作了完整的汇报，最后说："李厅长，您看，在这件案子上，余光是完全背着我们市局，单独行动，结果造成了线人的死亡。现在他仍然不听劝告，不和我们商量案情。排斥老同志，只信任少数几个新来的，而且还不通过我们局党委就私自调查森警，这会给我们和森警的关系造成很大的麻烦，并会影响军地关系。我怕这样下去会对破案工作带来更重大的损失。我想让涂副局长接替他来负责这个案子，您看怎么样？"

李厅长说："你消消气，别着急，你想现在虽然线人不幸死了，但是案子还是有了很大的进展，你要多看看他的成绩。虽然他不愿对你们汇报案情，但他也是为了破案，他也是有他的苦衷的。而且你自己也怀疑你们内部可能有问题，他肯定是更怀疑了。现在线人死了，于情于理，都应该把案子破掉，所以我看还是他来负责这个案子为好。森警的事，你放心，我会给他们打招呼的，但是，这件事你告诉余光一定要慎重，没有证据，不通过他们组织不能随便抓人。"

"好的。但是我怕他破不了案，他的力量也太单薄了，他只要3个人，这可是件大案啊。"

"我看他只不过把最关键最机密的事让那3个人在做，其他的事情别的同志也在参与嘛。这件事你不要再说了。他负责这件案子，是厅党委做出的决定。你们要多配合，多支持。我会给他打电话，让他给你们多汇报汇报情况。你们也放手让他干，就这样定了。"

"既然是厅领导做出的决定，我们遵照执行。"

"这件案子一定要破，这件案子在部里是挂牌督办的。同时可以让涂副局长帮帮他嘛，他是老同志，情况熟，经验多。"

"可以。"

杨局长挂了电话对罗政委和涂副局长说："李厅长不同意，还是让他主抓那件案子，还要我们多配合他工作，让他放手去干，让老涂去帮他。你们看不是我们不配合他，而是他根本就不要我们配合，他连案情进展都不告诉我们，我们怎么配合他？我真怕这件案子再办砸了。"

罗政委说："我看我们把能做的事都做好，把那3个人抓到，把杀手的情况搞清楚，他不愿告诉我们飞行员的事，我看还是让余光自己去调查吧。"

涂副局长说："就目前情况来说，破案的条件比上次好得多，应该能破案，不过我总觉得余光没和我们把情况都交底，他还有隐瞒。比如线人的情况和那3个人在贩毒集团的作用，线人和贩毒集团的关系等，他都有所隐瞒。你看他满口说孟丽牺牲什么的，他十分信任她，什么孟丽是线人、是在赌场抓到的等等，我才不信呢。

余光在西双版纳是缉毒大队的，抓什么赌。我估计孟丽八成可能是他手下，是个卧底警察。"

"是啊。线索是他找到的，他要报功。我们也不能让他把全部的功劳都抢走了，你们想我们在这个案子上栽了大跟头，他来了没半年就破了这个大案子，我们在厅领导面前就没法交代了。老涂你要下大力气啊。"杨局长说道。

罗政委说："要怪还是要怪我们自己没破那个案子，现在我们多被动啊。"

杨局长说："我们大家都齐心合力，无论如何我们都要破案。要不然我们都无法向市里、厅里交代，也无法向全市人民交代。我现在去电视台。老涂你去指挥中心。老罗，这段时间局里的事，你就多操操心了。"

## 五

沈红义和许燕来到了许燕的一个秘密住所。沈红义边挂那幅画边对许燕说："燕子，你赶快通知所有人换手机号码，然后给那个我们的内线打电话，我去洗个澡。"

洗完澡出来只见燕子正在给那个内线打电话，他就拿起了另一个分机，听见燕子正在说："那个孟丽是不是你们的线人？"

"是的。但是你们也不能在大街上杀人啊，现在这个案子很紧。"

"你干吗不早告诉我们，你们公安局对我们还盯得这么紧。"

"我不是早告诉过你们吗，新调来的余光主抓你们这个案子，他不信任我，孟丽是他的线人，他到底查到些什么情况，在查什么，他根本就不对我说。"

"他怎么会不对你说，他不信任别人，还能不信任组织？"

"你不能这么说，上次案子公安局就怀疑内部有人通风报信，所以他来了以后，除了新调来的人，他一个都不相信。他现在虽然怀疑不到我，但是他的口很严，除了我们追问，他是一点不说的。"

"你们现在了解一些什么情况？"

"他只告诉我们两点，一是我们有那3个人的照片、指纹和其中的一个手机号码。市里决定马上就在电视台播放通缉令，一个人悬赏一万元。我想一个小时内就会播。二是余光认定了是森警的飞行员开直升机把毒品给你们偷运进来的。最有可能的是泸水那个。"

"他是怎么知道的，你们现在是不是就要抓那个飞行员？"

"是孟丽临死前给他打的电话，说是森警的直升机和贩毒案有关。飞行员现在没有证据，他还是现役军人，我们暂时不会抓的。但是余光现在已经派人去调查他了。"

"他是怎么知道是泸水的直升机干的，不是别的地方的？"

"森警直升机就两架，一架在泸水，一架在贡山。你说他会怀疑哪架？"

“他说了没有，那3个人他还知道什么情况，他是怎么搞到那3个人的照片的。”

“我想他应该不会了解那3个人的其他情况，因为他布置了刑警队调查那3个人的情况，又要刑警队全力追捕他们，他会把所有知道的3个人情况都说出来的。要不然刑警队没法追捕。至于照片、指纹他怎么搞到的，他说是孟丽和他们喝酒时搞到的。具体他不肯明说。就这么多，现在我不方便，以后再说吧。”

燕子对沈红义说：“你都听见了，现在怎么办？”

沈红义闭上眼睛想了一会说：“妈的，你通知勒民、小B，他们现在跑不了了。让他们现在暂时躲起来等冠明去接他们。让冠明去把他们料理清楚。通知猛强现在就干掉那个飞行员郭华。”

燕子说：“勒民、小B他们没别的办法了？他们到底跟了我们好几年了，杀了飞行员，我们以后不做了？”

沈红义两眼发直地看着那幅画说：“你现在想想就知道我们也没办法了。你知道我为什么要天天带着那幅画吗？你以为我不知道蝉只能活一夏，兆头不好吗？我早就知道有这一天了。我们就像那只蝉一样，蝉要在地下待7年做准备，只能获得一夏的歌唱欢乐。我们辛辛苦苦做了四五年的准备，现在我们情况不错，至少比蝉好多了，平平安安发了两年财。蝉只有一夏啊，我们该知足了。我带着这幅画就是让它时时刻刻提醒我，我们只有一夏的欢鸣啊。”

“义哥，你太悲观了，孟丽只是个线人，又不是公安局的，我想没必要那么悲观，形势没那么严重。”

“燕子，你不要安慰我了，孟丽不是线人，线人会催眠吗？只不过那个新来的余光负责调查不说实话罢了。我现在想的是我们不要有蝉的下场罢了。现在开始我们不进货了，把手上的货都处理了，我们就洗手不干了。我们的钱已经一辈子花不掉了。燕子你去打电话吧。先给勒民打，别告诉他们是冠明去接他们，只说让他们等着，我派人去接他们。”

勒民和小B离开了沈红义他们后，还是回了一趟家，换了一套旧衣服，打扮成当地农民后，直接来到了城北的路口，上了辆去长沟坪的农用短途车。到了后，在等换车去李家滩时，勒民的手机响了。

“勒民吗，我是许燕，你们现在在什么地方？”

“是我。我现在在长沟坪，正准备去李家滩。现在没事吧？”

“现在麻烦大了，你们的照片、指纹都给那个小婊子搞到了，公安局马上就会在电视上播通缉令。你们3个人每人悬赏1万。义哥怕你们走不掉，让你们现在暂时找个地方躲一下，比如录像厅，或者山上没人的地方什么的。义哥马上派人去接你们，到了给你们打电话，把你们带回来，先找个房子躲起来，以后看情况再做打算，你们听清楚了吗？”

“谢谢义哥和许小姐的关照，我听你们的。”

勒民挂了电话对小B使了个眼色后，带着小B来到一个没人的山坡上，把电话内容对小B说了，然后说："小B，你看我们怎么办？"

小B说："她怎么会搞到我们的照片和指纹的？"

"现在这些都不重要了，最重要的是现在我们怎么办？"

"那我们只有听老板的安排了，其他的我也没办法。勒哥你说呢，我听你的。"

勒民点了支烟幽幽地说："小B，你太实心了，我怀疑老板不是派人来接我们，而是来杀我们的，你想，要把我们藏起来的话，根本就不会让我们自己跑了，当时就能安排。你动动脑子，他要我们不管白天黑夜每2个小时都要给他打电话，表明现在情况是多么危险。现在又要我们等他派人来接，把我们藏起来，他有那么好心？哼！我怕来接我们的是催命无常。"

"勒哥，老板真会这样？！那我们怎么办？"

勒民想了好一会儿说："我们现在就回DL，你有没有信得过的人，最好是个女的，和我们案子没关系的，老板也不知道的。"

"我有一个女朋友，是个打工妹。谁都不知道，她行吗？"

"重要的是你信得过就行，你给她打电话，让她一个小时后，去蝴蝶泉小区26栋402室找一个叫胡雅荔的小姐，她是我的小蜜，绝对可靠。你的叫什么名字，我要告诉胡雅荔。"

"她叫陈美艳。"

小B又说："那样我们以后就不跟老板干了？彻底离开老板了？"

"那倒不是，只要我们能够过了这一关，老板仍然会信任我们的，他会对我们另眼相待。现在胡卫军死了，我又跟了他那么多年，最重要的是只要我们对他还有用，不会给他带来麻烦，他照样会用我们的。我们仍然每2个小时都给老板打电话，让他放心我们没被公安抓到。"

勒民拿起电话给沈红义打电话说："义哥，我想呢，这件事太麻烦义哥和许小姐了，现在情况又这么紧急，你又好多事，我们自己的这点小事，不好意思来麻烦老板你了，还是我们自己来解决这个问题吧。我还是每2个小时给你打电话，你看怎样？过了这关以后，我们还是会像过去一样跟着你的，你以后还是我们的好老板。"

沈红义一愣，想了想说："为什么？这样也好，你们千万自己注意，那样以后就要靠你们自己了。但是你们每2个小时都要给我打电话。如果给公安抓住，你们至少要顶24小时，那样的话，你们还是我的好弟兄，我也不会怪你们的，我仍然还会照顾你们家人的。明白吗？"

"义哥，你说的我很明白，我会把你的话牢牢记在心中的。我也会和小B讲清楚，他也会明白义哥的意思。你放心，义哥，我挂电话了。"

沈红义挂了电话说："燕子，勒民他们怀疑我要干掉他们，要自己走。让冠明不要做了。”

燕子说：“义哥，他们不会反水吧？”

“不会，即使反水他们也要坐20年牢，他们根本不会这么干。但是只要给公安抓住，他们保命要紧，肯定会说。我只希望他们24小时不要开口，要不然，哼！我会‘问候’他们全家的。现在好就好在他们不知道我们内线的底，即使交代了，我们也会知道的，我们应该还来得急跑。不过我还是要求菩萨保佑他们，不要给公安抓住了。哎，当时我就该下决心的，现在后悔也晚了。不过我觉得他们也能逃出去。抓‘二王’[①]时全国声势那么大，还不是逃了大半年。只要他们能够离开云南就平安无事了。猛强的电话打过了吗？”

“打过了，猛强不会让那个飞行员见到明天的太阳的，但他要半夜才能到泸水。”

“打电话给飞行员，要他赶到泸水县城，说我们找他谈下次运货的事，现在是6点多，让他8点半在南国桑拿城见。让猛强10点以前赶到那儿，9点不到你再打电话给他，就说车给堵住了，先把他稳住，明白吗？”

“内线不是说，因为没证据，暂时不会抓他吗？为什么这么急？”

“我现在有这个感觉，那个余光怕内线知道情况告诉我们，故意这么说的，他的人现在就在赶去抓他，保险起见还是现在把他骗出来的好。”

“那余光会不会让森警现在就抓他？如果这样的话，我们肯定赶不上，没他们快。要不要通知他跑，我们先过了这关再说？”

“不要紧，来得及。森警是武警，是现役军人。军人犯罪是要求军队处理的，地方无权干涉。中间有很多环节和手续，办起来会很麻烦的。余光又没有证据，森警的领导为了他们本身的利益，也会保飞行员的。因为如果承认在他们不知情的情况下，森警的飞行员竟然偷开森警的直升机去贩毒要负领导管理失察责任的，他们前途也就完了。所以森警一般来说在没证据的情况下是不可能去主动配合公安的。不管怎么样，还是给猛强打电话吧。”

勒民给沈红义打完电话以后又给胡雅荔打电话说：“雅荔啊，我出大事了。现在要出去躲躲，你能不能帮个忙？”

“说吧，要我怎么做？”

“你赶快去药店，多买点纱布和绷带什么的，我要用。一个小时后有一个叫陈美艳的去你家找你，你和她在家等我。我和我的朋友小B大概一个半小时后到，具体情况见面后谈。”

“是你还是你朋友受伤了？伤得重不重？要不要买点药？要不要去医院？”

“我们都没事，没受伤，你不要问太多，先去买纱布、药棉、绷带什么的，要买很多很多，多跑几个药店，分开买。还要买一些红药水，最好买一副拐杖。我要化

---

① 东北琼方、琼伟兄弟二人为悍匪，1983年被击杀，后引发了“83严打”。

装成受伤。你明白了？”

“我明白了，但是，你为什么要装受伤呢？”

“你别问那么多了，公安局在抓我，我要离开DL市一段时间了。现在就去买，等见面我再详细告诉你好了。”

“我马上就去。”

勒民问小B说：“你也和陈美艳讲好了吧？我们现在就赶回DL市。我还要告诉你一件事，你要牢牢给我记住了，如果我们给公安抓住了，至少要坚持24小时才能开口，撑住两天，要不然老板会要你家里人的命的，你现在听明白了吧？”

燕子对沈红义说：“你决定了，我现在就给郭华打电话，让他去南国桑拿城。”

沈红义叹了一口气说：“打吧，妈的，胡卫军死有余辜。大不了，我们以后洗手不干了。”

燕子拨通了郭华的手机说：“是郭华吗？”

“我是郭华，请问你是哪位？”

“我是燕子，没听出来啊！真是贵人多忘事啊！你现在怎么样？忙吗？”

“嗨！谁是贵人啊！你别拿我开玩笑了。我好得很，现在是9月下旬了，主要进行日常训练，没什么事。你找我有什么事吗？我说，你怎么又改手机号码了？是不是……”

“没什么，你别瞎担心，我不是常改手机号码吗？小心一点总好嘛。你现在记住我的新号码。现在行情很好，老板想赶快再运一两次。你觉得行吗？”

“这不太可能，我们现在几乎不飞了。”

“还是有机会的，现在不赶紧再飞几次，那要到明年四五月份才有机会了，那样我们货就断档了。你看我们今晚8点半在泸水的南国桑拿城见面商量一下怎样？”

“商量也没用，没机会，风险太大了，现在把飞机飞出来是不可能的。”

“是有一点风险，所以要见面商量啊。看看有没有办法啊。你不是还要训练吗？这样吧，我们见面好好商量商量，看看有没有机会。其他的等见面再说。”

“训练就个把小时，时间根本不够，你们别乱打主意了。哎，现在都6点多了，我马上赶过去，大概还来得及，不能晚一点吗？这离泸水县城还有50多公里，我还没吃饭呢。”

“没事，在桑拿城我们边吃边谈，你现在就出发吧，我们早点见面。见完面我还要赶到片马去。”

“好吧，你们现在在什么地方？”

“我在路上，离你那里还有120～130公里吧。你先到的话，自己点菜先吃，不要等我们，到了我会给你打电话的。”

燕子挂了电话说：“义哥，郭华那边情况还好，他现在就过去泸水县城。是不是我现在就给猛强打电话？”

沈红义说："当断不断反受其乱。这也是没法子啊，我还想多做几年呢，但是钱虽然重要，命更重要啊。通知猛强，让他动手。"

"猛强，我是燕子，你现在离泸水还有多远，义哥要你无论如何在10点钟以前赶到泸水县城的南国桑拿城。郭华已经给公安发现了，在那儿见到郭华就干掉他，我已经让郭华8点半开始在那儿等你。"

"许小姐，现在都快7点了，离泸水还有近300公里，路又不好，全是山路。我现在都开到80迈了。你知道这路开这样快是要出事的，就这样10点钟是赶不到泸水的，大概要10点半才能到啊。再快也不行啊。而且可能堵车，实在来不及啊。"

沈红义在旁边接过电话说："猛强啊，这次就拜托你了，无论如何都要以最快的速度赶到泸水。郭华知道的事太多，他又不可靠，现在只有靠你了。"

"老板，你放心，只要不堵车，我争取在10点钟赶到那儿，我挂电话了。"

晚上7点刚刚过没多久，勒民和小B在回DL的路上，见到公安已经把交通线全给封锁了，所有出城的车辆停成一串，把道路的一边全给停满了，公安上车仔细检查每一个出城的人。估计公安人手还不够，进城的车辆检查比较松，勒民和小B暗自庆幸连闯过了两道关卡，回到了DL，他们在近郊区没等到车站就下了车。

7点半他们赶到了胡雅荔的家，见陈美艳已经到了。勒民说："这是我朋友小B，这是胡雅荔。"

小B说："胡姐，给你添麻烦了。"

"小B，快别这么说。你是勒民朋友，就是我朋友。勒民从来不带我见他朋友，好不容易来了个他朋友，我还有什么说的。"

勒民打开电视，调到DL台，DL台正在播DL新闻，第一条就是丽锦酒店的枪杀案，然后就是DL市公安局杨局长介绍案情，接着发布对勒民、胡卫军和小B3人的通缉令。说上述3人是丽锦酒店枪杀案的重要嫌疑犯，是凶手的同伙。通缉令上有他们3人的几张照片，有正面头像和全身照。并说如有提供破案线索者，每成功抓获一人的话，就奖励一万元并加以保密。

陈美艳看了以后就对小B说："人是不是你们杀的？你给我说实话。"

小B说："电视上不是说了吗，我们和那个女的刚吵完架，那个女的就给别人杀了，我们也不知道怎么回事。现在公安局把我们当嫌疑犯，要抓我们，你看都出通缉令了。我们现在只有离开DL，出去避一避。等公安局把那个杀手抓到了，我们再回来。"

陈美艳说："既然人不是你杀的，你怕什么怕，不如到公安局去讲清楚，不就没事了吗？"

小B说："我哪敢到公安局去，你知道我在公安局是有案底的。打架、赌钱什么的，公安局不可能信我，肯定认为我们跟杀手是一伙的，非把我抓起来，再逼我说出杀手来不可，这样他们就算破了案，我又不知道杀手是谁，我说不出来，公安局肯定说我不老实，抗拒从严，那样我就完了，非把我关个十年八年的。”

陈美艳说：“那你怎么办？现在出去躲一下，以后怎么办？这不是办法啊！你又不能在外面躲一辈子的。我看还是去公安局把情况说清楚的好。”

小B火了，“你到底爱不爱我，我现在有难了，你不仅不帮我，你还让我到公安局去送死，你想干什么？”

陈美艳“呜呜”地哭起来，“我和你在一起，你给我什么好处了？你又有家室，现在出了大事了就开始找我，我上辈子欠了你什么啊？”

胡雅荔赶紧劝道：“小陈，你别哭。小B现在心情不好，你就不要和他计较了。你看他现在出了事，谁都不找就来找你，小B还是爱你的。要不然他干吗不去找别人？”

勒民在旁边也劝道：“我们也只不过出去躲一段时间，少则个把月，多则两三个月，等公安局把案子破了，我们就回来，不就没事了吗？”

小B搂着陈美艳，说：“美艳，好啦，别哭了，是我对不起你，是我不好。哦，我不该发火的。你再哭，他们都会笑话我们的。”

陈美艳说：“那如果公安局破不了案子，那你们不就要跑一辈子？”

“这样我们的麻烦就大了，现在只有走一步算一步了，管不了这么多了。不过，公安局也不是太笨，我想他们会抓到凶手的，我和小B会没事的，你放心。”勒民说道。

“我放得了心吗？电视上都播通缉令了，你们跑得了吗？不如你们去公安局，反正公安会抓到凶手的，你们会没事的。”

小B说：“这个我和你勒民大哥早想好了，只要公安抓住凶手了，那样我们跑不跑都没事。如果公安没抓住凶手的话，我们去找公安，那就麻烦大了。如果我们跑了，以后公安抓住我们了，跟我们现在自己去自首一样，反正都是吃不了兜着走。所以我们还是出去躲一段时间的好。”

“那现在都上电视了，你们怎么跑出去？”

他们3人听陈美艳这么一说，都松了口气。小B说：“这个不要紧，你勒民大哥已经想好法子了。我和勒民大哥都在头上包上纱布，涂上红药水，搞得谁都认不出我们来。我和勒民哥、雅荔姐坐长途车去昆明，路上碰到公安就说我是开大货的司机，勒民哥是老板，上个月我们去泸水收松茸，半路在DL翻了车，都受了伤，今天刚出院回昆明。那样不就跑了吗？到了昆明，那么多人，抓谁去？我们然后去广州、上海。谁能抓到我们？躲几个月不就没事了，那样我还能陪你几个月呢，你开不开心？”

“好了，别说了。雅荔，东西都买好了吧？拿出来。”

说着，勒民和小B开始往头上缠纱布，又在纱布上倒上红药水，又在每人脸上贴上块纱布。

勒民又照了照镜子说：“这下没人认得出我们了吧？”

小B说：“勒哥，这次全靠你了，要不然……”

“别说了，雅荔、陈小姐，你们都听着，现在开始我不叫勒民了，叫王兵。小B也不叫小B了，叫吴得贵。你们还是叫自己的名字。雅荔是我老婆，陈小姐是吴得贵的女朋友。我再说一遍：你们从现在开始叫我兵哥，我是货主，吴得贵是我雇的货车司机，上个月开车从昆明到泸水收松茸，半路在DL翻了车，我和吴得贵都受了伤，在DL市医院外科住了一个多月时间的院，你们是从昆明来照顾我们的，现在出了医院回昆明。路上就这么说，大家一定要记清楚了，现在开始，大家就要练习一下，以后不管在人前人后都不许叫我们名字了。小陈，你明白吗？”

陈美艳点头说：“兵哥，我记住了。小B这样说行吗？公安不会再问什么了？”

小B说：“美艳，你说错了。刚才兵哥说了以后叫我吴得贵或贵哥都行，千万不能叫我小B了。如果在公安面前这样叫就全完了。你可千万要记好啊。”

勒民说：“吴得贵，你不要吓小陈了，她是第一次，多说说就好了。”

“兵哥，我怕在公安检查的时候又说错了，我不行的……”

胡雅荔也说：“小陈，别理睬吴得贵，你多练练就行了，没问题的。”

勒民说：“雅荔你收拾收拾东西，东西不要多，也不要少，看上去像4个人的行李就行了。我们马上走。小陈，你给你老板打电话，请个假。吴得贵你到厕所来，我们商量个事。”

勒民在厕所低声对小B说：“她行吗？信得过吗？”

小B说：“我信得过她，她应该没问题。”

“那就行，你马上出去，把你的假身份证给她，再试试她。还有，你马上把几颗子弹的弹头拔掉，把火药给我取出来，我有用。”

勒民出来后又开始在自己的一个脚上边缠绷带，并对陈美艳说：“小陈啊，你放心，照我说的做，肯定没事。吴得贵现在有难了，你总要帮他的，对不对。只要你有这个心，多练练没问题的。”

小B出来说：“美艳，这是我的假身份证，放你这儿，到时候公安要看身份证的时候，你拿给他们看。”

美艳把身份证收好说：“贵哥，我没带身份证，不要紧吗？”

勒民高兴地说：“你看，你现在不就行了吗？身份证没带不要紧，我们路上回去拿，顺便你请个假，你也拿点东西。”

小B把火药递给勒民说：“勒哥，你要的东西。”

勒民说：“我们现在就每人吃两个。这个玩意吃了以后胃会很难受的，浑身上下冒虚汗，脸色发青发灰。这样我们就更像病人了，而且公安更认不出我们了。上了长途车后每人再吃两个。”

勒民见雅荔东西收拾好了，拿起一根拐杖试了试就笑着说：“你们看我像不像脚上刚拆了石膏？”

陈美艳说：“王老板，像是像，但是拐杖太新了，应该还要在拐杖上缠点纱布什么的搞旧了才像。”

勒民笑着说："美艳，你真聪明，一点就通，得贵没找错人啊。"说得美艳也不好意思地笑了，气氛一下子就缓和下来了。

"最后我再说一遍，我和雅荔打车在前，得贵和小陈另外打个车跟着，和司机说不要跟丢了，让司机开慢点，我们去长途车站，买长途卧铺车票去昆明。先去小陈那儿拿身份证，然后去昆明。现在就走。"

把拐杖处理了以后，他们 4 个人又互相打量了一番，就满意地下了楼。

郭华接过燕子的电话以后，觉得离 8 点半见面时间还早，到约定的见面地点南国桑拿中心也就一个小时的路程，他又不愿意在那儿干等，于是决定在队里吃了饭再走。

7 点钟时，他们大队部里的电话响了。

"请问这里是 DL 市森警支队泸水大队吗？"

"是的，请问你是哪位，找谁？"

"我是云南省森警总队政治部的王永主任，我找你们大队长，他在吗？"

"我们谢大队现在不在，他在吃饭，是不是我叫他过来接一下。"

"行，快点。我电话不挂，等着他。"

过了没几分钟，泸水支队的谢大队急急匆匆地赶来，接过电话说："王主任，您好，我是泸水大队的大队长谢用平，请问您有什么指示？"

"谢队长，你好。我问你，你们大队是不是有个直升机飞行员叫郭华的。"

"是的，有这个人。"

"他现在还在大队吗？"

"在，刚才在食堂吃饭时，还看见他了，他现在应该还在吃饭。请问你找他有什么事吗？"

"他人在就好。我刚接到国家森警总队和公安部缉毒局的联合通知，郭华涉嫌一起重大跨国贩毒案，有重大犯罪嫌疑。现在，我命令你，从现在开始，一定要把他控制在队内，不能让他逃跑。"

"那么，我现在就把他给抓起来？"

"现在还不行，没有法律手续，你只要想办法让他今天晚上在队里待着就行了，DL 市公安局的同志带着法律手续正赶往你们那里。大概半夜才能到，你一定不能让他跑了，等公安局的同志一到，就协助公安局的同志拘留他。明白了吗？"

"明白了，我现在就盯着他去，在 DL 市公安局同志来以前，我不会让他离开我视线的，您放心。"

"那好，一定要注意保密，不要让其他人知道这件事。"

谢大队急忙赶到食堂，一看，郭华不在了。他的心一下子提了起来，又连忙赶到窗口一看，见郭华推着摩托准备出门，心一下子放回了一小半，他赶忙喊住，"郭华，郭华，你回来一下。"

郭华正走出大门口，听见大队长在喊他，就问:“谢大队，你叫我？什么事？”

“你上来，我找你有事！”

谢大队见郭华回身过来了，心就完全放了下来，他已经想好了绊住他的办法。

郭华上来问:“谢队，什么事，这么急？”

谢大队说:“刚才，我接到通知说，明天省森警总队的领导要来，他们要听取我们直升机巡山情况的汇报，包括效果、费用、线路等等，可能要在全国边远林区推广呢。今晚无论你有什么事都要放一下，到我办公室来，我俩把这个材料要好好整理一下，可能要大半宿呢？你有事？”

“也没什么大事，有几个朋友找我聚聚。那行，我给他们打个电话，告诉他们我不过去了。你先去，我马上来。”

郭华拿起手机给燕子打了电话说:“喂喂，我是郭华啊，是你吗？我今天去不了，队里有事，我要加班。我们改天见面再聊吧。”

燕子接到这个电话，浑身一震，给沈红义使了个眼色说:“郭华，什么事，说话方便吗？”

原来燕子把手机改装了，这个手机不仅能当手机用，而且还有个电话座机当分机，甚至还有录音设备，可以把所有的电话记录下来。沈红义连忙拿起了分机听着。

“没事，你有什么事，你说。”

“我是说，不是原来说好的嘛，8 点半在南国桑拿中心见面商量那个事吗？怎么又变卦了？”

“是这样的，刚才，我接到通知说，明天省森警总队的领导要来，他们要听我们直升机巡山情况的汇报，我晚上和大队长要加班赶材料。没办法，去不成了，要不然，明天见？”

“哦，是这么回事，哎，你一开始不知道这事？平常这样的事多吗？”

“不知道，刚才才接到我们大队长通知的。过去这种临时通知的事不多。怎么了？”

“没什么，随便问问，小心一点好！行，那就明天见面吧，有事我给你打电话。挂了。”

燕子对沈红义说:“义哥，你怎么看？”

沈红义皱起眉头，说:“他可能失去自由了。”

“你是说，他已经被抓了？”

“我想还没这么快，但是我估计他可能被监视了，走不了了。现在让猛强尽快赶过去，我们只有靠他了。”

燕子叹了口气说:“他如果给抓了，猛强去了也晚了，只怕来不及了。”

“告诉猛强，我估计郭华还在森警队，让他赶到森警队去，只要发现郭华就立即动手！注意大门口等必经之地，准备在路上干掉他。我们只有尽人事，看天命了。哎！这个电话还是让我来给猛强打吧。”

# 六

晚上8点钟时，余光在殡仪馆大门口焦急地等待北风的到来，这时一辆黑色的帕萨特悄悄地滑了过来，那辆车打开了车窗，从里面传来一个低沉急促的声音："余光，上车。"余光打开车门坐到副驾驶座，准备好好观察一下孙英杰。只见车内只有一个驾驶员，穿了件黑风衣，戴着口罩、墨镜，还戴了副手套，把自己包裹得严严实实，让人看不清楚真实面容。

余光问道："请问你是……"

孙英杰答道："北风在咆哮，我是北风。余光同志，孟丽同志的遗体在什么地方，带我去瞻仰她。"

余光说道："北风同志，请向里开，第二个路口左拐，马上就到了。我已经安排好了，冷冻室没其他人，钥匙已经在我这里了。"

到了冷冻室门口，余光赶紧先下了车，看了看四周没人，就示意孙英杰下车。孙英杰提了个包下了车顺手就把风衣的领子竖了起来，快步走进楼内。

余光边把冷冻室打开边说："北风同志，孟丽同志被击中了3枪，都是达姆弹。头部一枪对遗容造成了很大的损伤。我们已经尽了最大的努力……您见了以后，请节哀……"

余光把冰柜拉开，顺手把尸殓布从脚上揭开直到胸部，然后就退到了一旁，孙英杰疾步走到近前，向死者孟丽慢慢地行了个军礼，又鞠了3个躬。余光也跟着鞠了3个躬，说："北风同志，我在外边等您，请节哀。"说完就退出房间，顺手把门带好。

孙英杰脱了口罩，取下墨镜，轻轻地说："孟丽同志，我来看你了。"说着就走了过去把殓布轻轻地整个撩起，他浑身一抖差点跌倒在地，孙英杰把头仰起，泪水从他眼里止不住地流淌下来，只见孟丽同志躺在那里，一颗子弹从右脸向上打入脑部，把整个后脑全部炸开了，但是她的脸上却流露出一种安详的神情，他明白那是一种尽了力后问心无愧的从容。孙英杰低下了头，深深地在额头上吻了一下轻轻地说："小丽，你放心，你已经把贩毒分子的入境通道给堵上了，你的牺牲是有价值的！小杜他们也有眉目了，现在我们要准备收网了，我们会把贩毒分子一网打尽的，一定会为你报仇的。现在我把你的军装带来了，让我给你换上。"

孙英杰打开他带来的包取出一套完整的上尉军礼服，帮她换上后，静静地站立一旁默哀，又出神地看着，他想起了孟丽的往事。

孟丽的爷爷是个老红军，属于红二方面军，贺龙元帅的老部下。他的父亲孟国庆是个独生子，"文革"使得孟国庆一下子变成了个地地道道的"黑五类"，但是孟国庆没有像大多数人一样被击倒，并沉沦下去，而是凭着强烈的共产主义信念，又受到切·格瓦拉事迹的启发，越境参加了缅甸共产党的游击队。他从1969年参加缅共游击队起，20年来，已经从一名普通外籍战士成长为游击队的一名旅长，并且和当地一个土司的女儿结了婚，在1985年有了女儿孟丽。但是，1989年后，随着国际形势的变化，缅共游击队已慢慢蜕化变质为一个武装贩毒团伙，孟国庆坚持自己的信念，除了自己坚决不参加贩毒活动，并且还千方百计地阻止别人的贩毒活动，最后他和他的妻子被原来的战友、现在的贩毒分子杀害。而孟丽在她的土司外公的保护下，由她父亲生前的部下秘密护送到中国国内。

可是她的爷爷奶奶早已去世。孟丽回国以后成了孤儿，鉴于她的特殊身世，而且她的爷爷也已经平反，有关部门将她交付给可靠的人抚养长大，可以说是党培养了她。长大以后，因为她会缅甸语，对缅甸的情况比较熟悉，和缅甸北方的各种割据势力（他们的头目很多都是孟国庆当年的战友或部下）有着千丝万缕的关系（当年杀害她父母的凶手及后台已经在数年前一次毒贩的内部火并中身亡），所以被有关机构派到了负责收集缅北情报的小组工作。在缅甸北方，她依靠特殊的身份做了大量的工作，取得了丰硕的成果。正因为缅北这些割据势力与贩毒活动密不可分，缉毒局才选择了这个小组进行试点。而孟丽依靠她的特殊身份和关系查明了贩毒团伙的国外毒源、在国外的交货地以及国内贩毒团伙的接头人，然后又回到DL，在各个娱乐场所寻找到了他们的踪迹，最后查明了贩毒团伙把毒品运入国内的方法，使案情取得了重大的突破。

孙英杰痛苦地想：自己犯了致命的错误，孟丽已经向他汇报过今天的行动方案，自己应该派人去接应她的，如果有人接应的话，说不定孟丽同志就不会牺牲。我对不起孟丽同志啊……

孙英杰又想：我过去主要是从事国外工作，国外的工作主要靠个人的工作能力和小心谨慎，很少需要接应的做法。但是现在是在国内，应该强调工作的协调与配合，这一点我失职了，我要向领导请求处分。以后一定要吸取这个教训。如果可能的话，今后要增加人手，并且要多利用余光的力量，只有这样我们才能更快地抓获贩毒分子，为孟丽同志报仇。

想到这里，他轻声地呼唤：“孟丽，我对不起你，我没有保护好你。在你冒着生命危险的时候，我在做什么？说得好听一点我是在坐镇指挥，实际上，我是在坐享其成！你百分之百地完成了任务，安息吧！我一定为你报仇，那些贩毒分子一个也跑不了，我会一个一个地亲手抓获他们的。我向你发誓，我一定会做到的！”孙英杰亲了亲孟丽的额头并把尸殓布盖好，轻轻地关上冰柜，戴好口罩、墨镜和手套，转身离开了冷冻室。

孙英杰对余光说：“你把这个贴上封条，没有我的命令，任何人都不准动这个冰柜。知道吗？”余光点头答应，说完，两人出门，上了车。

余光说：“现在，杀手的那辆北京2020情况已经查清楚了，是昆明的一个私家车。二中队长才力已经带人去昆明了，明天上午应该能把情况搞清楚。嫌犯的情况目前还在查，暂时还不能确认是否有案底，我想明天应该有答案。”

孙英杰看了一眼余光说：“很好。你是不是还有什么话说？”

余光不好意思地说：“我现在压力很大，局里要我把情况说清楚，我暗中派人去调查森警直升机的事，我们局里杨局长、罗政委、涂副局长他们3人已经知道了。北风同志你别急，这不是我告诉他们的，是森警支队的周支队长打电话告诉杨局长的。同时森警是现役武警部队，我们地方处理起来……”

孙英杰皱着眉头说：“他们知道了什么？”

余光低声说：“他们都是老公安了，周支队长一说，他们都猜了个十有八九。”

孙英杰看了一眼余光说：“我已经向部里汇报过了，部里同意拘留泸水的飞行员，并且会和森警说明情况的，让森警现在就监视他，等你们的人一到就马上拘留。手续的问题你放心。你让你的人去泸水的路上，在六库县公安局停一下取拘留令，你也通知一下六库的刑警队。我会把拘留令发到六库刑警队的，那样法律手续就全了。你现在就赶到泸水去，一定要24小时内拿下口供。没问题吧？”

余光说：“那好，我现在就走，我争取24小时拿下他。”

“不是争取，是一定。要不然我们会十分被动的，这已经惊动部里和国家森警总队了，都通天了，拿不到口供和证据我们就被动了，案子也就完了，要知道我们现在一点证据都没有。”

8点多，勒民等4人打出租车来到长途汽车站，只见所有进出口都有警察把守，进站口排着长长的队。勒民说：“雅荔，你去买4张去昆明的卧铺车票，我们去进站口排队等你，快点。”

“勒哥，那儿都是警察，我们在这里等雅荔姐吧？我有点怕。”陈美艳说。

勒民叹了口气说：“我不是告诉你了，我现在叫王老板或者兵哥，他叫吴得贵，你怎么又忘了。而且我们在这里等，不过去，公安会起疑心的，你看大家都过去在那里排队。等买到车票以后，我们直接找警察，说我们行动不方便，要求照顾我们插个队，先上车，公安肯定想不到我们敢自己送上门去。哼！我倒要看看他们怎么抓我？”

“高，实在是高，高家庄的高。兵哥，我是真服了你。美艳，听兵哥的，别害怕，我们现在过去，就是我们被抓了，也没你什么事，你怕什么？走！”

勒民拄着拐，小B吊着左胳膊，两个人头上都缠满了绷带，两个人的脸上因为紧张加上火药在胃里的烧灼，使整个脸都扭曲了，满脸发青，大滴大滴的汗珠顺着脸往下淌。美艳的脸也紧张得满脸通红。他们3个慢慢地顺着人流，向进站口艰难地走去。

到了进站口附近，勒民说：“好了，我们在这里等雅荔。”很快，雅荔就买了票回来。勒民说：“雅荔你去和警察说，我们有病，先让我们上车，美艳你少说话。跟着我们，现在就看你的了，雅荔。”

雅荔找了个在维持秩序的警察说："大哥，怎么这么多人？一个一个的在检查？"

那个警察指着通缉令说："对不起，我们现在在抓捕3个逃犯，就是那3个人，他们是今天在丽锦酒店大门口制造凶杀案的嫌疑犯。你见过他们吗？"

"没有，大哥，你看我们这有两个病人，上个月从昆明来收松茸的，翻车受了伤。今天刚出院，你能不能行个好，让我们先过去。"

警察看了一下说："行，但是还是要看一下他们的身份证，这是手续。"

"谢谢！这是我老公的身份证。美艳，你把得贵的身份证也拿出来。"

那警察看了一下说："他是西双版纳的，怎么从昆明来收松茸。你是我们DL市人吧？"

"我老公从西双版纳来昆明已经10年了，他在西双版纳认识一个来旅游的日本佬。后来他就专门帮他收松茸并出口日本，你知道那玩意儿在日本，新鲜的和不那么新鲜的货价格可能差1～2倍。所以我们都是现收的新鲜货，玩命一样拉到DL，然后空运到上海，马上就出口日本。喊他们开车慢点。他们从来不听的，你看不是出事了吗？我们是在DL认识、结婚的。这次还好，没出大事，看他们以后还敢不敢开快车了。他们也怕死。警察大哥，帮帮忙，能不能带我们进去？"

"行，跟着我，从边门进去。"

"谢谢！谢谢！"雅荔边说着边从勒哥的兜里掏出了一包烟，给警察塞了过去。

"是极品云烟，哈。到底是老板，我抽一支吧。"

"你都拿去，你帮了我们大忙了，要不然我们还不知道怎样过这一关呢。"

雅荔说着就把剩下的烟塞到了警察的口袋里。然后她就扶着勒民跟着警察从工作人员入口进了车站。

小B边在后面跟着边向美艳说："美艳，你看人家雅荔姐多会来事，以后学着点。"

勒民和小B就这样混过了检查站，上了去昆明的长途卧铺车，开始了他们的逃亡生涯。

孙英杰从殡仪馆回到办公室后，第一件事就是打开电脑联上了北京××情报二部的总部，从中调出了孟丽的档案材料，孟丽的档案中有一个叫LAST的文件夹。××情报二部每个正式情报员的档案中都有这个文件夹，这个文件夹是专门装个人遗书的。按规定只有情报员因公牺牲后，他的领导才有权打开这个文件夹，其他情况下，除了情报员本人外，任何人包括部长都无权打开，并且每一次打开这个文件夹时电脑程序都会做出详细的记录。包括打开的时间，什么人打开，从什么地方打开等等。同样，情报员本人可以随时打开并作出修改，当然，他们对档案中的其他材料无权查阅，做出如此详细明确的规定，其目的是保护情报人员的个人隐私。

现在孙英杰在确认孟丽同志牺牲后，才有权打开这个文件夹，这是孙英杰第一次打开别人的LAST文件夹，他希望这是他最后一次做这种事。文件夹里只有一个文件，文件的名字，是一个阿拉伯数字"1"。全文如下：

你们看到这些话时，我肯定已经牺牲了。我是个孤儿，是党和国家培养了我，我才有了今天，我感谢党和国家。

众所周知，我的父亲是中国人，母亲是缅甸人，我出生在缅甸，严格地按照中国的法律来说，我是个缅甸人。但是我一直认为我是个中国人，因为从很小的时候，我的父亲就一直教导我是个中国人，让我热爱中国、热爱劳动人民、热爱共产主义。我的父亲在我小时候的心目中是个完人，是个无所不能的英雄。直到现在，我仍然认为我父亲算得上是个英雄，至少，他为了他的信仰贡献了他所拥有的一切。

我父亲经常对我说起那本书的故事，他时时刻刻地按照那本书的要求去做，最后他成为一个完整的国际共产主义战士。同样，在我小时候，我的父亲就教导我长大以后要成为一个国际共产主义战士。现在，看样子我是不可能成为我父亲希望我成为的人了，我也不希望和他一样成为一个国际共产主义战士。

我只是个普通的女孩。我懒惰、虚荣、贪图享受，充满了小资产阶级的各种坏毛病。不过至少我努力做到了一件我父亲曾经做到的事：尽责尽力去做自己愿意做的事。

我做不到我父亲希望我做的事，我也不愿意完全做我父亲希望我做的事。对不起了，爸爸！

可是父亲希望我做的事都是对的吗？

我所有的财产，包括我的抚恤金等等，一切都用来在我母亲的家乡——我的出生地：缅甸掸邦第一特区果敢县 ××× 乡 ××× 村，建设一所类似希望小学的学校。如果钱不够的话，就改为购买一些农业科技书籍、医药书籍以及药品送给他们。

我希望把我埋葬在我母亲的家乡——我的出生地缅甸掸邦第一特区果敢县 ××× 乡 ××× 村——我父母的墓后面。最好是遗体，当然做不到的话，就是放张照片也行。

我从缅甸带回来的唯一东西也是我父亲的唯一遗物——那本书，现存放在中国银行北京市分行 ××× 支行保管箱内，账号 ××××××××××，密码 ××××××××××，保管箱密码 ××××××××××。

我原本希望把那本书和我葬在一起，但是，我想我不够格，我做不到也不想做到。还是把它在我父亲的坟前火化了吧！他完全有资格享受这样的荣誉！

谢谢！

孟　丽

× 年 × 月 × 日

孙英杰含着热泪看完这篇遗言，然后着手起草对军情二部的汇报材料。除了汇报本次事件的发生经过及原因外，还包括对孟丽的请功报告和他本人的请求处分报告。此外，还附上了孟丽的遗书。他很清楚军情二部对牺牲的同志遗愿是极为重视的。孟丽的遗愿肯定会被不折不扣地执行。他希望他能在这个案子破了以后，亲手去完成孟丽的遗愿。

“猛强吗，你现在离泸水多远？大概还有多少时间才能到？”沈红义说。

“大概 150 公里吧。10 点钟能到，我现在都开到 100 迈了，不能再快了。”

“行，你注意安全。现在，你听我说，那个飞行员今晚出不来了，我估计他可能给怀疑上了。但现在还没被抓。不管怎样，你现在赶到飞机场去。他现在还在办公室。那个办公楼我去过，只有一个出口，只要他在那个出口出现，你无论如何都要干掉他。我知道这对你来说太危险，但只有靠你多冒一点风险了。这一点我不说你也明白。”

“义哥，这不要说了，我很明白现在的状况。你放心，只要我到了，他还在那里，他肯定跑不了。问题是他一定会在那里出现吗？”

“我想这是一定的，我估计现在 DL 的公安和你一样，正在往那里赶，你比他动身早，在他们前头，我估计他们大概夜里一点钟才能到。你可以开慢点，到了那里，找好退路。他一出来，你就动手，你的家伙都带去了吧？我对你有信心。但是你千万不能把自个给搭进去了。实在不行就算了，我另想办法。”

“家伙都带齐了，我不会失手的。我到了那里再给你打电话。”

晚上 10 点 15 分，猛强赶到了泸水森警大队的大队部，他首先开车沿着大队部的围墙绕了一圈，发现森警大院的南面靠着去泸水的公路，西面是条砂石小路，大院的大门设在靠南面的公路上，离西边的小路有 300 来米。他最后把车停在西边的小路边上，戴上了手套从车里拿出了圈绳子，绳子的一头带了个抓钩，他听了听周围的动静后，就抛出了抓钩，钩住了围墙后就几下翻上了围墙，爬上了靠围墙的一棵大树，然后从怀里掏出个望远镜仔细观察。他发现办公楼在大院的东侧，机场位于院子的中央，办公楼的唯一出口面朝机场，出口处有几盏灯照明，亮度还算凑合。靠西边的围墙边上还有几排大树，树有 10 多米高。条件还不错，至少比他想的好得多，他已经有了行动的方案了。

他又翻出了围墙，把开来的切诺基车沿着南面的公路向泸水县城开了三五公里，停在了路边一处草丛里，从车上搬下一辆摩托，又从车上搬下一长一方的 2 个箱子捆在摩托车上，骑回了原来的地方。停好车后，他从长的箱子里掏出了一支 M14 步枪，这是美国上个世纪五六十年代的军用制式步枪。因为太重，而且是半自动步枪，现在早已被淘汰了。但是 M14 的精确度却是所有普通步枪中最好的，因为在泰缅和印度支那地区广泛使用过，比较容易搞到，在搞不到正规的狙击步枪的情况下，只好用 M14 来代替了。这支 M14 他做了他能做的最好的改装，在上面加装了脚架和一个 8 倍的瞄准镜。他做过大量的试射，重新标定了瞄准镜。如果在白天，500 米距离内击中一个西瓜是小菜一碟，但晚上不可能那么准，不过凭着他一年的专业射击运动员的底子，在300米范围内击中一个人应该还是不成问题的。

他又看了下表，现在是22：40，那个飞行员确实还在办公楼吗？他决定打个电话给郭华，试试他在不在办公楼里。

“郭华吗，我是许燕小姐的司机，燕子小姐问你能不能出来一下，燕子小姐让我来接你，我现在快到你们基地了。你现在还在加班吗？”

“我当然在加班，出不来啊，不是说好明天再聊吗？现在我们大队长就在我旁边呢。”

“你现在还在办公室啊！太辛苦了。那我就不打搅你了，我给许燕小姐说就明天见，明天我给你打电话。”

郭华挂了电话说：“你看谢队，一有事就都有事，今天晚上加班，就有朋友找。平常晚上不加班，也没人找。你看怪不怪？”

“小郭啊，今晚你是走不了了，我们得干完才行啊。”

“材料我看也写得差不多了，我再整理整理就行了。你看都快晚上11点了，要不你先休息去？”

“别，我们俩一起来，多搞几遍，说什么我也是个头，要以身作则。写完了，我让食堂炒几个菜，我们也慰劳慰劳自己。”

猛强挂了电话后，给沈红义打了个电话说了情况，马上背着枪翻墙进了森警大院。这次他没把钩子收了，就挂在墙上。然后挑了棵大树爬了上去，把枪架好，仔细瞄了瞄，脸上露出了微笑。他找了个舒服的姿势，从怀里掏出望远镜在脖子上挂好，又拿出一支烟在鼻子上闻着，开始耐心地等待。

钱彬、岩军、小夏一行3人，连晚饭都没顾得上吃，晚上11点多赶到了泸水县刑警大队，拿到了拘留证，向余光打电话汇报说：“余大队，我们已经按你的指示来到了泸水刑警大队，拘留证也拿到手了，下一步怎么办？”

“好的，辛苦了，晚饭还没吃吧？不过现在你们在车上先随便吃点。以最快的速度赶到森警大队，先找他们谢大队长，他知道情况，会配合你们把郭华抓到。抓到以后马上把他押到泸水刑警队，让他离开熟悉的环境，在车上用心理战打消他的幻想。还有让他仔细看看拘留证，让他明白是公安部和国家森警总队联合开的，告诉他他的案子通天了，谁都救不了他。把他带到泸水后，马上就组织突审，我们现在没有多少证据，一开始就要彻底把他击倒。我大概凌晨3点多才能赶到，赶到以后我也参加会审，今天夜里一定要把口供拿下来。搜查的事，我明天上午让泸水的同志去干，现在排第一位的是口供，明白了吗？”

“明白了，我们现在就赶过去，你放心。”

12点多，钱彬3人来到了森警队，对门卫说：“我们是DL市刑警大队的，我叫钱彬，我和你们谢大队长约好了，他在等我们，请告诉他一下。”

“是吗，现在都夜里12点多了，大队长可能睡了。要不然，我先打电话到他家里？”

“别，我估计他还在办公室等我们呢。还是先打到办公室吧。”

哨兵给大队长办公室打电话说：“大队长，你还在办公室啊。这里有DL刑警队的3个同志，他们说找你。”

谢大队接到电话偷偷看了郭华一眼，说：“好，我在办公室，你带他们过来。”然后掏出支烟说：“现在算是差不多了，我去一下洗手间，你收拾收拾。我回来就给食堂打电话搞点吃的。”

谢队长出了办公室悄悄地下了楼，在办公楼门口见哨兵带着3个同志过来，就低声说：“是DL刑警队的同志吗？可把你们等来了，我都急死了。”

“不好意思了，谢大队，他人呢？”

“就在我办公室。”

“好，我们现在就去，你办公室大吗？他在什么位置？还有其他人吗？”

“不大，他就在门口。就他一个。”

“我们冲进去。谢队长你在后面跟着。”

说着他们上了楼，悄悄地来到谢大队办公室，然后钱彬、岩军、小夏3人一下冲了进去，钱彬、岩军两人死死地把郭华按住，小夏给他戴上了手铐。只听见郭华一个劲儿地大喊：“你们是干什么的？谢队长，这是怎么回事啊？”

“哼！我们是DL市刑警队的，做了什么事，你心里清楚。这是拘留证，你签字吧。”

“什么DL市刑警队的，我犯了什么罪？而且就算我犯了罪，也有我们部队自己管，你们地方上凭什么抓我？快把我放了，我要告你们。”

“嘿！你真是不见棺材不落泪啊。你好好看看这张拘留证，是公安部缉毒局和国家森警总队联合签发的，我干了十几年的刑警还第一次见到呢！小子，你的案子通天了。还问犯了什么罪？看清楚了是公安部缉毒局要抓你，你说你犯了什么罪？你不会说是公安部缉毒局和国家森警总队都冤枉了你吧！带走。”

郭华听到这些，人一下子就垮了下来，浑身哆嗦地说：“我交代，我坦白，我要立功啊！”

钱彬一听，心里一块大石头落了地，他决定再打击他一下，让他彻底地崩溃，“交代？我们都不急，你急什么急啊，还要你交代？你的许多同伙都交代了，有胡卫军、勒民、有小B，哼！你以为你是个宝啊！也不差你一个。”

说着钱彬对谢大队：“谢谢你了，害得你一晚上没睡，还担了这么长时间的心。”

“没什么，别这么说。天下警察是一家嘛。这是我应该做的……”

“我们不麻烦你了，现在就押他回去。”

“那我送送你们。”说着他们一起下了楼。

猛强在树上见来了一辆车停在办公楼前，下来几个人，心里顿时明白：警察到了。他活动了一下身子，把子弹上了膛，再次做了下瞄准。他把含在嘴里没点燃的烟放回口袋里，把瞄准点对在了车的后门边，想了一下，又把瞄准点改到了大门口。他怕在车门口上车时目标给别人挡住了，那样就没有补救的机会了。虽然他觉得在大门口，准备的时间短了一些，人也不会停留，瞄准会困难一点，但是，这至少还有补救的机会。过了10来分钟，见出来几个人，他做了一次深呼吸，屏住气，扣动了扳机，枪响了，目标倒地。他看了一眼，一下子从树上跳了下来，把枪一背，抓住绳子，三下两下翻过了墙。他把那个方箱子往地上一掀一撒，地上霎时布满了用四根水泥钉焊在一起的正三棱锥。然后骑上摩托，绕到了停切诺基的地方，把摩托车往路边草丛里一藏，上了汽车往县城方向跑了。

随着枪声一响，只见郭华向下瘫软了下去，钱彬一下子扑了上去，用身子把郭华压在身下，大喊："郭华，你怎么样？"

"我不行了，你们要的东西在邮箱，用户名是郭华……郭华2005……"

钱彬一摸他的胸，只觉得大股大股的血往外涌："郭华，郭华，是什么网站的邮箱？密码是什么？"

"新……新浪的。密码是……"话还没有说完，郭华就死了。

# 七

猛强开着切诺基一口气跑到了泸水县，在确认了安全后。打电话给沈红义："义哥，事情已经办完了，行动很顺利。一切都妥了，您放心吧！"

烦躁不安、提心吊胆的沈红义一下子就把心就放了下来，"你没事吧？没人跟踪你？"

"他们的车坏了，跟不上的。"

"哈，哈，是你把他们的车弄坏的吧！燕子刚才还在担心呢，我说，我相信你。你果然不负所望，马到成功，哈哈哈，有你在，我还怕什么呢？回来我给你50万奖金。"

"谢谢老板，这是不是太多了……而且这都是我该做的啊。"

"首先这是你应该拿的，别人谁能办得好？二来，这钱我是不会告诉别人的。你放心！对了，郭华一定死了吧？"

"老板，这你放心，应该在前胸，我看见他倒下去的。老板你也知道我用的子弹，见血封喉啊。没问题，你就放心吧。"

"好，你回来吧。"

"老板，我带着枪，怕不方便，我想把枪给藏起来，过几天来取，你看是不是先去××村。"

"千万不要去，我已经通知他们撤了，如果你觉得带枪不安全，现在扔了都行。我以后再给你搞。从现在开始，你的手机和我的这个手机号码都不能用了。我的新号码是×××××××××××。记住了。"

“××××××××××××，记住了。”猛强没舍得扔了那支他花了很多心血的M14，他把枪埋在路边树林里，开车赶回了DL。

沈红义喜滋滋地转过身搓着手说：“燕子，你看，我没看错人吧！人能干，不贪财还没有恶习。都快十全十美了。”

燕子说：“嘿！你看中的人还会有错？不过他也没那么十全十美，他太傲了，不合群，和谁都合不来。”

“你记住，他是当老板的料！傲和不合群都不是大毛病。他的毛病是心不够黑，对朋友有点太讲义气，这一点他以后会吃大亏的。我们现在还有800公斤的货。怎么办？是等香港那边派人来取？还是卖给什么人？”

燕子笑着说：“我们自己卖？你不怕香港那边大老板发飙啊。义哥，你自己早有主意了吧，还用得着来问我？”

“哼！我也帮他们赚够钱了，我们准备了四五年，吃了多少苦，担了多大的风险，给他们运了那么多货，他们一点风险都不担，只出点本钱，就坐享其成！妈的，凭什么他们赚得比我们多得多？他们的本钱都不知道翻了几倍了。还不知足？我们才赚多少？一点蝇头小利而已。这次是我们最后一次机会了，我们把货卖掉，有了大把大把的钱，就有人，就有枪。还怕他们什么？”

“我早知道你有这个想法了……不过那两个人可靠吗？我们信得过他们吗？”

“那两个人不可靠，风险太大了。我倒觉得滇缅商贸有限公司有点可能。他们到底和香港的‘合盛堂’有点关系。以后香港那边知道了，‘合盛堂’也脱不了关系。”

“那样，比我们通过那两个人，运出去自己卖要赚的少得太多了。”

“唉，不要太贪心，只要把这批货卖掉，至少值4000万。运到香港要值上亿元，在美国可能要值上亿美金。我们就不要贪心不足蛇吞象了。而且，即使运到了那边，人生地不熟的，是不是能顺利脱手也说不定。不过，两条路都要准备，重要的是要快，时间不等人！还有那个手机——就是那个小婊子用的那个，天一亮就拿给做改装手机的人看看能找出什么问题？现在我们去睡吧。今天太紧张了，太累了。明天再说吧。”

在钱彬把郭华压在身下的时候，岩军一听就发现枪声是从西边不远处传来的，马上一边冲向汽车一边喊：“谢队长，围墙西边有没有路？”

谢队长回答说：“西边围墙外边就是条土路。”

岩军说：“快，小夏，我们到那边去堵他。”

说着岩军发动了汽车，等小夏上了车，就风驰电掣般地冲向大门口，见大门口的木栏杆没有升起，岩军叫道：“做好准备，我要冲。”说着，他和小夏低下了头，只听见“砰”的一声，木栏杆给桑塔纳撞断了，而桑塔纳的挡风玻璃也四分五裂了，岩军死死地把住方向盘，向西开了300米往右一拐，就见远处几百米的地方有一辆摩托车飞快地往前开着，他把油门踩到底往前猛追，只觉得车子在什么东西上“咯”了几下，再也开不快了，方向也把不住了。岩军只好停下车，垂头丧气地眼睁睁看着摩托车越开越远。小夏下车一看，发现车的右前轮已经瘪了。

岩军只好给钱彬打电话说："车前轮爆胎了，凶手开摩托跑了。郭华怎样？"

钱彬说："郭华死了，谢队长在找人帮忙。没办法了，事情办砸了，只有我来给余光汇报，有什么事我来顶着。你们先看一下附近有什么情况吧。"

孙英杰估计钱彬他们已经抓到郭华，正准备打个电话问问情况，电话响了："北风同志吗？我是余光，我向你汇报一件事。10分钟前，郭华已经被他的同伙杀了。当时我们已经逮捕了他，在押他离开办公室时，在办公楼大门口受到袭击。罪犯开枪打死了郭华。还有一个重要情况，郭华临死前交代他在新浪有个邮箱，名字叫郭华或郭华2005。密码还没有来得及交代就死了。"

"好厉害的杀手！你说邮箱名字叫郭华或郭华2005？好，我记下了，新浪邮箱这个情况不允许再有其他人知道。你现在在什么地方？罪犯留下什么线索吗？"

"我正在赶过去，现在还不到凌晨1点，我估计要到凌晨3点才能赶到。罪犯已经逃跑，我让他们3人开始进行初步的现场勘测。我也通知了泸水刑警队的同志，让他们赶去支援。暂时统一由钱彬调度。我已经命令封口郭华交代的情况，现在他的交代只有6个人知道，钱彬、岩军、小夏和森警大队谢大队长，外加你和我，其他任何人都不知道。"

"好的，你做得很好，但是，钱彬他们没有看到罪犯吗？罪犯是怎么作的案？"

"罪犯是用步枪射击的，只打了一枪，距离相当远。现在还不清楚杀手射击的具体位置。其他情况我现在也还不清楚。"

"好吧。你到了以后，发现什么新情况，打电话告诉我。"

孙英杰慢慢地挂上电话，陷入了沉思。飞行员是这个贩毒团伙的关键成员，也是不可替代的，不到万不得已的情况下，贩毒分子是不会抛弃他的，但是贩毒分子现在仍然杀了他，这说明有两种可能：一是贩毒分子金蝉脱壳，他们要保护更重要的同伙，这说明毒品进入中国可能还有其他途径，郭华是可以替代的。一个念头从他脑海里划过，森警大队还有其他贩毒分子？还有一种可能就是贩毒分子迫于形势，不得已杀了他。不管怎么说，都要重新估量这些贩毒分子了，因为越是危险的时候，越能看出一个团队的真实能力，就像军队胜利时一好百好，但是失败时能够败而不乱，才是真正的训练有素。一般的犯罪团伙在危险到来时，都会变得一盘散沙，四处逃命。但是这个贩毒团伙在发现危机时，反应十分迅速，处置有力，绝不是一般犯罪团伙的水平。看来自己低估了他们。好在郭华临死前，还是留下了重要线索。

孙英杰打开电脑，上了新浪网。他首先试着注册guohua和guohua2005两个邮箱，发现这两个邮箱名都已被人注册使用。他于是用一个专用的攻击软件，开始对这两个邮箱进行解密攻击。估计最多一个小时，这两个邮箱就能被打开。他想贩毒团伙之所以杀害郭华，原因就是认为他暴露了。但真正确认郭华有问题的时间是下午两点半，到晚上七点多的时候，我们才决定控制郭华的。如果从下午两点多算，中间5个小时贩毒分子完全可以让郭华逃跑，而当时郭华没有逃跑，说明贩毒团伙不能确定郭华是否暴露了，而等到确定郭华已被暴露时，是不是通知郭华已经来不及了？这将产生几个很重要的问题：贩毒团伙是否通知过郭华逃跑？如果通知过是什么时候？贩毒团伙什么时候确认郭华已被发现？通过什么途径确认的？因为罪犯没有得到进一步消息是不会下决心杀他的，而且还用那样危险的方法。他仔细想了一下，能够确切知道郭华是犯罪嫌疑人的只有他、余光、钱彬等3人，还有公安局的3位领导，此外，就是森警队的谢大队长及其他个别人员了。

这些人里谁会泄密呢？那个内奸是谁？他决定要监听他们所有人的电话。

这时那两个信箱已经被打开了，他仔细地检查了一遍，发现这两个信箱根本没有他所需要的东西。问题出在什么地方？他相信郭华临死前决不会骗人的。难道是因为郭华临死前口齿不清，我方理解错了？他略一思索，笑了，这个邮箱对郭华太重要了，不会是普通邮箱。应该是VIP收费邮箱，这种邮箱的安全性及保障程度要高得多。他再次进入了新浪，这回他打开的是guohua@vip.sina.com和guohua2005@vip.sina.com这两个邮箱。

又过了一个小时，其中一个邮箱打开了，guohua2005@vip.sina.com邮箱中几乎是空的，只是在收件箱中有一封邮件。打开一看，是如下内容。

我出生在一个干部家庭，2003年入伍参加了森警总队，分配在森警DL市支队机关工作。在机关工作时因工作表现良好，于2005年推荐考入四川××飞行学校，作为一名定向委培生学习直升机驾驶。

在2005年春节期间，我因赌博认识了赌友A，我们经常在一起赌博，我有时夸耀自己快成为飞行员了。2006年夏季，我准备去广汉上学，在家休息、补习期间，A经常带我一起赌博，在那段时间，我大概赢了近10万块钱，常在一起玩的有五六个人，都成了朋友。以后在2005～2007年学习期间，我一放假就和他们赌钱，有时他们还去广汉找我玩，但是以后我很少赢钱，不仅把过去赢的10万块钱都输了回去，还倒欠了他们30多万元，加上利息有50多万元。

2007年下半年，我学习期满后，回DL市森警支队工作。当时在贡山实习，他们开始逼我还钱。我还不了账，他们就逼我帮他们运货。并且诱惑我，答应每运一公斤给我3000元。当时，我还在实习期间，很少单独飞行，就以这个理由拒绝了他们，他们也没办法。到2008年，我半年实习期满，调到了泸水，他们又来找我，我这次没有理由，就利用单独飞行巡山的时机，多次私自飞越国境，进入缅甸，把毒品运入国内。2009年春季巡山期间，我运了3次，每次100公斤，每次给我运费20万元；2009年秋季巡山期间，我运了8次，每次100公斤，每次给我运费20万元；2010年春季巡山期间，我运了12次，每次100公斤，每次给我运费20万元；2010年秋季巡山期间，我运了18次，每次100公斤，每次给我运费20万元。在我多次帮他们运货后，他们也不要我还赌债了，还当着我的面把借条烧了。

每次运货，他们都提前做好准备，我认为哪天合适单独巡山并且气候良好，就在飞行前，临时打电话通知他们，他们做好准备，我起飞后，以最大速度飞出国境，每次都降落在缅甸江心坡的密林中一空地上，具体位置是东经 ×××度 ×× 分，北纬 ×× 度 ×× 分。然后加油，装上毒品后飞回国内泸水 ××乡 ×× 村山上的空地上下货，尔后加油飞回基地。每次我都算好正常的巡山所需的时间、用油。一般会留有 30 分钟的机动时间和油量。由于使用最大飞行速度飞行，汽油用量比正常巡山飞行耗油量大得多，所以要在装、卸货时加油。而飞机用油是普通的 97 号汽油。所以我每次运货，森警大队都认为我去正常巡山了，从来没有发现过我有什么问题。

现在看来，很明显，早在 2005 年 A 认识我以后，他们就决定把我拉下水，帮他们运货，他们有意和我交朋友，投我所好，和我赌钱，故意输我钱。当我逐渐上钩后，他们又合伙让我输钱，在我输给他们大量的钱后，他们就逐步控制了我。我也无力自拔了，越陷越深。最后他们又给了我大量的金钱，所以我就自觉自愿地为他们效力了。

每次在缅甸和我接头的都是固定的 3 个人：B、C、D。在国内接货的也同样是 3 个人：A、E 和 F。他们从来没有换过人。

因为我不是他们内部人，只是他们的一个工具。所以我既担心公安发现抓住我，又担心他们认为我没有利用价值以后杀了我，并把我的钱抢走。我就写了这份自白。

他们所有的资料，包括我私下跟踪他们得来的住址、联系电话、我用手机拍下他们的照片以及我的钱都放在中国银行（DL）的保管箱里，保管箱的账号是 ×××××××××××，密码是 ×××××××××××。保管箱钥匙在我的钥匙串上。

郭　华

2010 年 9 月 7 日

孙英杰大概算了一下，郭华在两年之间共偷运毒品 41 次，共 4100 公斤，得到了运费 820 万元。如果都是纯度最高的 4 号海洛因的话，在国内上海、广东等地黑市批发价是 10 万元 / 公斤左右，要值 4 亿多元。也可以从另一个角度来计算，整个金三角地区的海洛因年产量大约是在 20 ~ 30 吨，而他们在两年之间的贩毒量占金三角产量的近 10%，这个比例是惊人的。如果按今年下半年计算的话，比例就更惊人了，郭华偷运了 1800 公斤的货，竟然占了全部产量的近 18%。无论如何，这次行动总算有了一定的成果，现在重要的是能挖出什么线索。郭华还会在那些东西中透露出什么？什么时间我们才能得到它们？

孙英杰马上给余光打电话说：“余光吗？你现在在什么地方？什么时候才能赶到现场？”

“我快到了，邮箱打开了吗？”

“邮箱打开了，我把内容发到那个信箱了，就是那个搜狐的邮箱，你还记得吗？”

“记得，还有什么情况吗？”

“是这样的，郭华还有一部分最重要情况放在中国银行的保管箱，这个东西太重要了，你到了现场以后，以最快的速度找到保管箱的钥匙，钥匙在郭华的钥匙串上。然后尽快赶回 DL 市，拿到那份资料。因为我们没有保管箱的存单，只有你到公安局去开证明，银行才会给你打开保险箱，要不然我会直接去取。你要确保那份资料不能让你们公安局其他任何人打开。这个情况现在只有你我掌握，你不要告诉任何人。明白吗？”

“我明白你的意思了。你放心，钱彬、岩军、小夏 3 个人是绝对可以信任的。他们 3 个人都刚调来不久，没参加上次案子的侦破工作。钱彬原来是西双版纳我的老部下，是和我一起调来的。岩军是今年 5 月的转业军干，在部队是个侦察兵出身，转业时是军队里的保卫干事，而小夏更是 7 月份才报到的，是省警校高材生。他们是绝对可靠的。”

“我知道了。我也认为他们应该没问题。还有一个情况。那封邮件里郭华说他每次都把毒品运到泸水 ×× 乡 ×× 村的山上空地上。地址你不要记了，我马上发短信给你。你派人去调查一下。所有有关郭华临死前说的以及以后我们的布置，你都要绝对保密，不要告诉任何人。你听明白了吗？多想想为什么贩毒分子不让郭华逃跑。然后又杀了他。要知道郭华是有时间逃跑的啊。”

“我明白了。北风同志，你是不是怀疑……怀疑他们？”

“我没有怀疑任何人，但我也怀疑任何人。这件事你心里清楚就行了，不要说了。”

等泸水刑警队的同志赶到森警大队的时候，钱彬他们已经基本勘探完了现场，和谢队长也详谈过案发经过，发现几处痕迹和疑点。

1. 在森警队大院西围墙边的 1 棵大树上发现了有人攀爬、折断树枝的情况，估计这就是凶手射击的位置。这个位置离目标的直线距离大概在 285 米左右。

2. 在树下发现了 1 枚不明型号的步枪子弹弹壳。

3. 在森警大队大院西侧围墙上，有自制抓钩 1 个，后面带有 10 米精制的、极细的、不明材料的强韧绳索。并且围墙上有多次攀爬进出的痕迹。

4. 在森警大队大院西侧公路上发现了抛撒在地上的上百个用 4 根水泥钉焊在一起的正三棱锥，正是这种三棱锥扎破了岩军桑塔纳的右前轮，造成追击失败。

5. 在围墙内、外地面上有数枚皮鞋脚印。在围墙外发现有汽车、越野摩托车的车轮印以及停放的迹象。

6. 从郭华的手机上发现他在下午 6 点多以后，两次和一部手机通过话。一次 18：25 接听，还有打出的一次是 19：10。据谢队长说，原本郭华将在 7 点多离开森警大队，是谢队长接到省森警总队的通知，设法留住了郭华。当时打 19：10 分的电话时谢队长在场。他听郭华说到因队里有事，出不去了，准备明天再见面。

7. 而在 10：40 时，郭华最后接听过另一部手机打来的电话。当时谢队长也在场。据谢队长说，他认为还是 19：10 分和郭华通过话的那人打来的。因为他听见郭华说："不是说好的嘛，明天见……"而且在这个电话中郭华说了他在办公室加班，明确告诉了对方他所在的位置。

据此，他们分析认为，贩毒分子原本想骗郭华离开森警大队再杀害他，但在发现郭华不能离队时，贩毒分子赶到了森警队，并且在 22：40 通过打电话确认了郭华的准确位置，并安排了狙击，杀害了郭华。从整个犯罪过程来看，不论是犯罪工具（步枪、带绳抓钩）、犯罪手法（近 300 米距离的黑夜准确射击和逃跑时的安排）以及犯罪思路（骗郭华外出及通过打电话确认郭华的位置）来看，这都是一名职业杀手的所作所为。

等泸水刑警队的同志赶到以后，钱彬立刻做了个简单的分工：钱彬本人和泸水的刑警沿着摩托车的轮印追踪，争取在天亮以前轮印还没有被破坏前发现一些线索；泸水刑警队的技术人员在围墙上和大树上寻找是否有指纹留下，并对郭华的尸体、弹壳和脚印等痕迹做初步的鉴定分析；岩军和小夏搜查郭华的办公室和宿舍。

等余光在夜里 3 点钟赶到森警队时，三路人马都已经有了重大发现，钱彬他们沿着越野摩托车断断续续留下的特殊轮印，穿过小路、田埂一直追踪到公路上，最后发现了罪犯抛弃在草丛里的摩托车，摩托车是崭新的，没有牌照，型号是嘉陵本田越野 150 型。

泸水刑警队的技术人员没有找到指纹，却在墙头发现了几个手套印，并且从郭华的尸体内取出了弹头，发现弹头同样是达姆弹。同时，根据留下的脚印和步长估计凶手是一个 1.85 米左右、体重 80 公斤的男子。

岩军和小夏在搜查过程中发现从郭华尸体上搜出的一串钥匙上有两把找不到打开的锁，一把看上去是防盗门的钥匙，另一把较小但样子更为奇特，估计是一种保险柜钥匙。

余光听了汇报，立刻收起了钥匙对钱彬说："你们出去一下，我要好好想想。"等他们出去以后，马上上网查看北风给他发来的邮件。

出来以后他对钱彬他们说："你们是下午 2 点往这里赶的，而那个在丽锦酒店作案的凶手是 2 点多作的案。如果犯罪分子认为孟丽把情报传出来了，决定杀掉郭华，凶手大概 4 点多就能从 DL 市动身。比你们快 2 个小时左右，他大概是晚上 10 点多赶到这里的，然后打电话确认了郭华的位置，坐等下手的机会。"

钱彬想了想说："不对，按你的推断，如果是晚上 10 点多的电话，应该是贩毒分子为了确认郭华的位置打的，那郭华是晚上 7 点多准备离开森警队时和罪犯通的话。因为谢大队听到了那两次通话。第一次通话说是有事不去了，第二天再见面，而第二次说的是说好了明天见。这说明郭华两次通话都是和同一些人。再加上晚上

18：25的通话号码和19：15是同一个。这说明那时贩毒分子晚上7点多应该已经到了泸水了。”

“我看不见得，可能当时贩毒分子还没有赶到泸水，郭华不是准备开摩托出去的吗？他可能是去泸水县城，贩毒分子约他在县城某个地方见面。郭华是晚上7点多准备离开森警队，他到县城大概是晚上8点半。凶手也正从DL市赶来，大概也在晚上8点半到。郭华没去，凶手就直接赶来，多花了1个多小时，10点多到了森警队。就是这么回事！时间对上了。你们没参加丽锦酒店案件的现场会，你们不知道。凶手用的都是达姆弹，都是职业杀手，根据目击者提供的证据，凶手是身强力壮的高个子，凶手应该是一个人。”

“这可都是推测啊？”

“今天你就会看到证据的。我会通知队里查那两个最后和郭华通话的两个手机，看它们是从什么地方打来的。它们应该是在DL到泸水的路上通的话。那是漫游，移动公司会有记录的。今天一上班就查，把那两个号码的全部通话记录都打出来，要一个一个地查。”

“那我们现在怎么办？”

“这样，钱彬、岩军你们二位还要辛苦一下。现在就赶到××乡××村去，那是郭华飞机下货的地方。去查查，看看有没有线索。郭华的电子邮件已经打开了，上面说他每次都把货运到那里。你们在车上吃点东西，睡一觉，你们向泸水的同志要个车，找泸水的同志带个路。不要不好意思，都是工作需要。我和小夏去找谢大队谈谈。还有我再次重申，一定要保密。所有报告、资料都只交给我。不要和任何人谈论案情。”

“谢大队，今天真麻烦你了，我想问几个问题，可以吗？”

“余大队，你太客气了，有什么问题，你问吧？”

“你觉得郭华今天晚上反常吗？比如紧张？心神不定？”

“没有，他今晚挺正常的。我接到省总队的命令后，就没离开过他，我没发现他有什么紧张的。”

“那郭华每次去巡山都是一个人？”

“那也不一定，有时一个人，有时两个人，甚至三个人。绝大多数是一个人。”

“为什么呢？”

谢队长挠了挠头说：“主要是飞机上多装个人的话要多用不少油。而且这种飞机规定就一个驾驶员的……”

“你觉得如果郭华开了飞机去干别的事，没去巡山你们能知道吗？”

“我刚想过……只要他做得小心一些就发现不了。”

“那郭华的工作表现怎么样？他在这里有没有什么特别好的朋友？”

“郭华在这里表现不错，人很能干，和同志们的关系也挺好。不过如果说有什么特别要好的朋友，好像也没有发觉？他来我们这里工作毕竟还不到两年。”

“那郭华家里人呢？”

谢队长擦了擦满头的汗说：“郭华的父亲原来是我们支队长，现在调到省总队工作了，是我们的副总队长。其他情况我就不是太清楚了。”

“郭华是不是像今晚一样，晚上经常出去？”

“这我不太清楚了。”

“你们是不是规定，晚上不请假不准随便离开大队？郭华今晚准备出去请假了吗？”

“他今晚应该没请假。我们规定晚上离开是要请假的。但规定是规定，郭华是干部，又是飞行员，有点特殊……”

“他是不是经常夜不归宿？在外面过夜？”

“这倒没有，我们平常抓得还是比较严的。晚上不请假出去是有的。但是一般再晚都要回来睡觉的。我们这是部队，管理比较严格。”

余光与岩军互相看了看，都苦笑着摇摇头，心想：“还好意思说是部队呢？管理也太混乱了。”

看再问不出啥来余光说：“那就这样吧。想起什么给我打电话，这是我名片。郭华被杀的事你们要保密，当然你们可以通知你们领导，但是暂时不要告诉他家人，他的家人我们来通知。”

转头对泸水刑警队的同志说：“请你们给我们派辆车和几个人，帮我们把郭华的尸体拉回 DL 市，我们要做进一步的检验。还有我们的车也请你们开，我们需要马上赶回 DL 市，要在车上睡一会，今天还不知什么时候才能休息呢，另外搞点吃的让我们在回 DL 路上吃吧。钱彬他们的车也麻烦你们修一下，以后再还给我们。”

然后余光找了个没人的地方打电话给孙英杰汇报了情况，最后说：“我现在想查一下和郭华最后通话的两个手机来源，但是我现在不在 DL。”

“你们刑警队还有没有合适的同志？”

“我看一中队的马文彪比较合适。他原来是派出所所长，破过不少案子。我刚把他调到我们一中队做队长。如果你觉得合适的话，我就派他。”

“只要你信任他就行，我们也不是不相信任何人，刑警队大多数肯定是好的，但要防备那么两颗老鼠屎。只要过去没上过那个案子的，我们应该都信任他们。大多数基础工作还是要他们去做，要不然我们人手不够，你就放手去干吧。”

“我明白了，我会让老马保密的。”

“电视播了以后我估计应该有人认出那 3 个人了，你了解一下情况。”

“我正准备给马文彪打电话说这个事呢。那我挂电话了。”

余光想了一会儿，决定还是先打电话向杨局长汇报郭华被杀的事，但在向杨局长汇报时，他有意隐瞒了郭华临死前留下的话和相应的侦破行动。

最后他又打电话给马文彪说：“马队吗？我是余光啊，那个电视播了以后有什么反应啊？”

马文彪说："那个公告在电视上播出以后，很多人打电话来，说认识那三个人。我们进行了核实，现在已经确认了那3个人的身份。他们分别叫勒民、胡卫军和陈光，陈光的外号就叫小B。他们都是顺达商贸公司的员工，公司是个皮包公司，就他们3个人。勒民是董事长，胡卫军是经理，陈光是销售经理。公司的经营范围是边贸，做玉石生意的。我们现在已经搜查了他们的家，他们都外逃了。听勒民和小B的家人说，他们在下午4点多回了趟家，拿了些衣服就离开了。勒民家人还说勒民临走前说要去缅甸，他们3人都有护照和缅甸的多次往返签证，经常去缅甸，我们估计他们很可能要外逃缅甸，我们现在已经在边境地区做了重点部署。胡卫军是广东人，有香港身份证，在DL市单独租住一套房子，听他邻居说没有固定的女友。勒民也是边境人，在DL×× 小区购买了一套房子，那个房子在DL市最高级的小区，居民几乎没什么来往，他的一切情况均不是很清楚。小B在DL有家，小B的老婆下个月就要生小孩了，看他老婆的反映他们的感情很深，我看是个机会。勒民和小B的家中电话和手机我们都已经布置了监听。"

"现在还有一个事，等下你一上班就去移动公司调查一下两个手机号码。号码我马上发短信给你。把通话记录都打出来，重点是昨天下午的通话，再查一下昨天那两个电话是不是漫游了，漫游到什么地方，漫游通话的地点和时间。"

"我知道了，还有别的事吗？"

"没了，请一定注意保密。"

# 八

才力为了查那辆北京2020，按照车牌号打电话到昆明车管所一问，车牌照、发动机号、车架号都对上了。车是一个昆明私人的，车主叫查小华，身份证号、地址都有。等车管所把车主资料传过来以后，才力他们马上从DL往昆明赶，他们晚上10点到了昆明，连饭都没顾上吃就直接去了陆阳派出所了解情况。因为下午在路上打过电话，派出所的同志在等他们，见到他们就说："你们下午来电话以后，我们赶紧查了一下。情况是这样的：查小华家拆迁了，不知搬什么地方去了，户口没动。我们又按照户籍底卡查了他工作单位，是昆明 ×× 机械厂，打电话去一问，机械厂破产了，查小华的档案关系现在在社保局。后面就查不出个结果了。我们也问过管片的同事，他对查小华没印象，查小华也没案底。我们又想从查小华的父亲着手，然后打电话到他父亲单位，他已经下班了。我们准备明天继续查。我知道你们急，估计你们现在连饭也没吃，我们先去吃个饭，找个饭店休息一下。我们明天一上班就继续查。"

才力本以为有明确的地址、姓名，到了昆明就能把查小华手到擒来，现在一听这情况，心里就急了："我们在车上吃过了。这个案子比较急，你们还有其他办法尽快找到他吗？比如从其他亲属着手？”

派出所的同志想了一下说：“还有一个办法，就是从他老婆家着手。从户籍底册应该能查到她是从什么地方转来的，可能能找到她娘家？”

“那就查。”

派出所的同志上电脑一查说：“她娘家在××路××小区××栋×××室。是×××派出所的辖区。要不然我们先到×××派出所，让他们派个同志带路，我们一起先去一趟她娘家了解一下情况。我先给他们打个电话告知一下具体情况。”

“谢谢你们。我们现在马上就过去。”

“你们等我一会儿，我打了电话就陪你们一起过去，你们对昆明不熟，地方不一定好找。”

“那怎么好意思呢。现在这么晚了。”

“别这么说，我也去DL办过案，恐怕以后还会到DL麻烦你们呢。”

“哈哈，好说好说，到DL有事就找我才力没错。”

才力他们赶到派出所后，由当地户籍警带路，很快就找到了查小华的老丈人家。上了楼以后就敲门。

“谁啊？都晚上11点多了。”门里传出一句含糊的老年男人的声音。

“同志，请开一下门，我们是派出所的。想找您了解一下情况？”才力赶紧回答。

过了会儿，门打开了：“什么事啊？这么晚了。我们都要睡了。”

“是这样的，DL有一个案子，可能和你女婿查小华有点关系。我们现在想向他了解一点情况。你看他现在在什么地方？”

“查小华在这儿啊！他能和DL的案子有什么关系，他现在就住在我们这儿。”

这时查小华出来了说：“爸，什么事？”

才力一看到他就是一愣，这不是小B吗？这么快就抓到他了？！他连忙给同志们使个眼色，上前抓住他的手说：“你是查小华吗？和我们走一趟？”

“干什么？你们干什么？我又没犯法，你们凭什么抓我？”

“我们没说你犯法，你急什么啊？我们只是要你和我们去一下派出所，向你了解一点情况，你说清楚了就行。跟我们走一趟吧！”才力他们说着就把查小华架出了家。

“你叫查小华吗？”

“是的。我犯什么法了，你们凭什么抓我啊？你们是不是抓错人了？”

“你老实点。说，你在DL都干了些什么？”

“DL？我可能两三年都没去过DL了。你们说我在DL干了啥？”

才力突然大喝一声：“小B，你干了啥心里清楚。你是不见阎王不掉泪啊。你这样的角色我见得多了。我问你，今天下午你都在什么地方干什么事了？”

查小华被才力搞了个稀里糊涂，愣愣地说：“你们问谁啊？我不是小B。今天下午在上班啊。我还能干啥？”

“上班？在什么地方？有谁做证？”

查小华目瞪口呆地说：“我就在我们厂上班，我们厂的人都能做证啊，怎么啦？你们抓错人啦！我不是小B。”

才力一看他不像是在说谎，突然想起了什么，说：“你过来，把两个手都伸出来。”说着从口袋里掏出小B的通缉令，上面有小B的两个指纹。他开始和查小华的手仔细地比对起来。过了一会儿，才力的脸越来越沮丧——指纹很清楚地表明查小华不是小B，他只不过和小B长得很像而已，仔细观察会发现眼睛和下巴都有差别。他现在估计查小华可能是给犯罪分子利用了，自己还搞不清楚呢。

才力说：“你坐回去……我问你，你是不是买了一辆北京2020的车，牌照是云A—×××××？那辆车现在什么地方。”

“什么车？我下岗了，现在在外面打工，住在老丈人家。房子都没有，哪有钱买车子？”

“没车？我们没有证据会说你有车吗？”

“什么证据？我没车？你可以问所有人呀，我有没有车？”

“那我问你，为什么在昆明车管所里，那辆北京2020登记在你的名下？”

“没有啊。我没车，我不知道怎么回事。你们没搞错吧？”

“你的身份证是否借给过什么人？”

“没有。我身份证一直放在家里。”

“你要好好想清楚。那辆车涉及到一起重大持枪杀人案。现在那辆车是登记在你的名下的。我现在还可以告诉你，凶手就是开你名下的那辆车作的案。问题的严重性你现在清楚了吧。”

“什么？什么？我没有车啊。这我跳到黄河也洗不清了。这车不是我的。你们可要查清楚啊！”

“你别急。我们公安既不会放过一个坏人，也不会冤枉一个好人。你好好想想，你的身份证没借给过人？没丢过？”

“身份证我几乎从来不用。没丢过。也好像没借过人。是不是我老婆借给过什么人？”

“你要帮我们找出原因。要知道你的身份证复印件现在就在车管所，这儿也有复印件。”

“我能不能看看是不是我的？”

旁边陆阳派出所的警察悄悄对才力说：“下午我查过，他去年因身份证失落补领过一张，他怎么说没丢过身份证呢。”

才力看了一眼车管所传过来的身份证，发现是去年补发的。就问道：“你的户口本和身份证现在在什么地方？”

“都应该在家，我老婆收着呢。”

才力又掏出小B的照片说：“你们好好看看，你认识这个人吗？见过他吗？”

查小华仔细看了一下照片说："这很像我，但不是我。我不认识这个人，没见过他。"

"你有没有补办过身份证？想起什么来告诉我。"接着才力他们又赶回了查小华的老丈人家，敲门进去见他们全家正愁眉苦脸地坐着，见他们又来了就连忙上来问："你们回来了？查小华怎么没回来？"

才力说："他还有点事，过一会儿才能回来。我有几个问题问你们一下。查小华的身份证丢过没有？他补办过身份证吗？"

查小华的爱人想了想肯定地说："肯定没有。"

"那我再问一句，有人借过查小华的身份证和你们家户口本吗？"

"没有，我不会把身份证随便借人的。"

"你们把他的身份证和户口本拿出来，我看看。"

过了一会儿，她把身份证拿了出来说："户口本在我公公那里，不在我们这儿。"

才力看了一下身份证，发现身份证是十几年前发的，几乎没用过。就说："这身份证我们先用一下，以后很快会还给你们的。他爸爸住在什么地方？"

"过去我们住在一起，现在拆迁，我们就搬我娘家来了，公婆他们在外面租房子住。离这儿不远，我带你们过去。我们家查小华出什么事了？"

"是这样的，查小华买没买过一辆北京 2020 车？"

"没有。我们哪有钱买车啊。"

"那为什么在车管所有一辆北京 2020 登记在查小华的名下？那辆车和一件杀人案有关。你们要好好想想是不是什么人买车挂在你们名下。"

"他怎么有钱买车？我家查小华是个老实人，怎么会和杀人案有关呢？公安同志你们要调查清楚啊！是不是同名同姓啊？"

"车管所档案里有查小华的身份证号，是不会搞错的。我们先去你公公家看一下户口本吧。"

到了那儿把情况一说，找出户口本一核对，才力就对他们说："你们看，查小华的那页上清楚地注明：查小华去年 5 月份补领过身份证。你们怎么说他没有补领过？"

"没有，肯定没有。他身份证没丢，为什么要补领？"

"你们户口本去年 5 月份放在什么地方？没丢过吧？当时也没借给过别人吗？好好想想。"

"去年 5 月份，还没有拆迁。我们都一起住在老房子里，户口本就放在那里。户口本没丢过也没借过人啊？那上面怎么会说他补办过身份证呢？"

才力又掏出小 B 的照片说："你们认识这个人吗？"

他们仔细看了一下照片说："这很像查小华，但不是他。我们不认识这个人。"

才力这时心中已经很明白了，小 B 很可能在什么地方遇到过查小华，发现他们很相像，就处心积虑地跟踪了他，偷了他家的户口本。然后拿着户口本以身份证丢失的名义补办了新身份证，最后他又把户口本还了回去。因为户口本家里是几乎从来不看的，查小华的家人也不知道户口本丢失过，更不知道查小华被人冒名顶替偷偷地补办了个身份证。那样小 B 就可以在查小华及他家人不知情的情况下，冒充查小华做各种事情，包括买车、上牌等等。那样车就有了正当的手续，但却和他们没有一点关系。出了事可以由查小华来承担罪责。但是他们没有想到的是：警察已经掌握了小 B 的照片和指纹，可以确认小 B 和查小华不是同一人，小 B 冒充查小华嫁祸于人的把戏被戳穿了。才力决定明天继续调查一下查小华今天的行踪和一贯的表现。同时，去查验一下当初小 B 冒充查小华补办身份证时交付的照片，如果是小 B 的，那谜底就揭开了。

才力说："你们也不要急，查小华应该没什么事，我们还要再核实一下，估计明天他就能回来了，快的话上午就没事了。现在都凌晨一点多了，你们都睡吧。"

第二天上午，才力去了昆明市公安局查了一下，证实了他的猜测：补办的查小华身份证上用的是小 B 的照片。同时又核对了指纹，查小华确实是无辜的。但是，关于汽车的线索也中断了。

天刚亮时，勒民一行 4 人到了昆明，在路上他们还遇到了两次检查，都依靠那一身行头和满脸的病容有惊无险地蒙混过了关，在路上，他还不时地偷偷给燕子发短信报平安。

到了昆明以后，他们找了家旅馆住下，去掉了伪装。勒民把两个女的打发出去买早点，顺便把那堆换下来的纱布等破烂儿全扔了，他找小 B 商量起来："小 B 啊，下一步你打算怎么办？"

"我没什么主意，我听勒哥的。"

"我想我们还是听老板的，坐短途车，去贵州、广西，最后去广州。"

"老板不会杀我们？"

"废话，我们只要安全了，老板杀我们干什么？老板把手下都杀了，谁来给他办事？你现在还带那个女孩走吗？"

"她又不碍事，还能掩护我们，我们还是带着吧。"

"只要你放心就行，不过我看她还不错，人挺聪明的，走的时候我们化装成农民。等会儿她们回来了，我来问问她，不过，我们不要告诉她去广州，就说是去上海，听清楚了。"

小 B 点点头说："我可不可以打个电话回家问问？公安局发没发现我们？现在去没去过我们家？"

"不行。我想照片都在电视台播放了，现在早就有人认出我们了，公安局肯定已经上门了，咱们是回不去了。你老婆要生小孩，你肯定担心。但是没办法啊，你一打电话，公安就知道我们在昆明，太危险了。你可不能偷偷地打电话啊。"

"勒哥，你放心。我也知道不能打电话。但是我们是不是要跑一辈子？"

勒民叹了口气说："等事情过去了，我们都去缅甸，你也把老婆、孩子都接去不就行了。我们现在是一辈子也不能回DL了。现在等服务员换了班我们就走。要不然给服务员看见进来两个满头绷带还拄着拐的病人，出去的是两个什么事都没有的好人，会被怀疑的。”

这时，胡雅荔和陈美艳买早点回来了，勒民边吃边对美艳说：“美艳啊，我们准备去上海，你看你是和我们一起走，还是回去？”

“贵哥的意思呢？我听贵哥的。”

“他肯定想你陪他啊，那还用问？你看你现在多好，一口一个贵哥的，也不叫小B了，就这样，没错。”

小B说：“美艳，你没事就陪我去上海散散心，上海你也没去过，不如一起去玩玩。”

雅荔在旁边插嘴说：“哼，那我呢？带不带我去啊？你说啊？”

勒民笑着说：“你不想去也不行啊，我不放你回去。我们吃了饭就走。”

雅荔说：“不睡一会儿？坐了一夜车，太累了。”

“不行啊。昆明离DL太近了，我们都扮成农民，先坐短途汽车去宜良，一站一站地走。不要进汽车站，不进城，在路上拦车走，这样安全些。你们不要怕，出了云南就没事了。”

吃完了饭后，勒民把拐藏在靠墙的床底下，他们走了。

# 九

早上9点钟时，DL市公安局杨局长主持召开了一个破案大会，对整个案情进行了进一步的梳理。他首先让涂副局长介绍案情的进展。涂副局长说：“早上7点钟时，110报警中心接到报警，在DL北部一条偏僻公路的涵洞里发现一具男尸，我们经过现场勘探，发现死者是胡卫军，他身中两枪，均是M1911A1枪发射的11.43mm达姆弹。手腕一枪和口中一枪，致命的一枪是极近距离打在口中的一枪，应该是把枪口直接塞在死者嘴里开的枪。从用的枪和子弹来看凶手使用的枪和丽锦酒店用的是同一把，当然这还需要对这两颗子弹做进一步的弹道分析才能确认，下午就能有结果了。死者的死亡时间初步估计是昨天下午3～5点左右。现场是抛尸现场，不是作案的第一现场。现场没有其他迹象。三中队的还在现场附近走访，看看昨晚是不是有人发现什么情况，我估计这个可能性也不大。”

杨局长说：“刚才才力给我们打过电话，那个昆明的北京2020车车主找到了，应该和我们案件没有关联。线索也断了。那个在车管所登记的车主查小华根本就没买过车。因为那个小B长得和查小华很像，所以早在去年5月份的时候，小B就偷了查小华的户口本，以身份证丢失的名义又补办了一张新的查小华身份证，他依靠这张补办的身份证在车管所上的牌。所以我们现在要很清醒地认识到犯罪分子的狡猾，他们是早有准备的，早就想好了退路。这辆车是他们的一个护身符。我们的对手不是一般的犯罪分子，是职业犯罪分子，是职业贩毒团伙，他们每一次行动都想好了退路。我们一定要消灭这个贩毒团伙，我们不是第一次和这个贩毒团伙打交道了，如果这一次破不了案，我就给市政府打报告辞职。但是你们大家要想一想，我辞职不要紧，我们大家对不对得起我们佩戴的领章、警徽！现在一中队说一下勒民和小 B 的搜捕情况。一中队的马文彪呢，他怎么没来开会？”

“余大队让他去调查情况去了，他一上班就出去了。我来说吧。勒民、胡卫军和小 B 的身份、地址都查清楚了，勒民和小 B 他们昨天下午 4 点回了一趟家以后就失踪了，手机也关机。我们已经做了布置。估计有两个可能，一个是和胡卫军一样被杀了，还有一个可能就是逃跑了。勒民他们 3 人都是一个顺达商贸公司的，公司是个皮包公司，就他们 3 个人。勒民是董事长，胡卫军是总经理，陈光就是小 B 是销售经理。公司的经营范围是边贸，做玉石生意的。据说他们经常去缅甸，我们也查了边防记录。他们 3 个月前一起还去过缅甸。在缅甸呆了一个多月，刚回国不久。我们搜查了他们的家和办公室，基本上没有发现什么做玉石生意的迹象。我们也在做玉石的那一行做过调查，大家都没听说过这家公司。所以玉石生意只是他们的一个幌子，用来掩盖他们的贩毒活动。

小 B 家里人都说不了解他们在外面的活动，对我们很不配合。胡卫军是香港人，他在 DL 单独租住房子，没有家人也没有固定的女朋友。我们也通知了香港警方，让他们通知他的家人并调查他的情况。勒民的真实身份还不清楚。他住的房子是胡卫军租的。现在情况就是这样，进展不大。我想我们的重点是要找到勒民和小 B。”

涂副局长补充完接着问：“你们搜到什么通讯录、笔记本之类的吗？”

“这些一概没有，我们现在正在对他们的手机、办公室电话和家里的电话记录做比较，看看是不是能发现什么情况。”

杨局长说：“还有个情况，当时那个孟丽给了我们一个重要的情报，就是泸水森警的直升机飞行员可能参加了这个贩毒活动，她是从胡卫军口中得知的，这就是胡卫军被杀的直接原因，我估计勒民和小 B 现在不会被杀，但是也不一定，只不过被杀的可能性比较小。那个飞行员在我们逮捕他时被人杀了。当时钱彬已经抓住他了，但是被人在 300 米左右的距离用狙击步枪打死，灭了口。时间是昨晚 11 点多，用的也是达姆弹。也就是说昨天不到 12 个小时的时间，这个贩毒团伙制造了 3 起凶杀案。现在虽然看上去线索不少，但是却几乎没有有用的。车子的线索断了。飞行员死了线索也断了。杀手毫无线索，现在最重要的线索就是勒民和小 B 了，我看他们很可能往缅甸跑，边境一定要控制好。一定要抓住他们，找他们所有的关系人，挖地三尺也要查，活要见人，死要见尸。还有那个杀手，在夜里 300 米远距离可以一枪命中目标，他一定是受过极为严格的训练，很可能当过兵，还很可能是特种兵，我们要从这个方向着手查。我们先从 DL 所有的 20 多岁的复员特种兵开始查。现在开始，每天上午我们都要碰头通报情况，重大情况要及时汇报，不能无组织无纪律搞个人英雄主义的那一套。现在散会。让马文彪回来以后向我汇报情况。”

散了会以后，杨局长、涂副局长和罗政委一起来到杨局长的办公室。罗政委说：“钱彬怎么搞的，人都已经抓到手了，又被人灭了口，要不然现在案子都算破了。”

杨局长说：“还不是那个余光亲自点的将，其他人他都信不过，这回我看他怎么交代？老涂，你还是要担起责任来，把这个案子破了，打个翻身仗给省厅看看。”

涂副局长说：“说实在的，你以为我不想来主抓这个案子，把它给破了？我都干了快30年的刑警了，案子没有没破的，但是从来都没有像这个案子一样窝心，不仅案子没破，还把自己刑警队长职位给搭上了。打了一辈子的鹰，最后给鸡啄了眼！”

罗政委说：“老涂啊，组织也不是这个意思，你不还是副局长吗？只不过把你刑警队长的兼职去掉而已。也是培养年轻人嘛。”

涂副局长说：“培养年轻人？人家余光本来就是西双版纳刑警队长，和我平级，都是副处级。哼！如果真要是培养年轻人，也不是接我的班。明明就是省厅信不过我，调他来主破这个案子。唉！我心不甘啊！”

杨局长说：“省厅也不是这个意思，你不要多心。你知道连我们自己都觉得内部可能出了问题，所以省厅调了个外人来，他对这个案子没有成见，可以从一个全新的角度来考虑这件案子，把问题给搞清楚，找出这个蛀虫来。但是谁知来的这个人连我们都不信任，有什么事都不和我们商量，更不要谈什么汇报了。你看他到现在还不吸取教训，他到底派马文彪干什么去了根本不和我们说。我已经给他打电话了，让他一回来就和我说清楚，你们知道吗，那个拘留飞行员的拘留令是公安部缉毒局和国家森警总队联合签发的，省厅都不清楚这件事，也不知道他是怎么搞到的。他不会和部里直接有什么联系吧？”

涂副局长一愣说：“怪不得他敢这样。说实在的，就是我们也不可能这样快就开到那张拘留令的。郭华是现役军人，我们地方是管不了他们的。你看他，不到半天就开出来了拘留证，还是公安部缉毒局和国家森警总队联合签发的。关系通天啊。我看这个案子还是由着他自己去折腾吧。”

杨局长说：“这不行，我们不能不负责任。这个案子关系到我们DL市公安局的名誉。还不知道他们运了多少毒品入境，害了多少人。这个案子太重大了，可不能让他给搞砸了。我一定要和他谈清楚。”

涂副局长说：“不是我们不想负责，是人家不要我们插手。我看我们还是做好辅助工作得了，案子还是由他负责吧。这也是省厅领导的意思。”

上午8点钟，马文彪等中国移动一上班就去查了那两个手机号码。查出来的结果让他大吃一惊，也不得不佩服犯罪分子的狡猾老练。那两个和郭华通话的号码都是神州行的号码。而且都是昨天下午3点多才第一次使用的。现在都已经关机了，估计再也不会使用了。昨天下午和郭华通话的手机竟然只和郭华通过两次话，通话的地点是在DL，再也没和别人通过话。昨天晚上10点多和郭华通话的手机通话记录稍微多一点，也只和第3部手机通过话，通话次数是5次，时间分别是昨天下午5点多、昨天下午6点多、昨天晚上7：15、昨天晚上10点多和凌晨1点多。通话时间都不长，通话的地点除了最后的两次是在泸水外，其他都在DL和泸水之间，从通话的时间和地点来看，他大概用了不到5个小时就开完了DL到泸水400多公里的山路，从那个速度看，罪犯是在玩命一样不顾一切地赶路。而第三部手机同样也是个神州行，只是昨天11点钟和郭华通话的手机有过5次记录，没有和其他电话通过话，通话的地点是DL，现在也关机了。马文彪很清楚DL是个旅游城市，每天可能卖给旅游者几百张神州行卡，购买神州行卡时不需要提供身份证。所以要从这几个手机号码中想查出什么问题是不可能的，这个线索也断了。他布置了对这3部手机的监听工作后，就向余光做了汇报。

余光在下午1点多回到了DL公安局，发现杨局长在等他，要和他谈话。他原本准备先去开个证明后，就去银行开保管箱。但是现在没办法，就让小夏先去开证明，对他说："你到办公室去开个证明，就说要求中国银行协助打开他们的保管箱，保管箱的账号是：×××××××××××。如果别人问为什么要打开的话，你随便编个什么理由，不要说和这件案子有关。现在就去。然后把郭华的尸体和弹壳都拿去做进一步的化验。事情都干完了，就到杨局长办公室来找我。"

余光来到杨局长办公室，杨局长和罗政委都坐在那里等他。杨局长说："坐，钱彬他们是怎么回事？人都抓到手了，他们竟然在我们眼皮底下把人杀了。这传出去给老百姓知道了，不被老百姓笑死了？我怎么向市委汇报呢？你让我怎么向领导说？"

"这都是我的错，不关钱彬他们什么事。当时我只想怎么抓到郭华。等抓到郭华以后，我以为大局已定，只着急准备审问，过早考虑审问问题了，没有想到把郭华保护好，结果被他们钻了空子把郭华杀了。这个责任应该由我来负，我请求处分。"

"处分有什么用？现在线索都断了，你看怎么办？"

"当时钱彬他们有没有审问？郭华临死前交代了什么没有？他有没有认罪的表示？"罗政委问道。

"钱彬他们倒有就地突审的想法。但是我认为如果把他带到公安局，换个他不熟悉的环境，更加有利于审问。后来钱彬说，郭华当时一被捕，整个人就崩溃了。唉！如果当时组织就地突审的话，事情就都搞清楚了。"

"那你现在还有什么想法？我想现在要开个会，把所有情况汇总一下，仔细理一理头绪。这个案子线索很多，包括郭华、勒民、胡卫军、小B、杀手的汽车等。罪犯一定会留下尾巴的！"

"线索是很多，可惜基本上都断了：郭华、胡卫军死了；车子是犯罪分子冒名购买的，也断了。现在就看抓不抓得到勒民、小B了。我担保勒民、小B只要昨天4点没出DL，他就出不了DL。他们俩中途还回过家，现在一定在DL什么地方躲着呢。"

这时，余光的电话响了，"余大队，我是小夏，我在办手续，办公室孙主任说要你签字，还要局长批，他们才能开介绍信。”

“办公室还有其他人吗？……没有，好的，你和孙主任一起到杨局长办公室来一下，我们都在这里等你们。把手续和公章都带来，我们就在杨局长办公室办。”

杨局长又问：“郭华死的时候留下了什么线索吗？”

余光想了想，把门打开一条缝伸头朝外面看了一下，低声说：“有一条线索，郭华在中国银行存了个保管箱，我们要打开它，没有存单。要我们局开个证明才能打开。这个证明要您批准，您签个字，我让小夏去开银行保管箱就行了。”

“什么保管箱？”

“郭华临死前说在中国银行开了个保管箱，他应该把所有东西都放在那里了。”刚说完，孙主任和小夏就进来了。

他们把介绍信开了，用带来的公章盖上印后，余光说：“小夏你现在就去办，孙主任你别走，我们一起研究一下案情。”

余光是想把所有的知情者都留在身边，只要小夏拿到东西，案情就水落石出了。但是他没有想到，如果需要更保险的话他完全可以召集一个班的武警去取这个皮包。这个错误让他在以后很长的一段时间里都后悔莫及。

他更没有想到的是，他和小夏一回来，就有一双眼睛盯上他们了，小夏和孙主任谈话时，他在外进行了偷听，虽然不是很清楚，但是也知道了大概。他连忙打电话通知燕子说：“我听到那个飞行员有个保管箱在中国银行，他们正要去开。你们准备跑吧。”

“去几个人？什么时候去？在中国银行哪家储蓄所？”

“去几个人现在还不清楚。现在还没走。是银行个人保管箱，只有支行才开办这种业务，一般储蓄所没有这样业务的。”

“谢谢！你了解一下他们什么时候走？去几个人？马上通知我。”

他看到小夏一个人离开了公安局，又一次通知了燕子说：“一个人，穿白T恤。中等身材。”

等猛强赶到中国银行DL市支行时，根本不知道如何找出那个来开保管箱的警察，他总不能把每个到银行来的穿白T恤、中等身材的年轻人都当成那个警察吧！他明白只有一次机会靠自己的判断力一击命中。他来到DL市支行门口时盘算着，他知道他不可能进入支行内部去找那个警察，因为那样的话，银行的监控录像会清楚地记录下他的相貌，那对他来说是致命的。他也清楚银行大门口也有监控录像设备，他找到了监控摄像头，决定在行动时，尽量避免正面暴露在摄像头下。他把头上的鸭舌帽往下压了压。又按行动前的常规在自己的右颚骨上贴了颗长毛痣，这样目击者会很清楚地记住这个明显的特征，而忽略了他其他真正的面部特征。就在他完成这些准备工作时，来了一辆车，急匆匆地停在了银行的门口，一个中等身材、穿着白色T恤的年轻人进了银行。这车违反了交通规则，停在了禁止停车的地方。他又看了下车牌，车牌的号码相当小。他确信这应该就是他要找的那个人了。这是两个相当明显的标志:一般警察在执行紧急公务时，都不太在意交通规则，经常违规停车。再就是公安局的车牌号码一般都比较小。他为了再确认一下，走过了车边，看了一眼车内，发现车里没有人，有一台车载电台。他微笑着回到了开来的白色桑塔纳上，他不明白为什么公安不多派几个人来一起取东西，可能根本没有意识到危险吧！他想他现在开的是勒民的车，虽然车牌已经换成了伪造的，但是也很危险，他还没有时间去处理这辆车，更重要的是他现在没有安全的车辆使用了，他需要一辆和他没有关系的安全车辆，这个问题义哥会尽快给他解决的。他估计那个警察进去办事大概要花10来分钟时间，他还有时间想想撤退的路线，当然在他的人生字典中是从来没有“逃跑”这种字眼的。他首先找出个大纸袋来准备装东西，还掏出件衣服准备放在纸袋的最上面。然后他把汽油、香烛什么的都准备好了。在早上回到DL时，他就给这辆车像过去他使用过又销毁过的车辆一样做好了全部的准备。他必须特别小心，他的任何一点疏忽将会以他的生命为代价。七八分钟后，他想好了撤退的路线，最后一次检查了他的柯尔特M1919A1，把子弹推上了膛，打开了最后一道保险，然后用一件衣服盖在上面，他下了车。

小夏来到DL市中国银行支行门口，急匆匆地停了车后跳了下来，冲进了银行大门。他根本没有意识到他已经违章停车了，这个细节给他造成了终生的悲剧。

他进了银行以后按规定办完手续，花了十几分钟，才打开了保管箱，从保管箱内取出一个黑色的公文包套在了手腕上，走了出来。当他走到车边准备打开车门时，突然从眼角发现一个身材高大、带着墨镜的年轻人从前面向他快步走来，他猛然想起了那个杀手，但是已经晚了，他想冲进车内关上车门来争取拔枪的时间，可是已经来不及了，3颗11.43厘米的达姆弹打中了他的背部，碎裂的弹头彻底地撕烂了他的整个内脏。他连一秒钟都没有挺过去就死了，在他临死前唯一来得及的就是死死地抓紧了手中的公文包。

他是不会知道在他死后，猛强为了夺走他手中的公文包，又朝他的手腕开了两枪，他手中的公文包和握紧它的手一起离开了它们的主人。

猛强在把包连手一起抢走了后，按老办法把车给点燃了。在路上他一直有个想法，想打开看看包里装着什么，但是他最后还是抵住了诱惑，没有打开包，他认为没有得到义哥的同意就打开包是十分不道德的行为。可惜他根本没有想到这个包根本就不是他的义哥的，更没有想到他杀人是怎样的行为。他只知道是他的义哥在他走投无路时收留了他，让他有了做人的尊严。

他进了房间，发现应该挂着那幅《夏日蝉鸣图》的地方，挂着一幅油画，画面上显示着在瓢泼大雨和惊涛骇浪中一艘小船正在挣扎着驶向前方，前方微微地露出了阳光。他看了这幅画，一下子就明白了那幅《夏日蝉鸣图》的意味。但是这幅画的兆头就更加不好了，天知道那艘小船能不能安全地到达阳光普照的彼岸。

沈红义从里屋走出来，猛强把公文包连那只断手一起交给他:“事情办妥了，嘿，那个警察还真是个人物，死了还把包紧紧地抓在手中，没办法了，我只好连手都给你带来了。”

沈红义打开包从里边掏出了十几张定活两便存单、几张照片和一个黑色的笔记本。他把存单交到猛强的手上，说：“存单你拿走，都是你的了，我来看看这些照片，哈，这小子不仅有勒民他们3个的，还有燕子，你看！你的还不止一张呢，冠明的也有不少。本子里我来看看都记了些什么？哈……还按每个人分门别类地记着呢，你们每个人用过的电话号码、地址。还有交接货的时间、地点、数量。看样子这小子早就有准备给公安抓到，就靠这个把我们都卖了，他好立功，争取宽大啊！”说着，沈红义一把抓起那个公文包，朝地上狠狠地摔了下去，再狠狠地踏上几脚骂道：“妈的，你到地狱去坦白啊！去坦白啊！你为什么不找公安去啊……”

猛强等沈红义平静下来说：“这钱太多了，我不敢要……”

沈红义迷惑不解地看着他说：“为什么不要，担心从银行取不出来？不会的，这是定活两便的，不记名不挂失。到银行就可以直接兑现。你放心我不会说话不算数的。”

“老板，我不是这个意思。我知道去银行就能取出来……我是说这个钱太多，你知道我是个孤儿，家里也没人，我用不了这么多钱。再说老板也从来没一次给别人这么多的钱过。”

“这都是你挣的，你用命换来的，是你应该得的。你拿着去玩玩女人吧，别不好意思了。你不是担心燕子嫉妒吧？要不你分燕子一点得了，你要都给燕子，你看燕子敢不敢拿。”

燕子上来一边把存单往猛强口袋里装，一边媚笑着说：“我有什么不敢拿的，猛强你敢给，我就敢拿。钱现在都是你的了，你给什么我要什么，给多少我要多少。哼！只要是男人给我东西，我都要，我为什么不要？”

“猛强，你说你准备给多少？啊，你说，你说？燕子都开了口了，你可不能什么都不给啊？”

猛强红着脸低着头说：“老板、许小姐，你们不要开我玩笑了，我从那件事后，我就怕了女人了啊！”

“我说，老弟啊，你是一朝被蛇咬，十年怕井绳啊！你记住！在女人面前不要不好意思，要拿出男子汉的气概来。要不然她们蹬鼻子上脸敢爬到你的头上去。我告诉你，如果她要脸装淑女呢，你就装绅士。一定要装得比她还清高。如果是荡妇呢，你就要比她还无耻、更流氓。最重要的一点是，你要记住有些女的她们天生都有受虐待的倾向，都是他妈的受虐狂！记住只要你到女人身边去，千万别忘了带上你的鞭子。就凭你的气概、相貌，无往而不利啊。哈哈……”

“猛强，你别听他胡说！我们好好的一个猛强，都让给你教坏了。”燕子不高兴地说。

沈红义淫笑着说：“嘿嘿！你不喜欢我在床上捏得你浪叫，狠狠地揍你的屁股吗？”

“去你的，看你在胡扯什么？”燕子红着脸掉头走开了。

沈红义转过身一本正经地对猛强说：“你记住！女人，你不把她弄上床，她永远不会真心待你，永远不会和你说实话，你也永远搞不清楚她的真实想法。不管三七二十一，先办了再说。我这可是从多年泡妞实践中总结出来的。当然了，就是上了床，女人说话你也不要全信。她们倒不是在骗你，她们是在骗自己。大部分女人从来分不清梦想和现实、感情和理智的区别。都说男人是小头指挥大头，那女人就是感觉指挥理智。你把她弄出感觉来了，你也就全控制她了。到后来是一天也离不开你，从感情到身体全都依赖你了。那就是'下半身指挥上半身'，男女都是这个道理。你明白吗？"

"老板，我受教了，以后我再也不会见了女人就脸红了！还有个事，我现在需要一部车，我的那部车昨天烧了，勒民的车今天也烧了。你看……"

"这样吧，我这儿还有一部车，你先开着，但是那部车是不能用来做事的，手续是我们的。过两天我再帮你搞部车用。"

"老板，那不要车了，我打的就行，我是怕这两天有事，没车不方便。这样，我走了，顺便我把那个包和手去处理了。"

等猛强走了以后，燕子看着他的身影说："这个猛强真是把好手啊！"

沈红义点了支烟说："哼！我看他不是人下之人。燕子，我们还要好好下功夫，要把他收得贴心贴腹啊。"

"你为什么觉得他还不够贴心贴腹的？"

"如果他真的是对我们言听计从的话，就会痛痛快快地收下那笔钱了。谁不贪财，那不是一笔小钱，你我都会动心的！他不动心！要不然他也不会玩小花样了，哼？他到底没说出那笔钱是几百万，他以为我不知道到底有多少钱，但是我大数还是清楚的，大概有七八百万吧。我也有点肉痛啊。"

"那你干吗给他那么多？你给他一半不就行了。那也不少了！"

"既然做人情就不如做个大人情，你怎么知道他在半路上没打开皮包看过。如果他看过了没拿里边的存单，又或者他根本没有打开皮包，那他就是个君子。不管怎么说，他都做了回君子，我们就更不能做小人了。谁叫我们以后还要用他呢。"

余光在杨局长办公室正在讨论案情时，有人来找杨局长，要他出去一下，余光说："杨局长，你最好等等小夏回来，我们听了他的汇报再走不迟啊。"

杨局长奇怪地回头看了他一眼，摆摆手让那人走了，对余光说："好啊！你现在已经连我都不相信了！是不是？"

余光说；"我不是这个意思，您看我们要抓那个飞行员，结果我们还没动手，贩毒团伙就已经知道了，就派人杀了他。他的保管箱里的东西太重要了，我们可千万不能再出差错了。"

"你是怀疑我，还是罗政委，要不就是涂副局长？你说？局里知道这个事的人除了你亲点的几个干将，就我们3个知道了。你总不能打自己的脸怀疑你自己点的那几个干将吧？"

“杨局长，我不是怀疑你们，我只是想把泄密的风险减少到最低程度。这次小夏去银行，只有我们在座的4位知道，连钱彬他们俩都不知道保管箱的事。只要我们都不离开这个办公室，我想小夏就能安全地完成任务，破案就会有很大的希望，即使个人受了点委屈，我想大家也都能理解。”

“我知道你是怎么想的，那个飞行员在你们的眼皮底下被人杀了。你需要人来承担责任。你怀疑我们泄了密，你不想想，当时那个女线人给你打电话时就被人杀了，当时贩毒团伙就已经知道那个飞行员暴露了，是不是？贩毒分子当时就可能决定杀了他。你们千不该万不该让杀手在你们抓到那个飞行员后，还被他给杀了，你们要做检讨，在全局大会上做检讨！要准备接受处分！”

“这个事，我们确实做得不好，我要向全局做检讨。首先应该处分我。但是目前更重要的是如何减少损失，只要我们安全地取回郭华放在银行保管箱里的东西，我们就能把损失减少到最低程度。而且孟丽只发现了森警的直升机和案子有关，并不知道是郭华运的毒！贩毒分子没有确切理由要这么急急忙忙地除掉他。我怀疑还有泄密情况要发生！”

罗政委在一边说：“你们两个都不要激动嘛！现在既没有证据证明是泄了密，更没有证据证明是谁泄了密。而且即使是泄了密，也有可能是森警那边泄的密，现在谁都说不清楚。等小夏回来了，破了案，问题就全都能搞清楚了。”

正说着，余光的手机响了，他刚听了一句，就全身一震：“什么，你是说中国银行门口发生了枪击案，有人被杀了。你们现在赶紧给我全体赶往现场。”

余光急忙用颤抖的手拨通了小夏的电话，但是只听到电话的蜂鸣声和电信服务的一句“现在电话无人接听，请稍后再拨”的声音，余光的心在下沉，他浑身发凉，一直从头凉到了脚，手机慢慢地从他的手中滑落。突然，他发出一种只有从地狱才能听见的低嚎：“小夏……”，然后冲出了办公室。

## 十

余光开着警车风驰电掣冲向了中国银行DL支行，等他赶到那里，心中原有的一丝侥幸已不复存在，他看见了那辆熟悉的公安局的车。下了车，镇静下来，对先赶到的巡警说：“有没有目击者？”

这时马文彪带着人也赶到现场。余光对马文彪说：“去银行看看小夏取了什么东西没有。”说着他走向汽车。等他看到尸体时，不由得瞪大了眼睛，尸体仰面朝天地躺在驾驶门外，胸前3个碗口大的伤口在汩汩地渗着血，更可怕的是小夏的左手腕以下已经不见了，前臂破碎的末端参差不齐地明显留有子弹的创伤。他明白小夏已经拿到了罪证，他在最后的时刻死死抓住了那个罪证。凶手为了夺取他手中的东西，残忍地开枪打断了他的手，连手带罪证一齐抢走了。他的眼睛模糊了起来，身体摇摇欲坠。这时，有一双有力的手扶住了他。等他慢慢回过神来，看到扶着他的是杨局长。他听见杨局长对他说："坚强点，你要坚强点。现在不是悲伤的时候，小夏需要你为他报仇。"

"嗯。我会的。"

"现在你先去休息，这里由我和涂副局长来负责勘查。这个案子还是交给你负责！"

余光感激地望着杨局长说："不要紧，我能行。"这时他看到涂副局长正在指挥队员们紧张地工作着。后者然后走过来说："马文彪说银行监控录像把过程都拍了下来，我们现在就去银行监控室看看录像。"

杨局长、罗政委、涂副局长、余光都跟着马文彪去了银行监控室。他们找到了案发时的情景：只见小夏左手拿着个黑色公文包急速地走出银行大门，走向汽车，在他手碰到车门把手时，这时好像他突然发现了什么，猛地打开了车门，扑进了车里，正要关车门时，他的后背出现了3个弹孔，一个戴鸭舌帽的人冲向了他。那个人探身从车里抓了什么转身要走，这时包被小夏的手紧紧地抓住，带着小夏的尸体翻在了车门外边，那个凶手又回过身来，朝小夏的手腕开了两枪，连包带手揣着冲向了一辆白色的桑塔纳开走了。

涂副局长说："小夏手里的包里装了什么？"

马文彪说："小夏刚才凭我们公安局的介绍信，在银行的保管箱内取了个黑色公文包，我想就是这个包了。"

杨局长说："郭华临死前说，他在这里有个保管箱。小夏就是来取里边的东西的。"

马文彪不解地问道："郭华？郭华是谁？"

罗政委说："郭华是那个贩毒案的嫌犯。那个叫孟丽的线人就是发现了郭华犯罪的线索才被杀的。然后这个郭华在我们逮捕他时也被贩毒分子杀了。他临死前说他在这里有个包，现在却发生了这种事！我们要为夏玉斌同志请功！他在牺牲时，用尽了他最后的力量来保护犯罪证据，这种精神是永远值得我们学习的。"

涂副局长说："很明显，这又是那个犯罪集团作的案，从罪犯的身材、用的子弹可以做出这样的判断。十分的疯狂。但是我不明白，在小夏来取如此重要的物证时，为什么只有他一个人来？为什么不多来几位同志？"

这时有一位警察来报告说："西郊的一个家具大卖场门口，一辆白色桑塔纳车发生了火灾，现在已经有人去查了，看看那辆车是不是凶手开的那辆。"

这时余光有点缓了过来，说："我们要看看全部的录像，包括从小夏到达银行前开始的10分钟，银行内外的全部监控录像，找到犯罪分子是如何确定小夏就是他要寻找的目标的。还有看看小夏是什么时候被人监视的。刚才那个杀手一直没有清楚的正面像，在其他录像中找找看，找几张最清楚的打印出来，发给全体民警排查，谁见过这个人？咦，我的手机呢？"

余光突然想起了他的手机掉在了杨局长的办公室，手机里有北风的电话号码和他发的短信，他都没有删除，而这些都是他的疏忽。而正是他的疏忽造成了夏玉斌同志的无谓牺牲。如果他能像涂副局长说的那样多派几位同志一起来，杀手是根本不可能动手的，夏玉斌同志也就不会牺牲了。

罗政委说道："在这里呢。我拿着，谁都没有动。"

余光接过手机心中想到："难道他看过手机里的记录了，现在来了个'此地无银三百两'。"但是他又想到："应该不可能，他是和杨局长一起来的，中间没有分开过，应该没有空隙来检查手机。"

杨局长说："现在我们把所有录像带都带回去，我们的设备比这儿好。仔细检查。现在是11点。下午两点半开会，重新分析情况，梳理案情，看看能不能发现新的线索。我们现在先处理夏玉斌同志的后事。"

## 十一

下午两点半，案情分析会在公安局大会议室内召开，市政法委吴书记亲自主持会议，公安局几乎所有相关人员都到会了。吴书记说："现在案情越来越严峻，犯罪分子越来越猖狂。在市中心大街上不到24小时的时间内就发生了两起枪杀大案，死亡2人，其中还有我们的一位警察同志。这是我们市建国以来从没有过的事情，给我市的安定团结局面带来了极为不利的影响。夏玉斌同志是一个好同志、好警察。要将他的英雄事迹大力宣传，作为我市警察的英模加以表彰，你们要尽快写出报告，报省厅和市委以及部里，追认他为革命烈士。现在我提议：全体起立，为夏玉斌同志默哀一分钟！"

坐下后吴书记说："关于这个案子，我已经听了杨局长的案情汇报，现在请大家畅所欲言，谈谈对这两起案子有什么看法。"

技侦队王队长说："我先来说两句吧。那个飞行员是被7.62mm×51mm枪弹远距离击中身亡的，子弹同样是达姆弹。这种子弹虽然和我国的56式半自动步枪看上去口径是一样的，但是弹头形状、重量和子弹长度都不一样。不是我国的标准口径，这种子弹的威力比我们的56式半自动步枪子弹威力更大，精度却要高得多。使用这种子弹的枪主要是西方在二战后上个世纪五六十年代制造的半自动步枪，如美国的M14、比利时的FAL、德国的G3等半自动步枪和西方一些轻机枪，亚洲日本、韩国和台湾省也使用这种子弹。但在中国大陆，和其他亚洲大部分地区比起来并不常见。美国的M14是越战早期美国士兵的标准个人武器，使用十分广泛。也大量作为军援提供给泰国等东南亚国家。这种枪在金三角地区有着广泛的分布，结合犯罪分子使用过美式M1919A1大威力手枪的情况，我认为犯罪分子使用的枪支就是M14。这种枪缺点是半自动、重量大、后坐力大、长度长、携带不方便。但精度上在普通步枪中只有英国制造的恩非尔德栓动步枪可以媲美。而恩非尔德步枪是英国在一战以前开始制造的，是和德国的毛瑟步枪、日本的38式、俄国的纳甘步枪齐名的四大手动步枪。我们的56式半自动基本上是俄国的SKS的半自动加威力缩小改良型。在精度和威力上是远远比不上M14和恩非尔德步枪的，我们都知道56式半自动在国内同样是以威力大、精度高而著称的，可以想象一下M14这种枪的精度和威力就更厉害了。这种枪还可以加装两脚架，更增加了枪的精度。犯罪分子用这种枪在夜间300米远的距离上一枪命中一个低速移动的人体目标是可能的。当然这要经过长期艰苦的训练。还有那条绳子和抓钩都是特制的。绳子是美国人研究出来的凯夫拉材料，一般用来做航空航天材料和防弹衣，现在也用来做高级钓鱼线和高级网球拍的拍线，抓钩是钛合金的，钛合金也是航空航天材料和用来造潜艇的，这些东西我都是第一次看到，十分的专业，依此判断，我认为凶手可能是个转业军人，极有可能是个特种兵。我提议我们应该加强力度，对我们地区甚至我们省所有的转业特种兵进行全面的排查。”

吴书记说：“说得很详细。你们大家对王队长的发言有什么看法？”

涂副局长说：“我同意王队长的分析，事实上，我们已经把全地区所有的转业特种兵的名单开列出来，并已经着手一一进行调查。同时已向省公安厅和省军区提出协作要求，要求对全省的全部转业特种兵进行一次全面调查，省公安厅和省军区都已同意了我们的要求。我认为转业特种兵数量很少，我们地区只有十几个，全省也不超过几百人，而且大部分都在公安系统。调查起来应该是比较简单的，我想很快就会有一个结论。这个问题现在由一大队继续负责。”

王队长继续说：“我再补充一点，那个道钉看起来是比较简单的，是4个2寸水泥钉焊在一起的金字塔形三棱锥形的东西。你们看，如果它放在平面上的话，它在任何时候都有一个角是朝天扎着的，这也是阻挡车辆的特种部队标准装备。虽然他是山寨货，大家看它的焊接很牢但是比较粗糙，我认为不是专业厂家生产的，而是一个焊工自己加工的。我提议要在全市范围的焊接点内查找谁焊过这种东西。”

接着一位警察补充道：“我是泸水县刑警大队的范长兵，我急着赶过来，现场勘查报告还没有写出来，我先来大致说说现场情况。现场围墙上有4处攀爬痕迹，二进二出。现场留有大量脚印，都是一个人的脚印，脚模已提取。经初步分析，是同一人进入作案现场，没有发现其他人参与的痕迹。从脚印和步长上分析，凶手是个身高大致在1.8～1.85米左右，体重在75公斤左右的男人，穿一双几乎全新的43码皮鞋。现场没有发现手印，但是有明显的手套留下的痕迹，可以肯定凶手作案时戴了手套。围墙外有两种车辙印，这是照片，一种是嘉陵150越野摩托，还有一种我们分析是桑塔纳。那辆嘉陵150越野摩托车几乎是全新的，才开了不到500公里。我们按照车架号给嘉陵厂打电话了解过，是去年在昆明销售出去的。也在网上查了，这个车架号的车没有上牌。我们在车上也做了初步的检查，没有发现手印指纹。”

余光说道：“穿的是新皮鞋？这比较奇怪啊。”

涂副局长说："是比较奇怪。凶手其他的东西都很专业。按他的水平，他至少应该穿一双旅游鞋才对。可能是凶手疏忽了，也可能时间太紧忘了换鞋。才力还在昆明吧，让他在昆明继续查摩托车，看看是什么地方买的，营业员还有没有印象。一大队负责查那个道钉，焊这种东西的人几乎没有，焊过它的人印象应该很深。一定要找到焊它的人，问问是谁让他焊的，还有那个飞行员的个人情况呢？他是如何和贩毒分子勾搭上的？不是他有一封遗书吗？说他是在2001年春节赌钱时认识贩毒分子的吗？我们都要查，是谁引诱他赌钱的？这个我看还是由钱彬负责。"

杨局长说："那个郭华还有什么情况，余大队还有要介绍的吗？"

"郭华的情况，我就知道这么多，需要提醒一下的是，郭华临死前最后接的两个电话号码我们都查了，那两个号码都是昨天刚使用的神州行号码，而且只在这三个电话号码之间互相通过话，现在这两个号码的手机都已经关机了，我想罪犯也不会再使用了。当然我们现在已经布置了监听，肯定是晚了。这充分说明了罪犯的狡猾。我想大家都千万不要轻视了这伙职业贩毒分子。我轻视了他们，造成了夏玉斌同志的牺牲和郭华的被杀，给破案带来了不可挽回的损失。我请求给我最严厉的处分，以告慰夏玉斌同志的在天之灵。同时希望同志们吸取我的教训，考虑问题更细一些，不犯错误。争取早日破案。"

罗政委说："余大队还是很有功劳的。至少通过他的积极工作，我们揭开了这个贩毒团伙的神秘面纱。也堵上了他们偷运毒品进入我国的一条重要路线。现在贩毒团伙已经惊慌失措，开始互相残杀了，这比前几次破这个案子的成果都大。成绩是有目共睹的，但是教训也是极为深刻的。这是血的教训，余光一定要深刻地吸取。"

余光说道："我没有什么功劳。发现郭华用直升机偷运海洛因的是孟丽，这个情报是她用生命换来的。我更加对不起夏玉斌同志，他是一位好同志、好警察，当时我应该像涂副局长后来说的一样派一个班的武警和他一起去，那样夏玉斌同志就不会出事了，罪犯的犯罪证据也不会丢失了。现在我们已经有两位同志为这个案子牺牲了。这是我们DL市公安局历史上绝无仅有的情况，我希望不仅是我，也希望其他同志能够吸取这个惨痛的教训。当然我作为直接责任人，更要吸取这个血的教训。"

吴书记说："大家都谈得很好，都开诚布公地说，这样很好。余大队要多向老同志们学习，多多汇报。老同志也要放手让余大队工作，要大力支持他。现在大家再讨论讨论夏玉斌同志被害的案子吧。谁先说？"

王队长说："还是我来先说。杀害夏玉斌同志的点44口径的M1919A1手枪。分别是昨天下午1点多在丽锦酒店大门口杀死孟丽，昨天下午杀死胡卫军和今天上午10点杀害夏玉斌同志。已经通过弹道检查，子弹全部都是从这支手枪发射的。子弹全部都是达姆弹。同时按照这份通话记录上的通话时间和通话地点以及惯用的子弹使用习惯来看，我认为杀死郭华的很可能也是这个凶手。"

"王队长你说清楚点，为什么从通话时间和通话地点来看，凶手是同一个人呢？"杨局长问。

“你们看这份通话记录，这是和郭华最后通话的那部手机的通话记录。那部手机从昨天下午开始第一次通话，总共有 6 次通话记录，通话时间分别是昨天 19：38、20：42、21：26、22：46、23：48 和今天凌晨 1：45。全部通话除了昨天 22：46 分的那个是打给郭华的外，其余都是和同一部手机通的话，其中前 3 次都是接听，后两次是主叫。通话的地点分别是 DL 市和泸水或 DL 通向泸水的公路沿线。我们可以这样假设，如果凶手从 19：38 分接到电话从 DL 出发向泸水赶的话，时间上正好可以在 22：46 分赶到泸水的直升机场。当然时间是非常紧的。他在 22：46 分和郭华通过话，从森警队谢队长回忆的通话内容来看，凶手通过和郭华的这次通话确定了郭华当时的位置，就是郭华在办公室加班。前 3 个电话我认为都是贩毒集团头子打给他的，可以认为是命令和督促他，而最后两个电话分别是向贩毒集团头子汇报他已经发现郭华的具体位置和他已杀了郭华。这样我们可以认为贩毒集团在昨天下午 7 点多确认了郭华已经暴露了，贩毒集团已经开始准备杀人灭口了。”

涂副局长问道：“范长兵，你从直升机场赶到这里来花了多长时间？”

“我大概是昨天 9:20 左右从那里出发的，赶到这里是当日 14:28 分。我看了表。为了能赶上开会，路上我开了警灯，拉了警笛，开得很快。”

“时间上差不多，我们警察是白天开了警灯拉了警笛地开。而罪犯是夜间行车，都花了 5 个小时出头的时间，这已经是极速了。看来凶手是拼了命的。”

马文彪说：“那个杀手开的车情况已经查明白了，牌照是假的。从车身号码和发动机号码来看是勒民的白色桑塔纳。我估计这辆车就是勒民从丽锦酒店大门口开着逃跑的那辆车。刚才我把泸水的同志带来的那辆桑塔纳的车辙照片作了初步的比对，我认为是同一部车。这也说明了是那个杀手在不到 24 小时的时间内作了 4 起凶杀大案。”

涂副局长说：“是勒民的车？这是不是说明勒民和小 B 也已经被他杀了？尸体我们现在还没有发现？”

杨局长说：“这是很有可能的。但是我们千万不能放松对他们的抓捕。活要见人，死要见尸。我看这个工作现在由二大队负责。小 B 的老婆马上就要生小孩，据我们了解小 B 和他老婆的感情很深，小 B 很可能和家里联系，你们一定要做好监控工作，这是我们的一个机会。”

余光说：“我来谈谈我对那个杀手情况的分析。我中午仔细地逐格看了银行的监控录像，我把有用的都剪到了一起，技术科的同志帮我作了处理，有的作了放大。大家看一下投影。首先是这个画面，凶手带了个棒球帽，压得很低，带了个大墨镜，尽量不把脸朝向银行监控摄像机镜头。我认为很奇怪的是凶手是从夏玉斌同志的前方接近他的，我们现在只能看到凶手的左脸，虽然因为带了墨镜和棒球帽，镜头很不清晰，但是还是分辨得出来。这是很奇怪的，你们继续看就明白了。小夏打开车门，这下他们中间隔了个车门。然后凶手冲过了车门，转到了小夏的背后开了枪。这让我感到很奇怪，从作案方便的角度来说，凶手应该从小夏的后方接近他，这样在小夏打开车门时，车门就不会挡在小夏和凶手之间了。凶手作案会更方便。我想凶手作为一个职业杀手不应该犯这样的错误，同样在后方，凶手更便于发现夏玉斌同志。现在继续往下看，你们看，在夏玉斌同志牺牲后仍然紧紧地抓住包时，凶手回身又向夏玉斌同志的手腕开了两枪。这时凶手的右脸第一次暴露在摄像机前，前边我们一直看到的是他的左脸。我放大了这个画面，你们仔细看凶手的右颧骨上有一个比较明显的黑痣。我想这就是凶手为什么要从小夏前方接近他的原因，凶手要掩盖他的右颧骨上有痣这个明显的特征，他不得不这么做。我们现在首先要感谢的是夏玉斌同志，是他在牺牲后仍然紧紧抓住了包，使得凶手才在紧张和慌乱中犯了错误，露出了破绽。我想如果我们破了这个案子，夏玉斌同志是立了头功的。杨局长和涂副局长你们认为呢？”

涂副局长说：“如果凶手脸上有痣的话，这是案子中对这个杀手认定的重大突破。”

“我还比对了凶手和小夏以及周围参照物的高度，我认为凶手身高在 1.85 米左右，而且更可能是比 1.85 米高，但不超过 1.90 米。这和泸水警方对郭华被杀的现场勘探结果是一致的。综合以上我认为杀手是一个身高在 1.85 ～ 1.90 米的右脸颧骨上有痣的强壮男子，年龄从录像上看不超过 30 岁。我认为不应该局限地认为他一定是个退伍的特种兵。因为我们的特种兵更加熟悉的是中国武器和它们的原型前苏联的武器，如果他是一个退伍的特种兵，我想他不会全部选用美式武器的。我想只要统一了意见，应该把照片和说明尽快在电视上广播，那样杀手很快就会现出原形的。”

这时，一名警察拿着一个包进来说：“刚才有人打电话说，在万家乐超市的 64 号储物柜里，有我们感兴趣的东西。我们去取了来。”说着他打开了包，包里是一个黑色的公文包，上面还有一只紧紧地抓着包的左手。这时大家都全体起立，心情沉重地看着这一幕。

良久，只听见涂副局长的声音：“把打来的电话录音送过来，我们要听。”

“声音作了伪装，根本不可能听出是谁的声音。”

涂副局长说：“把录音交给部里，现在就去北京。部里有做声纹分析的技术员，能够还原成正常的声音。凶手太猖狂了，简直是在向我们挑战。”

杨局长说：“包里还有什么吗？”

那个警察说：“我们没有检查，见是夏玉斌同志的手，我们赶紧就送这里来了。”

罗政委说：“现在赶紧把夏玉斌同志的遗体合为一体。我想凶手是不会在上面留下指纹什么的。”

余光说：“那个凶手把这个放到超市保管箱里时，有人注意了没有？凶手是从什么地方打电话给我们的？”

“我们当时就查问过，没有人注意到是谁使用了这个保管箱。我们查了电话号码，凶手是用公共磁卡打的电话。现在已经有人去查了，看看是否有人注意过这个打电话的人。”

杨局长说道：“包里还有一张纸条！”

他拿出纸条，只见上面歪歪扭扭地写着：“我十分尊重他，我想他的遗体应该是完整无缺的。”

然后他把纸条交给了吴书记，吴书记看过以后，又默默地往下传。纸条默默地传了一圈以后，又回到了杨局长手中。

吴书记说：“夏玉斌同志的凛然大义和英雄壮举竟然感动了这个冷血杀手。他的精神和英灵会注视着我们，如果我们破不了这个案子，我看我们大家都回家去卖红薯算了！现在我宣布，如果谁在这个案子上再有什么疏忽的话，就要办他的渎职。有什么要求也尽管提出来，市纪委和我本人会全力支持你们的。会后，请杨局长再继续研究监控录像，请罗政委负责处理夏玉斌同志的遗体和后事。现在散会。”

余光跟着吴书记下了楼，给他打了个电话说：“吴书记，我是刑警大队的余光，有一个事情想单独向你汇报一下。”

吴书记说：“哦，余队长啊，那你就上我的车说吧！”

余光上了车，好一会儿没有说话，吴书记说：“余大队，你有什么事要跟我说？”

余队长说：“到市委我再向你汇报吧。”

“没事，你就在这儿说吧，司机小张不要紧。”

“是这样的，我要向您汇报的事，我也跟杨局长和罗政委他们通过气。在省厅调我来 DL 市时就和我说过，省厅认为市局内部有人和这个贩毒集团有关系。我对这个案件的侦破工作十分小心。大部分的侦破行动我都对局里进行了保密。比如这次夏玉斌同志去中国银行取证据，全局除了我和夏玉斌同志本人外，只有 3 个人知道，他们是杨局长、罗政委和办公室孙主任 3 个人。因为我只知道保管箱的号码，但没有存单和密码。而打开银行保管箱需要公安局的证明才行。开证明必须找办公室孙主任，并且要杨局长的批准，当时罗政委也和杨局长在一起，所以只有他们 3 人知道这件事。而抓捕郭华的事，除了负责行动的 3 人和我外，局里只有杨局长、涂副局长和罗政委知道。”

“你能确认除了你外，只有他们 3 人知道这件事吗？”

“我能确认。并且我可以证明他们 3 个人知道这件事后，就没有离开过我的视线。并且孙主任也不知道是这件贩毒案才需要开证明打开保管箱。”

吴书记皱着眉头说：“他们 3 个知道你的怀疑吗？”

“他们 3 人都知道我的怀疑。在夏玉斌同志去取证据时，有人来找杨局长。我阻止了杨局长的离开。当时杨局长就猜到了我的用意，还和我大干了一场，争吵还没有结束，就传来了夏玉斌同志被害的消息。”

“你对这个事情怎么看？向省厅汇报了没有？”

“我中午就打电话向省厅做了专门汇报，省厅要求我向市委作汇报以取得市委的支持。”

“你需要什么样的支持？你现在不仅没有任何证据，而且连怀疑的对象都没有。”

“我想成立一个秘密调查小组调查这起案子！”

“你不是已经成立了一个秘密调查小组在调查这起案子吗？你使用线人孟丽这件事不是瞒着我们所有人吗？这还需要我现在来批准？”

余队长不好意思地笑了：“说实在的，虽然我早就在暗中调查这件案子，但是我没有暗中调查我的同事！在没有得到明确的授权前，我也不会暗中调查我的同事，更不要说是我的上级领导了。现在我需要得到您的批准。”

“你想调查谁，他们3个人全部调查吗？你不是确认他们3个人知道这件事后就没有离开过你视线吗？”

“他们3个我全都要调查，而且我也不准备仅仅调查这3个人。”

“你这是在怀疑一切！你明白吗？我不能同意这样的要求。这违反了我们的组织纪律。”

“我不是在怀疑一切，因为我们已经牺牲了两位警察，孟丽她不是线人，她是我们的卧底警察。现在这个案子是部里挂牌督办的大案，不仅是我，而且省厅都受到部里的巨大压力。要知道郭华的拘留令是公安部缉毒局和国家森警总队联合签发的。郭华被杀，我们无法向部里和国家森警总队作出交代。”

“你的意思是你受到公安部缉毒局的直接领导，是受到公安部缉毒局和省厅以及国家森警总队的双重支持的，是吗？”

余光谨慎地回答道：“不是这个意思。我是受到上级的大力支持，但是我怎么可能和部里有什么直接联系呢？”

“市委是一定会支持你的正当要求的，调查市公安局长是一定要得到市委的批准。我不能表这个态，但是我可以代表你向市委作出请求。你等我的消息吧！同时，我希望省厅也能给我们市委一个意见。”

当天晚上，余光就得到了吴书记的通知，批准他开始暗中调查公安局内部的内奸。

当天晚上，DL市电视台反复播放了银行的监控录像。明确杀手的特征：身高1.85米左右，右脸颧骨上有一颗痣。余光满怀信心地等待着举报电话的到来，他和整个公安局所有干警都认为那个杀手的身份会很快水落石出的。

# 第二部
# 交易

由于警察发现了缅甸偷运毒品进入中国的贩毒方法，并堵住了运输线，老K在DL市的头目沈红义为了在最后一次毒品交易中牟取暴利，决定瞒着老K上级，私下偷偷把毒品卖给老K的竞争对手——另一个香港黑社会组织：合盛堂在DL市的代表。在交易的最后时刻沈红义发现了合盛堂在DL市的代表真实身份——公安部缉毒局的特派员孙英杰。

# 十二

两天以后的晚上，深圳卫视的一条新闻给沈红义带来了巨大的震动。

新闻说：有一伙贩毒团伙从云南 DL 市以原木夹带的方式将毒品运往深圳。在深圳租用大型仓库，把掏空的热带硬木中的海洛因取出后，又挖地道走私到香港。

该新闻报道，昨天，深圳公安局缉毒支队会同香港警方飞虎队密切配合，在深港两地同时展开行动。深圳公安局缉毒支队在盐田区沙头角十八小区某公司单身公寓，一举捣毁一个利用自挖地道走私毒品的窝点，现场查扣运送私货的货车 1 辆，抓获涉案人员 7 名，缴获滑轮车、木梯、铁钎、铁锹等作案工具一批，查获涉嫌走私的毒品海洛因 100 公斤。据悉，该案是深圳海关关区首例查获的利用自挖通道实施走私犯罪的案件。

新闻画面显示了记者在走私现场拍摄到的画面：在靠近深港边界线的沙头角十八小区单身公寓 106 房，房门开着，一股下水道的臭气扑鼻而来，在这个 9 平方米左右的空房的右角有一个 60 多厘米见方的洞，下面就是黑漆漆的秘密走私通道。借助缴获的走私分子探照灯，记者跳下 1 米多深的洞，洞很矮，再往里走就必须爬行，而且通道底部满是渗水，恶臭扑鼻，几乎无法通过。现场参与破获的海关人员说，当场抓获的 5 名嫌疑人，有 3 名是 1.6 米左右的瘦小个，这些人正是毒贩专门挑选过的能爬行在地道中走私毒品的人员。

据介绍，该房子正对面三四米处是一堵围墙，围墙外面十来米又有一道带铁丝网的高墙，“这就是深港的分界了。”深圳警方发言人说，他们利用房屋靠近深港两地边界线的便利，历时近 3 个月开凿了这条仅可容纳一人爬行通过并与贯通深港的下水道相连的地下通道，并在地道内铺设木板方便滑轮车滑行。走私时，涉案人员把毒品偷偷运到边界的香港一方，从公路上的下水道口送出，而香港方面的毒品贩子会开辆厢式货车，停在下水道出口上方假装抛锚。搬运者带上装货的滑轮车进入地道内，爬到下水道，在位于深港边界线的下水道口接头，随后打开下水道井盖，而香港方面的货车上做了改装，在汽车底盘上开了个直径 40 厘米的大洞，香港毒贩在汽车车厢内直接把货物从下水道洞口接走，放入汽车车厢。

深圳公安局新闻发言人说，经现场测量，该地道由 106 房内西南角地表向下挖掘约 2 米后，再横向香港方向，总长约 20 米，接入香港的一条主干下水道，从该下水道再向前走 30 米，即可到达下一个下水道出口。深圳警方侦查得知，有一走私团伙在沙头角靠近深港两地边界线租用房屋，在屋内挖了一条地道，与贯通深港的下水道相连，并用于走私毒品。掌握这一线索后，深圳警方立刻通知了香港警方，双方配合，立即派员对边界地区进行秘密监控，经大规模调查，摸清了靠近深港边界线的沙头角十八小区某公司单身公寓106房就是其窝点，并掌握了走私分子的各种隐蔽手段。针对掌握的情况，该局成立行动组指挥部，周密部署突击行动，并于昨天在走私团伙进行走私毒品时开展打击行动，将走私团伙一网打尽。

深圳公安局新闻发言人透露说，该团伙贩毒分子的反侦查能力很强——他们在各个路口安排了大量"看水族"[①]对来往车辆、人员秘密跟踪，监控海关缉私民警及边防巡逻武警的活动，一旦发现有陌生人或陌生车辆出入等异常情况便中止走私活动。同时，该团伙选择9：00～15：00周围居民外出时段进行犯罪活动。并将进货时间控制在下午两三点钟，周围居民很难发现他们的行动。此外，货车将走私货物运送进来或出去时，均有小车护送，一旦发现执法车辆跟踪拦截，立即制造交通事故阻碍执法车辆……这是一个有预谋、有计划、组织严密且相当专业的走私团伙。昨天14：30分，正是走私分子经常出货的时间，行动组伺机待命。当香港警方发现有货车抛锚在下水道口时，深、港两地警方同时展开了行动。潜伏在附近的香港飞虎队警察火速行动，一举将企图逃跑的货车司机及两名接货人员抓获。而深圳警方则迅速突入106房间，共抓获了5名正在实施走私活动的犯罪分子。两地警方密切配合，一举捣毁了这个利用自挖地道走私毒品的窝点。经清点，现场查扣的海洛因毒品100公斤，价值人民币1亿元。据警方介绍，毒品是夹带在缅甸红木的原木里从DL市运进深圳的……

沈红义看到这里，再也看不下去了。他一手关了电视，立刻给他的香港老板打了电话："老板，深圳的事您知道了？"

"知道了，怎么了？你有什么想法？"

"不是！不是！老板您误会了！我不是关心兄弟们吗？"

"你真是好心！你是在关心阿离吧！"

"嘿嘿！老板！我一点小心事，哪里瞒得过您啊？"

"放心！阿离没问题，他在香港，现在我已经让他去散心了，有机会让他给你打电话。我估计昨天的事，应该是深圳方面出的问题，路上应该是没有出问题的。所以和你关系不大。我没告诉你，是因为你那里问题也不少，我怕你分心，暂时没有告诉你！你现在就是看好家，把货物保管好！我过几天派人去把你换回来，你在大陆呆的时间也够长的了。"

沈红义打完电话呆呆地坐在那里看着墙上那幅《乘风破浪》画作，心中的惶恐是他在大陆这两年从来没有的，他还能乘风破浪地坐着小船安全抵达那充满阳光的世界吗？

沈红义的脑子在飞速地思考着，如果阿离没问题，他就是安全的。事情应该是阿离把东西交给深圳方面以后才出的事。只要阿离没被抓，还不会牵扯到DL方面。

---

① 跟踪警方动静的犯罪人员。

但是他决定还是把阿离和他过货的情况从他脑子里过一遍看看有没有漏洞。

事实上，冠明开了个红木贸易公司，平常正常经营红木生意，主要就是把缅甸进口的各种热带硬木运往广东。而事实上每次冠明从勒民手中接了货后，就把红木的中间剖开，中间再掏个洞，把毒品藏在里面，然后用胶水把两块原木粘合在一起，回复成原样，再装车运到另一个租来的仓库中放好。阿离自己开车去拉走的，两个人是不碰面的，只是用专用电话联系。

他用颤抖的手点了一支“高希霸”雪茄，深深地吸了一口，他认为冠明暂时还是安全的，现在的首要问题是让冠明把货物从原木厂取出来，还有就是不要再去那个仓库了。

还有一个就是毒品进来的渠道和出去的通路都堵死了，现在手上最后 800 公斤的货，既是块烫手的山芋也是个发财的机会。发大财的机会来了，现在是最后一搏的时候。

他明白这是他人生面临的第二次重大选择，第一次就是他决定正式加入老 K，而现在则是他是否要背叛老 K，独立地开山立派。

沈红义最后猛抽了两口雪茄，把雪茄一把扔在地上，狠狠地踩上一脚。“宁为鸡头，不为牛尾”，这两年他在 DL 过惯了独立逍遥的生活，再也无法适应香港那种看着各位老 K 大佬眼色行事的跑腿生活了。但是他能成功吗？上帝啊，真主啊，各位佛祖啊，各路神仙啊，请保佑我吧！

事实上，这条贩毒通道的被发现，正是孙英杰和他的小组的功劳。孙英杰半年前来到 DL 市后，就做了多方面的调查。发现这里有不少从缅甸过来的原木运往广东，冠明以这个做掩护开了家贸易公司。他认为大批的毒品从 DL 运往广东用原木夹带是一个好方法。因为这里直接开往广东的火车很少，用航空运输那是基本不可能的。而公路方面，开往广东装运原木的卡车几乎微乎其微。所以贩毒分子把毒品直接运往广东的方法，最好就是原木夹带。要不然就只有先运往昆明，再转广东，那样点多线长，麻烦更多，还是直接运往广东比较安全。

所以，3 个月前，孙英杰安排云南武警缉毒总队在 DL 到昆明的公路上设立了一个新的木材检查站，专门以农业部林业管理局的名义检查木材准运证和缅甸红木是否有正常报关手续，事实上是检查木材是否有夹带毒品的迹象。他很明白贩毒分子用来夹带毒品的缅甸红木一定有正常的报关手续。因为只有这样，他们才能把风险降到最低。

就在孟丽在南国桑拿中心碰见胡卫军的那天，那个检查站有了重大发现。在一辆开往广东的深圳牌照运输缅甸红木的大货车上，有几根原木有被剖开的痕迹。他当时就安排人追踪了，因此也使得他的人手出现了短缺，没法给孟丽做好接应，造成孟丽的不幸牺牲。他动用了 6 辆车 12 个人一路跟踪到了深圳，发现了阿离把毒品运到深圳宝安的一家红木家具厂后，就离开深圳回香港了。为了找出毒品进入香港的路线，只好让他走了。

最后检查站有了重大发现，就是那条地道！地道对贩毒分子来说是个无价之宝。虽然放走阿离失去了DL发运地的线索，但是收获还是巨大的。就是已经成功地切断了这个贩毒集团的进口路线，又切断了他们的出口路线，也破坏了中间的国内运输路线！现在只有DL的毒品窝藏点这一个毒瘤在等待最后的清除。

## 十三

一个多星期后，沈红义和许燕一起悄悄来到滇缅商贸有限公司。他们一进门就对接待小姐说："我来找你们孙老板，孙老板在吗？我是沈红义，我是他在香港的老朋友了。"

"请进，我们孙老板在，我帮你们通报一下吧。"

"用不着了，我们是老朋友，我们自己进去吧。"说着他们就向里走。

"那不好吧！请等一下，孙老板啊，有人找！"接待小姐连忙通知上司。

"谁啊？哪一位？"里头传来一位男声。

"哈哈！香港的老朋友都想不起来了？"沈红义赶紧打哈哈。

"请问你是哪一位？我认不出来了！"

"我是沈红义啊！你真是贵人多忘事啊！"

"是你啊！真想不到！请进！小李，你忙你的吧。"

说着，他们就进了房间里边，许燕顺手就关上了门。

沈红义打量了一下办公室说："这里还有关老爷啊！那我要给他老人家上柱香！"

他点燃了7支香，拜了7拜说："我的规矩没错吧。"

孙英杰说："没错，我要叫你一声三哥了。现在能有多少人懂这规矩啊。"

这时许燕也上了两支香，拜了两拜。

孙英杰说："这怎么敢当，两位又不是我们堂里的，用不着这么客气嘛！"

"你既然在这儿设了香坛，我们怎么能不拜？那不是显得我们不懂规矩嘛。"

孙英杰也点了5柱香，上前拜了5拜说："那恭敬不如从命了，两位请坐！"

说着他们分宾主坐下，孙英杰拿起茶壶先给沈红义倒了半杯茶，然后急速地来了个"凤凰三点头"[①]把茶加到七分满说："沈哥，我是叫你'沈哥'呢还是叫你'三哥'好呢？你不是我们堂口的人，你是贵客，我应该叫你沈哥才对。但是我还是想叫你一声'三哥'，这样亲近点。三哥，你说呢？"

"什么是不是一个堂口的。咱们各交各的，五湖四海皆兄弟也。五弟，你在你们堂口，身为红旗老五，掌握生死大权，重权在握啊！不像我，熬年头，现在才是个

---

① 敬茶的一种礼仪姿势。

不管事的摇头三爷。我们不说这个了。”

“三哥，你屈才了。我为三哥感到不值啊！凭三哥你的本事和业绩，如果在我们‘合盛堂’[①]肯定是管事的坐堂大爷了。你不想想，没有你供货，你们老K能垄断香港的白粉市场吗？你们老大赏罚不公啊。你断了他们的货，他们不都喝西北风去啊？”

“什么‘合盛堂’、老K的，我不懂。我更不知道什么白粉。这些都与我无关。我只不过是个正当的生意人而已。老弟，你听我一句，这是在大陆，不是在香港。张子豪那么猛，香港警察抓到了他，不照样拿他没办法，最后还不是乖乖地放了他。要在大陆，哼！很快玩儿完！五弟，在大陆，凡事小心谨慎为妙，我们是在求财，拿命换钱的傻事我是不干的。你看我是够小心的了，现在不照样被大陆公安搞得灰头土脸的。”

“三哥，你在大陆的时间长，和大陆公安打交道的次数多。我才来半年，能不能教我几手？那我可是一辈子受用不尽啊！”

“五弟，你不要这么说，我们大家一起交流一下心得嘛。我在这儿还能和你活着说话，我总结了一下，靠的是以下几条：一是我拿的是美国护照，虽然我花了大钱，但是值！你可不要小看这张皮，可管用了，大陆公安不敢随便抓你，即使抓到你，他也要24小时以内通知美国大使馆，如果他们没有拿到你的铁证，你就稳如泰山了，那帮大陆公安可不敢动手审讯你，让你叫天天不应，叫地地不灵的。二是所有的货和钱都不经过我的手，彻底的人货分离，人财分离。不管是交货还是接货，我都不到场，谁都抓不到我的现行！告诉你，我在大陆七八年了，身边的货从来没超过一克的，就是抓到我，我说是买来吸着玩的，他们能把我怎样？三是我在大陆从来不说货啊堂口啊什么的名称，没必要这么招摇嘛！心知肚明就行了。比如说，你搞这个香坛，我就不赞成。太显眼了，难道你还怕大陆公安不知道你是什么堂口的不成？”

“三哥，受教了。我明天就把这个香坛撤了。不过DL的警察我想也不懂这玩意儿，我才敢这样摆着玩的。如果是在广东，他们那边和香港接触多，见多识广的，我是肯定不敢这么搞的了。”

“五弟啊，你是在什么地方长大的啊？我怎么没在香港见过你啊？”

“我小时候在香港长大的，1984年签订中英协定时我就跟着家里人移民加拿大了，我对所有人来说都是一个新面孔，不仅大陆公安，就是香港警察也不会有我的案底，你们老K也不会有认识我的人。所以，大哥要我过来，争取和你接上头，你可以给我们供货吗？我们的价格肯定比你们香港老K给你的价格要好，至少高一成，你看怎么样。”

沈红义摇了摇手说：“我们不谈生意，只讲感情！你在香港什么地方长大的啊？”

---

① 黑社会组织的一种代称。

“小时候，我在香港的北角念的书，一直念到了中五。在学校时，我是个好学生，不在外面逃学的。到了加拿大以后，语言又不是太通，不管是在学校里头还是在外边都受人欺负，我们这些新移民就抱团，后来慢慢地在温哥华唐人区有了点名声。1995年‘合盛堂’的张大哥从香港到温哥华打天下时，我就跟了他。现在张大哥已经是‘合盛堂’在美加的龙头大哥了。我们合作，你放心，我们在美、加都有销路，你有货源，我们是天作之合啊！价格嘛？我们主要在美、加销售，你们老K现在主要在香港销售，跟不上时代了。这个利润是不能比的啦！差好几倍，不如我们一起做。”

“利润可以差好几倍，才给我加一成的价格。你真好意思说？”

“不能这么说嘛，我给的价格比DL市场上的价格高一成。这已经是不错的了。现在你们的出境渠道又已经断了，我想这个价格是公平的。当然加一点也是可以的，但是不能太多了。5万/公斤怎么样？”

“5万/公斤？我说你也太低了点。你们要多少货，100公斤是不够的吧。但不仅是在DL，就是整个中国，除了我，谁能有这么多货？你是要和我做一笔，还是要和那帮你不知底细的家伙做个几十笔生意？我怕你100公斤货还没买全，人都已经栽进去了。但是我要是卖给你了，我们老大肯定找我麻烦啊。我是不会和你们做生意的了。”

“但是除了我们要100公斤的货，谁又能一次买得了？再说，出境渠道又不是你管的，现在他们出了错，出境渠道没了，你卖给我们也不是什么大错。你们老大能说你什么，你把他们的死钱变成了现钱。他们应该感谢你才对。即使他们不高兴，还有我们老大呢？你把货给了我们，我们就能长期合作了，谁他妈的活得不耐烦了，敢动你一根毫毛？！”

“哼！说得好听，只怕货一到你们手，你们就不认识我是谁了。”

“哎！我们‘合盛堂’行走江湖，靠的就是个‘信’字！你放心，我们说话是算数的。”

“哈哈！我看你们行走江湖靠的不是一个‘信’字，而靠的是一个‘钱’字。5万块，想得出来。”

“沈哥，你这样说的话，兄弟我就不客气了。我来帮你分析分析你老哥的情况。一个星期前，你们老K负责运货的吕哥在深圳栽了。几百公斤的货丢了不说，光人就被逮了十来个。情况不妙啊！现在你手上还有几百公斤的货，你如何出手？现在公安抓得这么紧，还是落袋为安。5万块钱虽然不是太高，但是也比DL市场价还高一点。我们也没有乘人之危压你的价。”

“哼！用不着你来关心我，现在货虽然在我手上。我这会儿卖不出来也运不出去。但是我可以把它埋起来，然后远走高飞，这玩意儿几年也坏不了，过几年等风平浪静了，我再把它取出来，也为时不晚啊！”

“三哥，你是个聪明人。我和你打开天窗说亮话吧。我还听说前段时间有个森警的直升机飞行员死了，原来我们‘合盛堂’也想知道你是怎么把货运进来的，现在才知道是用森警的直升机运的，佩服啊佩服。现在你货既运不进来，也运不出去了。风声又这么紧，这是你的最后一批货了，也是你最后一个发大财的机会了。”

“现在我只要平安就好喽。平安是福啊，我现在还怎么会想着发财呢？”

“三哥，你说得不错，人行走江湖靠的还是个‘钱’字。你一直为你们老板干，本钱是老板的，你拿的都是蝇头小利啊，你老板才拿大头啊。现在是你最后一次发大财的机会，把货卖给我，你拿着钱远走高飞。谁能找到你啊？”

“胡说，我男子汉大丈夫，怎么能干这种事呢！我可不敢吞了我老板的货，这不是笑话吗？我们不谈生意，只谈交情，只谈交情！”

“不谈生意，只谈交情。哈哈哈！但是没有生意，哪来的什么交情！沈哥你过去不来这里谈交情，现在到我这里谈交情。这半年，我可早就想找你沈哥，可是提着猪头找不到庙门啊！三哥，我说的这些话，你三哥早就想好了，要不然，你也不会来找我的了。”

“哈哈！痛快！明人不说暗话，我说 10 万 / 公斤，我手上的货全部卖给你。”

“10 万块？你也太狮子大开口了，这个价几乎是广东的价格了，这里是 DL，不是广东，这个价格会让人笑掉大牙的。不可能。”

“哼！你们手上一直没有多少货，不管是在香港还是美、加，你们一直被我们压得抬不起头来。你也清楚，这是最后一笔货了，以后是不可能再有这么大的一笔货了。只要你们拿到这笔货，就能一举翻身。如果我还是把货给了我们老板，你们就永远别想翻身喽。”

“哼！我们离了你张屠夫就要吃带毛猪喽，行啊！你就把你的货都交给你们老板吧！你不想发财，我也不能强求。我自己找缅甸的老三，现在我可以直接向他买货了，用不着你转手啊！现在少了你这个大主顾，他一定价格下跌得厉害，我们会有成本优势啊！鹿死谁手还不好说呢！”

“好说！好说，我不卖了，金三角的价格肯定会下跌一半。我祝贺你啊！祝你早日发财啊！你还不赶快过去买，现在还在 DL 呆着干什么？还有金三角现在有多少成货？你清楚，我也清楚！不过你怎么把货运到 DL 来啊！不过，这又不是我的事，我操什么心啊！我自己的事还烦不过来呢。”说着沈红义翘起了二郎腿，开始闭目养神了。

“好吧，我加到 5 万 5，这在 DL，几乎已是天价了。”

“就加 5000？你是在打发叫花子啊！”

“好吧！ 6 万，这是我能出的最高价了。再高就不是我能说了算的了！”

“1 万美元 / 公斤，这是最后价了。不二价，你和你们大哥商量一下，行，就告诉我。我等你 3 天，3 天以后我给你打电话，希望我们合作愉快。告辞了！”

“哎，什么话，买卖不成人情在，今天我做东，先吃饭，再找个地方好好放松一下。我带你去一个你肯定没去过的地方。等我先打个电话，定个最好的包厢。”

# 十四

车子在山间小路的尽头转了一个弯，拐进了一个山窝里。一个隐藏在点苍山昏暗夜色之中的古色古香大院子呈现在了眼前。院门上没有任何门牌标识。这里除了这个大院子，周围是一片山峦起伏，暮色旷野，云雾缭绕，没有一点灯火。小王开着车带着他们3个一起来到郊外的“蔓陀山庄”。小王晃了晃车前的大灯，一个穿着黑色中山装的保安跑了过来。孙英杰按下车窗，从钱包里拿出一个老K真金的金卡递给了保安。保安打开小手电照了一下卡上的号码，然后把号码按进了他手里的PDA中。

保安看了一眼PDA上显示的信息，说：“孙先生，您订的是‘见山楼’的‘点苍厅’。您停了车之后，有人会带您过去的。祝孙先生晚上吃好玩好！”说着利落地鞠了一个躬，然后一招手，前面那道黑乎乎的大门打开了。孙英杰开车进去，里面马上又有两个保安跑了过来。

他们把车停好后，带着白手套的保安过来帮他们打开车门，并用另一只手挡在车门顶上以防客人碰到头，这种动作纯属形式大于实际效果的花架子。另一个保安拿了一个上面绣着“百年好合”之类字样的红布罩儿，套在了他们的车牌上。保安领着他们往里走。

沈红义这时才发现，院子里停的车不是宝马就是奔驰，最差的也是奥迪。而且每个车的车牌都用这种红布罩子盖上了。沈红义马上明白了，来这里的不是政府官员，就是知名人士。他们的车牌不是小数码就是特殊的牌证，很容易辨别。为了不暴露客人的身份，所以这里的商家想得十分周到，用红布把来这里的客人车牌都盖上了。

“想不到这里别有洞天啊。”沈红义转头对小王说：“这位小兄弟，停了车，上去一起喝一杯。”

“不了。谢谢大哥！这里都是大哥们说话的地方，哪有我的位置？”

“你别惯坏了他们，他还是去吃他的工作餐，玩他的，我们搞我们的。”

“五弟啊！这就是你的不对了。小兄弟跟着你，你也要带他们见见场面啊！这样以后他们才能独挡一面啊！”

“那还不快谢过你沈哥！”

小王马上鞠躬说道：“多谢沈哥栽培！”

他们上了楼，刚坐下。一个内穿黑色紧身衣外穿米黄色西装的小伙子就进来了：“我估摸着您可能是堵车了，要不然我怎么左等您不来右等您不来呢？我们这里是大山里，路不好走啊！我这心啊，就一直悬着呢，您来了就好，来了就好。”说着用翘着兰花指的手按在了胸口上。

孙英杰说："是啊！哦，对了，邱焱啊，这位是沈总。"说着孙英杰指着沈红义给邱焱介绍。

邱焱马上过来双手递上名片。他很懂规矩，从来不叫客人的头衔，怕暴露了客人的身份，叫谁都是"哥"。所以他说："哦，沈哥，您多多关照。我是这里的领班经理，有事您尽管吩咐我。"沈红义接过名片，没说话，点了点头。

邱焱20多岁，个头不高，属于小巧型男人。他长了一双弯弯的细眉，一对双眼皮大眼睛，腮上还有一对酒窝，一笑十分的喜兴；头发不长，染成了棕色，还用发胶把头发全都竖了起来；右边的耳朵上戴了一只耳环，看上去很是时髦。邱焱有些娘娘腔，一说话身子一扭一扭的，手总是翘着兰花指，很有女人的那种韵味。但他身上的娘娘腔让人看了不觉得讨厌，他给人的感觉就像一个女扮男装的姑娘。

邱焱说："我们老板韩总那边今天来了几个客人，他应酬一下，一会儿马上就过来。韩总把菜什么的都给您安排好了。您看咱们是先上菜吃着呢？还是先叫几个女孩子过来？"

孙英杰一挥手说："叫吧！叫女孩子一起来吃饭。"

于是邱焱一边对着步话机喊着"'点苍厅'见客、'点苍厅'见客"，一边出去张罗去了。

一会儿的工夫，房门一开。一大群女孩子排着队鱼贯而入。邱焱站在门口还在喊着："往里站，都进来了，别堵在门口。"

大概有十来个女孩子，穿的都是金黄色性感肚兜儿，袒露着后背；下面是黑色的紧身弹力低腰长裤，露着窈窕小蛮腰；脚上穿的是金色的细带高跟凉鞋。尽管真空上阵，但每个人的胸都骄傲地耸立着。女孩子们整齐地大声说："先生，晚上好！"

沈红义眼睛从脸到胸再到脚上下打量着这些女孩子，嘴里说："孙总啊，不得了啊，'姹紫嫣红'啊！你先来。你先来。"

孙英杰笑着附和他："五哥，你别客气，你只管先挑你的，别管我，我有老相好，已经留好了。"

沈红义笑了，看着孙英杰说："可见你是没少来啊！这儿都有'老相好'了。"

这里的女孩子年轻、漂亮，身材高挑，体型凹凸有致。每个人看上去都是明星的脸蛋模特的身材。沈红义左看右看，挑花了眼，不知道挑哪个好了。他说："都这么漂亮，这就难挑了。这里可能是我见过小姐素质最高的地方了。"

孙英杰笑着对邱焱说："邱焱啊！你帮沈总推荐推荐。先给沈总找一个能玩能闹的。"

于是邱焱把一个高个子女孩推了出来，说："这个是新疆艺术学校毕业的。能唱歌，能跳舞，最绝的是能用各种方言说笑话！河南话、山东话、陕西话、四川话、东北话、广式国语样样都行。给您讲几个黄段子保证能把您笑岔了气，外号'牛不群马不季'。"

沈红义就喜欢听黄段子，于是说："这个好！'牛不群、马不系、缝不拱、将不捆'，真够厉害的！好，好，我最爱听大姑娘讲黄段子了。"

孙英杰一看沈红义挺喜欢邱焱推荐的妞，就说："邱焱，那你就给沈总再找一个。再找一个温柔点的，小鸟依人型的。"

沈红义马上摇着手说："行了，行了！一个就行了。"

孙英杰坚持，于是邱焱又推出一个小巧玲珑的女孩子，说："这个苏州姑娘，说话软死人了，特温柔，特善解人意，和日本姑娘似的，绰号'樱桃小丸子'。最大的本事就是能把你温柔死。"邱焱说着自己身子也一扭。

孙英杰开玩笑地说："你说什么？'阴道小丸子'？那不是避孕药吗？沈总，你看这名字多勾引人啊，还特别'善解人——衣——'。"孙英杰把最后两个字拉着长腔说出来，把沈红义和邱焱都逗乐了。站在前面的那些女孩子也不好意思地用手捂着嘴低着头乐。

沈红义一看这苏州姑娘确实很漂亮很温情的样子，就说："那好，今天咱们也看看这'阴道小丸子'是如何'善解人衣'的？"

挑好了，邱焱一招手，女孩子们一转身，顿时眼前是一片光亮的后背，"肉"色灿烂，鱼贯而出。

邱焱把孙英杰留好的那两个女孩子带来了。这时门开了，一股鲜美的香味迎面扑来。两个穿米色西装的服务员小姐推了一个小车进来。车上是一个大火锅。火锅里热气腾腾煮的全是飞禽。火锅盖子一打开，顿时满室飘香。

沈红义吸了吸鼻子，忍不住说："这么香！"

孙英杰笑了，说："'闻到雁肉香，神仙想断肠'。咱们今天也要吃吃天鹅肉了。其实这香味不只是天鹅肉，更香的是'天上的龙肉'。"

服务员这时把火锅端上来放在了桌子中央。她介绍说："这是我们'野味斋'的招牌菜，叫'百鸟朝凤'。这里面有传统'禽八珍'——红燕、飞龙、鹌鹑、天鹅、鹧鸪、彩雀、斑鸠、红头鹰。还有我们自己独特的现代'禽八珍'——百灵、孔雀、鹦鹉、禾花雀、山雀、喜鹊、珍珠鸡、乳鸽。一共是十几种珍禽异鸟。请您慢用。"闻到的香味除了雁肉，还有孙英杰所说的"天上龙肉"的"飞龙"的香味。

孙英杰说："'百鸟朝凤'在过去确实是道宫廷吉祥菜。那是当年乾隆爷给他妈过60大寿做的一道大菜。上菜之时由百名宫女放飞百只小鸟。在百鸟争鸣之际，御厨把菜献至寿宴之上。据说皇太后当时看得合不拢嘴了！所以取名'百鸟朝凤'。不过这里是野味馆，所以这里的'百鸟朝凤'就成了'飞珍大火锅'了。"

这时服务员又端上来另一个盘子。盘子里盛的是炸成了金黄色的豆腐皮。服务员报菜名："玛瑙野鸭片。"说着服务员把一大碗炒好的野鸭肉片、栗子片、绿蔬菜，连同芡汁一起倒在了滚热的油炸豆腐皮上，盘子里顿时发出嗤嗤的响声。鸭肉白嫩，腐皮松脆，色如玛瑙。

"鸡汁燕窝"，说着服务员端上了一个白色的浅汤碗。一开碗盖，碗中燕窝洁白，汤清菜绿。

"猴头四宝"，另一个服务员端上了鲜猴头菇。猴头菇上面配的是红白色的虾仁和嫩黄的鸡片，周围一圈是青菜。

“枸杞银耳”，雪白的银耳寓意“清白”，红色的枸杞寓意“赤诚”。这道菜红白相间，甜香可口，据说是从三国时期就有的一道名菜。

服务员一边上菜一边报着菜名。一会儿的工夫菜就上得差不多了。

孙英杰说：“咱们今天要的全是飞禽和山珍。这叫‘宁吃飞禽二两，不吃走兽半斤’。咱们今天的这些飞禽和山珍大部分都是补肾壮阳、润肺化痰的。沈总，你别看着了，动筷子吧！”

孙英杰招呼着旁边的女孩子：“你们今天算有福了，吃飞禽是养颜的。别看着啊！姑娘们，赶紧给沈总倒酒、夹菜。”女孩子们笑着给沈红义斟酒，从火锅里往外夹肉。

沈红义说：“真没想到 DL 还有这种吃野味的好地方，还有这么多平时见不到的稀罕东西吃。比如禾花雀就是重点保护野生动物，我们广东人特别喜欢吃，号称是‘天上人参’。据说现在广东也不让卖了。怪不得这个地方这么神秘呢。如果要在 DL 市里肯定早就被封了。”

孙英杰笑着说：“你来的时候也不给我打个电话，太晚了我也没法预定啊。否则我给你预定一只猫头鹰。咱们来一个‘红烧猫头鹰肉’，再配一个‘百合炒孔雀肉’。保证让你吃个‘惊喜’！”

沈红义说：“怪不得你开车这么老远跑到这山沟里来呢，不知道的人根本不可能找到这个秘密地点。依我经验，这里肯定背景不凡。国内这地方，水太他妈的深了。”

接着沈红义又笑着说：“五弟啊，你是在北角长大的，我也是在那长大的，我们还是邻居呢！那个北角最宽的街道叫什么来着？”

“叫里文素顿道。”

“对，对，就是叫里文素顿道，你看我这脑子，年纪大记不住喽，不过在里文素顿道上有一个屈臣氏百货，那可是北角上世纪 80 年代最大的百货公司，那个楼有 5 层铺面吧？”

“我记得小时候里文素顿路上好像没有屈臣氏百货。当时屈臣氏百货在大望都路上。有几层铺面我现在肯定记不起来了，不过当时屈臣氏百货在北角的店都不大，当时北角最大的百货公司肯定不是屈臣氏百货。里文素顿道那里有个百佳百货才是北角最大的百货。那时候，北角还是个远郊区，没什么商业，哪像现在，都是铺面。不过主要都是卖冒牌货，骗骗二叔他们的。三哥，你还信不过我，你考我这些干什么呢！”

“谁信不过你了。人老了，就有点怀旧了。那时候我们唱谁的歌？邓丽君？还有谁啊？”

“女的有甄妮啊，男的有张帝啊，最红的是新加坡的刘文正，他那时候比现在的什么四大天王要红多了。他唱：女孩，你为什么哭泣，难道心中有着忧郁，年纪轻轻什么的？接下来怎么唱来着？我也记不清了，老喽。”

“年纪轻轻何必常哭泣！欢乐年龄何必轻叹息！抛开那不如意，让我们一起看云去……”

“对，对，就是这么唱的。还有一首他唱的是钻石。”

“对，名字就叫钻石。”

这时两个人就合起来打着拍子开始唱道：“钻石钻石我爱你。你就好像天上不落的星，我爱钻石亮晶晶，我爱钻石冷如冰，我爱钻石光芒长……”

“哈哈！五哥，如果我们还讲这些陈芝麻烂谷子的往事，美女可要生气了。”

一同跟来的许燕说道：“你们谈得这么开心，继续谈，我就不客气了，我去点菜！”

“你点！你点！你不要来烦我们就好！我好不容易在这里找到个人，能和我讲讲上世纪七八十年代香港的事，你就不要来烦我，你和这位小兄弟可以好好聊聊吗？”

“这位小兄弟，长得可真够帅的，叫什么啊！”

“姐，我叫王量，英文名字叫 Jim。姐，你随便叫我什么都行。”

“嘿！小嘴可够甜的啊！跟我去别的桌去。不在这儿烦他们了。”

“小王，去吧！可要把许小姐照顾好啊！”

沈红义说：“快走！快走！我们继续聊，那时候看‘波’，我就看‘精工’的。那队里有个明星，那可是影视歌球四栖明星啊！”

“精工有什么好的，我不喜欢他们。那个尹志强他也能叫四栖明星啊？他哪一样我都不喜欢，我只喜欢南华。”

“南华有什么好的，那时候经常给精工压着。”

“明明经常是南华赢精工嘛，我记得有一场不是赢个 3 ∶ 0 就是 4 ∶ 0。”

“帮帮忙，好吧！那时候到底是精工当冠军多啊，还是南华拿冠军多啊！”

“精工拿冠军多，不是后来解散了吗？南华可是现在还在啊！南华就是比精工好！”

“好好好！我不跟你说了，明明精工在解散前，拿的冠军比其他所有队加在一起都多。你还喜欢南华，那有什么说的。而且南华也解散过，你怎么不说？”

“反正南华现在还在，解散没解散过我搞不清楚，那时候我在加拿大。我不知道，反正我喜欢南华，不喜欢精工。”

“不跟你说了，说了也白说。反正你是咬死了南华了。对了，那时候你家住在北角，应该是家里没多少钱的。1984 年哪有那么多钱移民加拿大啊？”说着沈红义的两眼紧紧地盯着孙英杰。

孙英杰心里“咯噔”了一下，想不到他精心做了详细的准备，仍然给这个老狐狸找到漏洞了。孙英杰虽然对香港有相当的了解，但是也不敢说自己是一个香港人，因为他知道这是个香港的贩毒集团，他们对香港的了解是极为深刻的。如果他装作是香港“合盛堂”团伙的人，只要他们一查就能查清楚有没有这个人。比如问问他一直在干什么，跟谁在干，住在什么地方。所以他只有以美加“合盛堂”团伙的名义出现，这样会给贩毒团伙查他的底细带来相当的麻烦。而且他在温哥华已经做了周密的安排，是不会出差错的。但是他又不能把自己装成个彻底的 ABC（America

Bithed Chinese 美加出生的华人），因为他很清楚 ABC 是不太可能进入“合盛堂”团伙核心层的。他只有出生在香港，他才能是“合盛堂”团伙的核心成员。因为他无法伪造他在香港加入黑社会的经历，所以他只能说在很小的时候就离开了香港，那样他才能说得通。但是谎话永远是谎话，他仍然在这个细节上留有缺陷。但是孙英杰想起了他过去的一个“马甲”，马上圆话道：“你看我不是广东人，我爸妈都是山东人，我爸家过去是个大地主，参加过国民党，可能还干过还乡团。解放时，山东呆不住了，一直跟着国民党从青岛跑到广东来了，总算没人知道他的底了。后来解放了，什么‘三反’、‘五反’，镇压反革命的，广东这地片也不保险了。于是上世纪 50 年代初我爸就跑到香港来了。我爸是怕极了共产党，中英协议一签，他就要移民，结果我们全家倾家荡产移民加拿大。过去我成绩不错，在香港肯定是读大学当白领，平平安安地过日子。到了加拿大，我也没钱读大学了，英文也不行！在社会上混了一段时间以后，后来我跟你说过了，我参加了‘合盛堂’。世事无常啊！”

“是啊！世事无常啊！你看你现在在 DL，恐怕你去年都想不到你现在在 DL，更不可能想到你明年的今天会在什么地方。温哥华这个地方我去过，好地方啊！我不会英文，不过在唐人街你不会英文也没关系。全是中文啊，广东话、大陆话你会一种就什么问题都没有了啊！”

“是啊！不过我刚去的时候，唐人街还很小，跟现在比起来就相当于没有。上世纪八九十年代香港移民一批一批地跑到温哥华来，唐人街越来越大，后来大陆客也越来越多。好多人都是新移民，英文又不行。所以到处都是讲中文啊！老“鬼”跑到那儿还以为到了香港呢！”

“那时候唐人街遍地是黄金啊！我一个朋友在上世纪 90 年代初在唐人街开了个酒楼叫‘开利酒楼’，一开始才二三层的小门面，现在都翻新成八九层楼的大酒楼。不知道你听没听说过这家酒楼？”

“这酒楼我会不知道？我在唐人街呆了 20 年，它就在唐人街的市中心。没人不知道的，我还知道它事实上是你们老 K 在美加的一个联络总部，我没说错吧！不过，现在唐人街不行了，都挣不到钱了，在那里的人大都只出不进，靠从香港带出来的钱过日子，越来越艰难啊。现在，他妈的唐人街快成为大陆农村了，只剩下‘3860’部队了。年轻力壮的男人都又跑回香港或者大陆挣钱了。你看我不也是吗？我说三哥，你还以为我是大陆公安啊？老考我干什么？”

“老弟，不是我信不过你，这是在大陆，小心驶得万年船啊！”

“小王啊！你跟了你们孙大哥几年了？在什么地方就跟了他了？”

“许小姐，我跟了我们大哥好几年了，在温哥华就跟了他了。”

“看不出啊，我们小王还是个华侨呢？你在加拿大长大的？”

“许小姐不要开我的玩笑了。我哪能算得上华侨，你许小姐才能算华侨呢！我是大陆人，上个世纪 90 年代偷渡过去的，一开始在唐人街跑外卖，后来在街上和越青帮的人打架，被我们孙哥看上了，说我有种！后来就让我跟着他了。”

“那你应该是大圈帮的人了？”

“跟谁干不是干，谁让孙哥先找到我的呢？如果是大圈帮的人先拉我，搞不好我就在大圈帮干了。”

“是吗？我去过加拿大温哥华，那里有个大超市，好几个街区那么大，都在一个屋顶下，里边什么都有，好像是世界上最大的市场，是个老外开的，叫什么名字啊？”

“我英文不行，一般不离开唐人街。但是这么大的超市我怎么会不知道？我们孙哥带我去玩过世界上最大的超市，不过不是在温哥华，离温哥华好几千里路呢。在埃得蒙多吧，那个市场在加拿大可有名了。”

“啊！在埃得蒙多！我当时是去旅游，一个星期跑了加拿大好多个城市，都搞混了。你是国内什么地方的？我看你是北方人，你又不是福建人、广东人，你怎么会偷渡呢？”

“我是吉林延边的，看当地朝鲜族的时不时跑到韩国去打黑工，那个钱挣的，回家以后啥都不干，就知道烧包，说日本、韩国多么多么好，延边和国内怎么怎么不好，他妈的中国、延边不好，他们不要回来啊？！我看他们以后都是汉奸的料！不过，他们本来就不是汉人，就是二鬼子，二鬼子比小鬼子还坏，抗战的时候做的坏事不比小鬼子少。我看不惯他们，我就想我要比他们挣得还多，跑得还远，他们去小鼻子那里，我就去大鼻子那里，所以就跑到加拿大了。”

“是吗？现在不又回到中国了吗？”

“现在我算是明白了，国外钱也不是好挣的。主要看自己有没有本事，更重要的是有没有胆子。我们孙哥有本事有胆子还讲义气，和我们孙哥做生意，你们肯定不会吃亏的。”

“你真会帮你们大哥说话。走，菜也点得差不多了。”

另一边，沈红义与孙英杰还在继续谈着。

沈红义说：“谢谢老弟了！这两天，我心里烦啊！现在好了，就等你五弟回话了。”

“行啊。但是三哥啊，你现在手上到底有多少货啊？”

“你问这个干什么？肯定够你们要的。”

“货多点，一次做成了。我们的价格可以高一点。我们打算你有多少我们就要多少。价格我回去和我们老板商量。”

“1万美金／公斤的话。我800公斤一次全给你。你们准备钱吧。”

“好！那我回去就和我老板说去，你们就静等佳音吧！”

“哎！走走走！我们还是先去洗澡。”

等他们4人洗完了澡在桑拿房的大包厢里坐下了，只听见孙英杰又大呼小叫地喊：“邱猋呢？邱猋快来，我们还有位女客呢。”

“邱猋你等一下。你不知道女士优先吗？先给这位小姐找几个先生来，让她先挑好，是我们怠慢了许小姐。”

“哎呀！这不巧了，我们这里先生比较少，现在都在忙着。要不等一会，我从外面调。”

许燕说：“我看我们这位小兄弟就很帅。我们玩我们的，你们搞你们的，互不妨碍。小王，跟你许姐走？”

孙英杰说：“嘿！我说沈哥，年轻人看不上我们喽。”

“什么啊！你孙哥可是老外啊，黑的、白的、黄的什么样的没见过。我？你还看得上眼啊？”

孙英杰说：“像许小姐这样的大美人，我想亲近都怕亲近不了呢。你不知道白人的皮肤那个粗的，就差不多像我们的抹布，上面的金毛一个礼拜不刮的话，我看差不多有3寸长，整个一刷子。那个黑人的味道更是让人受不了。还是我们中国人好，五哥，你看许小姐这皮肤，你闻这味道，香喷喷的。”

“别在我身上乱闻了。你能说出我用的是什么香水算你厉害？”

“嘿！这是什么香水味？我知道了，这是我们许小姐的独门特制香水，别人仿冒不了的，纯天然绿色环保产品，比什么香水味都好闻，对不对？”

“我哪有什么特制香水啊？就是搽了，刚才洗澡也洗没了啊。”

“你没搽，不对吧，那你身上怎么香喷喷的这么好闻？我要好好闻闻。”

“五弟啊！你就不要揣着明白装糊涂了！你能不知道那是我们许小姐的体香？不过你老外见多了，看不上我们许小姐了。”

“哈哈，我倒是想亲近亲近，但是沈哥的人，我怎敢放肆呢？”

“老弟，不要紧。兄弟如手足，老婆如衣服，尽管来，没问题。”

“不行，不行！我怎么能用你沈哥的心爱之物呢。邱焱，你还傻站在这里干什么，快给我们带几个先生和小姐来啊。”

“老弟啊！你真够朋友。来，吸一口。”说着沈红义递过来一小包白粉。

“沈哥，我只做这生意。但这玩意儿我是碰也不碰的。三哥，如果你来这个，我们生意就不要做了。”

“为什么？”

“吸这东西的人，意志都不行。干什么不成什么，他连自己的命都不当一回事。你还要想他干什么？我是不会和这样的人做大生意的。”

“高。吸这个的干不成事。我所有的人都不准吸这个。谁吸这个，我就不要谁，这是没说的。我也不吸，我只不过不知道你吸不吸。”

许燕顺手递过来一根又长又粗的灰呼呼的像卷烟一样的东西说：“孙哥，来一颗这东西，保你龙马精神。”

“大麻！这东西我可是进了大陆就没抽过了，好，我来一颗。”

许燕顺手给他们每人点了一颗说：“小王，你不来一颗？”

小王吓得赶快摆手说：“我不会抽，我没抽过，我也不敢抽。孙哥也不给我们抽。”

“他妈的我什么时候不让你们抽大麻了。我是说不许你们吸毒！这大麻又不是毒品，你没见过我抽大麻吗？谁不给你们抽大麻了？你们大陆人啊，就是没见过世面，现在不是让人家许姐笑话了？大麻也是毒品？笑话！大麻不过是比较冲一点的香烟。有什么了不起的，你抽不抽？不抽就算了？不给他了，好东西！留着我们自己抽。”

“来啦！几位老板，你们看这些怎么样？”这时邱焱带了几个男男女女走了进来。

“怎么这么慢？三哥，你先挑？许小姐，你呢？”

“你们就不要管我了，我去做个按摩，再做个美容就行了。你们好好快活快活吧”

“孙老弟，你就别管她了，我就这两个了，你呢？”

“无所谓啊！我喜欢胖一点的，我们走吧。”

“那你小兄弟呢？”

“你管他呢，他自己挑，我们走。”说着，孙英杰随手搂着两个女人就出去了。

结账时，孙英杰先刷了金卡，另掏出一大叠钱，数也没数给了前台的经理，说：“500给刚才帮我们擦鞋、换衣服、搓澡的那几个小弟们分分，让兄弟们买包烟抽抽，其他的当那几个女孩的小费了，代我谢谢大家了！”

前台的经理特兴奋地把钱收了，十分殷勤地说：“谢谢老板了，我一定替老板办到。我替兄弟们谢谢老板了！”说着还直给孙英杰鞠躬。

沈红义在旁边是一脸的苦笑，直摇头，对孙英杰说：“你这是哄抬物价啊！你让我们以后还怎么来玩啊？还是你们这些从海外回来的好骗，几句客套话，你们就感动得不得了，开始大把大把地给钱。真是的！”

孙英杰笑了笑：“这些小孩子们出来干这行也是不容易！”

沈红义还是拿孙英杰开心：“如果遇到的都是你这样的客人，生活容易多了！”

边走边说着，孙英杰和沈红义分别上了车。

## 十五

孙英杰和沈红义分了手后，轻轻地在小王耳边说：“说话小心一些，我怕他们在我们衣服里或者车上装了窃听器。我问你，你是不是安排人跟踪他们了。”

小王点了点头。孙英杰拿出手机给手下发了个短信，取消了跟踪行动。他们回到了办公室后，孙英杰首先拿出一个收音机样的东西，仔细“打扫”起房间来。他仔细搜索了整个房间和他们两人的身上，说：“好了，没问题了。现在有什么话可以说了。”

小王说：“他们真狡猾，要不是你有经验，早给我们设计好了所有的回答，并帮我做了多次的准备，我早给他们看出破绽了。”

“是吗？你们记住犯罪分子是十分狡猾的，他们会用各种方法来试探你是不是公安，如果他们有一点怀疑，就不会和你交易下去，而且你们还会有生命危险。”

“你给我们说说，你最坏的情况他们是怎么试探你的？”

“你们啊，以后都是缉毒局的骨干，但是你们现在还没有经验。我最可怕的是有一次，他们拿了把枪，要我杀一个无辜的路人，才能相信我。”

“那你当时怎么做的？”

“当时我就说，我不是个杀人狂。我有原则，我不干这种事。我还说我也不和杀人狂打交道。”

小王睁大眼睛问道：“他们就这样算了？”

“他们的回答是，他们也不是杀人狂，他们也有原则。然后他们开了枪，那把枪的撞针是下掉的。但是这并不表明你们以后面对这样的情况就一定要这么回答。因为当时和我对话的是一些职业间谍，而不是无恶不作的亡命徒，我很清楚他们也不是杀人狂，他们在没有必要时是不会滥杀无辜的，他们都是一些正常人。我告诉你们这些，是让你们明白，事情一定要分出轻重缓急，在任何情况下都决不能感情用事。你们要好好想想，在各种极端的情况下，你们应该如何行事，到时候就不会惊慌失措了。”

“是！但是有的时候会违反我们纪律的，比如今天我们又抽大麻又找女人的。”

“纪律是人定的，也是给人执行的，你们都要明白一点——死人是用不着执行任何规定和纪律的。任务虽然重要，但一般来说也没有你的命重要。只有保住你的生命，才能谈得上完成任务，如果你命都没有了，谁来完成任务？你们好好记住我的话，明白吗？还有什么问题吗？”

“我想问一下，你为什么不要我们跟踪他们？”

“跟踪他们有什么好处，最多知道他们住什么地方，那有什么用？他们身边是不会有毒品的，我们是不可能抓到他们证据的。而且我想他们一定会做出反跟踪安排的。你想跟踪一个人是很容易的，但是要让一个十分警惕的人不发现他被跟踪是极为困难的。如果他们发现我们跟踪他们，他们很可能取消整个交易，那样我们的心血就白费了。所以跟踪他们风险太高，收获不大，这样的事还是少做为妙。我想不超过3天，他们会继续来找我的。”

“那他们会去加拿大查我们的底吗？”

“他们肯定会的。但是在加拿大我都安排好了。”

“你是怎么安排的？可以告诉我吗？”

“简单得很，‘合盛堂’在加拿大是有个张老大，也有个马仔名字叫孙英杰。我对张老大说，我要用孙英杰这个身份，让他把孙英杰藏起来一年。别人问起来，就说去大陆办事去了。这样我的身份不就有保障了吗？”

“‘合盛堂’张老大为什么一定会听你的话？”

“只要不损害他的利益，他是一定会给我打掩护的。因为我是以×参二部的军官名义和他说的，他一定会听的。”事实上他没有说出来的真实情况是，“合盛堂”张老大应该说是×参二部在北美的一个线人。而他在美加就是孙英杰本人。

“沈红义他们来找我们，我们是不是要通知DL方面？”

“现在这情况，我们不要通知DL公安局方面，他们实在不可靠。事情到了他们那边，他们四处漏风，什么事都会给他们搞糟的。这件事我们自己做，不通知他们。”

“那最后交货时，还是要和他们说啊？我们那时会要他们支援的啊？”

“最后阶段我会要云南武警总队支援的。我们决不能让DL公安局方面任何人知道这件事，所有的事他们全部办糟了，他们那边有个大窟窿，没把大窟窿补起来前，什么都不能相信他们。”

沈红义他们经过确认没有人跟踪后，回到了家。沈红义问许燕道：“你感觉那个孙英杰怎么样？”

“还好。反正他是干我们这一行的。”

“为什么？”

“你看他，又嫖女人，又抽大麻的。他对香港、加拿大都很熟，不像是假的。”

“是啊！我也是这样想的。但是，现在我们的对手不是公安啊，我们的对手是国家安全机关，这不一样。所以我还是要找人去问一下加拿大‘合盛堂’的张老大，那就清楚了。”

“你要我在他的办公室装个窃听器，我没机会装。”

“我知道，如果给他发现了，反而不如不装。现在勒民和小B他们已经到了广州了。小B的老婆生孩子，你还是给他的账上打几万块钱。让勒民把那个海员的事抓紧，你也不能把你的那个人给搞飞了。他们这次跑得还很利索，我还真小看了他们俩了。那部手机你查出什么问题了没有？”

“我已经让那个给我们改装手机的人看过了。他看不出什么问题，我让他重新买一部新的来对照着查，看看能不能看出点什么来。”

“现在最重要的一点是冠明一定要把货给藏好！告诉他，除了你不许他现在和任何人联系。让香港这段时间也不要来人。就说现在是非常时期，等3个月后风平浪静了我们再联系。哼！只要我们手上有这批货，谁都会求我们！”

“但是我们到底是卖给‘合盛堂’还是我们自己运出去？”

“这我也不知道，现在还是走一步算一步吧！多做几手准备总不会有错的。”

3天后，沈红义得到加拿大那边的答复，他给孙英杰打电话说：“五弟啊！我的货你现在到底要还是不要，你现在该给我回个话了吧！”

“我帮你在我老板面前说了不少好话。老板还是认为这价格太高，要求你降价才行啊。我也没有办法。我们老板说了4号海洛因9000元/公斤，我们800公斤全要。”

“什么4号海洛因？我不知道！我没有这种货，你打错电话，找错人了。”说着沈红义挂了电话。

过了一会儿沈红义换了个电话打过去说："我的货我说过不降价。这是我最后的价格。五弟啊！那1万里可是有你500的哦！你自己看着办吧！你也是一直为你们老板干，本钱也是老板的，你拿的也都是蝇头小利啊，你老板才拿大头啊。现在这是你一次发财的机会，我想你也是不会放弃的！"

"哈哈哈！这可都是我过去给你说的话啊！你现拿回来说我？好说！只要有我的500，那就说定了。800公斤我都要了。"

"那没问题，你看你什么时候把钱能准备好，我们按规矩要先验钱你再验货的。"

"当然照规矩来，先验钱再看货。一个星期以后，我们联系看钱的事，怎么样？"

"现在风声很紧，香港那边也要货，3天后，我们先验钱。要不然夜长梦多，怎么样？"

"3天！那不可能。800万美元，我一下准备不出来，还是一个星期后吧。"

"一个星期那也行，我6天后给你打电话。"

沈红义打完电话后陷入了沉思，最后他对许燕说道："我总感觉孙英杰他们有点不对。但是我也找不出他们不对的地方。我感觉不好也说不出原因。燕子，你看呢？"

"我觉得还好。我没感觉他们有什么不对的，现在我担心的是交货问题。"

"交货问题？现在想这个还早得很！我们现在想的应该是是不是和他们交易。"

"我现在和那个人的事已经搞差不多了。现在从DL到内地的所有交通要道上检查十分严格，只要我们能把货从DL运到广东，等勒民和那个大副也接上了头，我们不一定非要和他们交易的。"

"就是运到美国又能怎么样？我们在美国人生地不熟的，又不会英语。货如何出手？而且不管是从DL运到广东，还是从广东运到美国，这条道都是我们第一次走，路上的风险太大了。如果有可能，我们还是在DL和他们交易！落袋为安。那个手机查得怎么样了？"

"他把那部手机和新的作了对比，有一点差别。那部手机作了改装，但是具体怎么回事，他没本事查出来。"

"那他说还有没有其他办法？"

"他说有一个办法，就是把那个手机里的所有储存芯片焊下来，再焊到另外一部一模一样的手机上。那样就可能搞清楚有什么问题了，但是他没有这个本事。我准备把那部手机送到香港去想办法。"

"那就快去。对了，你是怎么和他说的？他没问你这部手机的来历？也没问你为什么要知道这个手机里有什么内容吗？"

"没关系。我对他说了，这是我老公的手机，我怀疑他有二奶，所以才查的。他不会怀疑什么的，你放心。"

这段时间里，DL市公安局把DL市翻了个遍，那个杀手的消息一点都没有。全省的退伍特种兵也做了全面调查，基本可以确认没有类似的人。现在他们唯一的收获是截获了小 B 从广东东莞的一个公共磁卡电话打回家的电话，这个电话确认了小 B 和勒民现在还活着。余光连夜派马文彪带人前去追捕。但是他们不知道勒民和小 B 现在根本不在东莞，而是在深圳，小 B 为了打这个电话特地从深圳跑到东莞。而孙英杰和余光对公安局内部的调查却获得了重大的突破，他们发现涂副局长的独生子是个吸毒者。而涂副局长的妻子原来也是个警察，早年在“打拐”行动中因车祸身亡，所以涂副局长对这个儿子格外溺爱。涂副局长的疑点上升了，但是他不知道夏玉斌的事，而且根本没有任何证据。

6 天以后，沈红义和许燕来找孙英杰谈验款验货的事，沈红义说：“老弟，我们还是按老规矩，先验款后验货。”

孙英杰回答说：“三哥啊！你是知道的，800 万美金的货款一个星期我根本凑不齐，这要是在香港没问题！但是现在是在 DL 啊，一个礼拜，钱根本从香港都送不过来啊。我们还是就事论事，先验货后验款吧。”

“这不行，我不能坏了道上的规矩，这你懂的。”

“我明白，但是现在是我没钱而你有货，按你说的有 800 公斤，验货要很长时间的。而且三哥是个明白人，这是我们第一次交易，恐怕也是我们之间的最后一次交易，我验货会特别的仔细，恐怕要很长时间的。不如我们先验货。”

“老弟啊！你快人快语，我也一样，800 万我也要点个一天半天的。我想我们的交易时间根本不可能有这么长，我们也要想个办法啊。说实在的，就是我先点过数，到时候你用假钞，我也不知道啊。这是我这辈子做的最大的交易，出了一点问题，我是死定了的。”

“一样一样啊！800 公斤的货，你要掺个一星半点的面粉，我死都不知道死在什么地方啊。你有什么方法吗？要不然我们找个没人的山头，交接时间长点？”

“那不行！太不安全了，我们交易时间不能超过半个小时，要不然风险太高，这笔生意不做都行。”

“我也知道交易时间越长越不安全，但是你不信任我，我也不敢完全信任你，不管怎么说，我们都要当场验货验款的，这交易时间不长不行。”

“我有个方法，我派个人提前两天去你那里验款，你同时派个人提前两天去我那里验货，验过以后我的人和款不分离，你的人和货不分离，然后互相通知对方验的结果。那样的话，我们交易时只要把货和款互相交换就行了，那样就不需要当场验货验款了，但是，我不知道老弟身边有没有你信得过的人啊？”

孙英杰脑子在急速地转动着，交易时间越长，对抓捕越有利，时间太短，我们可能连包围的时间都不够。于是回道：“我不像三哥你啊，在 DL 经营了这么多年，树大根深，兄弟众多啊！不过个把信任的人还是不成问题的。但我还是有点不放心啊。我看还是按老规矩，当场验货验款，大家先派个人互相亮亮款和货，这样我们大家都放心一点。”

沈红义立刻拒绝道：“不行，那样交易时间太长，风险太高，我不干！”

“那交易就不做了？你的钱就不赚了？三哥，你不能意气用事嘛。”

“五弟，你不和我做，大不了我可以找水房啊！还有天道盟也来找过我。就是日本的极真会也都找过我啊！那样兄弟你就赚不到钱喽。我看你如何向你老大交代？”

孙英杰也毫不客气地顶了回去：“我怎么向我老大交代不关你的事，但是如果我把我们今天谈话的内容和你们老大说了的话，我看不是你怎么交代这么简单的事了。”

“哈哈哈，是吗？老弟，你要知道，现在货是在我手上，天王老子也要宽待我几分吧？至少要等货离了我手，我才会死的，这一点你我全是心知肚明的。”

“那你就守着你的货一辈子吧，我倒要看看大陆公安怎么把你灭了。除了我们，那些人哪一个有本事把货从DL运出去，说实话，现在你的这笔货已经漏了风了，太烫手了，整个大陆公安都在盯着呢！三哥，我打开天窗说亮话，你除了我们，也没有去找买家的吧，要不然，你老兄会自动上门？”

“没有风险，哪来收获？只有大风险，才有大收获啊！这个道理不要兄弟我教你吧？没风险就想发财，那你只有去买六合彩，还和我做什么生意？你还要说什么？你干不干？我等回话呢？”

“干，我当然干。但是从验货到交货时间长达两天，中间间隔时间太长。我怕夜长梦多啊！而且这也不合道上的规矩，我看还是现场验款验货，虽然在现场时间长了点，只要我们在外面多派点人望风，安全还是有保障的。我还是觉得我的方法牢靠一点。而且按规矩，交货的时间地点都是由你们决定的，我们都不怕，你们还怕什么？”

“时间太长，我们就是想控制也控制不住，我从来没听说过在国内交易时间超过半小时的，按我的方法，我们大家交易时甚至连货都不要搬，当场把车换了就没事了，时间都用不了半分钟。交易时间越短，风险越小，老兄你不是不明白。”

“这个我当然明白！但是，老兄，提前两天，我当时验的货是对的，第二天你掉了包，第三天你交货，我当场不验货？我肯定要当场验货，要不然我不放心。我想，你到时不验款一样也会不放心的。”

沈红义想了想道：“那就这样，我们先派人互相验货验款，在交易时，我抽查10万美元的款，你抽查10公斤的货，我们在半个小时内完成交易，就这么办。这是最后的方案，你说呢？”

孙英杰想半个小时虽然时间紧了点，但也勉强可以进行包围抓捕。就点了点头说：“那好，今天是7号，14号我们互相派人验货验款，16号交易，具体交易时间和交易地点你来定。”

“行，14号，我把我的人带到你这里来，顺便把你的人带到我那里去验货。到那个时候，开弓就没有回头箭了，你要想好了。”

孙英杰敲打他说：“不是那时候没有回头箭了，我现在已经准备开弓了。只要我的款进了国内，那就算开了弓，现在我们还是兄弟，如果兄弟我的款到了，老哥的货有了问题，我们就怕想做兄弟也做不成兄弟了。”

“彼此彼此，现在我的货就在DL，而你的钱呢？兄弟，你要搞清楚，现在是你有问题，不是我有问题，我可以明天验货，你能做到明天验款吗？我也想早点交易呢？”

孙英杰想了想，他也怕夜长梦多，中间出岔子，就说：“那好，我们提前几天，10号我们互相派人验货验款，12号交易，怎么样？”

“我这边没问题，你的钱能准备好吗？”

“那不是你的问题。”

沈红义兴奋地说：“好，一言为定，兄弟我10号一定来。交易时双方在场人员各不超过6人，两辆车。超过这个数被认为是违反协议，对方有权杀死派过去验款或验货的人。”

“不行，因为是你们选择交易地点和交易时间，你们有大量的时间对交易现场进行布置。那样的话，我们风险太大。我认为我有权利多带点人去现场。”

“是的，但是货在我们手上，我们的风险比你们大，按道上的规矩，交易的条件是我们来选择的。”

“交易条件是你们选择的，这不错，但是我也是可以还价的。双方各出10个人，3辆车。就这么定。要不然我们就不要交易了。”

“好吧。我听你的，你还不信任我，我认为人越少，公安发现的可能性也越低。人多目标大。你担心安全问题，我可以理解。我就听老弟你的，3辆车，10个人。”

## 十六

许燕对沈红义说：“你要我查的那个手机确实有问题，所有的芯片现在已经全被焊了下来，装在另外一部同型号的iPhone上了，但是现在连手机都打不开了，估计是有个密码在里面，现在正准备用软件强行分析密码，要的时间与密码的复杂程度有关，他们说如果是普通的8位以下的数字密码的话，时间用不了1个小时，如果是超过10位的数字、字母、符号相混合密码的话，时间就不知道要多长了，甚至可能永远都打不开。”

“我知道，但是我们要尽力。现在是关键时刻，我们下半辈子就指望这几天的结果了。你觉得整个交易过程有问题吗？”

“交易过程应该没问题，这都是通行做法，不会有问题，问题一向出在交易对象身上或者走漏消息上面。你准备派谁去验款，派谁去交易？”

“让冠明去验款，让猛强去做交易。”

“我们不自己参加交易？这是我们最后一次交易，我们是不是应该冒一次风险？自己去交易！”

“这个风险要冒你去冒，我是不会冒的。正因为它是最后一次交易，它的风险是最大的！你记住所有的钱都换不回来你的命，你的钱是要你有命才能花的，没有命就等于没有钱，所以千万不能有钱没命花。我们已经不是过去了，过去人穷命贱，现在我们这辈子如果做个平头老百姓，钱也够花了。犯不着拼命了。拼命的事现在该手下的做了，就像过去我们也是拼过命的一样。”

“那么，你为什么不让猛强去验款，让冠明去交易？现在货在冠明手中，如果那样做，货还要倒来倒去的，增加风险，如果让冠明去交易方便得多。”

“这次交易的风险太大，不仅要怕公安，我还要怕姓孙的黑吃黑，要知道我们这次交易，老K是不会罩着我们的，不比过去，所有交易都有老K罩着，谁都不敢黑了我们，只要我们不黑人家就行了。这次交易，姓孙的来个黑吃黑的话，我们是没有后台的，他有‘合盛堂’做后台，我们很难搞得过他的。所以我让猛强去做交易，猛强虽然跟我们时间短了点，但是他胆大心细下手狠，又有一手好枪法，是做交易的最好人选。冠明谨慎小心，又绝对让我们放心，他去验款我也放心。”

“你觉得姓孙的可靠吗？我又想了想，总觉得不放心，第六感告诉我，他不可信！要不我们还是自己运出去，那样挣的钱多。而且最重要的是不用和他做交易。”

“女人的第六感觉？我告诉你，对你来说最重要的是你自己刚才说过——挣的钱多。你太贪心了，那么做时间太长，过程太多，最后同样要在美国和美国的黑社会做交易，在那里，我们一点根基都没有，被人黑了，最后被人家扔到大西洋喂鱼是肯定的，风险比现在大10倍，当然利润也大10倍。你要什么，是风险还是利润？”

“可是，我总是有一种说不出的感觉，担心姓孙的。”

“是的。但是你看姓孙的，那天请客的做派，给小费手面也很大，不像是大陆土包子的样子，他连擦鞋小弟的小费都给那么多，看得出来是在外面见过世面。这么多年我也算走过不少地方，也见过不少世面。从这些细节上我一眼就能看出来是怎么回事儿，这是真正的大哥做派。当然我们自己运出去，作为第二方案继续准备着，也要抓紧。现在我们要全力以赴准备交易，你明天从冠明那里把货接过来，运到仓库去，你和猛强看守着货，多准备点吃的，在这几天内不要和外界有任何接触，不许任何人给外面打电话，把他们的电话全部都收掉。一定要休息好，到10号我会把验货的人带过来，24小时看紧他，看他对毒品是不是很精通，不断地试探他，如果你认为有任何怀疑，就杀了他，我们立刻取消交易。一切正常的话，12号我把人带过来找你，那时才告诉猛强交易细节。你只用一部新手机和我保持联系，对了，还有一点，那个女人的手机你继续查下去，我认为那是个金矿，我总感觉在那上面会有重大发现的。”

“我这几天多看看地方，找几个交易地点，另外我也要做好逃离准备，我们一收到钱，就带着钱离开，走北线去四川、陕西，最后去非洲，带着钱躲到一个老K找不到我们的地方。”

“我们不懂外语，去非洲生活也不习惯，还是在东南亚找一个地方吧。”

“东南亚，我们习惯，老K更习惯，那样要不了一年，我们就会在东南亚给他们翻出来的，那可就真是死无葬身之地了。”

“但是，香港不是有很多做污点证人的基本上都躲过去了吗？”

“女人啊你们真笨！那是因为两点，一是因为他们得罪的老大死了或者进了牢，没人真正地追查他们。二是他们以后都只能做一个普通人，过一种普通老百姓的生活。而我们的老大还好好的在外面呢，他要杀一儆百，一定会拼命追杀我们的，而且我们也不想做个小市民那样过一辈子。所以东南亚是藏不住我们的，我们只有去非洲，连南美我都嫌不够安全。天高皇帝远，远离老K。非洲才会有我们想要的生活。”

“这些手下呢？”

“他们这几年也挣了不少钱，我也管不了他们了！只有让他们自求多福了。”

就在同时，孙英杰也把他的手下召集来开会，他先把情况讲了一遍，然后说：“大家有什么看法，可以踊跃发言。”

小王首先说：“800万美元，我认为首先要保证钱的安全，千万不能把钱给搞丢了。而且800万美元的现款，我们能不能及时申请到，也是个问题。”

孙英杰说：“小王说的很对，上次和他们做了初次接触以后，我和胡副局长作了专题汇报，明确向上级说明了这个款的必要性，如果我们不亮一亮款，是不可能让这帮亡命之徒放心的。胡副局长也充分理解我们的处境，但是明确了要确保现款的安全，他将负责从财政部获得专项资金，到时候胡副局长将亲自坐镇指挥，现款由我负责保管，款项安全由我个人全权负责，交易时我在场负责。”

“外围是由谁负责？”

“由于在交易时，我不便直接指挥，因此，由胡副局长代替我直接指挥；我们在交易现场的车上装上消音器，全程由胡副局长指挥监控。外围布控由省武警总队特警中队负责。”

“那么我们完成交易吗？现款是不是交给他们带走？”

“现场抓捕过于危险。我们还有同志在他们手上，而且当时大家都高度紧张。为了避免不必要的伤亡，我决定交易正常进行，我们把款交给他们，把货拿到手。等双方正常离开现场后，他们的神经已经完全放松，由特警中队在最短时间内进行突击，完成抓捕行动，我们将协助特警完成上述任务。”

“现款就这样离开我们的保管？”

“是的，我会在钱箱上装好同位素跟踪装置，跟踪距离1000米，当然，我们也可以装无线电跟踪装置，那样的话，跟踪距离会达到10000米。但是，我怕他们在现场进行无线电跟踪装置检查，要知道只要改装一个全频道收音机就能做无线电跟踪装置检查，所以，我决定还是采用同位素跟踪装置，虽然距离短一点，但是不怕他们检查，而且这只不过是个双保险而已，只要外围布置的好，他们是不可能把款带走的。”

“在交易时，我们只有等胡副局长通知我，特警中队已经完成了对交易现场的包围，我们才能结束交易过程，要不然我们将把交易时间拖延下去，直到包围完成，为了防止被对方发现，根据交易地点的不同，包围半径也将不同，如果在市区内，包围半径将在100米左右。如果在郊区村庄的话，包围在村外，半径估计在500米左右。如果是野外，包围半径可能达到1000米以上。如果不能完成包围或者在包围时被他们发现的话，我们将直接依靠我们在现场的人员进行抓捕工作，我希望同志们做好现场抓捕的各种准备，虽然现场抓捕是我们极力避免的。”

“现在我们大家再分析一下上述方案有什么不妥的地方，或者还有没有更好的方案？”

“交易时，我们去多少人？”

“已经和他们达成协议了，3辆车，10个人。我准备从你们中选一个和我一起去，另外8个人，我将从特警中队中选人。你们都不要争，写什么决心书，所有人的决心书我一概不接受。现在我宣布我将完全从工作角度挑选两个人，一个人去验货，另一人和我一起去交易现场。你们都考虑一下，这都是高风险的行动，如果你们中有人不愿意参加这样的行动，可以在散会后私下告诉我，我决不把他的名字告诉别人，也不会记入档案，以免影响他今后的工作。如果你们没有在今晚8点以前通知我的话，我将认为你们志愿参加这次行动，那样如果我通知你参加行动的话，你不愿意参加，你仍然可以选择退出，但是，我将把你的行为报告你的上级并记入你的档案。我的话，大家应该都听明白了吧？”

“如果没有问题的话，大家认为对方会选择什么样的交易地点？”

孙英杰看大家都没有发言的意思，就说：“我来说说我的分析，因为毒品有800公斤，加上包装的话大概有900公斤，重量太大。运输转移十分困难，所以我认为我们可以排除他们选择市区交易的可能。那么就两个可能，一个是农村某个村庄，二是野外。我们这里不像某些毒品高发地区，存在平远村那样全村贩毒的情况，所以我认为最大的可能是野外交易。”

当天晚上，孙英杰单独找小王谈话：“派人去验货的事，我知道你想去，年轻人勇挑重担的勇气我喜欢。说实在的，验货我考虑了两个人选，一个是你，还有一个是我过去的助手张彬。你们两个在条件上各有千秋。你的优势很突出，我们的人中，除了我，只有你和沈红义他们正面打过交道，你算是认识他们，而且也通过了他们的初步审查。但是你的劣势是经验太少，从来没有单独执行过此类任务，而且你也没有和他们单独打过交道。张彬正好和你反过来，你的优势是他的劣势，你的劣势是他的优势。我决定了，张彬去，你别争了。在这方面经验是起决定性作用的。”

“但是，你不让我去，我不是永远没有经验？而且缉毒局派我们来学习，就是为了增加我们的经验。而且正像你说的那样，他们认识我，我也通过了他们的考察，所以我认为应该是我去。”

“你知道吗？缉毒局对你们抱有深切的希望，我也很喜欢你们的干劲。20年前，我年轻的时候，也和你们一样，充满了希望和想象。按我过去的习惯，我可能会派你去，因为所有人的经验都是从无到有，而且我也喜欢在年轻人身上压担子。但是这次孟丽的牺牲对我的打击太大，她太年轻，生命的花朵才刚刚绽放，很多人生中最美好的事，她都没经历过。我认为，最大的原因是我过多过早地在她身上压担子了，我认为我给她的压力太大，支持却远远不够，这才是她牺牲的根本原因。要知道，我的小组在过去，任务有没完成的情况，但是人却从来没丢过。这次的任务过于危险，张彬去，至少他有一点比你强，他有妻子孩子了，人生中该经历的事他都经历过了。虽然你可能会认为我很残忍，也可能认为我这样做，对他本人和他的家庭都不公平，但是任务总归要有人去执行的！不是吗？”

“不要灰心丧气的样子，我让你一起和我去交易现场，这也是很困难的任务，在交易现场，你负责再次抽查10公斤海洛因质量的任务，你要尽量拖延时间，让特警有充分的时间包围现场，你耳朵里会和我们所有在现场的人员一样戴上内置式微型接收机，胡副局长一通知我们包围已经完成，你就尽快结束验货，我们快速完成交易，立即撤退。你验货时，你的位置是在贩毒分子中间，如果他们发现了我们的包围行动，你的处境就相当危险了。在交易一开始，我会争取把张彬从他们手中换回来，但是如果没有成功的话，他手上没有任何武器，如果当场发生了冲突的话，你们俩的生命安全，就完全靠你们自己了。所以你的任务也是十分艰巨的。还有一点，你现在还不知怎样检验海洛因的质量，你一定要立刻学，千万不能在手法上让他们有所怀疑。你还要多考虑各种不同的意外情况，做好最充分的准备。”

孙英杰和小王谈完话后，又找张彬谈话：“我决定由你去验货。这是这次行动成败的关键。危险性和困难性，就不用我多说了，你也很明白。你个人需要做什么准备，你也很清楚。现在，我再问你一遍，你是否愿意执行这次任务？”

“我知道，这个任务由我来承担是最合适的。因为你要负责全盘指挥，要不然你会亲自去验货的，事实上，我在下午就考虑过这个问题了。首先是你已经取得了贩毒分子的信任了，这是最重要的一点，等于你已经给我铺过路了。而且贩毒分子现在已经没有太多选择，他们不和我们做交易的话，货压在手上，其中的风险他们自己自然清楚。如果短时间内他们无法出手的话，我估计老K会重新派人来把他们的货接过来，他们也就失去发大财的机会。而且多放在手上一天，就多一份风险。他们只要认为有交易的可能，他们都不得不尝试交易。所以，此次深入他们的巢穴，看上去十分危险，但是事实上危险程度并不高。你也明白其中的道理，要不然你也不会让我去冒过大的风险的。”

“风险却依然存在，而且同样很大。你可千万不要小看了这帮贩毒分子。我就是小看了他们，要不然……孟丽血的教训现在就摆在我们眼前，我们决不能熟视无睹，盲目乐观。我当然明白你心里清楚我说的话，我也明白你说这番话的目的是让我心里好受些。”

“你去的时候，我会尽力提供后援支持。你带上一部普通手机，尽量以手机来吸引他们的注意，同时我会在你的验货药品罐子上做好同位素标记。我想，他们会对你进行彻底搜身，甚至会把你的手机收走检查的。因为孟丽的手机已经给他们抢走，我怕他们对手机有所防范，所以，这次你带一部普通的手机去。我们会通过同位素标记确定你的位置，如果毒品仓库位置条件允许突击的话，我们将在11日凌晨2点钟发起突击，如果对方毒品仓库位置条件不适合发起突击的话，那么我将在你们离开的路上发起突击。无论我们是否发起突击，我都会要求在11日晚上与你通话的，同时争取在通话时再次确定你的具体位置。在通话时，如果我叫你‘小张，你好’，那就是我决定在当晚2点突击；如果我叫你‘张彬’的话，我将在路上发起突击；如果什么都不称呼，只称‘你’的话，那就是在离开交易现场才突击。同样，如果你反对我的选择的话，你就叫我‘老板’，同意我的选择，你就叫我‘大哥’，你记清楚了吗？突击时，你的安全只能靠你自己了，一定要小心！”

“我明白。但是为什么不在现场干？现场的条件是最成熟的，其他的选择全是需要有一定的条件，这样的条件不一定达得到。”

孙英杰把左手放在张彬的肩上，双眼看着他的眼睛缓缓但坚定地说道：“现场是他们最警惕的时候，如果那时行动的话，很可能伤亡很大，即使我们做了最充分的准备，伤亡也很难避免。我们的第一方案是在路上行动，去交易现场的路上，你一定要和毒品呆在一起，我估计他们会使用厢式货车，那样你会和他们的押货人在厢式货车的车厢内，估计当时在车厢内只有一两个押货的。在路上行动的话，我会用辆卡车在左前方迎面撞击你们那辆厢式货车的车头，作为行动开始的信号。你在路上做好准备，车厢里的人就交给你了，我不管他们的死活，我只要你平安归来。我的话你听明白了吗？”

“我记清楚了。我明白了在路上突击我所要做的。如果你采取在夜间仓库突击的话我怎么办？”

“如果夜间仓库突击，我会首先引爆一个震荡弹，发出超过200分贝以上的噪声，那样的话可以给你争取一分钟的时间，在这段时间内，你要解决掉你的看守，然后把自己藏起来，总共要3分钟，我会解决其他问题。但是3分钟内，一切全部要靠你自己了。”

“同样在现场突击的话，我也会先引爆一个震荡弹，希望给我们共同争取30秒的时间，因为当时他们全部在最紧张的时刻，我认为伤亡是不可避免的，只要能有其他办法我不会采用现场突击的方法。突击的成功率最高的是在交易后，其次是在路上和夜间仓库，最差是在现场。估计是野外交易，我担心包围圈不能及时完成，交易后突击的条件达不到。如果真出现这种情况，一点补救的方法也没有了，只有选择现场突击。所以我的突击发起顺序是路上、夜间仓库、交易后、现场。你明白了吗？今天你好好考虑一下，有什么问题我们明天上午再商量。”

# 十七

10号是个艳阳天，中午，孙英杰带着张彬和沈红义见了面。沈红义带了个黑黑的小个子男人一起来的。大家见面后，双方简单地介绍了一下，这个人叫冠明，一看就是个广东人，说一口广味普通话。孙英杰带着冠明离开的路上仔细地给他搜了身，中途换了3次车，最后让冠明带上头套后，把他带到了准备好的一个别墅中。虽然中间不麻烦，也花了2个多小时，孙英杰在中间得到跟踪张彬小组的几次电话，全是不好的消息。孙英杰虽然满心烦躁，整个心都牵挂着张彬，但是为了把戏做足，只好强打精神与冠明周旋，一到别墅，孙英杰再也顾不上冠明了，把冠明急匆匆交给了小王后，急忙去了解跟踪张彬的情况，事实上，跟踪小组早在一个多小时前就把张彬给跟丢了。

孙英杰为了跟踪张彬准备了5辆车，8个人，还有同位素跟踪装置的协助，自以为万无一失。他认为最多就是跟踪让沈红义发现，人是不可能跟丢的。所以他还吩咐他们不要跟得太紧，防止被对方发现，现在把人跟丢了，那是他工作20年来从没有过的失败。现在一切只有靠张彬自己了。

张彬当时跟着沈红义的车来到沈红义下榻的丽锦酒店后，就被带到32层一个房间内，让他脱光衣服洗澡，张彬明白这是对他变相搜身。张彬把他带来的一个包一起带进了浴室。在洗澡的时候，他看见沈红义拿着个收音机样的东西在他身边边调边听。他明白沈红义还怕他把无线电跟踪装置给吞进肚子里去，张彬心中很坦然地想，你不会知道我是用同位素的，想来你们这帮人也不会，只是警匪片看多了只知道有无线电。等他洗完澡，换了套沈红义给他准备的衣服，然后顺手拿起自己的包。“不行！”沈红义粗鲁地夺过包来往床上一扔说：“你什么都不许带。”

“那不行，包里有我验货用的东西。”

“不要紧，我们那里有的是。”

“沈哥！我虽然信任你，但是验货用的东西一定要我带的。要不然我没法向我老板交代。”

沈红义一把抓住张彬的领子压低嗓子恶狠狠地说：“你没法和你老板交代？现在你最好多想想如何向我交代吧！弄不好你这辈子也用不着和你老板交代了。想清楚了没？”

张彬动也没动地说：“包里的东西，你可以检查。但是验货让我用不是我带来的药品是不可能的。你是老板，我是跑腿的，你亲自照顾兄弟我，是看得起兄弟我。但是你的人也是我老板在亲自照顾的。大家彼此彼此，用不着发这么大的火。”

沈红义哈哈一笑放了手说：“果然是‘合盛堂’的好兄弟，不卑不亢。没问题，如果我不让你用你的药品来验货的话，看样子生意是做不成的。”说着沈红义说道：“你看，东西我早准备好了。”他把张彬带来的包打开，拿出两个大玻璃瓶来，伸手打开了瓶盖，把药水倒到了准备好的空可乐瓶里。

张彬看着他的动作，感到五雷轰顶，他亲自用钴60做的纯蓝墨水在标签上写了个签名当作记号的，那种钴60做的纯蓝墨水是有一定的放射性，同位素跟踪装置是跟踪那个瓶子的，早知道如此，我不如用点重水来当溶剂，现在该怎么办？沈红义带来的瓶子怎么不是玻璃瓶呢？要不我还能打破瓶子，把药品洒了，伺机下次再来。这下完了。现在只有走一步是一步。我们跟踪的人应该还是能跟得住的。就算跟不上，最后不还可以现场抓捕吗？

正在想着，沈红义已经把装药的瓶子换好了，说："把钱包给我看看！"

"钱包里不就是钱，还有几张卡，最重要的是有比色卡，那是我验货用的。"说着张彬把钱包递给沈红义。沈红义看了一下把比色卡掏出来扔给了张彬说："其他的你暂时没用，我给你保管着。"说完带着张彬出了房间离开了旅馆，来到街上，没走几步突然又调头闯回了旅馆，急急忙忙地冲进了电梯，在电梯里，沈红义连着按了32、28和17三个楼层的电梯后，在17层出了电梯，就上了旁边一部电梯一直下到了4层，他们再拐了几个弯，穿过了咖啡厅去了老楼，然后从老楼下来，直接穿过花园，从宾馆工作人员使用的后门来到了路边停着的汽车上。

事实上，在他们穿过4层的咖啡厅时就把跟踪的人搞蒙了，他们不敢去看闭路电视监控系统，因为怕饭店里边有毒贩的同伙，同位素跟踪装置又表明人在房间里。但是人却不见了，幸运的是，在张彬出边门时，有人发现了他们。但是能够及时跟上的人只剩下一辆车两个人了。

一进路边早已发动的汽车，张彬就发现他们是在向老城区方向开，沈红义说："怎么样，这一手漂亮吗？"

张彬冷冷地看了一眼后视镜，心一下安定了下来说："漂亮归漂亮，但是没必要。"

"不是信不过你把你当公安，只是生意太大，小心不为过。老弟，你也不要介意。"

"我不介意，你要不要把我头也蒙起来啊。"张彬讥笑地望了一眼沈红义说道。

"那没必要，多不好意思啊。你只要紧紧地跟着我就行了。"

正说着，车拐了个弯就来个急刹车，在车还没停稳的时候，张彬就被沈红义拖着冲进路旁一个青年旅社。张彬刚要回头只听见沈红义说："快点，跟上我。"张彬只听见他们坐来的汽车急速开动的声音。

张彬跟着沈红义快速地穿过青年旅社，来到了后门，又穿过一个旅游纪念品商店，在小巷里拐了几个弯后再穿过一个饭店，最后从饭店后门进了一个超市的院子，然后就被沈红义拖上一辆给超市送货的厢式小解放车的后车厢。张彬明白，现在他的尾巴是肯定没有了，一切要靠自己了。正在胡思乱想时，就听见车厢被关上了，整个眼前一片漆黑。张彬说了一句："哈哈，老板！怪不得你说不会蒙上我的头。你是把我的整个人全都给蒙起来了啊。"

说完张彬就慢慢地静下心来，趁黑把手搭上了自己的脉搏，他要记住整个行车路线，开了多长时间直行，然后拐了几个弯，是不是遇到了红灯。虽然他明白反馈的信息会很粗略，但是这是现在他唯一能做的事情了。

半个小时以后，张彬还是被蒙上了头套给带到了一个别墅的地下室，沈红义讥笑地说："现在，你满意了吧，这个地下室就一个出口，这两天你吃喝拉撒睡就全在这里了。你用自己带来的试剂验过的货，我们是换不了的，中间吃饭燕子给你送下来。你现在还可以好好查查有没有暗门机关什么的。你应该可以给你们老板满意的交代了。"

张彬看了一圈地下室，见里边有一堆纸箱子。他估计那就是货了，顺手敲了敲地下室的铁门说道："谢谢沈老板考虑得这么周到，这条件我很满意。"张彬想到，如果兄弟们能跟上发现这个仓库的话，交易前一个晚上突击的话，一点问题也没有。不过现在估计是够戗！看样子就看 11 日通话时，孙英杰能不能通过无线电确定这个仓库的位置了。

张彬说道："我要几支带刻度的试管，一个天平，几瓶纯净水。我现在就要开始验货。"

"没问题，我给你准备，不过不急，时间有的是。这位是燕子小姐，你在这里一切都听她的安排。如果没有得到她的允许，你不能走出这个房间。"

张彬不卑不亢地回道："没问题，我不得到燕子小姐的允许就不走出这个房间，但是你们是不是没得到我的允许，也不许进这个房间。"

"哈哈，小子有胆识！但是你要知道你是在我的地盘！这里是我说了算。不过，你也看见了这个房间有铁门，里边可以锁上。你不想让我们进来也行。"

说着沈红义随手打开了个纸箱子，掏出一大块白色的固体说："你还要验什么验啊。像你这样的老手一眼就认得出来。"

张彬看了一眼那块白色固体说："看上去这是双狮地球牌的，700 克一块的原厂货。金三角最顶级的行货纯度应该在 90% 以上。但是我还是要验一下的，这是规矩。而且现在假货也太多了，要知道咱这可是 800 万美元的生意，我还是小心一点为好。如果出了差错，老板会扒了我的皮的。"

说话间燕子从上面把天平等验货物件全拿了下来。张彬先清理了个桌子，然后把那些东西全小心地放在上面。然后重新挑了个纸箱子，从下面翻了一块海洛因上来，又把带来的两瓶药品拿到桌子上放好说："我开始验货了，你们可以看着，但最好不要说话。不好意思，这到底是我这辈子做过的最大的生意。我想你做大哥的会担待一点我们做小弟的吧。"

沈红义看了燕子一眼，然后向张彬做了个请便的手势。

张彬先在试管里倒进了 5 毫升的纯净水，然后把一大块海洛因从中间切开挑了一点在天平上称了半克。最后他把海洛因放进试管里，摇晃了几秒钟，等海洛因全部溶化以后，从第一个瓶子里加了 1 毫升的溶液进试管，一边加溶液一边摇晃试管，这时一种鲜艳美丽的紫罗兰色慢慢地从试管里显现了出来，张彬等了两三分钟以后，见紫罗兰色越来越纯净。就从第 2 个瓶子里又加了 1 毫升的溶液进去并慢慢地摇晃试管，只见试管慢慢变热，试管口已经开始冒出白气来。又等了两三分钟，一切全平静了下来。液体依旧静静地在试管中闪耀着美丽的紫罗兰色光芒。张彬从口袋中掏出一张比色卡，仔细地对照了一下试管中颜色后静静地说："不错，是纯度92%左右的海洛因，没问题，只要块块都是这样的话，我会向孙哥如实汇报。生意肯定没问题。大哥你放心。"

"我说过肯定没问题，全是双狮地球牌的原装货，没必要验的。不过你们验验也好，验了以后你们就放心了。我看你的验货的手法好老练啊！验过好多次了吧？"

"谢谢大哥夸奖，我也没验过几次。"

"你的手法真是又快又好！不过验货的方法和道上的也不太一样，这是从哪里学来的？"说完以后沈红义死死地盯着张彬看。

张彬早有准备，笑着回答说："大哥就是大哥，门儿清，什么也瞒不住你。说实在的，我是科班出身，大学学的分析化学，所以手法和道上的不太一样。不过我的方法可比道上一般的强得多。"

"是吗？看不出来你还是个大学生，做这个真是有点大材小用啊！"

"哪里的话，我也是给我们老板跑跑腿，混口饭吃，哪像你做大哥的！"

"听口音，你不是香港的，怎么到'合盛堂'做起这个来了？"

"我不是香港本地人，我是湖南人，大学毕业以后分到一家药厂搞化验。我们厂也生产点吗啡杜冷丁什么的做药用。我是做化验确保质量的。后来帮朋友从厂里拿了点药，给判了几年。在里边认识的道上兄弟多了，出来以后，'合盛堂'就找到我，让我帮他们做技师生产K粉。前段时间，广东的厂被公安端了。我命大，跑了出来。老板就让我到DL来，一是验验货，二来避避风头。"

燕子说："小兄弟在哪里坐的牢啊？坐了几年啊？"

"郴州，坐了3年半，表现好，提前半年出来的。"

"照你这么说，你原来和你孙老板不认识喽？"

"只见过面，可以说不认识。"

"那你孙老板怎么这么信任你？让你来做验货这样的大事？"

"那也没什么，一是我原来的大哥和孙大哥是兄弟，他们好像有一个共同的大老板。二是孙大哥这里没人会验货。所以我们大老板派我过来帮孙大哥验货。我们做兄弟的，只管听老板的话，老板叫我干啥，我就干啥。大老板叫我来帮孙大哥验货是看得起我，我当然要好好做，让大老板放心。"

"想不到兄弟你小小年纪，就混到大老板那里去了，你大老板还派你验货，事实上是来做监督的吧？哈哈，年轻人啊，真是前途无量！"

"沈老板你可不能这么说，让孙老板听见了，还有小弟我混的吗？我做小兄弟的全靠各位大哥照顾，赏口饭吃。我没本事也做不了大哥，咱们还是靠手艺吃饭。给你们做大哥的跑跑腿！"

"看把你吓的，我也没说告诉你孙老板。你还是好好验你的货吧，不耽误你了。我现在就走了，有什么事你尽管和燕子说。OK！"

# 十八

沈红义出来以后对燕子说:“你看怎么样?”

“不错，看样子还行。不过我们是不是让那个公安内部眼线查查，在郴州监狱里头是不是有这么个人?”

沈红义想了一会说:“不是不想让他查。现在死了个条子，警察也不是吃干饭的，一定会怀疑内部出了问题。现在再让他干这事，可能会出乱子的。要知道他可是我们的最后保险和手中王牌，我们还要指望他干大事！这次不是他帮忙，我们早就完了。他要留着以后派大用场的。但是这个人也不能不查。我去找香港那边渠道查这个事。你要看紧他，不要让他接触我们其他人，我们还是要小心点。你和猛强在这里看住他，轮流日夜盯紧。每天你给他送吃的进去，不要让他见除了你俩以外的任何人，到时候你蒙着他的脸把他带到车厢里……我安排交易地点去了。”

燕子见沈红义走了，就踱到猛强身边，用身子一蹭猛强说:“兄弟，你老对着监视器，看着那个男人干什么?也不多看看旁边的人！”

猛强红着脸说:“嫂子，看你说的！刚才沈哥不是才交代了吗?让我们日夜盯紧那人。”

燕子头一歪媚笑着说:“兄弟，你就那么听你沈哥说的话呀！那你打算怎么盯啊?”

“嫂子，沈哥的意思，我想是让咱们轮流盯着吧。嫂子，我看你还是多休息休息，我多盯着点，等我实在要睡了，我再去叫你换我！好吗?”

燕子媚笑着抱住猛强的肩膀说:“好的！你那么体贴，哪像你沈哥那样对我呼来喝去的。嘿嘿，我知道你猛强是很强，不过人家还想知道你猛不猛嘛！”

猛强急了，抓着燕子的手，把她推开说:“嫂子！你是我沈哥的人，怎么能这样?”

燕子狠狠地说:“放开我的手，要不然我就喊人了。”

猛强一个激灵，手足无措地立刻把抓住燕子的手松开了。

燕子边转身子边说:“行了，我不过是开个玩笑！我也算不上你嫂子！沈红义在香港可是有老婆孩子的！我算什么啊！”

猛强在后面连忙说:“我可一直把你当嫂子的！”

在这两天时间里，孙英杰度日如年，张彬一直没有任何消息。事实上孙英杰早就做好了安排，张彬说的话是事实，郴州监狱里确有其人，他甚至把监狱档案里那个人的照片和指纹全换成张彬本人的。而且他还特地给余光作了安排：只要内部任何人查问张彬这个人，他一定是内奸，一定是和贩毒分子有联系。

当天晚上，孙英杰就得到消息，香港警方通过国际刑警组织向郴州监狱查询了张彬的有关情况，郴州监狱把张彬的照片、指纹等材料发给了香港警方。孙英杰暗自庆幸自己早有准备，现在张彬安全了，但是发现内奸的计划却再次落空了。

他让小王陪着冠明，自己多次给沈红义打电话，结果沈红义的手机一直关机。同时他从国家安全局借来了6辆无线电侦察车和技术人员。通过无线电管理委员会对手机和通讯网络做了全面的布置，就等着和张彬通话，希望能够在通话时确定张彬和仓库的位置。

而胡副局长也亲自带着云南省武警总队的直属特警中队赶到了DL。做好了一切突击准备，只等孙英杰确定了毒品仓库的位置就准备行动。

到12日晚上，沈红义主动打来电话问款的情况。孙英杰一边大骂一边做手势，让小王确定手机的位置："你怎么了？手机怎么关机了？就这么切断我们之间的联系？你什么意思啊？是不是生意不想做了？！"

"五哥，你怎么能这么说我呢？我是对你放心的！验东西只不过是个手续。说实在的，咱兄弟俩谁和谁啊？用得着这样麻烦？这两天我正忙着想选个好地方换货，到时候我们好好聊聊啊。"

"我要和张彬说话，把电话给他好吗？"

"那不行啊。虽然我信得过五哥，但是规矩还是规矩，还是先让冠明和我通话吧。"

"凭什么要你的人先通话啊？我要和我的人说！"孙英杰为了有足够的时间确定沈红义和张彬的位置，有意拖延时间。

这时，小王把一个纸条子推到了孙英杰面前。纸条子上面写着："固话：×××××××。××宾馆××××房间。孙英杰皱着眉头看着这个条子说："对了，你在什么地方？电话里怎么有这么多的杂音和回音啊？"

"在仓库啊！可能信号不太好，我听得清楚啊，难道你听不清楚吗？"

孙英杰决定给他施加点压力就说："杂音太大，还有回音。怎么回事？我听不清啊。我挂了给你重新打，你等着。"说着他挂了电话，转过头来指着条子说："确定吗？"

小王点点头说："我们的人已经赶了过去，是在宾馆里，回声特别大，我总觉得这里边有点不对。"

孙英杰说："事实上是他让一个人在宾馆里把手机对着电话筒，再把电话的免提打开。让技侦人员确定一下在那个房间里还有别的手机信号吗？一定要确定那个房间里的手机通话人的位置。让技侦部门再继续努把力。"

"时间恐怕不够，无线侦察车还要10分钟左右才能赶到××宾馆。"

"我会尽量拖延时间的，你让无线侦察车不要开警笛，防止他们在宾馆外面有暗哨。"

"知道了，我现在通知他们。"说着电话又响了。孙英杰有意等了10几秒钟才接了电话："喂！喂！电话还是听不清楚啊。"

"就这条件了，虽然有回声，杂音也大了点，但是声音还是能听得清楚的。我在地下室里边，有屏蔽呢。”

“在地下室？有屏蔽？你把我当凯子啊！你有必要用电话转接的方法吗？既然信不过我们，还做什么生意呢？我看要不交易取消。现在你是在耍我，明白吗？”孙英杰决定加大施加的压力。

“这不是为了安全嘛，兄弟我在这里给你赔礼了。我也不瞒你，这种小手法是瞒不过五哥你的。但是生意还是生意嘛，不要伤了弟兄们的和气。”

“对啊！生意就是生意，我们不伤兄弟和气。你说得全对，要不我也用个电话转接的方法和你通话？我也是为了安全嘛。你等着哦，我也准备一下，你过一个小时再打来吧！”

“别，别。你大人有大量，我也是没办法。”

“你不直接打过来，我就取消交易。”孙英杰决定最后作一次努力，说着他挂了电话。

小王说：“他们快到了，下次通话就应该能够截听到信号。”

这时电话又响了，孙英杰说：“你还不想直接打给我吗？”

“我没办法，你应该知道我现在在仓库，我不可能在仓库直接和你通话，只能转接。你知道手机是能够被定位的，如果你一定要直接通话的话，生意只有不做了。我也没办法。你知道我的货是漏风的。只有安全第一。”

这时，小王急急地递过来个纸条子，上面写着：“他们换了固话。”

孙英杰一下就明白了，电话追踪失败了，沈红义用每个转接的固话和他通话的时间是不会超过几分钟的，他做了充分的准备，看样子全是白费功夫了，留下的时间不容许他用电话追踪。

孙英杰脸上挺严肃，两眼直直地看着手机，好像是在思考，又好像是在下决心。其实他是在心里数数，空气凝固了，谁也不知道孙英杰会冒出一句什么话来。当数到20的时候，孙英杰张嘴了：“好的，这次我就听你的安排，我来定交易的时间，你定交易的地点。”

“规矩是交易的时间和地点全由卖方定。五哥，你知道道上的规矩是不可能被打破的。”

“规矩是这样，我也不想打破，但是你们言而无信，一会儿一个主意，改来改去的。我们不陪你们这帮大爷玩了，你们他妈的自已去玩吧。”

“何必呢！五哥，364个头已经磕下来了，也不差这一哆嗦了。小弟我在这里给你赔礼。我也没办法，说到底，我也是为了五哥你的安全。张彬就在我边上，要不你先和他说几句。先听听货验得怎样？”

“你的货验得怎样？”张彬听到这个声音，一下就明白了孙英杰准备在交易现场发起突击，但是他希望在仓库发起突击。他想了想说：“老板，货我验过了，没问题。现在我就在地下室，和货在一起。地下室只有一个大铁门，铁门是我在里边锁上的。我吃喝拉撒睡全在地下室，地下室也只有我一个人，吃的东西是燕子小姐亲自给我送下来。我时刻和我验过的货在一起。就是上卫生间也能看见货。老板您放心，我验过的货，他们掉不了包。”

孙英杰一听就明白了张彬想在仓库发起突击，他机警地传回了准确的仓库内部情况，那绝对是发起突击的最好地点啊！但是我不知道仓库的位置啊。“你在哪里？货真的没问题？这可是 800 万啊？你明白吗？”

张彬回答说：“大哥，货如果有问题的话，你杀了我都行。”

“那好，你再辛苦一天，把货给我看紧点，明天我们交易现场见。你把电话给你沈哥。”转而换了个口气装作吃了定心丸说：“老弟啊，谢谢你想得周到，我这下放心了，只要货好，我们就是兄弟。这样，你也和你的人说说，你看我就信得过你，你的人就在我楼下，我下去找他，等等啊。”说着孙英杰下了楼，把电话给了冠明。

“冠明，东西看得怎样啊？”

“老板，没问题，虽然是一水的旧货，但东西全是真的。孙哥他们也很照顾我。他们让我一个人和东西在地下室的一个房间里。我和东西一分钟也没分开过，你就放心吧。”

“地下室有没有其他的门，地下室的门你能不能从里边锁上？你验过的东西他们能不能换掉？”

“地下室就一个门，四周墙和天棚我全检查过，没暗门。唯一的门我锁上了，就平时他们给我送吃的才打开，上厕所的时候我也能看见东西。”

“那就行，你把电话给他们吧。”沈红义也打哈哈：“那样我们算是验收过了，到时候一手交货一手交钱就行了。快得很啊。”

“明天还是按过去说好的我们互相抽查 10%，这样稳当点，也不在乎那么点时间。”

“你啊你！兄弟我就信得过你！你就那么信不过我？算了，就按你五哥说的，现场抽查！我们明天下午 1 点见，地点等我安排一下再告诉你。”

# 十九

12 号上午 10 点，当沈红义确认了 DL 市警察全部没有行动准备以后，就打电话通知孙英杰在 DL 市往昆明高速公路的 20 公里 +600 米处交货，交货时间为下午 1 点。孙英杰一听就明白这不可能是交货地点，他们到时候一定会临时更换交易地点。

但是他还是和胡副局长以及特警大队的王大队用 Google Earth 仔细地观察了那里的地形。并准备了个初步的包围方案，并让王大队派人化装勘察地形去了。

孙英杰对王大队说：“果然他们采用了野外交易的方法，但他们现在说的交易地点是在城的东边。那真实的交易地点肯定不会在城东。他们一定会派人在那里放哨，你们去人一定要注意适度，要让他们看见我们去勘查了交易地点，但不能让他们认为是警察。”

“要不我们就稍微勘查一下？不让他们发现？”

“不，沈红义很狡猾，他知道我们一定会去勘查交易现场。如果我们不勘查交易现场的话，他肯定不相信。所以一定要大张旗鼓地去勘查，不怕他发现。但是不要做得看上去很专业。但是勘查的结果却要求是专业的。明白我的意思了？”

“明白了，肯定没问题。”

下午1点，孙英杰准备了3辆车，一前一后两辆帕杰罗，中间夹着一辆重庆五十铃的厢式货车，小王陪着冠明押着800万美元的巨款坐在那黑咕隆咚的重庆五十铃的车厢里，准点带人来到了DL市往昆明高速公路的20公里+600米处。

事实上孙英杰根本就没有安排特警大队的人跟去现场，而是在DL市内做好了接应的准备，特警大队在几个出城的地方全准备了一辆汽车，时刻准备去真正的交易现场勘查地形，而主力全在12辆带篷的货车或中巴上，分成了5组，4组准备用来包围交易现场，1组做机动。

这时，沈红义来了电话；“五哥啊，不好意思。交易地点改在了DL的贡山公路23公里+600米右手边的岔路口，拐进去后走500米，地点就是那里，很好找的，时间就定在下午2点钟，你看怎么样？”

“哦，交易的时间地点你说改就改啊。而且一个小时就要我跑60公里的路，还要横穿DL城，先不说我同不同意，就是我同意，时间也来不及啊。我看你是在耍我，交易我们不做了。要做就在这里做，反正时间地点也全是你定的。我也没违反道上的规矩。”

“当然是五哥你说得对，但是临时改交易的时间地点也是道上常有的事。也不是我玩什么新花样。我看五哥大人不记小人过，还是到那里去吧？”

“我不去！我只在这里做交易，去那里我觉得不安全！”

“怎么会不安全呢，你还信不过我？怕我黑吃黑？大哥，我打开天窗说亮话，你有‘合盛堂’做后台，我现在是孤家寡人一个。只有我怕你黑吃黑，你能怕我？”

“我虽然不怕你，但是小心驶得万年船，我要先看交易现场这不为过吧！你让我一个小时赶到那里去，摆明是不让我看现场嘛！”

“我怎么不让你看了？你现在就能来看现场啊！”

“废话，你知道我的人全在这里，我有本事飞过去看现场啊？我的人赶到那里就要一个小时，那时候就是交易时间了，我还看个屁现场啊。”

“那五哥你看怎么办呢？我只在这里等你啊。”

“好，我最后听你一次，下午3点交易，我现在派人去看现场。但是这是最后一次交易的机会了，你要是还变的话，大不了不做！我的话你听明白了？”

“好，这次我不会变了，我在那里等你，到时候我们不见不散。”

一个小时以后，勘查现场的报告来了，交易地点的边上有座孤立的小山，如果在山顶设个岗哨的话，方圆10公里的范围全在眼前。而且勘查现场的人也发现了山顶的对方岗哨，他们也发现了我们，双方互相应该都认出了对方。但是那个位置的包围圈极难在对方不知情的情况下建立。

孙英杰和王大队对着地图查看了以后，孙英杰说："这应该就是真正的交易地点。我们现在只有扩大包围的范围。你先派两个组3辆车，半个小时之内通过交易地点，到小路前边去埋伏，埋伏地点距离交易地点在10公里左右，后两组在大路上，一前一后在3点钟准点到达离那个拐弯的路口也要10公里左右，而机动组在3点准点通过那个路口。如果到时候交易推迟的话，前面3个组全部往前开，不要停，而机动组要继续向前开，千万不要停车。"

"虽然我们这次包围圈很大，但是情况不复杂，现场只有2条路，3个出口。我们把路口堵上，只要他们进了包围圈就出不来了。"

"我将尽快地完成交易，交易完成后，等他们一离开现场，你们就向内推进，从3个方向像把老虎钳一样压下去，我们山顶的观察哨将确定他们离开的方向后，侍机抓捕他们的观察哨。"

安排完后孙英杰说："胡局长、王大队，现在的全盘指挥就靠你们了。我现在就去现场了，有事电话联系。"

事实上，猛强这两天一直躲在仓库的一个小房间里，通过暗藏在灯具中的摄像机监视着张彬，而沈红义为了保险起见，也一直有意不让张彬接触他团伙中除了他和燕子以外的其他主要成员。张彬的吃喝全是燕子送到房间里去的。

当天中午，燕子让张彬一个人坐在那辆东风小康密不透风的货车箱里，就让猛强带队去交易了。自己赶去和沈红义会合并一同遥控交易的过程。

沈红义在DL往昆明高速公路的20公里+600米处早就安排了两辆车，他们跟踪着孙英杰他们一直开到了DL市，也没有发现孙英杰他们还有别的什么车辆和其他异常情况。沈红义再次和DL市公安局的内线确认了DL市公安局没有特别的行动准备，就让猛强开向了DL往贡山公路的23公里+600米的交易地点。

这时燕子收到了香港打来的电话，说那部iPhone手机密码已经被破译。最后一个电话是2010年9月21日下午2点多打给138××××××8。通话时间是15秒。燕子立即对沈红义说："沈哥，那部手机果然有问题。猛强说得没错。那个是孟丽打出去的电话，打了12秒。"

"你现在就用个新手机按这个电话打过去，装着打错了电话，看看是谁接的电话。注意声音伪装点。"

下午3点时，孙英杰在交易地点接到山顶观察哨的报告说："有3辆车，一大两小，正通过那个拐弯的路口开过来。"小王紧张地对孙英杰说："孙总，是他们了。"

"那不过是来探路的，正主应该在后面。我们内紧外松，千万不要轻举妄动。给他们发现什么异常。”

正说着，那3辆车慢慢地开了过来。最后停了下来。然后下来个司机，撒了泡尿，转了一圈后走了。

孙英杰：“全体注意了，下次应该是来真的了。”

说着，山顶瞭望哨报告说：“好像又有3辆车在集中，准备要开过来。”

这时孙英杰的电话响了，高度紧张的他看都没看号码就接了电话说：“喂，谁？什么事？”

过了一会儿一个女声说：“你是哪位？我找吴小惠。”

“不是，你打错了。”

“没错啊。你的号码是139×××××××8吗？”

“不是！”说着孙英杰随手就挂了电话。

孙英杰没想到这个电话是燕子打来的。无意中他暴露了自己的声音。

燕子挂了电话，马上就对沈红义大叫：“不好！是孙英杰！原来孙英杰是国安的人啊？这可怎么办？”

沈红义颤抖着手拨通了猛强的电话：“不要停车，慢慢地开过去。交易取消了。猛强，你听清楚了吗？”

“听清楚了，交易取消了。”

“你在什么地方，快说？”

“我刚拐过那个弯，现在能看得见他们了。”

“好，你慢慢开过去，不要掉头，保持正常速度。千万要镇定。我告诉你，他们是公安。你一个人知道就行了。电话不要挂，就这样开着！现在全看你的了。一定要镇静，他们会认为你还是我们试探的车，真正的车还在后面。会让你过去的，现在就看你的了！你一过去，我就给他们打电话，换交易地点。”

这时，孙英杰正在紧密部署中：“注意，他们来了。包围组行动。”

结果他眼看着这3辆车又慢慢地开了过去，这时电话响了。

“五弟啊！你到了，是吗？”

“是的，我准时到地方了，你准备什么时候到啊？是不是又准备放我们鸽子呢？”

“嘿！我怎么会放你鸽子呢，你看刚才不是过去3辆车吗？那不是试试路吗？五弟，你听我说！你过来市内的红星汽车修理厂。就在东一环。你要不了一个小时就过来了！”

“不去！我就在这里交易，要不交易就取消！”

“哎！五弟啊！这不好吧？虽然三哥对不住你！让你多跑了不少冤枉路。但是小心没坏处！我就是这么谨慎，还不是照样给大陆公安修理得灰头土脸的。你就过来吧，就算给小弟我一个面子。”

“不行，那个地方我是不会去的！打开天窗说亮话，我哪知道你在那个汽车修理厂里埋伏了多少人？你要交易，就到这里来，反正你也派了人探过路了。”

“我过去，和你过来，不是一样吗？”

“不一样，这里我没埋伏。这个地点是你选的。山上早就有你的人了，你以为我不知道啊！我有没有埋伏，你可以问山上你自己的人。你到这里来是安全的。”

“我过去，不是不行！那你就等我一个小时？”

“一个小时，做梦！现在是 15：10，最多给你半个小时！”

“半个小时？我赶不过来！我还要准备一下。路上还要半个多小时呢！16:00 点，我准时到！”

“猛强，你现在回仓库，路上把那个公安交给燕子。其他什么都不要管，走小路，加快速度。车上那个人注意看好了。还有那个公安只认识我和燕子，他不知道仓库的具体位置？对吗？”

“是的！那个人要问怎么不交易的话？我怎么回答？”

“你不要回答，把他关在车厢里，不要理睬他。刚才我和公安的通话，你全听见了。我等你回到仓库再想办法。一定不要让车上的公安看见其他我们的人。”

“要不我做了他？”

“不行，冠明还在他们手中，他知道得太多，我只有用那个公安和他们换！你明白了吗？你什么也不要做，我会有办法的。”

沈红义白着脸问：“燕子，你看怎么办？冠明还在他们手中，他知道得太多，不把他救出来，我们就完了！”

“我们手上不也有个公安吗？我们换人？”

“换人？你太天真了，公安不会的。你得让我好好想想。”

“老板，我们现在是不是马上跑路？”

“跑什么跑！现在就要跑了？你胆也忒小了！为什么要跑？如果公安要抓我们早就抓了。他们要的是货！他们根本没证据。我们的美国护照还会罩着我们的。”

沈红义点了支高希霸雪茄慢慢地坐到了沙发上，闭上了双眼！浓烈的雪茄烟雾慢慢地让他镇静了下来。过了 10 分钟的样子。他说：“我想好了！我们去找猛强。我们亲自去把冠明换回来！”

“你不是说我们不去交易现场吗？”

“我们又不做交易。我们不带货去，怕什么怕？”

“你不是说他们是国安吗？我怕！”

“怕什么怕！国安也是人！我都不怕，你还怕什么怕！没事，跟着大哥我，保险你错不了！”

16：00 点，沈红义开着他的奥迪 A6，带着张彬和许燕来到了交易现场。见到孙英杰就说：“五弟啊！我是来向你负荆请罪来了。”

“三哥，那倒没必要。只要我们交易做好就行。货呢？张彬，我不是说过让你人货不分离吗？”

“老板，沈老板要我离开货的，他说直接带我过来，其他的我不知道。他们一点都不讲信用。我们不要和他们交易了。”

沈红义不好意思地咳了两声说：“老弟啊！不是我不讲信用。你听我说，我这也是没办法啊！”

孙英杰涨红了脸把手一挥说：“你没办法。我看你耍我很有办法啊！要知道你耍我耍到现在。好了，你耍我耍完了吗？要不要继续耍下去？”

“五弟啊，我怎么会耍你呢！天地良心，如果我有意耍你，天打五雷轰。”

“你没耍我！是吗？好啊！我的钱就在这里，你现在就可以看。你今天不把货交出来，我看你就走不了了。”

沈红义掏了支高希霸雪茄出来，亲手把外包装剥了递给孙英杰说：“来，抽支雪茄，消消气。我给你慢慢说。”

孙英杰手一抬把烟挡住了说：“我不抽你的雪茄！要抽我有的是。我现在要货，你明白吗？”

“说实在的。今天的事是我不对。全是我的错。今天我一家老小的命差点全没了。我也没办法啊！要怪就怪我无能！我手下有人吃里扒外！他们把我准备和你交易的事告诉了我老大。下午时我们老大把我老婆孩子，还有验款的冠明的老婆孩子全请去喝茶了！那哪是喝茶，明明是做人质嘛，然后给我打电话，问我的货现在在哪里？安全吗？要不要派人来接什么的。我只好先糊弄过去再说。当时我的货都已经上了路。这个你可以问张彬。”

孙英杰看了一眼张彬。张彬说：“是的，下午 1 点不到，许小姐让我上了辆东风小康的车厢，当时我看着货上了车，箱子上我全做了标记。他们没换货。车厢是全密封的，我看不见外面。走走停停大概走了 2 个多小时。3 点多时，在东环那边，沈老板要我下车，换坐这辆车。当时我就问，不是说好的我和验过的货不分开吗？现在怎么要分开？沈老板要我不要管，他来向你解释。那个装货的车就开走了。大哥我们不能就这样被他们耍了啊！”

孙英杰掉过头对沈红义说：“听见了吗？我小兄弟都说了你在耍我们？你说现在你准备怎么办吧？”

“五弟！是你三哥对不起你。你说要我怎么办吧？三刀六洞我认了。你总不能让我不要一家老小的命吧？现在只有这个办法了，我们暂时不交易，我不离开这里，冠明明天就回香港，把我和他一家老小全安排好，我们再交易。为了表示我的诚意，下次交易的价格我给你打个折扣，按 9000 元 / 公斤算，你看怎样？”

孙英杰一把抓住沈红义的领子说：“你老大知道你吃里扒外和我们‘合盛堂’交易了？那样你还能活到现在？你以后还想和我交易？在做梦吧？”

沈红义把孙英杰的手轻轻地推开，把手上的高希霸雪茄点燃，慢慢地说：“这你就不要管了，这是我的事。强龙不压地头蛇。老 K 不错是过江龙，但我这地头蛇也不怕他，反正迟早他们也会知道的。但是要知道现在货在我手上！只要货还在我手上我就死不了。他们老K现在能奈我何？还不是客客气气的撕不开脸！我告诉你，我现在是王八吃秤砣铁了心了，我是没有退路了。我就是现在把货交给我老大恐怕也没我的活路了。我和老K现在只有鱼死网破了！你放心，最多十天半月的，等我把事情处理干净了，我就和你交易！”

“等你把事情处理干净了？你能处理得了吗？你不把货交出去，你老大能把你家里人给放了？你就是把货交给你老大，你老大行行好大概也就是把你家人给放了。反正我看你是死定了！死人还怎么跟我交易？”

“那你要我怎么办？我不管家里人死活，现在就和你交易？老弟，你没有这么狠心吧！这一点我还是看得出来的。兄弟你还是重兄弟情分的。你放心。我就是死了，也不会把货交出去。货不管是交给你们‘合盛堂’，还是我们老K，只要货不在我手上了，我和我家人命也就没了，货我是绝对不会交的。这一点我比你清楚。只要货还在我手上，我和我家里人全不会死。事情就可能有转机。”

“转机？怎么转机？”

“我答应我老大了，我把货交给老大，让他们这两天派人来接货。他们说明天派人过来。我想他们过来接货大概还要一周时间，这中间冠明带人去香港，我明天就能查到我们老大把我和冠明的家人藏在哪里，然后动手把人给救出来。只要那边一动手，我就把门户清理干净了，然后就和你交易，你看怎样？”

“那我问你，人没救出来怎么办？”

沈红义幽幽地说：“我反正不会把货交给我老大的！我只有继续和你交易！我总要试一试的。虽然很难，但我只有尽人力，听天命了！其他的我也没有办法。”

孙英杰拍了拍沈红义肩膀说：“虽然很同情你，我也不说什么了。现在你只有想开点。留得青山在，不怕没柴烧，我还得和我老板说一声。”

孙英杰掉头走到那辆重庆五十铃的厢式货车后面，掏出手机正要给胡副局长打电话，心里忽然一动，连忙看了一下那个无缘无故打错了电话的号码。然后打通胡副局长的电话说：“我是老孙，胡副局长，你赶快安排无线电管理局的人查一下这个号码是不是关机，用了多长时间，我等着。”

5分钟不到电话回来了，那个号码是第一次使用，现在已经关机了。这很清楚地表明是孟丽的手机密码被他们破译了。他们用这个号码试探了一下，结果是一不小心给他们听出了我的声音，现在他们很清楚我们是公安。但是沈红义为什么还要过来和我说这些呢？原因也很清楚：冠明对他们太重要了，一定不能让他落在我们手中。现在怎么办？是不是把他们3个全抓起来？现在是法制社会，已经不存在什么收审等强制手段了，一切都要讲究证据。而且这个沈红义还是所谓的外籍人士。哼，我想冠明不一定有美国护照，是把他们抓起来呢？还是便宜他们暂时把他们放了？想到这里，孙英杰掏出手机给胡副局长打电话，原原本本地汇报了全部发生的情况，最后说：“胡局长，事情就这样，你看现在我们怎么办？”

“你说呢？”

“有两种选择，一种是现在就把他们抓起来，一种就是让他们走。”

“抓他们证据够吗？”

“几乎没有什么证据，顶多也就拘留他们48小时，我们只有在48小时内让他们开口。”

“48小时，你认为他们会开口吗？我看就是48天他们也是不会开口的。必须把这个案子办成铁案。我们要依法办案，有证据是可以定案的，但是没有证据，光有口供是不行的，况且我们口供也不一定会有。没有证据就不能批捕，这是原则问题。我们决不能做有法不依、野蛮办案的事。那虽然能够解决一时的问题，但是带来的恶劣后果是无穷无尽的。我们国家吃这样的亏还少吗？现在只有让他们走。你注意了，让他们感觉我们不知道，认为我们还是继续和他们交易，我马上安排人跟踪他们。现在只有寄希望他们在高兴之余露出破绽了。”

“我明白了，你安排吧，大概5分钟后，他们就会离开这里。”

沈红义看见孙英杰走了回来连忙说：“怎么样？你们老大怎么说？”

“你想还能怎么说！我们‘合盛堂’是讲义气的，这件事就这么算了。我们老大本还想帮你解决你的问题，但是我们‘合盛堂’和老K都是好兄弟，也不能插手你们老K内部的家务事，所以只有祝你好运了。但是我早就有话在先，只要我的款到了国内，就是开弓没有回头箭了。现在我的款在这里，你的货不管怎么说总是出了问题的。所以交易的价格就按你刚才说的9000美元/公斤。其中500美元差价是兄弟我的辛苦费。你看怎样？”

“谢谢五弟帮我在你们老板面前美言。但是刚才我说9000美元/公斤的意思是不包括你的500美元的份子钱。原来说好的10000美元中有你500美元的。现在我算认错，降了500美元。你一下子就让我降1000美元，太多了点吧？”

“那你的意思到底是让我重新和老板说价格是9500美元，还是干脆就是不想给我那500美元了？”

沈红义看了看孙英杰，咬了咬牙说：“五弟，你那500美元我绝对认。但是你一下子就让我少了80万美金啊。能不能再通融点？”

“怎么通融？那80万美金，咱俩二一添作五，每人私吞40万美元？笑话，你要明白，出问题的是你不是我！哼，这次我让你走就是够兄弟义气的了，还想怎样？一毛不拔？可能吗？”

“好，老哥我这次认栽了！就按你说的办。9000美元/公斤，其中还有你500美元。”

“冠明，我们走。”

“恕不远送！祝你这次一切顺利，家宅平安。”

当天晚上，胡局长亲自召集了孙英杰小组的全体人员开会，会上首先是王大队汇报："下午3点钟，沈红义他们3人离开现场后，直接去了机场，然后坐飞机离开了DL去深圳，现在正准备通关去香港，这是抓捕的最后机会了。是不是让他们走？"

孙英杰说："让他们走。只要货还在DL，他们还要回来的。我们的较量还没有完。你们知道为什么邪不压正？就是因为他们老是要犯罪，他们能逃过一次罪行，但是他们不可能次次都能逃脱。"

"胡局长，这件事的责任纯粹在我个人，当时他们打电话过来时，如果我的反应快一点的话，是能够掩饰好自己的声音的。如果那样的话，沈红义就会继续交易下去。那样案子就已经破了。哪里需要像现在这样从头来过！在这个案子上我犯了不止一次轻敌的错误，而且过于麻痹大意把案子搞砸了。我无颜以对孟丽的在天之灵。我请求组织给我严厉的处分！"

胡局长严肃地说："处分不是目的。这可能暂时会让你心里好受些，但无法解脱你内心的痛苦。只有振作起来，牢记自己的职责，把案子破了，把案犯尽快捉拿归案。你的心灵才能得到真正的慰藉，你才能不辜负组织对你的信任，你才有资格去面对孟丽同志的英灵！"

"张彬，你对他们的仓库地址有印象吗？"

"我进出仓库的时候头上一直蒙着布，所以仓库的外面我一点也没看见。事实上从上了那辆厢式车的车厢开始，我就在心里数数记时间，开了多长时间，拐了什么弯，停了多长时间等都记得很清楚，但我今天下午从那家超市开始，做了多次的试验。全失败了，我没找到仓库。"

胡局长感兴趣地问："你怎么做的实验？"

"我把自己的头蒙上，让其他同志开车，我告诉他以什么速度开，开多长时间，然后哪里拐弯等等，开了半个小时。我估计主要是速度控制得不好，这要怪我，当时，我对时间、方向是有把握的，速度的把握就差了，所以我找不到那个仓库的地方了，更不用说我根本就没见到仓库的外观，这个实验有很大的盲目性。"

"案犯呢？你见过他们几个人？"

"就沈红义和燕子他们两个。这两天全是燕子给我送的饭，其他人全都没在我眼前出现过，他们十分的谨慎。"

胡副局长想了想说："好吧！那我来总结一下这几个月来工作的进展。总的来说，瑕不掩瑜。成绩是主要的，教训也是深刻的。错误和成绩可以讲是三七开。成绩很显著：一是发现并抓捕了那个飞行员郭华，成功地堵上了一条毒品进入我国的大通道；二是在深圳截获了这个贩毒集团运输的350多公斤的海洛因，堵住了这个贩毒集团的货运通道和出国通道；三是现在贩毒集团内部在我们强大的压力下，已经开始自相残杀，争相逃亡，他们现在已经没有精力来进行下一步的贩毒活动了。我对你们在这半年来的工作进展总体上是满意的。但是正如孙英杰同志所说的那样，教训也是深刻的，我们失去了孟丽和夏玉斌这两位好同志，而且我们没有抓住这个贩毒集团的主要犯罪头目，也没有起获还在贩毒集团手中的另外800公斤的海洛因，我们公安内部的内奸也还没有查获。从这三点看，我们的工作效果要大打折扣。当然，出了问题我要负领导责任，而孙英杰同志也要认真反思自己工作中的失误，认真吸取教训，做到不急不躁，继续努力完成这个艰巨任务。”

“我同意刚才孙英杰同志分析的情况，只要货还在DL，他们是还要回来的。人为财死，鸟为食亡。这对犯罪分子来说是致命的诱惑，你们一定要吸取教训，争取在未来的工作中把前面的遗憾给弥补上。同时，我还要再次强调：我们一定要做到依法办案，案子一定要做到板上钉钉。谁也不能做超出法律范围允许的事！这个案子是我们缉毒局试点的第一个秘密行动案例！我要求所有的行动全都经得起法律和时间的考验！这就是我们放沈红义他们走的原因，因为我们证据不足。”

“现在第一步是安排DL市公安局严防死守，上路严密布卡，坚决不能让贩毒分子把毒品运出DL市，这是下一步工作成功的必要条件。其他的侦破工作继续由孙英杰同志负责。下面我们请孙英杰同志谈谈下一步工作打算。”

“好的，我汇报一下我下一步的侦破方向！那台车在DL使用了一年多，应该有更多的内容可以挖。虽然我们过去已经查清楚了，车子虽是贩毒团伙冒名购买的，但是贩毒团伙一直在使用，那天在丽锦酒店门口是突发事件，我看有可能那台车就是凶手日常常开的。就算不是常常开也肯定一直在凶手的身边。所以我决定以这台车为突破口，检查全部的录像，看那部车经常走什么路？经常去什么地方？经常停在哪里？我们现在结合这辆车和录像，一定能把凶手给找出来！我一会儿通知DL警方，让他们动员所有的力量，包括各警种、派出所、保安、门卫还有居委会老大妈等，我们这次来个人民战争，一定要找到那部车的平时停放地点。那附近一定有他们的一个窝点，而且还一定是犯罪分子藏身的地方！”

# 第三部
# 背叛

由于DL市公安局的内线通知沈红义，公安局已经掌握了猛强的线索，沈红义决定以猛强为诱饵，引开公安局的注意，明修栈道，暗度陈仓，偷偷地把毒品运出DL。猛强在做诱饵的过程中出生入死进入可可西里，在严酷的自然环境下和公安局的线人田静发生了绝望而凄美的爱情。

# 二十

沈红义这两天在香港像热锅上的蚂蚁一样坐卧不安，老K的大佬们要他交出他手上剩余的800公斤海洛因，但是他从内心中根本不打算交出去。虽然交出去这笔巨大的财富他就安全了，他也不再需要面对大陆安全部门和公安的联合围剿。但是那样他就再也没有发横财的机会了。老话说得好：马无夜草不肥，人无横财不富。现在对大陆公安来说他已经在明处了，他还敢回去吗?

燕子给了他一个电话说："老板！不好了！大陆公安开始查那辆北京吉普，就是猛强开到丽锦酒店的那辆。"

"问题不大啊！那辆车不是不在我们名下吗？让公安去查好了！"

"不是的啊！现在公安知道不是在我们名下了。他们不查这个，他们要查这辆车平时在哪些地方开，平时都去哪里，晚上又停在什么地方。现在动员了所有的人在看全部的监控录像，还让所有的小区保安、停车场、居委会的老大妈们找这辆车的下落。那样的话，我估计猛强这个礼拜就会给公安找到了。是不是现在让猛强离开DL？他也要躲一躲啊！"

沈红义心中电光石火般产生了一个念头，他说："铁路上的事情，你有把握吗？"

"你是说那个人啊，现在有七八成把握。"

"好的，现在这个事你暂时不要告诉猛强！还有，你做好准备，随时准备和我回DL，等我考虑清楚再说。"

"回DL？你不要命了啊！现在公安知道我们是谁是干什么的了！你还敢回去？你不怕被大陆公安抓啊？我是再也不敢回去了！"

"你啊，还真是笨！不怪大家说女人胸大无脑！你想想，大陆公安要抓我们的话，我们根本就离不开DL。他们没有证据，要知道我们是美国人，美国护照就是我们的护身符，公安怕闹出国际影响来，他们没有证据才没敢抓我们。只要我们不给他们留下证据，我们就是安全的。这次回DL，我决定了，我们俩绝对不和货在一起，那样就没问题了。你放心吧！难道你不惦记着那800公斤的货？值上亿的美元啊！现在你就收拾东西到我这里来，我们好好商量一下！"

沈红义随手点上了一支高希霸雪茄，望着那红红的烟头出神地思考起来。过了几分钟，他用力摁灭了手中的雪茄，打了个电话："老胡啊，你的那个大副怎么样了？"

"没问题，已经说好了，就说是带人偷渡。他现在每个月上班轮，航程时间23天。一般是很准时的，最多也就差一两天。"

"好的，我知道了，你给我看好了这条线。"

一个罪恶的计划现在已经在他的头脑中生成了。

然后他给冠明打了电话，不过当天他的最后一个电话是打给猛强的。随后他带着燕子偷渡回了大陆！

# 二十一

雄当村是独龙江流域最北面一个通公路的村子，位于云南西北角的贡山独龙族怒族自治县境内，村子不大，只有十几户人家。这天早上，猛强带着几个人坐在村里一栋木楼的二楼上面说话。木楼坐落在一个山坡上，长短不一的几根原木正好把楼面支得平平的。楼下养着几只鸡和两头猪。一根原木上面被砍了几个豁口，正好作为一个楼梯架在那里。猛强歪着头默默地看着面前的这几个人，他知道他们全是年轻人，体力还不错，但没有一点野外运动经验。他发愁如何带着这帮菜鸟用 7 天时间穿过那片无人区。这时，一个姑娘兴致勃勃地说道："强哥，你怎么对这里这么熟啊！过几天我们去山里吗？山里好玩吗？"

"哈哈，这里是我老家。来来来，我给你们大家好好介绍一下我们这个地方。这儿叫贡山独龙族怒族自治县，往北几十公里就是西藏了，往西不到 10 多公里就是缅甸的江心坡！我们这个雄当村在网上可是大大有名啊。要看独龙族纹面妇女，只能从这儿走。独龙江是中国户外猛驴[①]旅游的三大圣地啊——墨脱、独龙江、可可西里无人区。田静啊，我们这次从这里继续向北走，途经献九当、龙元、迪政当、南代，一直可以穿越至西藏察隅的察瓦龙，中国自由旅游者心目中两大最经典最困难的线路——徒步墨脱和独龙江大穿越。这是老板给大家免费旅游的机会啊，大家要好好感谢老板啊。整个时间大约需要 7 天。一路风光无限啊，你们可以看到完整的热带雨林一直到寒带针叶林的风光，你们能看到最湍急最清澈绝对没有污染的原生态河流独龙江。怎么样？心生向往吧？"

"有这么好吗？强哥不会骗我们大伙吧？"

猛强摇摇头笑着说："田静啊，你可是一点也不安静啊！我从来不骗大家，这次你们肯定可以看到此生从来没有看到过的美景。我想你们中间有人搞不好以后还会喜欢上这样的旅游呢！——我就喜欢这样的美景和这样自由自在的旅游方式。"

田静调皮地吐了吐舌头说："我名字有静，就喜欢安静啊？难道你名字叫猛强，就真那么猛，那么强？"

这时，大伙儿全哄笑起来说："强哥啊！田小姐说你不够猛不够强啊！哈哈！强哥你什么时候被田小姐发现你不够猛不够强的啊？我们大家怎么不知道啊？"

---

① 以旅游为职业或以旅游为生活主要内容的人被称为"猛驴"。

“看不出来啊！想不到田小姐那么重口味啊！竟然嫌我们猛大哥不够猛不够强啊！”

猛强红着脸瞟了一眼羞得满脸通红的田静，发现她也正在回瞟他，就听见那帮人在叫：“看看，大家快来看！快来瞧！他们还真对上眼了哦！”

猛强怕田静脸上挂不住，马上说道：“别看你们现在笑得欢，上路了，可有你们哭的时候！我们这次路上7天，中间有5天是在无人区，所有吃的、用的全部要靠你们自己背，平均每人每天要走10个小时的山路。我看你们第一天脚就会起泡！不要3天你们就全部两腿发硬，早上起不来了。”

“那我们吃什么，还有那么多东西呢？”

“怕了？不过也别担心，我这次找了最好最大的马帮，总共有12个人，10匹马。我们的货物由8匹马驮，另外2匹马，一匹驮帐篷和食品等公用东西。还有1匹备用，给那些走不动的人轮着骑。每匹马有一个马夫照料，剩下的两个马夫一个在前面开路，一个留在最后收容掉队的人。下午，我请了一帮独龙人表演剽牛舞，给大家壮壮行色！今天晚上，我们大家和马帮的人一起吃牛肉喝酒跳锅庄，大家吃好喝好！你们每个人自己找好合得来的马夫搭帮。从明天开始，你就要一直跟着他，不准离开他5米以外。找错了，别想换，也不要私下来和我提！没门儿，听明白了吗？”

“那，你猛强肯定是自己亲自带领田小姐喽。我们倒霉啊，只好让马夫带！谁让田小姐是女的，还那么年轻漂亮，只有交给我们猛大哥照顾才放心啊！”

一会儿就听到有人怪声怪气地说：“不放心！绝对的不放心！那怎么能放心啊？这不是把美羊羊送去给灰太狼照顾吗？”

猛强又好气又好笑地说：“我谁也不照顾！我是队长，是照顾你们大家的！”

田静也气鼓鼓地说：“我不要马夫照顾，也不要你照顾！谁也不要照顾我！我自己照顾自己！”

猛强忽然严肃起来，凶横地瞪起眼睛，逐个地从每个人脸上看去，他满意地发现他的手下全被他看得浑身发毛才说：“好了，大家不要扯淡了，现在听我说正事，你们把自己的东西全部放在这里，现在开始给家里打个电话，就说出去旅游，大概15天之内不会给家中打电话了。打完这个电话以后，手机全部上交给我，从今天开始不许个人单独行动，连上厕所也要两个人一起，谁不听话，不要怪我不客气！我是言之在先的。”

“现在，每个人来领自己的东西，每人1个登山包，里面有1双涉溪鞋、1双登山鞋、1个充气的防潮垫、1个睡袋、1个头灯、1件抓绒衣、1套冲锋衣、1副绑腿、1瓶驱蚊水、1瓶金施尔康多维生素片。自己检查一下少了啥物件没有。你们也可以自己带点内衣什么的，但是不许多带，那是你们自己背的，如果你们背不动，就看自己有没有本事让你马夫帮你们背了，所以从今晚开始你们就要和马夫搞好关系。”

“你不是说中间是无人区吗？那我们吃什么？住什么？”

“问得好！我们共同带有5顶帐篷，50米登山绳，30公斤主食，30公斤罐头。

我们总共20人，每人每天1公斤的主食，1公斤罐头，剩下的每样10公斤作预备。你们不要嫌多嫌重，到时候你们吃的会比你们自己想象的多得多。药品我也准备了不少，有治外伤的纱布绷带、云南白药和红药水、治拉肚子的黄连素、感冒药和消炎药也有。最重要的我还带了蛇药。还带了4部对讲机和太阳能充电器。前面开路的、后面收容的和我每人1部，还有1部备用。当然锅碗瓢盆和GPS也少不了的。”

猛强看见田静被吓得花容失色就说：“大家不要怕蛇，现在已经快冬天了，蛇基本上已经冬眠了，我们见到蛇的机会不多，但是蚂蟥肯定会碰上的，谁也逃不掉。所以我给大家每人准备了一副绑腿，到可能有蚂蟥的地方大家全部打上绑腿，蚂蟥就不容易钻得进来，大家就少被咬几口。如果被蚂蟥咬了，不能硬拉硬拽，那样蚂蟥会被拉断的，蚂蟥头断在血管里边再想弄出来就不容易了！记住要用香烟，最好是艾草烧着了烫，一烫，它们就会掉下来。如果你们给蚂蟥叮了，自己不会处理，也不要慌！就喊马夫，让他们帮你们处理，所以你们的马夫对你们是极端重要的。关于怎么处理你们和马夫的关系，我有个窍门，现在告诉你们，首先是今晚陪人家喝好酒，他们全是很实在的人，不少旅游者也请他们做向导，但是有的人不尊重他们，甚至还闹得很不愉快。这里的人特别爱喝酒，也能喝酒，所以好好陪他们喝酒，就是对他们最大的尊重。还有就是每天早上给人家100块钱的小费，不要一次给，要一天一天的给。没听明白的现在就问，以后问我也不会回答了。”

猛强看大家全不说话，就说：“好了，既然大家都不问，我就当大家全明白了，现在每人从登山包里掏出那副绑腿来，我来教大家怎么打绑腿！给我好好学！我也只在现在教，没学会的话以后也不要来找我了。”

当天下午，猛强在浑身漆黑的四蹄白色独龙牛身上披上血红的1米多宽、2米多长的独龙毯，在牛角上挂上五颜六色的珠串，然后由猛强和巫师牵着牛绕着这次所有要进独龙江的人和马以及马要驮的货物转了3圈。只见猛强跟着独龙族巫师边舞边唱：“天神啊！请保佑这里的人平安长寿，无祸无灾。天神啊！请保佑这里的马匹平安长寿，顺利归来。天神啊！请保佑这里的货物平安不坏，顺利到达。”然后猛强和巫师共同把牛牵向剽牛场，田静他们和马帮的人在后面跟着，四周的妇女们慢慢地敲响锣，小伙子们手举长刀跟了上来，他们围着牛边舞边唱。

等牛被牵到剽牛场时，两位穿着独龙族民族服装已喝得有几分醉意的剽牛手早在那里等待着了。手执长约两米削得锋利的尖利竹片——剽牛刀，正在那里跃跃欲试。这时，几乎整个寨子的人全来了，大家把猛强等人围在中间，有人还抬来了长鼓，在低沉而缓慢的鼓点声中，大家手拉着手跳起了剽牛舞，舞步先是缓慢而平和，随着时间的推移，鼓点变得越来越急速和高亢。所有的人围成了一个大圆圈，为剽牛手呐喊助威，田静也如痴如醉地学着独龙族的人做出驱赶野兽的舞蹈动作。在山呼海啸般的助威声中，鼓点如暴雨般的急促，人们的情绪也接近沸腾，两位40来岁的剽牛手用竹刀奋力地从牛的两肋向牛的腹部捅去，只一下就精准地捅到牛的心脏部位，牛当即倒地死去。

人群发出一阵胜利的欢呼，巫师走到牛头边，给牛的嘴里塞上一把青草，意思是告诉牛神，这头牛不是人杀的，而是误吃了青草毒死的，请不要责怪人类。接着他就把牛头割下来，献给了猛强。剽牛手把热气腾腾的牛血，涂在了田静等人和马夫们的额头上，连马匹和要驼的货物上也涂上了牛血。其他人便开始分肉，把牛肉砍成许多小块，按参加人数人均一份。

猛强知道，现在已经是初冬，基本上封山了。马帮在这个时节一般是不可能走这条道的。他自己也不愿意现在去走这条路，虽然他是当地人，他们是看在他死去的师傅面子上才走这条道的。他需要用这个独龙人最隆重的仪式来给他们加油打气。他也明白这应该是他最后一次行动了，现在不可能还会有毒品从国外进来，这几乎也是他金盆洗手的仪式。想到这里，猛强猛地把双手插入牛的身体里，用力掏出了牛心，跪倒在地，他用双手把牛心托过头顶，突然间，他怅然若失，他不知道他要献给谁，佛祖吗？可是他早就已经不信佛了。

当天晚上，大家找了块平地，开起了烧烤晚会，跳起了锅庄舞，5盏高高挂起的汽灯照得整个场地瓦亮瓦亮的。猛强的手下正在准备烧烤食物，而马帮的人在准备篝火，大家在一起说说笑笑，气氛很融洽。

等大家都准备得差不多了，猛强对他的队员们说："我来给大家介绍一下，这位是马帮的尼马队长，他明天负责开路，这位是马帮的队副，他负责断后。其他的兄弟们我就不一一介绍了，你们自己好好认识，明天每个人自己找一个投缘的马夫，如果打起来了，我们不管，只看热闹啊！来来来！大家先干了这一杯！"猛强说着端起了面前倒了一两多白酒的酒杯一口干了。

猛强见大家也全跟着喝了，就对尼马队长说："我这次带着这个探险团来这里玩，顺便呢，朋友们要带点货去察瓦龙，我就两事做一事，一起麻烦尼马队长了。"

尼马队长说："你带个探险团还用得着我们？你就是这里土生土长的，是我们这里出了名的好猎人、神枪手，还被挑去准备参加全国运动会。是我们这里的骄傲，我们这里谁不认识你啊。而且你师傅是我们这里最德高望重的大喇嘛，他的衣钵是要传给你的啊，你什么时候回来啊，你师傅的衣钵你还是要的啊！"

"过去的事就不说了，喝酒，我先敬你一杯。然后我们探险队一起再敬马帮兄弟们一杯。"

喝下这两杯酒后，猛强见田静已经满脸涨得通红，知道她已经快喝过量了，就兴致勃勃地对她说："你猜，这里的独龙人什么时候开始喝酒的？"

第二杯酒一喝下去，田静已经胃在打滚，她知道虽然平时她能喝点，但是今天喝得太急，后面的酒要慢慢喝，就说："你们先猜，我女士优先，最后猜。"

这下就更热闹了，猛强的手下一个劲地乱猜，结果是从三四岁一直猜到十来岁。猛强全摇头说不是，最后说："大家全猜过了，就差田静了。"

田静灵机一动："我知道了，他们生下来就喝酒，我好像在哪本民族书的介绍中看到过，不会就是独龙族吧！"

"你真聪明，不愧是大学高才生啊！知道得真多。独龙族的小孩生下来没多久，父母喝酒的时候，就会喂一点给他们。所以他们还没有学会吃饭，就先学会喝酒了。"

"那你们大了能喝多少？"

"我不是独龙人，我是藏人，这里和藏区很接近。至于喝酒，独龙人一般说他们全是酒瓶子、酒缸子、酒篓子、酒坛子。这4个是不一样的，你继续猜，如果你还能猜对了，我喝一大碗酒。"

"我不猜。而且酒瓶子、酒缸子、酒篓子、酒坛子全是装酒的，有什么好猜的？"

猛强笑着说："那不一样的，你猜不出来，那就别猜。"

"有什么猜不出来的，酒瓶子、酒缸子、酒篓子、酒坛子大小不一样，那就是他们的酒量是不一样的。可以用酒瓶子、酒缸子、酒篓子、酒坛子来形容。对吗？喝酒！"

猛强一下子被这个冰雪聪明的丫头给吸引了，见大家又要起哄，马上就说："我喝，我喝还不行。"

这时，尼马队长解围道："是的，你们说的没错，酒瓶子、酒缸子、酒篓子、酒坛子是用来说独龙人酒量的。独龙人男女老幼全喜欢喝酒，也能喝酒。所以只能喝一斤的叫酒瓶子，因为酒瓶子只能装一斤酒。吃饭用的大茶缸能装两斤酒，所以能喝两斤多的就叫酒缸子。独龙人一般全是酒瓶子、酒缸子。酒篓子就比较少了，是说能喝三四斤的。酒坛子那是说能喝5斤的人。"

"马帮肯定是更能喝酒的啦。"

"那不一定，我们马帮里边有3种人，藏人、独龙人、还有傈僳人。傈僳人住在平坝里，藏人住山上，而独龙人是住深山里，所以马帮的人藏人为多，傈僳人最少。"

"独龙人住深山里，应该做马帮的最多啊？"

"不是。这条道过去叫茶马古道，原来汉人做马帮的最多。因为是条商道，汉人会做生意，所以马帮一开始是汉人做的，后来因为做这个太苦，汉人就越来越少了，现在就基本没听说有汉人做这个的了。汉人以后是傈僳人，现在傈僳人也做的少了，现在主要是藏人、独龙人做。按照你们汉人的说法，藏人在解放时是奴隶社会，那独龙人算是在原始社会。一个比一个落后，原来也没有做生意的人，后来全是慢慢跟你们汉人学的。但是一个比一个能吃苦，我看以后啊，如果还有马帮的话，应该多数是独龙人在干。"

"你也是藏族吗？刚才你还说到大喇嘛了。"

"我是傈僳人，我信主的。这里山下坝子里的人基本上全信主的。山里的信喇嘛。比如猛强，他……"

没等尼马队长说完，猛强就说："喝酒，大家开心点。把录音机打开，大家喝酒、唱歌、跳舞啊。"

"猛大哥来一首！猛大哥来一首！"

“好，我先来唱一个啊！”

说着，猛强用他那雄浑的男低音唱起了那首著名的《雄鹰》：

雄鹰展翅翱翔，
飞在蓝天上，
青草依依，
绿在山梁。

炊烟轻飘荡，
山泉弯弯，
遍地牛羊，
无边绿草场。

我想化作一只雄鹰，
自由去飞翔，
我想变成一朵白云，
守护我家乡……

我想化作一只雄鹰，
自由去飞翔，
我想变成一朵白云，
守护我家乡……

歌声悠远而苍凉，久久地回荡在小平坝的上空。

## 二十二

第二天早上，猛强叫醒了所有的同伴，又陪着那些马帮把所有的货物装上马背。800 公斤的货物一共装了 8 匹马，正好每匹驮 100 公斤。货物被他装到马帮专用的驮袋里，每匹马两个边袋，中间有几条用宽帆布做成的带子跨在马鞍上，正好一边一个。还有两个背袋压在带子上，和马鞍捆在一起。猛强仔细检查了每匹马的货物固定好了没有，虽然他知道这纯粹属于多余，他找了当地最好的马帮，马帮对货物的捆扎比他专业得多，他完全可以信任他们。但是他明白这些货物太重要了，价值几千万啊。沈红义那么信任他，让他独立负责这样的大事，他一定不能辜负沈红义对他的信任，他早已下定决心，只要自己还有一口气，就一定要把这批货物完完整整地运到目的地。

这批货物是前天下午冠明送到这里来的。运来的时候装在运液化气的车子里。车上的液化气罐他们做了改装，里边有个夹层，要想发现这些毒品，只有先打开液化气罐最上面的那个盖子，但是正常情况下，那是绝对不允许的，因为那样，大量的液化气会泄露出来，可能会造成大爆炸。但是经过改装后，只会泄露出一点点液化气，用来吓唬人家不敢继续打开。事实上，继续打开下去什么事也没有，完全打开就可以看见那个夹层。当天晚上，他和冠明两个把货物从夹层里掏了出来，装进了他早已准备好的驮袋里。而他手下的那批人是特地用来掩护他的这次行动的，全是沈红义手下的小喽啰，是昨天一早由沈红义带过来的。他一个也不认识。过去他一直是独来独往，手下一个人也没有，现在看样子不一样了，沈红义已经开始让他带手下了。

8点钟，全体正式出动，队伍长长地拉了有100多米，马帮队长在前面50米的地方带路，中间是大部队，副队长在后面50米的地方殿后。他们顺着独龙河的河谷，缓慢地向着河的上游走去。

猛强走在大部队的顶前头，在后面紧紧地跟着他的是田静，在给马上货的时候，就她来帮了忙，看她用瘦弱的小身板用力地搬起50斤的驮袋的那个费劲样，猛强不禁好笑，当时还是他一手一个帮她把驮袋一下抬上了马背。不过他还是有点享受她那崇拜的眼神的。

正在他胡思乱想的时候，听见田静问道："这些马怎么比一般的马好像矮一些啊，全是灰不拉叽黄不拉叽的样子，看上去一点也不威风。你还说他们是全国最好的马帮呢！全国最好的马帮就用这样的破马啊？"

"不怪人家说女孩子头发长见识短！昨天你还是很聪明的，但是今天这件事充分说明女人的特点：只看外表，不管本质。看这些马不好看就认为马不好？"

田静听了一跺脚，恨恨地说道："哦，我们女人头发长见识短，那你是男人，有本事你说说看，让我长长见识！"

"嘿嘿！不要急！听我慢慢说！你肯定看过金庸的《鹿鼎记》吧！好好想想就明白了！"

田静想了一下，眼一亮高兴地说："这些就是吴应熊从北京逃跑时骑的滇马！对吗！"

猛强学着央视某主持人的声音，用夸张的语气说道："答对了！加10分！不过金庸老先生有时候故意胡扯！滇马虽然耐力好但是速度比较慢！所以用来骑着逃跑是不行的。不管是长跑还是短跑，肯定跑不过蒙古马。更不要说比那些汗血马和阿拉伯马了。吴应熊骑着滇马肯定逃不过康熙的追捕，不管韦小宝有没有给马下巴豆！但是用来驮东西走长山路，滇马肯定是最好的马了。什么马也比不了它们的耐力！”

到了傍晚时分，马帮来到一块向阳的小平地，在独龙江，平地是十分难得的，这块平地猛强很熟悉，知道是马帮经常用来晚上休息的地方。平地只有三四米宽、十来米长，但是还是勉强够这二十来人睡觉用了。马只好散养在山坡上了，第一天路还是最好走的，但是队伍拖得有几里地长，那个田静果然不要马帮的人帮她背包，猛强看她小脸发白，气喘吁吁的样子，也没有办法，只好在手下的哄笑声中，把田静的背包夺过来自己背上。但就是这样，田静的人影现在猛强也看不见了，虽然猛强挺为她担心的，不过他早已经交代了一个马帮的人跟着田静。而且他有整个队伍需要照应，分不出更多的心来照顾她。

在炫目的夕阳照耀下，两缕黑色的炊烟袅袅升起。马帮们只用半个小时就已经煮好了两锅饭菜，落后的队员也断断续续地赶到休息地点。果然如猛强所料，田静是队员中最后一个到达的，而另一个女队员小丁却早已经骑上了那匹备用的马赶到了这里。

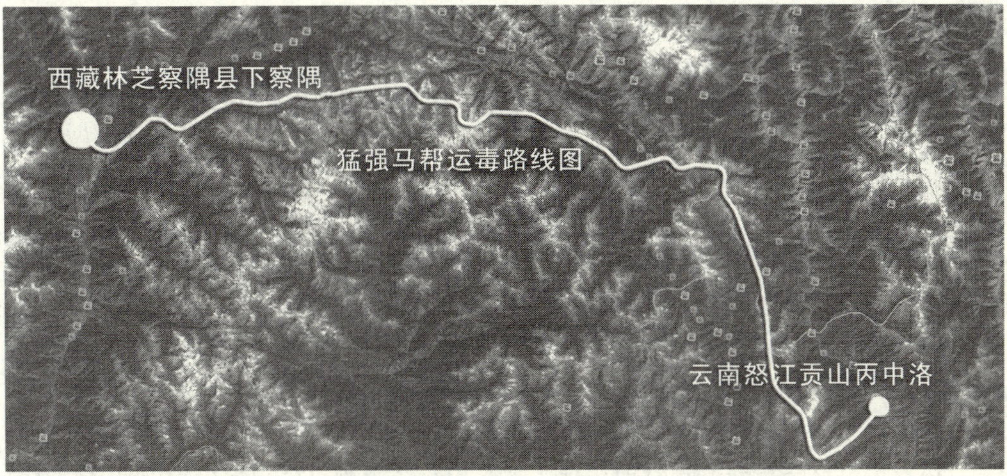


晚上的饭菜很简单，就是一锅菜饭和一锅汤。菜饭是用独龙族特有的腊肉和大米一起混合烧的，汤是路上马帮现采的野蘑菇等野菜加上火腿肠煮出来的，味道十分的鲜美。大家赶了一天的山路，十分疲劳，中午只吃了点干粮，肚子早已饿得咕咕乱叫了，猛强又打开了不少罐头，大家又喝了点马帮从酒葫芦倒出来的烈酒，猛强的那帮“旅行团”才稍微恢复了点元气。

猛强听见田静小声地问她旁边的马夫说：“明天有多少路？是不是更难走？景色是不是更好？”

猛强大声说：“今天是第一天，只不过给大家适应适应。明天的路主要是热带雨林，这是中国最北面的热带雨林了，树林里面全是腐烂的树和藤，很难走。明天要走的路更长，走的时间也更多。大家明天的速度还要加快啊！”

还没等猛强的话说完，传来他的队员一片的哀叹声和马帮的哄笑声。

猛强又说道："大家不要怕，今天第一天，大家不适应。以后大家会越走越快的。而且你们不要小看了自己的潜力。我带过不少人探险，对你们有信心。不过，我要说明白，明天是最艰苦的一天！为什么呢，不是路特别难走，也不是特别长，主要是你们今天第一天走那么长的山路，明天腿一定酸得抬不起来，而且脚上一定起满了泡，走路一定生疼。所以今天大家一定要用热水好好泡泡脚，把脚上的泡挑破，过了明天那一关你们就没事了，大家今天晚上好好睡一觉。"

晚上，在篝火边，猛强看到田静正捧着她的脚发愁，就走过去，轻轻地蹲下来温柔地说道："脚长泡了吧！有几个啊？"

田静点点头说："不少呢。每只脚上都有好几个大小不等的泡，我不会挑，也不敢挑，你教我吧！"

猛强坐下来关心地说："你脚泡了多长时间了？脚首先要泡透。"

"就泡了十几分钟，队里总共就两个盆，水也跟不上，我不好意思多泡。"

猛强拿起田静的脚看了看说："也泡得差不多了，不要紧，没什么，我来帮你挑。"

说着，猛强从口袋里掏出一根针来，用打火机烧了烧针头，然后在泡上挑破了两个眼，然后从头上拔下一根头发，从两个眼里穿了过去，把头发系上了结，最后把泡里的水给挤干净。说道："就这样，一定要彻底地挑破，把里面的水挤干净。那样才能好得快，明天才能走路。"

田静问道："干吗还要穿上头发？"

"不一定非要穿头发不可，我没有带线，就只好穿头发了。主要是穿上线以后，那个挑破的洞一下子结不了痂，泡里边的水就会慢慢全从洞里流出来。要不然你的泡还会长大。好了，我包你明天没事，赶快去好好睡一觉。明天还要赶路呢。"

田静温柔地点点头说："谢谢啊！那我现在就去睡了。看你忙了一天，你操心的事太多了，也早点睡吧。"

第二天准备通过热带雨林时，猛强从公用物资里掏出了一把户撒刀来，背在了身上，田静看到以后嘲笑道："就你这把破刀啊，样子看上去像日本刀，而且刀鞘就是块儿黑乎乎的破牛皮，忒土气。刀把子还是个木头的，装饰也没有。从哪个地摊上找来的'西贝'货吧！"

"我不是和你说过，万事万物不要光看表面，你就是不听！现在又出洋相了！首先我这把刀不是日本刀，是户撒长刀！其次日本刀根本算不上好刀，我根本看不上！"

"日本刀还不好？你要知道我说的是日本战国的宝刀，那可是最好的刀，千锤百炼的手工锻造，那种刀上面都能看出花纹。"

"你还真知道不少。你见过日本战国的宝刀？"

"我只是听说的。"

“第一，你记住古代东西肯定不如现代的，不管是日本宝刀、中国宝刀，在现代冶金工业面前全是渣。你随便去找一个车床上的车刀，瞅瞅铣刀、钻头什么的钢质，全比古代的宝刀要好；第二，就算古代的手工刀中，日本刀也只能算中上水平，和我这把户撒长刀是不能比的。”

“你就吹吧！反正也没得比较！”

“我知道不拿出点事实来，你会说我是吹！我告诉你，古代刀用来形容好的一般分两种：一种斩金截铁，一种吹毛利刃。事实上这两种性能是互相排斥的。一方面做到极端了，在另一方面就好不到哪里去。日本刀在这两方面比较平均，也就是说不是最好的。”

“继续吹啊！”

“古代刀全是碳钢的，不外乎铁包钢、钢包铁、铁夹钢、钢夹铁的区别。你看刀锋的组织结构。铁硬但是脆，钢硬度不够但是韧性好。古代搞来搞去就是这几个怎么熔铸。比如你说的花纹，实际就是手工锻打时，钢和铁交界地方的印记。事实上古代的刀胚就是块生铁，宝刀就靠师傅本事高，靠师傅在炉子里千锤百炼的锻打，变成了生铁、熟铁、钢的混合品。三者的比例好，混合的位置也正确，刀身大致应该是钢的，刀锋就是我说的铁包钢、钢包铁、铁夹钢、钢夹铁的原理。呃，还想听吗？”

田静点点头说：“你说的还像那么回事。继续说吧。”

“铁包钢最锋利，但是比较脆，容易崩口，钢包铁不是最锋利，但是韧性好，不容易崩口，铁夹钢和钢夹铁是它们中间的样子。日本刀以铁夹钢为主，所以性能比较平均。古代最好的刀不外乎大马士革弯刀和缅刀。大马士革弯刀是钢包铁，是阿拉伯人最好的武器，它斩金截铁的能力一流，还不会崩口。缅刀完全反过来了，是铁包钢，吹毛利刃，最锋利了。但是打仗不行，斩金截铁很容易崩口。日本刀用来打仗不如大马士革弯刀。用来比锋利不如缅刀。只不过在中国名声大吧，你不要听人家瞎说什么五胴斩、七胴斩，那全是神话，信这个不如去信金庸的‘降龙十八掌’。那把最有名的用来介错三岛由纪夫的日本宝刀，砍了三四刀，连三岛由纪夫的脑袋也砍不下来。这就是所谓的日本宝刀。”

“那你这把刀呢？”

“我这把是户撒刀，是缅刀的一种，是最快的刀，用来和别人的刀对砍我是舍不得的，很容易崩口，一仗还没打下来刀就废了。”说着猛强把刀给拔了出来，只见刀身黑黝黝的，刀锋部位泛出幽幽的蓝白色光芒。

猛强随手把脖子上挂的毛巾扔在了刀锋上，然后用力一挥，只见那条毛巾已经一分为二掉在地上了。猛强随手又把刀朝路边的一条碗口粗的粗藤砍了过去，只一刀，藤就断了。

田静崇拜地看着猛强说道：“太快了，你这把刀怎么来的？”

一听这话，猛强垂下眼睛说道：“这是我师傅的刀，他圆寂前给了我。不说这个了，我们赶路吧，我还要到最前头去，从现在开始，要走热带雨林了，路上全是密林，我今天拿出来就是准备用它开路的。”

第三天中午，猛强他们翻越了海拔 4200 米的茉莉王垭口。这个垭口是这次穿越最大的难关，由于整个横断山区的每两条大山之间全是从印度洋来的水气通道，而茉莉王垭口是其中最西边一个通道的最高点，所以常年雨雪不断，每年的 11 月至次年 5 月份是封山季节，而现在是 11 月初，事实上已经进入封山季节，猛强明白他的这支马帮肯定是今年最后一支翻越茉莉王垭口的马帮，事实上猛强一开始和尼马队长商量这次行程时，尼马队长说这次去应该问题不大，但是 10 天后从察瓦龙返回时，估计大雪已经封住了垭口，他们并不愿意在这个时间翻越垭口。猛强明白这些马帮人员特别迷信，所以不仅出了双倍的运费，还特别准备了剽牛舞以鼓舞大家的士气，当然猛强明白就是这样，也是靠他师傅的面子。

垭口是一条漫漫雪坡，大家一步一喘地接近海拔 4200 米的茉莉王垭口。积雪深及膝盖，身上的冲锋衣被风鼓动得像一面帆，每一个人如同一个个风筝，随时都会被风带走。猛强背着他和田静的两个大包走在田静的身边，猛强见田静已经气喘吁吁的，两只小腿开始发抖，他连忙牵来一匹马。田静说：“不要，我还行，马上还有你的东西呢。”

猛强说：“你拽着马尾巴，那样能省不少劲呢。你试试！而且记住走路一步一个脚窝走；不要看天，只要看地；不要着急，走自己的路；别人能，你也能；你艰难，别人也艰难；我看你一定行。坚持就是胜利。”

田静一边拽住马尾巴一边停下来喘了几口气，她在心里暗暗鼓励自己，坚持坚持再坚持，一步一步再一步。……终于，她登上了海拔 4200 米的山顶！山顶上有一个土堆，前面插着一面经幡。田静抬起头来望向远处——在重重山谷与起伏无边的林木包围之中，有一条蜿蜒而纯粹的碧蓝水系，散发出孤独宁静的气质，沉稳、灵动而又苍劲，那就是独龙江。在一刹那间，田静被它的美震撼了。

田静高兴地大喊道：“我看到了，我做到了，我成功了！”

猛强一边掏出了他的手机一边拍照说：“你还应该加一句‘我征服了’才对啊。来，我给你拍张照做纪念。”

田静一边四周眺望一边对猛强说：“山谷里怎么有不少骨头啊？”

猛强说：“每年的开山季节，都有几十匹骡马或因劳累，或因失蹄，倒毙在垭口附近，那些是它们的骨头。这里是云南和西藏的分界线，恭喜你，你已经来到神灵的天堂——西藏。”

当天晚上，田静见猛强一个人在玩着平板电脑，就过去说：“你还带了 ipad 啊，给我玩玩，我好几天没上网了。”

猛强笑着说：“你以为这里还能上网啊！我只是玩玩游戏。你想玩就自己拿去。我去给老板打个电话。”

“这里难道还有手机信号？”

“当然有，不过不是移动的，更不是什么联通和电信的。我带着海事卫星电话，天天给老板汇报啊！”

“等你打完了电话，我就把 ipad 还给你。”

“你玩吧！我还要听听明天的天气预报呢。明天我们要下到峡谷，路很滑，下雨就麻烦了。”

当天晚上，猛强在熟睡中被一阵惊叫声惊醒了，猛强立刻探起身子，打开手电一看，只见在手电反射下黑暗深处赫然出现一对熠熠发光的眼睛。那双眼睛向着他冲了过来，越来越近。猛强明白有独龙牛队突然闯进他们的营地了。还没等猛强冲出帐篷，那几头牛已经被马帮的人用盐引走了。

猛强起来一看，只见田静和小丁两个女的吓得全身发抖，就说：“别怕，是独龙牛。你们不知道啊，独龙牛外号叫‘熊猫牛’，全国只有不到 2000 头，那是半野生的牛，在北京等大城市卖到 200 元 / 斤，你上次吃的独龙牛是不是比一般的牛肉细腻得多啊？独龙人把它们散养在山上，按你们的说法，它们吃的是中草药，喝的是矿泉水，一般只是半个月上山喂它们一次盐，大概是我们晚上吃的菜里的盐分把它们吸引过来了。你们不要怕，它们一般不伤人，你看现在马帮已经用盐把牛给吸引走了。现在没事了！”

田静说道：“真的，你不骗人？你说的我怎么全不知道？我怎么没听说过这种牛？我只知道在北京、上海、日本的神户牛肉特别贵啊！”

“我不骗人。这次事忙完了，我就在这里开个养牛场。神户牛肉的牛排价格才 200 元 / 斤，要知道独龙牛的普通牛肉就卖 200 元 / 斤。神户牛还是人工养殖，独龙牛是半野生的，两者的区别就跟家猪和野猪的区别一样大。”

“那你用来剽牛的那头牛也值不少钱吧？”

“独龙人一般从来不杀独龙牛，也舍不得杀！那牛值 20 万 1 头。独龙牛是用来祭天的。剽牛只是祭天中的一个仪式！你知道现在已经是 11 月初了，我们这一次是马帮今年最后一次上路了，等他们回来的路上，那个茉莉王垭口肯定被大雪封山了。他们回来时是极端危险的，所以，我不仅给了他们很多钱，而且准备了这个祭天仪式，你知道他们特别迷信。”

“他们特别迷信，你呢？”

猛强心中一阵迷茫，他信什么？佛祖？他杀了这么多人，佛祖还会收留他吗？“别胡思乱想了，早点去睡吧！明天还要赶路呢。”

经过这场风波以后，大家晚上基本上全没有睡好！第二天一早，大家吃过饭，一个个无精打采地上了路，但是猛强没有想到那个爱开玩笑的小巴第二天出了大事！中午的时候，小巴看见一头独龙牛在路边吃草，出于好玩，就用手上的手杖敲了那条公牛一下。于是激怒了公牛，公牛发狂般地转过身来，向着小巴冲去，小巴闪开了，结果公牛却把一匹驮运货物的马给惊了，马脚一打滑，就连货带马一起失足掉下了山崖。

小巴一看这个情况，吓得六神无主，他知道这匹马身上驮了几百万的海洛因，那是他一辈子也赔不起的，猛强和沈红义绝对饶不了他。正在此时，那头牛又转身向他冲来，他连忙边逃边朝自己的身后看去，只见一个马夫先向左边的山上跑了几步，突然返回头，向那头牛一个猛冲，用肩膀照着牛腰撞了过去，那头公牛被马夫一撞，闪了闪身子，脚下一打滑，也摔下了山崖。

小巴在牛被撞下山崖后，一见猛强向这边赶来，他知道自己绝不能承认是他把牛给弄惊了，才造成马失足落下山崖。那样不管是沈红义还是猛强，一定会杀了他。他马上凶狠地对旁边两个马夫说："你们给我听着，是牛突然冲了过来，我们谁也没有惹牛！明白吗？要不然我说是你们造成惊马，那样猛强会让你们赔马身上的货的，你们赔不起。"

猛强听到声音立刻从前面赶了回来，他一看这情况就明白货是找不回来了。虽然他不知道为什么马会失足滑向深渊，但是他明白没法向沈红义交代这100公斤价值几百万的海洛因下落。他只有把这个罪过推给小巴。猛强当场就想杀了小巴，但是当着马帮这么多人的面，他可不敢随便杀人，反而要先安抚住小巴。

一见到猛强，小巴就对他说："那头牛发了疯，突然冲了过来，把马给撞下了山崖，结果我和两个马夫一起用力把牛给推下了山崖。"

猛强心里暗暗高兴，他就怕小巴在马夫面前乱说，最后让他无法收场。他立刻回答说："是吗？那你们没有受伤吧？只要大家没事就好！马夫你们放心，那匹马我一定会赔给你们的！马身上的货你们放心，我会对老板说是有野牛发了疯，突然冲了过来，把马给撞下了山崖。然后是小巴和两个马夫一起用力把牛给推下了山崖。老板一定会好好奖励你小巴的，现在没事了，大家休息一下，定定神，继续赶路吧。"

小巴却没有想到，当天晚上猛强就从马夫口中套出了实情，虽然实情现在毫不重要了，他早就向沈红义汇报说是小巴把牛搞惊了，最后造成马失蹄落下了山崖。但是知道这个真相对他有一定的心理安慰：他没有无缘无故地杀了小巴！小巴的死是他罪有应得的。

第五天，他们要通过巴坡，连绵的细雨让路面泥泞湿滑无比，防水的登山鞋早已进水，所有人的脚都湿得难受。这时尼马队长回来说要通过蚂蟥山了。猛强让大家全部打好绑腿，喷上驱虫药，最后把袖口、腰摆、领口全部扎好，他又检查了一遍队员，最后全体人马一起向蚂蟥山走去。

细如绣花针般的蚂蟥在雨后更加的猖獗，在树上草丛中潜伏着，人畜经过的时候无可避免被这些家伙给缠上，无一漏网。特别是马，看着那些吸饱血后变得跟小指头一般粗的蚂蟥从马身上掉落在地上，肥大的躯体在地上蠕动的样子真让人恶心。

没走多久，人们陆续在自己身上发现了蚂蟥的踪迹，一开始，大家还停下来互相拍打着，猛强要大家不要管这些，要以最快的速度通过。于是大家不顾劳累和惧怕，一路快走，不敢停步休息，以便减少蚂蟥袭击的机会，一个多小时以后，大家终于翻过了这片布满蚂蟥的山坡，走到了空旷的河滩。猛强正在和马夫们一起处理着马身上残留的蚂蟥，见到田静走了过来，她一见到他就开始哭了，边哭边说："我身上好像有蚂蟥，我最怕小虫子了，你得帮帮我。"

猛强一听就关心地扶着她说："到旁边去，我问你它们爬到你身体哪里去了，上衣里？还是大腿上？"

"我听你的把上衣腰间扎紧了，里边没有，裤子的膝盖上面我还扎了一道。大腿那里也没有，全在小腿和膝盖上。"

猛强安慰她说："没事，不要紧！马上就好，你先把绑腿松了，长裤脱了。我一分钟就帮你搞定。"然后从口袋里掏出了几根艾草，几把就把艾草撮成了香烟样点燃了它。

这时，田静已经把长裤脱了下来，只见她修长白嫩的腿上，有七八条丑恶的黄褐色的蚂蟥正在吸血呢。猛强把艾草朝蚂蟥身上烫去，只一下，蚂蟥便蜷缩起身子掉了下来，不到一分钟，田静腿上的那些蚂蟥全被烫掉下来，给猛强几脚踩死了。蚂蟥咬过的伤口里，有蚂蟥的毒素，伤口一下子收不了口，鲜血还在流。猛强说："不要动，忍着点疼！我要把里边的毒血挤干净，要不然可能会留下疤。"

说着猛强就蹲下身子开始给田静挤血，没两分钟就剩下左膝盖弯里边的一个伤口没挤干净了，但是那个伤口在膝弯的正中间，猛强想了几种办法也不好用力，挤不出来，那还是个大伤口，猛强只好低下了头，用嘴几下把血从伤口里吸了出来。猛强吐掉了口中的血，定了定神。只见田静左膝弯边有颗指甲盖大小粉红色的痣，好像一个小小的弯月的形状。猛强放下了心中的心猿意马，仔细看了看所有的伤口，没有红肿的迹象了，这下田静的腿上是不会留下疤痕的。

猛强见田静也很不好意思，脸红红的，就说："好了，没事了！你到水里洗一洗。要不蚂蟥爬过的地方马上会很痒的。记住，水很凉，要用力搓腿，要不然你会冻得受不了的。然后自己换衣服。我现在过去看看其他的人怎么样了。"

田静小声说："谢谢！那你自己身上的蚂蟥呢？要不要我……"

"没事，我是粗人，小时候不知道给多少蚂蟥咬过。我最后处理自己的，还有那帮人呢，不知道他们现在吓成什么样了。"说着猛强就走了。

田静就这样光着腿走向了河边，这两分钟的路她不知道怎么走过来的，满脑子想的全是猛强给她吸血的情景，顿时心如鹿撞的感觉。等她下到了水里，从雪山上流下的雪水冰凉刺骨，彻底地冻醒了她的勃勃春心。她忍不住打了个激灵，好像一下子才想起，猛强还是个大毒枭呢。

# 二十三

孙英杰正烦乱地思考着问题，搜寻凶手的任务已经安排下去快半个月了，一点消息也没有。为了那辆车，余光组织了20来个女同志，查看街上所有的监控录像，还看了所有高速路口的录像，查了所有的加油站，停车场几乎没有人见过这辆灰白色的北京吉普2020。就像贩毒分子平时从来不用这辆车，就把它藏在车库里，专门准备用来犯罪似的。

照理这个杀手应该很容易找到，否则就太不可思议了。因为这是在南方小城市，就算是在北方大城市，身高接近190厘米并左脸上有痣的人也很少的。孙英杰估计DL市身高接近190厘米的不超过10个，脸上还有痣，那不是应该一查就查出来了，为什么过了这么10多天，动员了所有的警察、保安、居委会老大妈也没捞出这个人来？难道侦破方向出了问题了？

这时，余光打来电话说："孙总，重大发现，那辆车平常停在××小区。"

"你现在就去××小区，不要带任何人，我现在带我的人过去。"

"好的，我正在下楼。等我上了车，再给你仔细汇报。"

"好的。"

等孙英杰刚坐上车，余光的电话就过来了："具体情况还不清楚，是小区的保安反映有一辆北京吉普2020平常就停在那个小区，车牌号好像是一样的，但颜色不是灰色的，而是花花绿绿地贴着'小心有熊'、'山峰'，还有什么'越野俱乐部'的样子。我估计……"

"好的，是我们马虎了。那辆车有意平时贴了很多花花绿绿的薄膜。这个凶手在作案的时候，把薄膜给撕掉了。就是这个小小的障眼法，让我们损失了10来天的时间。首先找到那个保安，了解一下平常是谁开那车。"

"好的，我也是这么想的。"

不一会，孙英杰到了××小区，余光已经在小区大门口等他了。一见他过来就说："保安在物业办公室等我们了，我现在带你过去。"

"好的！你们好好观察一下这个小区，小心点，暂时不要随便问人，防止打草惊蛇。"

孙英杰跟着余光到了物业办公室后，就开始对那个保安进行问话："你能确定那辆车牌号码是云A-×××××吗？"

"这个不太确定，我刚才也问了我们几个同事，大家都说好像是的，谁也不敢肯定。"

"那辆车现在还在吗？"

“好像一个多月没见到那辆车了。”

“你们小区停车位是租的吗？有没有交费记录？”

“我们小区不是高档小区，也没有停车费，全是小区里边的人乱停乱放。那辆车花花绿绿的，我们大家全记得很清楚。和你们通知的不一样，不是灰色的。”

“谁开那辆车，你还能记得吗？”

“记得，是个高个子，身高180厘米出点头，很壮实。我记得他好像说过他是搞户外旅游的。所以才把车搞成那个样子。”

“是吗？那人现在还住那里吗？”

“不知道，前段时间还在，好像也有10来天没见他了。不过车不在了，人还在。我记得我还问过他车呢，他说卖了。”

“那你记得他住什么地方吗。”

“说不清楚，应该在那几栋楼里，具体几栋几号不知道。”

孙英杰和余光对了下眼色，他们明白这应该就是那个杀手的窝点了。

余光掏出了那张从银行监控录像中打印出来的照片递给那个保安看，说：“开车人是他吗？”

“应该不是。虽然有点像。你们通知上不是说，这人190厘米，脸上有痣吗？要不然是他的哥哥。”

余光苦笑着对孙英杰说：“看样子，我又给他耍了。现在我们去小区走访走访，看看他到底住哪里。我估计这段时间摸排的力度大了点，他已经听到了风声，现在已经逃走了。”不大一会儿工夫，孙英杰就从社区内打麻将的老人那里打听到猛强家的位置。

孙英杰对余光说：“你安排人查一下这房子的房主是谁。让他也过来一下。我们和张彬一起先上去搜查一下，看看他是不是给我们留下点什么。”

他们上了楼。张彬几下就打开了防盗门，3个人一起戴上了手套，推开门仔细地检查起来。

进去一看，他们就明白猛强还没有彻底地放弃这个窝点。房子不大，是个一室一厅的格局，整个房子看上去被精心打扫过，但是很多衣物、鞋子、书籍等私人物品还在。

1组大衣柜、1个单人床、1个书桌、1个大书架把卧室挤得满满当当的，厅很空，就一组运动器械和1台电视机，连个沙发和吃饭的桌子也没有。厨房更简单，只有个电磁炉，几个碗。一看就知道这是个单身男人住的地方。

孙英杰立刻吩咐：“余大队和我搜卧室，其他地方张彬你来检查。”

孙英杰首先在书桌上检查了一会儿，又去书架上看了一会儿。这时听见余光举着双鞋说：“孙总，你过来一下。”

孙英杰过去一看，只见柜子里有几双内增高鞋，一翻还有个化装包，打开一看里边有些假痣什么的化妆品。还有一堆登山抓钩、登山绳、快挂等物品。

孙英杰说："这些是预料之中的了。目前唯一能确定的是那个杀手应该还会回来。你过来看看这个书架，第一层是游记，全是野外徒步探险和野外生存手册等内容；第二层全是健身方面的内容；第三层是各种枪械知识、射击手册等书，还有一本香港翻译的《美国三角洲部队的教程》，剩下的就全是侦破小说，还有些公安的内部培训教材。这个杀手是在拼命地学习啊，我是头次和这样的罪犯打交道，你在公安系统干了 10 多年了，见过吗？可见他对犯罪手法是有钻研的。另一个书架就更有意思了，你仔细看！"

余光仔细一看，只见书架上密密麻麻地放满了书，第一层是哲学书包括康德、尼采等人的书。第二层是宗教方面的书，其中有一本《圣经》。再下面一层是佛教方面的，有《般若波罗蜜多心经》及注释、八部《般若经》等大乘佛教经典，也有《五分律》等南传佛教的典籍，下面两层全是西藏密宗经典，有《无上瑜伽怛特罗》、《菩提道次第》与《真言道次第》等大量的密宗书籍以及大量的笔记。而西藏密宗的一套完整无上真经《时轮经》就放在书桌上。

孙英杰摇摇头说："我们在和谁打交道啊？这个家伙是个什么人啊？怎么会看这些书？"

余光说："这些可能是原来房主留在这里的。"

孙英杰指了指墙上的一幅字说："我看了笔记和上面那幅字的笔迹，是一样的。而且这些书的主人不可能不要这些书，这些书找起来可不容易，还有那么多笔记，花了很多的心血，谁也不会放弃的。"

余光抬头盯着墙上那幅字，上面写着："揭谛，揭谛，波罗揭谛，波罗僧揭谛，菩提萨婆诃。"

"上面那段话什么意思？"

"密宗的无上心经，几乎是密宗的最高咒语，没有解释的。"

"什么意思？是不是和'嗡嘛呢叭咪哞'或者'阿门'差不多？"

"不是。'嗡嘛呢叭咪哞'或者'阿门'有具体的意思，不过那是译音，和'英特纳雄乃尔'一样是有意思的，比如'英特纳雄乃尔'可以翻译成共产主义。但是那个就是密宗的最高咒语，谁也不知道意思，就是在梵文中也是无法理解的。"

两个人正在讨论时，张彬走了进来说："这个人应该是临时出去一段时间，他的洗漱用品全不在了。"

孙英杰说："张彬你安排一下，这个房间楼下要 24 小时值班，这个杀手随时可能回来的。然后我们 3 个一定要仔细查，这里有丰富的信息。首先取指纹，然后查电脑，一定要查到他的底！"

紧张的几个小时过去了，除了指纹，什么也没有查到，没有一张照片，没有通讯录，更没有名片、存折、身份证等。唯一的收获是他大量的读书笔记。电脑里边的内容和书架一样，只有大量的宗教哲学和运动犯罪方面的资料。还有一张就是健身俱乐部的年卡。

余光说："房主来过了，房子不是杀手本人租的，我让房主看了照片。这个房子是一个叫严燕的女士租的，用的是假身份证。现金交款，已经租了半年多了。房主说不认识现在住的人。"

孙英杰一边把那张年卡递给余光一边说："健身俱乐部的事你去查。我估计也查不出什么名堂来。从那些读书笔记的笔迹看，宗教哲学方面的笔记应该是两个人。其中一个写了大量枪械原理，射击手册应该是杀手写的。这个杀手有一定的西藏密宗的佛学修养。还有一个有更深的佛学修养，也是西藏密宗的。应该是个黄教的高僧，这样的人很少，我去找相关的专家咨询一下，应该很好找到！那个高僧的笔记很多，时间跨度至少有10多年。那么重要的东西怎么在这个杀手的手上呢？应该在他的入室弟子手中保存啊！当然我估计他应该死了，要不然肯定是他自己亲自保存的。"

# 二十四

几乎是同时，猛强一行终于来到了他们的目的地：察瓦龙。马帮们一晚也没有停留，连夜就赶回云南。猛强明白现在已经是初冬了，来的时候，山垭的积雪已经很厚了，现在随时可能大雪封山，虽然他们全是最有经验的马帮，但是在大自然面前也只能束手无策，虽然猛强很希望留他们住一晚，但是还是很快给他们结完了账，并且另给了一笔不小的奖金，就让他们回去了。

送走了马帮，猛强立刻打电话让早就在察瓦龙等他的冠明把车开过来。在等冠明的时候，猛强把所有人的手机全拿了出来，让他们逐个给家中打电话。那么长的时间不和家人联系，可能会带来意想不到的麻烦。打完电话，他仍然将所有的手机断掉电源，统一收了起来。

没过多久，冠明带了1辆丰田4700陆地巡洋舰和1辆东风EQ2082军用越野车，当时车上装了大半车袋装硼砂，还带了很多装硼砂的空袋子。还有很多吃的喝的，更周到的是还带了两大桶汽油。猛强让大家一起动手把货物装上了越野车。然后说："大家现在到镇外没人的地方去，把货装进袋子里去。还要把货压到真正的硼砂下面去。要出大力啊，大家加紧干，晚上喝酒啊！"

等到了野外，猛强见小巴下了车，突然一把把小巴抓了过来，用枪指着他的头说："你明白为什么我要这样做吧！"

小巴一边挣扎一边说："猛哥！是牛自己发了惊！把一匹马给挤下了山谷。当时要不是我拼了命，和马夫一起把牛也推下了山谷，可能其他的马也不一定保得住！你说过还要让老板奖励我呢！猛哥，你做大哥的，说话要算话啊！你现在这是在干什么？"

“当时马帮的人在，我不能说什么，你难道真以为我会那么傻听你的胡说！那天晚上我就从那两个马夫那里套出了实情，是你把牛给弄惊才造成马失蹄落下了山崖！你还有脸说是你拼了命，和马夫一起把牛推下了山谷。那两个马夫说了，你只知道逃命，根本就不管那些货了，是他们拼了命把牛推下了山谷。你有一句实话吗？那匹马上的货值几百万，结果你把货搞丢了，你说你的这条命值这么多钱吗？我怎么向老板交代啊！你这样满嘴谎言的家伙，我能不杀了你？”

小巴一听猛强说出了实情，立刻浑身一软跪倒在猛强的身边说：“猛强哥，我不是有意的啊！你就饶了我吧……冠明大哥，你就行行好吧！帮我在老板、猛哥面前美言两句吧！我一辈子记得你们的恩情啊！”

猛强一听小巴当着冠明的面承认了事实真相，他心里的大石头一下子放下了，他偷偷地看了冠明一眼。心中明白这下子丢掉这100公斤货物的责任用不着他来负了。他知道在沈红义的心中，燕子、冠明和勒民才是最重要的3个人，因为只有燕子、冠明是和沈红义一起从香港过来的老K的团伙正式成员，而勒民是老K在金三角的人，包括他在内的其他手下全是沈红义在大陆新找的马仔，在沈红义心中他们的差别是天上地下！猛强想到这里就说：“兄弟，不是我不讲情面，你这样的事情，我不杀了你，我也没法向老板交代！你放心，你家里的事情，老板会安排好的。”说着枪响了！然后凶横地看了大家一眼说：“大家心服口服吧！”

冠明在边上看着，心中暗想：“这小子，还真有点老大的做派啊！”于是说道：“猛哥做得对！大家出来求的是财！大家全是脑袋提在裤腰带上，还不是为了家中人过上好日子，大家全是做这行的！都听过这句话：死了我一个，幸福全家人。猛哥赏罚分明！我是心服口服的。我也会把这件事给老板说的。小巴的抚慰金要给双份。现在大家干活吧！把货装好！”然后他自己带着他的人将小巴的尸体找了个地方埋了。

当晚猛强就和冠明分了手，他们约好7天后在青海的西宁见面。猛强带着他的人连夜顺着川藏公路开往拉萨。

从察瓦龙到拉萨共花了3天的时间，一路上猛强坐着丰田4700在前面约一公里的地方带路并打探检查站的情况，前车和后车之间不断用对讲机保持联系。猛强很满意冠明的安排，丰田挂的是云A的昆明牌照，而那辆东风却是DL牌照，那样谁也不会知道这两辆车是一路的。车上也准备了充足的食物。猛强为了安全，他决定两辆车由大家轮换着开，而且他出于安全考虑，不得不打破常规：一般走这条路的人都是晚上在八一镇和然乌各休息一晚，而猛强他们则是有意地把车停在野外，大家在车上随便吃点干粮，然后就在车上和衣休息。他的这些做法，自然早就引起大家的不满，但是在察瓦龙的那一幕给大家留下了深刻的印象。所有人都是敢怒不敢言。

到了拉萨以后，猛强决定不在拉萨休息，而是连夜穿城而过转向了青藏线。他恨不得插上翅膀一下子就赶到西宁。自从离开贡山的雄当村以来，已经过了

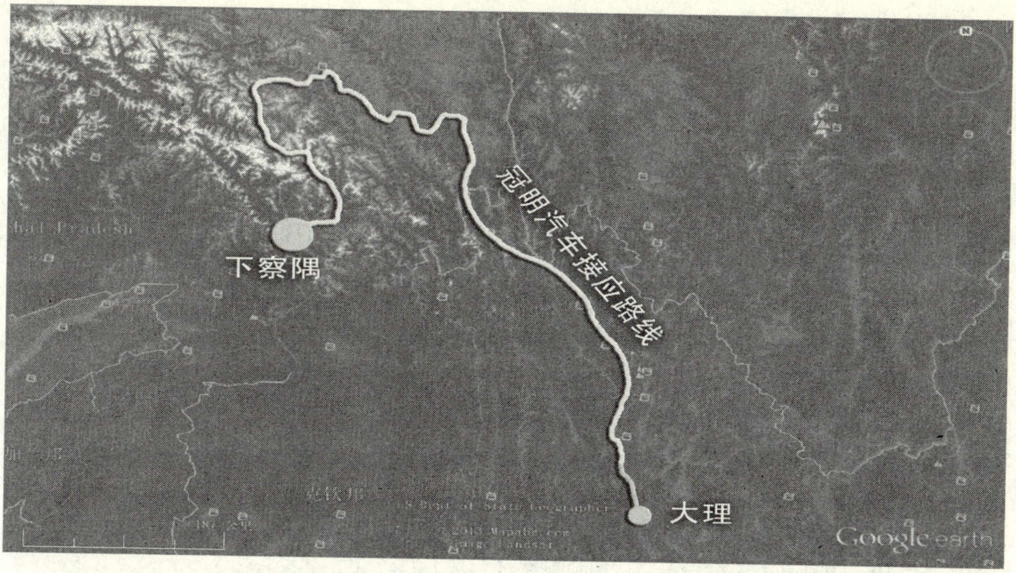


10多天，所有的人包括他基本没有在床上睡过觉，更没有洗过澡。所有的人身上全散发出一股难闻的怪味，体力透支早已达到了极限，就是猛强自己也快顶不住了。他看到了大家不满的目光，也了解人们内心的愤怒，再不休息，恐怕每个人都要崩溃了。

离开拉萨开了两个多小时的车，他们到了羊八井温泉。这时坐在后排的田静开了口："强哥，我身上现在已经有味道了，那么多天没好好吃，没好好睡，也从来没有洗过澡。现在到了这个温泉。我们休息一下，洗个澡，好好吃一顿吧，大家全坚持不下去了。"

猛强说："不是我不通情达理，大家知道货太重要了。我不是为了安全第一吗？如果大家还能坚持3天，我们到了西宁，把货交给冠明，大家一起好好放松一下。好不好？"

猛强只听见耳边一片哀叹声："还要3天啊！我们都受不了了。"

田静说："强哥，你看大家全不行了，我们还是在这里休息几个小时吧？不休息好开车也危险，出了车祸那麻烦就更大了。"

猛强为了缓和一下气氛就笑着说道："就你带头！你看大家全受不了，都不说，你为什么带头起哄？"

只听见大家一起说："怪就怪强哥太怜香惜玉，不过，强哥也不要怪田小姐啊！是我们公推田小姐说的，不是田小姐带的头，要怪就怪我们大家好了！"

"我谁也不怪，这样吧，你们去洗温泉，我就不去了。温泉我过去去过，就几个水泥池子，里边什么也没有，换衣服也不方便，不过水是真好！泡个个把小时是很解乏的。我们先找个饭店把车停在那里，你们1个小时以后到饭店集合，我顺便把饭菜给安排了。"

田静说："这不好吧！强哥，你最辛苦了。你做大哥的不去，我们怎么能去？要不然留下两个人来，他们先吃！等我们吃饭时，换他们去洗！"

"算了，车总归要留人看的。我是藏人，而且就我看着像司机，所以我留下来才是最妥当的。你们先洗，我后洗吧！"

说着，猛强把车停在一个没人的地方，等那辆东风来了以后，给大家讲了他的安排，最后说："你们还记不记得我在贡山给大家讲的话？我再重复一遍，不许单独行动！至少要两个人一起。不许打电话！好了，我们现在去找饭店。"

田静他们和猛强分了手以后，大家一起向温泉走去，路过一个小店时，田静说："我去买点东西，你们去不去？"

说着大家到了小店门口，大家进去胡乱买了些香烟等东西。这时听见田静说"有卫生巾吗？"

"没有。"

一路上田静是逢小店就进，没几下大家全烦了。最后，田静终于在一家小店买到了卫生巾。她趁大家不注意时还偷偷买了支口红。

很快大家走到了目的地：羊八井温泉，这里海拔4300米，恐怕是中国最好的温泉了。由于地处偏远，离拉萨还有100公里的路，所以除了不多的几个旅游者基本没有人来。现在温泉早就建成了个三星级酒店。设施很不错，温泉分室内游泳池、室外游泳池以及室内小包厢等。田静他们因为不能单独活动，就买了大池的门票。

田静和小丁一起进了女更衣室，田静趁小丁不注意在泳衣里塞上了那支好不容易买来的口红和拣来的烟盒。等换完了衣服，田静和小丁一起去了卫生间。田静说："我先方便一下，小丁，还是你先去洗吧。"

"不要紧，我也去一下，我们一起走，不要给那个猛强留下什么话柄，说实在的，我很怕他。"

田静随手把卫生间隔断的门插上，立刻掏出了口红，匆忙中胡乱地写道：

请拣到这张纸条的人，立刻通知DL市公安局，发生在丽锦酒店的杀人贩毒案，毒品现藏在一辆青藏公路上开往西宁的东风卡车上，车号：云D-×××××。

我是4587（特征是左膝弯里有一颗红色的痣）。

切记！公安局有重奖！

2010年×月×日中午12点

田静一边写一边对小丁说："强哥是很厉害的，不过如果你听他的话，他还真不错。"

"当然啊！猛强是看上你了，一路上大家全看见了。他对你另眼相看！我们其他人怎么能和你比！”

“得了！别说了。不过强哥个子又高，长得又帅，懂得也多，就是太凶了。除此之外他真不错。我也怕他！”

“你怕他什么？他再凶也对你凶不起来！”

虽然她有孙英杰的电话，但怕引起其他人的重视，她还是不敢让人打电话到DL市公安局去！她不知道，就是这个一念之差将让她付出什么样的代价！

田静见没有机会把小丁甩开，就连忙把纸和口红藏到了卫生间的废纸篓里。然后两人共同走出了卫生间。一进室内温泉的大泳池，一阵热浪迎面扑来，人不多，加上田静不到10位客人。这个温泉如果在内地的话，肯定是下饺子一样的拥挤。

田静泡了10来分钟，就去了淋浴那里。她需要冷静地思考一下，她一边洗着头，同时大脑在激烈地飞速转动。现在是个机会，为了她那被毒品害死的弟弟，为了不让更多的人像她弟弟一样被毒害，她一定要把这个消息传递出去！田静把热水关了，最后用凉水冲了一下，然后和大家一起来到了室外。一出门，大家就看到西藏那特有的蓝得醉人的天，远处遥遥可以看见雪山，从雪山上吹来的风带来了嗖嗖凉意，所有的人全裹紧身上的大毛巾，赶紧走进露天大泳池。

田静感到一阵头昏眼花，由于这10多天一直没有休息好，泡温泉又特别消耗体力，特别是在这样的高海拔地段，更是对体力的一个巨大考验。

田静远远望着雪山上白皑皑的积雪，仰头看着天上云卷云舒，要不是心中紧张得七上八下，在这样的地方泡温泉确实很享受。大家吃着服务员送来的在温泉里煮熟的鸡蛋，讨论着要是现在天上还下着雪，那是一种多么曼妙的景象。

田静说：“我不能泡了！好像大姨妈要来了，肚子也不舒服，你们继续泡一会儿，我先上去了。”

小丁说：“猛强说了，我们不要分开，要不我陪你回去吧！我现在头昏沉沉的，也不想泡了。”

“算了，你还是泡一会儿吧！好不容易休息一下。没事的。大不了到时候我自己和猛强说。”

“你当然不怕啊！猛强不会拿你怎么样，但是这会儿就我们两个女的，你单独行动，剩下我不也是单独行动了？我怕他找我麻烦！我还是多一事不如少一事，跟着你算了。”

田静和小丁一起回到了女更衣室。田静一直想甩掉小丁几分钟，自己好把那个纸条交给服务员，但是一直没有机会，就只好又去了次卫生间，把纸条和口红取了出来，最后，她把纸条留在了更衣柜里。当然她临走时没有忘记偷偷地把那支口红也带走，她还要另找机会通知公安局。

她在心中祈祷着：尽快有人看见这个纸条吧！看见这个纸条的人，可一定要打电话通知公安局啊。

# 二十五

第二天中午，一帮从广东来的旅游者也来到羊八井温泉旅游地，其中的一名女生刚好用到了这个更衣柜。在她穿好衣服检查柜子的时候，发现了那张纸条，就作为一个谈资和旁边的同伴说：“你看这个纸条好奇怪啊，说什么毒品在一辆车上，要我们给 DL 市公安局打电话。”

“我来看看。哈哈！你是不是香港警匪片看多了。还相信这个！不过纸条别扔！等会儿吃饭时，给那帮男生看看，他们肯定感兴趣！搞不好还真打电话去问呢，到时候我们正好看笑话啊！”

“好的！那我们赶快穿好出去吧！他们肯定已经出来了，在外面等我们呢。”

半个小时以后，这帮驴友们一边坐在饭店里等着上菜一边高谈阔论！有人说：“如果今天下雪就太好了！那样一边在室外温泉池泡着，一边看着远处的雪景，有雪山做背景是人间最好的享受了。”

旁边一个家伙说：“还要在雪堆里冰上几瓶啤酒，旁边升堆篝火，一边喝着啤酒，一边吃着烧烤，那才叫美。”

“就你这小身板，还想喝啤酒！也不想想前两天高原反应的时候，自己要死要活的样子。”

“哈哈，我现在可是活过来了！今天我当场喝两瓶给你们看！”

“还是别喝了！再高原反应了我们可不伺候你了。”

“泡这个温泉，看这个美景，不仅要美酒，还要有佳人啊。”

“现在佳人不就在你身边吗？哦，是不是嫌我们在旁边当电灯泡，让你不够享受啊？”

那个男人的女朋友脸上有点挂不住了：“呸，要享受你们自己去享受吧，别扯上我！告诉你们件事，刚才我们在里边碰到一个好玩的事，‘自由飞翔’[①]。你把那张从更衣柜拿到的纸条拿出来给他们看看。”

大家一起传看了那张纸条后就更热闹了。

“这事太刺激了！又是杀人，又是贩毒的！是真的吗？”

“你以为是真的啊！你是港片还是美剧看多了，全是杀人贩毒。有美女给你这个大英雄送纸条，你好英雄救美啊。你成功地把贩毒集团全杀光，抱得美人归啊！”

“我可没这个本事，也没这福分！不过这个事情是真是假，打个电话不就清楚了吗？”

“那你打啊！是真的这顿饭我请。”

---

① 驴友之间互称时取的网名。

“我打了啊！说话算数啊。”

“没那回事这单可你买啊！”

大家一起起哄说：“有人请客喽，我们还要加菜啊。”

“不就是请客吗，没问题。”

说着那人就掏出手机拨通了 DL 的 110：“你好！是 DL 市公安局吗？”

“你好！这里是 DL 市公安局，请问你有什么事吗？”

“是这么回事？我想打听一下你们那里的丽锦酒店是不是发生过一起杀人案？”

“是的！先生您贵姓？怎么称呼您？如果你对这个案件有任何消息的话，请立即告诉我。我们 DL 市公安局将向为这个案子提供消息的人奖励 5 万元的奖金。您有什么具体的情况，你在哪里？请说！”

“事情是这样的，我现在在西藏拉萨附近的羊八井温泉，今天我的一个朋友在温泉的女更衣柜里发现了一张纸条。”于是男士一字一句念完了纸条上的内容。

“谢谢，你提供的情况十分重要，请问一下纸条上有日期、时间吗？”

“日期？我看看！有，上面写着 2010 年 × 月 × 日中午 12 点。也就是昨天中午 12 点！”

“谢谢！十分感谢您提供的宝贵情况！您提供的情况十分重要，我马上向领导汇报！请你保持手机开机，我们会随时和你联系的。”

这一个月来，DL 市 110 接到过无数有关丽锦酒店杀人案的相关消息，但是这次，这位 110 感到事不寻常。竟然有人从西藏打来相关电话，还说到什么 4587。她立刻向相关领导做了汇报。

那位领导听了一遍报警录音后，立刻说：“打出来。现在局里正在开这个案子的碰头会，我马上去汇报！”

当天有关这个案子的侦破会议已经在会议室开了一个多小时了，会议由杨局长主持，罗政委、涂副局长、余光等专案组人员参加了会议。会议一开始，余光安排马文彪向大家汇报关于杀手在健身俱乐部的调查情况。

马文彪说：“这个杀手在健身俱乐部做了 1 年多的健身，基本上是每周去 3 次，每次一般呆 2 个小时左右。用的名字叫吕征，经我们反复查实，可以确认是个假名。他在俱乐部还是个明星人物。首先是体力好，有运动天赋。据俱乐部人员说，他的体力是整个俱乐部中最好的，比那里所有的教练还要好。由于他长得高大帅气，皮肤很黑很有男人味，极受女学员的追捧。听工作人员说他十分的傲气，很有点拒人千里的味道，俱乐部曾经想高薪聘请他做俱乐部的教练被他拒绝了。不过好像也没有女学员和他有过多的接触。据说他自称是个户外探险导游，主要做带队去西藏那边探险旅游的业务。”

“我也调查了所有对他感兴趣的女学员，发现他没有和她们有过什么密切的接触。她们共同的反映是他有意的和她们保持一定的距离。唯一值得注意的是曾经有个女学员对他有意思，她男朋友对此极为嫉妒，曾经找了几个人想教训过他，结果被他打得很厉害，几个人都不同程度地受了伤。我找到了那些人询问，他们没有报案，他后来给了一笔医药费私了了。最后那个女学员也退出了俱乐部。事情就算这样了了。”

“这次调查的唯一结果是，我们搞到了这个杀手的不少照片。我们手上一直没有他的清晰照片。在他的家中也没有发现任何他的照片，他十分小心。在俱乐部是优秀学员，俱乐部为了做宣传，给他拍过不少照片。这些照片是我们这次调查的唯一收获。”

涂副局长说道：“现在最重大的问题是确认这个杀手的真实身份。现在我们有了他的照片，按照原来我们的分析，我仍然认为这个杀手可能做过军人。你们是不是检查了退伍特种兵的相关档案，核对了他的身份？”

“这个我在档案中查了，他肯定不在档案中。而且我还把照片给了在我们公安系统中工作的特种兵看过，全都不认识他。”

技侦队王队长说：“关于这个杀手是不是特种兵或者当过兵这件事上，我有点不同意见。首先，这个杀手使用的全是美式武器，如 M1911A1 手枪和 M14 步枪，这不符合我军训练出来的人员特征。结合罪犯是跨国贩毒团伙的特点，而且他对佛教感兴趣，我认为这个杀手很可能是个缅甸人！小马，我问你一句，你在俱乐部调查了他的说话口音没有？”

“我调查了他的口音，据俱乐部人员反映他有口音，但是口音比较奇怪，他们听不出他的口音。”

才力说：“我来补充说一下，这个杀手一直说自己是户外探险导游。我对整个探险导游这一块做了相关的调查。我们 DL 是个旅游城市，是大香格里拉的一个组成部分。随着人民生活水平的提高，户外探险旅游现在已经成为一种时尚运动。我们这里有不少人做这一行，我和他们接触了一下，基本上都不知道这个人，但是有个别人对他有点印象，说他的名字好像叫猛强，是不是真名他们也不敢确定。他们说这个人好像在去年上半年做过这一行，大概就做了不到 3 个月，好像是因为偷窃客人的财物还打伤了客人，以后就没做了。不过，我查了所有的报案记录，没有发现这个案子。”

“你能确定去年上半年他做过户外探险导游？”

“现在有照片了，拿出去给他们看一下应该能够辨认出来，就应该可以基本确认了。”

“他在当时给哪个旅行社做？”

“因为危险性大，旅行社一般不做户外探险类的生意。即使有这样的旅行社，也是专业的小旅行社。他们不一定有执照，很不规范。他又做的时间很短，而且在 DL 做探险导游的基本上全是外地人，所以大家对他没有什么印象。”

技侦队王队长说：“我在那个杀手的家中提取了很多指纹、脚印，其中有一个人的指纹不仅量很大，而且分布在家中所有的地方。所以我认为应该就是杀手的指纹。同时我把所有的指纹和全国的指纹库中做了对比，没有发现任何可以匹配的指纹。脚印和那个贡山枪杀飞行员的现场脚印做了对比，虽然他当时穿了增高鞋，对步幅做了伪装，还是能够做同一认定的。但是没有找到贡山枪杀飞行员现场脚印的鞋，我估计他已经销毁了那双鞋。”

余光说道："大家都做了不少工作，花了很多时间和精力。我来说一下我的调查。我的调查方向是两个，一个是电脑中的文件。电脑中的文件和上网记录很明显的分成 3 大块内容：分别是旅游探险类、宗教类和犯罪类。这些内容和他家中搜获的书籍内容是互相对应的。这里边有在网上购买登山绳和登山抓钩的记录。很明显杀手在贡山枪杀飞行员时，翻墙用的钛合金登山挂钩和凯夫拉登山绳就是网上购买的。这些东西在户外探险中是很常见的装备。我感兴趣的是他的付账方式，他是用信用卡付的账。我查了信用卡，是登记在别人的名字下的。应该是他冒用别人身份登记的。”

“另一个方向就是他的宗教书籍和笔记，他的宗教笔记是两个人的记录。我全仔细看了，主要是藏传佛教的内容，特别是另一个人的笔记，应该是个佛教造诣很高的喇嘛的笔记。从这点分析，我不同意王队长的意见，王队长认为他是缅甸人。我不同意！缅甸信仰的是小乘佛教，根本不信藏传佛教。而且杀手身材高大，在 180 厘米以上，缅甸人绝大多数没有这么高。我们这里康巴藏人可是以身材高大出名的！所以我认为杀手是个藏族人。针对他皮肤黑、口音奇怪等也有很好的解释，关于他为什么使用美式武器也能解释，这是个跨国犯罪集团，他们用的武器是从缅甸偷运进来的。当然他的枪法从哪里学的还不清楚，有待继续调查。贡山地处云南、西藏、缅甸交界的地方，也是这次毒品流入我国的地方。所以杀手很可能是贡山藏人。贡山普化寺坐落在贡山的丙中洛，丙中洛是在户外探险旅游中鼎鼎有名的地方，是所有独龙江流域旅游的目的地，也是所有独龙江流域户外探险的出发地。把情况连起来就应该比较清楚了。杀手和贡山普化寺肯定有很深的关系，所以他对丙中洛也十分熟悉，所以做个户外探险旅游导游是顺理成章的事情。我现在已经让钱彬去丙中洛调查了，他会详细调查清楚的。”

涂副局长问道："你说得很有道理，钱彬什么时候能赶到那里？"

“由于丙中洛地处深山，去那里很远，距离有 1000 公里的样子，而且路况十分不好，我估计后天他才能到达那里。”

这时涂副局长说："你们继续讨论，我去一下卫生间。"

涂副局长走出去的时候，正好碰到那位值班的领导拿了张纸条急匆匆地向会议室走来，涂副局长就说："急什么！什么事这么着急？"

“刚才有人报案，说那个毒品在青藏公路上。”

“什么青藏公路，给我看看！”

涂副局长拿过那张纸看了一下马上说："你赶快送进去，这个情况太重要了，大家正在讨论呢。”

涂副局长一进卫生间就关上了隔间的门，他需要立刻把这个消息传递出去，原本他就准备给燕子打电话，告诉她余光查到了杀手的底，后天钱彬才能赶到丙中洛，时间来得及的话，晚上回家用那个和燕子专用的联系手机打电话，他一直不敢把和燕子专用的联系手机带在身上，基本上全是燕子给他发短信，他晚上回家看了以后，再给她打电话，他不想冒任何不必要的风险。但是现在不同了，这个消息太惊人了，搞不好余光又要断绝所有知道这个情况的人和外面的联系，他决定再破一次例：第一次破例就是夏玉斌去银行的那次。他掏出了手机换了张手机卡，再次打出了这个罪恶的电话。

等涂副局长再进会议室，只听到杨局长在大发脾气：“余光，我告诉你！你这样做是不对的。上次你就不让我和罗政委还有孙主任离开，结果小夏仍然出事了。这说明什么？说明你的想法有问题，当时我们4个是不是没有离开过？贩毒分子仍然得到消息。这说明他们另有情报来源，是不是？”

“小夏的牺牲更说明了贩毒分子的狡猾，他们一定在我们内部有内线。你也承认他们一定有情报来源，这情报来源在哪里呢？只能在我们内部！我虽然不愿意这么做！但是为了同志的安全，我别无选择！”

“现在知情的人这么多，这里有一二十人，那边110报警中心也有很多人知道情况，你怎么控制？你全部不让人回家？不让人打电话？不让人上网？不要做其他工作了？也不要和外界有任何接触？笑话！要知道上次连你也只有4个人知道内情，这次你准备封锁多长时间？ 10小时，还是1天？ 2天？是不是要一直封锁到你抓到他们的时候啊？要知道他们现在在西藏呢。就是一切顺利！你抓到他们也至少还要一两天吧！”

余光一时语塞，稍停才说道：“这是不容易，但是我们仍然要做啊！我想大家会理解的。”

杨局长很气愤地说：“大家当然会理解的。但是你这样不相信你的同志，你的战友！是对他们巨大的侮辱！你明白吗？”

余光也火了：“刚才你也说了，这里边可能有人走漏消息，虽然不一定是故意，但是我也是没有方法啊！要不你想个办法？”

“你这么一来，其他工作怎么办！我们公安局的主要力量全在这里，你把他们隔离几天时间！那他们的其他工作谁来做？这个案子谁来破？你是不是还准备只让你和钱彬、岩军3个人来调查，钱彬已经去了贡山！就你们两个人就能抓住罪犯！”

“这……？”

罗政委这时插话道：“余大队也是破案心切！我看这样吧：大家暂时不要离开这里，有什么事情全部在这里解决，你们通知手下，有什么事情要请示全打电话到这里来！我也通知一下110的同志，大家全克服一下！任何人要离开这个房间单独行动，全要杨局长的批准！”

涂副局长听到这里，他决心一定要把水搅浑，立刻说："罗政委，这样不行吧！这么多人晚上还要睡觉呢！你总不能让他们全在这里睡觉吧！而且110的大部分是女同志，有的家中还有小孩子，晚上也不让他们回去那怎么行？还有这里很多工作不是在办公室能解决的，他们要出现场的啊！"

这时，余光的电话响了，他看了一眼电话，发现是孙英杰给他打来的，就要离开现场。涂副局长笑着说道："余大队，你可不能走啊！你要以身作则啊！你这么一走大家全会怀疑是你走漏消息的。"

余光头也没回红着脸在大家的哄笑声中离开了会议现场，他一出门打开电话，这听见对方说："是不是4587给你们来消息了？"

"你怎么知道的，我还没来得及给你汇报，我正在尽量封锁这个消息，但是知道的人太多，有好几十人，我根本封锁不住消息，而且所有人基本全反对我！"

孙英杰明白余光现在在DL市公安局的处境一定是四面楚歌，他的所作所为肯定是DL市公安局领导所不能容忍的。既然现在内奸找到了，就没必要还在公安局内部大动干戈，余光和自己不一样，案子完了可以一走了之，他以后还要在DL工作。孙英杰想想说："算了！没必要了！消息已经被你们涂副局长告诉贩毒分子了，他是用他的手机换了个号码打的，给我们截听到了，我手上有录音。他就是你们局里的那个内奸，我马上过来逮捕他！我已经让缉毒局通知西藏公安在青藏公路上搜索那辆车了。你现在只要看住他，不要让他跑了，明白吗。"

余光心里一下子松了一口气，感觉卸掉了一个沉重的枷锁，虽然他知道公安局内部肯定有内奸，而且作为一个新调来的外来户，进行内部的调查肯定是最合适的。但是他打内心厌恶这个工作，而且他的所作所为已经让他在DL市公安局内部四面树敌，现在一切总算都结束了，虽然他现在很担心4587的安全，但那不是他所能控制的，他现在只要盯住涂副局长就可以了。他回到了会议室，意兴索然地说："既然大家全不愿意，而且这样做动静也有点太大了，我看还是按照杨局长的意思，算了吧！"

涂副局长听余光突然这么一说，心里一下子就明白了：他的电话一定被监听了。作为一个刑侦专家，当然知道每一部手机都有一个固定的移动设备识别码，IMEI码是唯一的。当用手机接入通信网络时，通过手机的IMEI码就可以对当事人的手机进行识别、监视、录音、定位等，如果需要监听哪部手机，只要知道IMEI码，就肯定能够监听到。同样你知道了一部手机的号码，也可以查到用这个号码的手机IMEI码。要想摆脱监听的话，就一定要同时换手机和卡，不能只换卡而不换手机。就是用这种方法他抓获过不少犯罪分子，看样子他也要栽在这上面了，他估计自己99%是暴露了，他决定还要再试探一下。

他说："这样也好！余队长赶快和西藏警方联系，商议如何具体地搜捕那辆车。我现在还要去北区分局一趟，那里那个强奸案要去看一下，我就先走了。"

余光厌恶地看了涂副局长一眼，他不明白这个过去在DL一直负责刑侦工作的原刑警大队长、现在负责刑侦工作的副局长是怎么蜕化变质成为一名贩毒分子的帮凶的。余光立刻回答说：“涂副局长，你等一下，我要单独向你和杨局长、罗政委汇报一下 4587 的情况，我还要听听你想如何查找那辆车的看法。我们一起先去局长办公室吧！”

杨局长说：“一会儿这样，一会儿那样！余光在搞什么搞！算了，现在不说了，到我办公室去，你要说清楚。”

涂副局长漠然地看着这一切，他如行尸走肉一般地拖着脚步慢腾腾地走在杨局长的身后，一起去了 10 楼的局长办公室。余光紧紧地跟着他，他明白他已经不可能逃脱了，他决定最后再做一次试探！这时，他的手机响了，他一边接听一边说：“好的，你让他电话通着，我现在就下来。”

他对杨局长说：“办公室有急事，好像是省厅的马副厅长打电话找我，我过去接一下电话。”

余光说：“你不接电话的话，马副厅长会打你的手机的。我们先去杨局长办公室，然后你就在那里用电话打回去不也一样吗？”

说着电梯到达了 10 楼，他们一起经过了涂副局长的办公室，又来到了杨局长的办公室。涂副局长看着走廊中熟悉的一切，他明白再也看不到熟悉的一切了。

等大家一进杨局长的办公室，杨局长就问：“余队长，有什么事，这么神神秘秘的？”

余光说道：“我想向你们汇报一下 4587 的情况。”

而此时的涂副局长根本就没有心思听什么汇报，他明白自己的生命已经走到了尽头，他慢慢走向窗边的大办公桌，抬眼看见了推拉窗并没有扣好，突然之间他冲向了窗口，一把推开推拉窗，一跃而下。余光早已发现不对，冲上前去一把抓住了他的后衣襟，只见涂副局长对他回头一笑，一脚踹在余光的胸口，余光本能地手一松，等他反应过来再去抓时，余光的手上就只有涂副局长的一只皮鞋了。

余光回头看了看被惊得目瞪口呆的杨局长和罗政委说：“他就是那个败类！”

“你能确认？”

“他的自杀就是最好的说明了。他刚才已经把 4587 的消息传递给了那个贩毒团伙，现在 4587 的生命有危险！”

杨局长难以置信地说：“你能确定？他怎么传出去的，他得到消息后没有离开过我们啊？”

余光想了想，认为一切还是等孙英杰来了以后再说：“我不知道！但是他的行为证明了一切。”

这时他们听到外面人声鼎沸，罗政委说：“现在不管这个了！第一是把涂……老涂的尸体给搬走。要不然影响太坏。”

杨局长摇了摇头说：“你赶快去安排啊。我怎么向市委和局里交代啊！”说着杨局长颓然坐倒在沙发上，他看上去一下子老了 10 岁。

余光默默地看着杨局长，他理解杨局长的心情，同样他的心情也不好受，涂副局长立功多次、获奖无数，现在怎么会沦落为贩毒分子的帮凶呢？这一点他到现在也是百思难解。

没过几分钟，孙英杰走进了办公室。余光一见他进来，就松了口气。因为他根本不好对杨局长明说：他监听涂副局长的手机了，那样杨局长肯定明白，包括他自己在内的很多局里人的手机肯定也被监听了。

孙英杰一进来就说："杨局长，您好！我是孙英杰，是公安部缉毒局的特派员，受公安部缉毒局的指派，负责这个案子的秘密调查工作。"

杨局长看了孙英杰一眼，又看了余光一眼，他一下子就明白了，余光一直在暗中接受他的指挥。他心中十分不满，不知道为什么省厅不通知他这么重要的事情，更不能容忍余光竟然一直瞒着他，不向他汇报任何有关情况。

孙英杰明白余光的担心，他马上接着说："我是直接接受公安部缉毒局的指挥，没有和省厅机关进行联系。而余光大队长也受到部里的指示。我们这次侦破工作是公安部缉毒局直接指挥的秘密行动，基本上不和当地公安机关发生联系。所以余光队长没有及时向局里汇报情况，这一点我要负全部责任，余光大队长曾经多次提出向你汇报一下有关情况，为了保密我拒绝了他的要求。"

杨局长说："理解理解！全是为了工作嘛！对了，你怎么确定涂……涂光明就是那个内奸？"

"哦，那个简单，我侦听了涂光明的全部通讯，当然监听是受到批准的！这里有他给贩毒分子通话的电话录音。我现在给你放一遍，你就会明白。"

说着孙英杰把录音机打开，只听见里边涂光明压低的嗓音传来："是我，听着！我在卫生间！刚才接到报案说有个代号4587，特征是左膝弯里有一个红色的痣的人说你们的毒品在一辆青藏公路上开往西宁的东风卡车上，车号云D-×××××。落款时间是昨天中午12点。你查一下怎么回事。"

孙英杰见杨局长默默地看着那个录音机，就立刻说道："我已经销毁了所有其他人和涂光明的其他录音。只保留了这一段录音作为涂光明犯罪的铁证！"

"哦！"杨局长暗暗松了口气，他明白孙英杰这句话的意思。连忙说道："我们坚决支持你和余大队的工作。感谢你们清除了我们局内部的叛徒，纯洁了我们的队伍，帮了我们的大忙啊！谁能想到老涂能堕落到这个地步，竟然沦落到与贩毒团伙沆瀣一气的地步。他过去做过不少有益的工作，他这是为什么呢？"杨局长一边说一边摇头。

孙英杰和余光从杨局长办公室出来后，来到刑警大队部，立刻开始紧急联系公安部缉毒局、西藏公安厅、青海公安厅等相关兄弟单位，请他们协助抓捕毒贩。只见杨局长急匆匆地走进来，手里拿着一张信纸，对他俩说："你们看，这是在涂光明的办公室保险柜内发现的自白书。"

孙英杰和余光马上凑过头去，只见那张纸上写着：

你们看到这个的时候，我应该已经不在人世了。事实上我一直在矛盾中挣扎，我早就想死，但是总下不定最后的决心。

众所周知，我妻子在早年的一次“打拐”行动中因车祸牺牲，我们只有一个儿子。我作为一个父亲，是彻底失败了。因为我工作繁忙，对他缺少管教。结果他几年前就吸毒上瘾，我为了自己的面子，不愿意把这个丑闻让别人知道，就对儿子进行了多次的粗暴教育。结果我的那个逆子，竟然在我常抽的香烟中也加入了白粉，不知不觉中我就毒瘾缠身，不可自拔了。我不得不听从毒贩子的任意摆布，一步步地走上了这条不归路。

现在后悔一切全晚了！

我希望我死后，领导把我的儿子送去戒毒所强制戒毒。

还有，千万不可接触毒品！毒品不仅能让人身体变坏，还能让人意志也彻底崩溃。

涂光明

× 年 × 月 × 日

杨局长摇着头，叹息一声，说：“是他的笔迹！事实上我们全知道他儿子吸毒，但是不知道他也……悲剧啊！”

## 二十六

从五道梁到沱沱河沿的青藏公路上，由于高原反应的折磨，猛强正坐在丰田车上昏昏欲睡，不过他感觉现在已经比上午通过唐古拉山口时好多了。只要一切顺利，他明天就能赶到格尔木，后天就可以到达这次旅程的目的地：西宁。突然他的那个海事卫星手机响了。猛强一下子惊醒了。他知道这个号码只有沈红义有，自从离开贡山的丙中洛以来，他每天打电话汇报情况，沈红义从来没有打电话找过他，他明白这个电话一定非同寻常。猛强一接电话，果然听到里边沈红义的急促的声音：“你旁边有人吗？有人的话就下车找个没人的地方打回来。”

猛强立刻喊住司机：“停一下，我们先休息休息。”

猛强下了车后，立即跑出了 10 多米以外的地方，给沈红义打回了电话问：“老板，什么事？”

“你手下 6 个人里面有一个是公安，代号 4587，他把你们的车牌号码和现在位置的消息全传给公安了。”

猛强的心中猛地一震，立刻问道：“怎么传出去的？什么时候传的？公安知道多久了？”

“公安刚刚才知道这个消息。昨天有人在羊八井温泉留了个纸条把消息传出去了。”

猛强懊恼地一拍脑袋说：“他妈的！当时不让他们去洗澡，就没这个事情了。”

“你也别懊恼！如果你的手下有公安，早知道比晚知道要好。这不一定是坏事！你一定要把他给我找出来并控制起来，据说那个公安的左膝弯里有个红痣！”

“……左膝弯里有个红痣！”那几个字如大锤一样一个字一个字地重重敲打在猛强的心窝里，在听到那几个字的刹那间，他的脑海中就浮现出一幅画面：他自己低下了头，用嘴几下把血从伤口里吸了出来。看见田静左膝弯边有颗指甲盖大小、像弯月一样的粉红的痣。

猛强定了定神小声说道：“我知道了，我会找到她的。”这时他的心中一直在暗暗地祈祷，他的手下至少有2个人的左膝弯里有个红痣，虽然他明白这样的几率不到1%，但是他实在是无法面对“田静是个公安”这样的事实。

猛强决定暂时把这个问题先放一放，现在他面临着另一个生死攸关的大问题。立刻说道：“老板，那现在我们怎么办。”

“你现在不能去西宁了，马上离开青藏公路。好在那里地广人稀，先找个地方躲起来，我现在就让冠明去找你们。到时候再说。”

猛强想了想说：“要不我抢两部车，把现在的车给扔了，继续开到西宁去。”

沈红义心中一惊，立刻说：“不行！那样有两个问题。第一，公安一定会检查所有的车辆，你的车上有那么多的毒品，我们冒不起这个险。第二，我一直没有告诉你，公安通过找你那辆北京吉普平常停放的位置找到了你的家！然后他们去了你常去的那家健身房，搞到了你的照片！他们现在手上有你的照片了，所以你根本逃不掉。”

“老板，那你说怎么办？”

“还是按我刚才说的，你把车开到个没有人烟的地方去。我记得你带了GPS。把位置告诉我，我让冠明开那辆运液化气的车去接你。到时候你和那些东西藏在一起，我们把你和货一起运出来。你看这个办法怎么样？”

猛强一下子沉默起来，他被接二连三来的坏消息给打蒙了！首先是跟着他的6个人中有一个是公安，还极有可能是田静！然后是公安有了他的照片。但更沉重的打击只有他心中清楚。他的家中有在他心中像父亲一样的人物给他留下的全部遗物。他虽然并不愿意像他师傅希望的那样去当喇嘛，但是他也不愿意失去他留给他的那些笔记。他知道那些是师傅一辈子的心血，现在他明白，他将永远地失去它们了。

猛强努力地集中起所有的精力，他明白现在时刻是决定性的，稍有不慎，就一定会给公安抓住。

猛强把脸转向了西边，广袤无边的可可西里荒原展现在他的面前。他在心中默默地权衡了一下，考虑了车上的汽油和食品，汽油还有不少，但是食品根本坚持不了那么长的时间，他依然决定走向他命中注定的可可西里荒原。

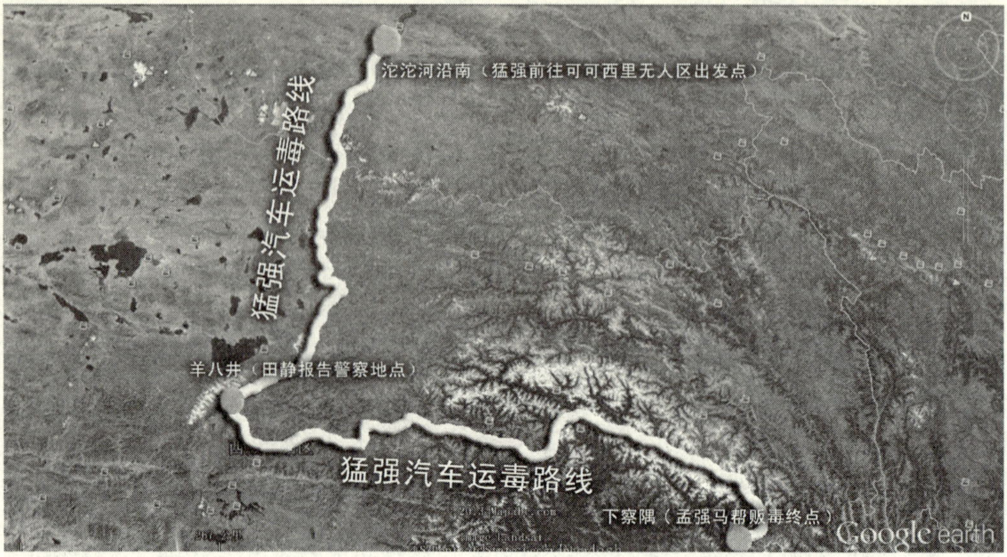


他对手中的电话说道：“我想好了，事实上我们根本再也走不了青藏公路了。公安根据昨天中午我们在羊八井的信息，一定能猜到我们现在正在那曲到格尔木的路上。公安在两头一卡，我们根本逃不掉的，他们一定会在青藏公路上严加盘查。所以我们只有穿过西面的可可西里开到新疆去。你让冠明到新疆的南疆公路上去等我，我到那里去汇合他，具体地点我们以后再定，我估计 7 天后到达那里。”

他回到了车边，立刻把所有的人全叫到了一起。猛强决定进行一次突然袭击，他看着田静突然说道：“4587。”

他立即从田静的眼中看到了一阵慌乱！猛强的理智早已告诉了他自己，田静就是那个公安的人，但是他的情感却让他不愿意相信这一可怕的现实，他只有做出最后的求证。猛强让他手下的 6 个人全部脱掉了长裤，他一一地检查了他们每一个人的左膝弯，奇迹没有发生，所有的人中只有田静一个人的左膝弯中有红痣。

当田静听到从猛强的口中说出“4587”这 4 个数字，犹如五雷轰顶，一瞬间震惊了！她不知道猛强怎么知道她在公安内部的代号，她不知道错在哪里。但是她确切地知道她已经彻底地暴露了。她手足无措地脱下了她的长裤，等她再穿好衣服，她已经从当初的震惊中慢慢地恢复了正常。她明白她的生命将走到尽头，她即将面对死神，她将回到她那死去的父母身边！她将回到她那亲爱的弟弟身边！她当然也猜到了她在羊八井留下的纸条一定是传递到了 DL 市公安局的手中，而 DL 市公安局中一定有着贩毒分子的内线。不过让她欣慰的是：这几百公斤的毒品再也不能去害更多的像她弟弟一样的人了。

她镇定地说：“猛强，我就是公安的线人 4587，你应该知道你们跑不掉了。青藏公路只是一条路，路途你们已经看到了，两边全是千里无人区，公安只要两头一堵，你们就是瓮中之鳖！你们只有投案自首，才有你们的出路！”

猛强眼睁睁地看着她说完，摇了摇头说道："你们把她看好！千万不要让她跑了！"

"现在开始食品由我定量发放！我们向西去可可西里！我倒要看看公安怎么抓到我！"

猛强带着这个小小的车队向着平均海拔超过4500米的可可西里荒原开去。可可西里荒原面积超过50万平方公里，横跨在西藏、青海的西北部，而整个50万平方公里的土地上只有不到2万名藏族牧民过着原始的游牧生活。可四周喀喇昆仑唐古拉山脉、昆仑山、喜马拉雅山、念青唐古拉山脉、冈底斯山脉及阿尔金山四周环绕，是青藏高原中的青藏高原，有着中国最大的无人区，中间的可可西里山脉贯穿整个荒原。可可西里在藏语中的意思是"北方的空地"。猛强明白在这里他一定能逃过公安的追捕。但是冬季的可可西里的狂暴是多么的可怕，虽然他没有亲身经历过，关于它的传说却令人不寒而栗。

猛强知道只要他一进入可可西里，公安的追捕对他来说已经不是他的最大困难。他遇到的最大的挑战将是——如何生存下去！

他需要就在这一两天之内找到游牧民，要不然他的食品是根本不足以支撑他穿过1000公里的无人区开往新疆，他迫切地需要从牧民手中购买到足够的食物。就是他的汽油也不一定能支撑他走出可可西里。不过这不是他目前首先要面对的困难。他现在首先要面对的是：他根本不知道他的路在哪里，没有地图，没有道路，只有无尽的荒野展现在他的眼前。他明白他的面前充满了危险！他知道可可西里荒原是个巨大的沼泽地，四周的高大山脉让千万年的雨水在荒原内部留存，严酷的冬季温度低到超过零下40度。只要他们的车子出了问题，那一定是死无葬身之地！猛强向佛祖和他所知道的每一个大大小小的神灵们祈祷：车子千万不要出任何问题。

猛强停下了车，打开了他的ipad和海事卫星电话，他把这两样东西用USB线连接在一起，这样就可以上网了，虽然上网的速度只有56Kbis/s。但是至少他现在能够上网了，他打开了google earth。在慢慢展开的画面中，打开了海事卫星电话中的GPS定位系统，他把他现在的位置坐标输入了电脑，又仔细地察看了google earth中他附近的地形。现在他知道了第一个目的地——双湖。双湖是整个可可西里地区唯一有人居住的极度分散的县级特别区。他把双湖的位置也输入了电脑，再次仔细地观察了从这里到双湖路上的地形地貌。这时，他忧心忡忡地发现ipad的电量指向了最后一格。

他去双湖的唯一目的，就是他知道只有那里才有可能找到游牧民。虽然他希望尽量避免和人类接触，但是他知道几乎与外界毫无接触的游牧民，对他而言并不会构成任何威胁。

猛强上了车，带着他的人马开向了那未知的无尽的荒野，猛强看了看他手机上的时间：16：15。他现在迫切地需要听到中央人民广播电台每天下午四点半播出的全国天气预报。他找出了他的"德生"牌短波收音机，把耳机带好，开始仔细寻找中央广播电台播出的频道。

过了没几分钟，他找到了需要的频道。现在他一边用望远镜仔细观察着面前的荒野，一边思考着他如何才能解决 ipad 的电源问题。他幸亏带上了太阳能充电器，他的海事卫星电话的电力不成问题，但是他的 ipad 怎么办呢?

中央人民广播电台开始播出天气预报了:“今年的第一次来自西伯利亚的寒流将在后天开始从西向东、从北到南地影响我国天气，从后天白天开始，新疆大部地区将有暴风雪，后天夜间开始，西藏等西北地区也将出现暴风雪天气，降雪量可能达到三五十厘米。冷空气过后，上述地区的温度将下降 20 度左右，希望上述地区做好抗寒降温准备。”

猛强听到这里，烦躁地关掉了收音机。他呆呆地看着前方的道路，明白现在他不仅缺少食品，他现在缺的东西太多了，他没有帐篷，没有衣物，没有燃料。在正常的情况下，每天大概在荒原中能开两三百公里。最多只需要 7 天就能开到新疆，如果有暴风雪，他将被困在可可西里的荒原上寸步难行，更可怕的是如果有暴风雪，他们的油是肯定不能够让他们开到新疆，他们很可能在这荒原上被活活地冻死、饿死。不过现在他不可能回头撤到青藏公路上去，公安对他的追捕现在肯定已经在青藏公路上如火如荼地展开，他现在回到青藏公路上就是去自投罗网，他现在只有向前！向着那无尽的可可西里荒原前进！向着那暴风雪前进！向着那死神前进。

## 二十七

当天下午，孙英杰驱车 4 个小时，从 DL 赶到昆明，然后飞往兰州，再转机前往西宁，他不仅带来了他的全部手下，更从警犬训练中心带来了 3 条缉毒犬。一路上他不断地打电话和胡副局长、青海警方、西藏警方、余光大队长保持着联系。

他决定在格尔木正面堵截猛强，而余光已经受他的指派在当天晚上就赶到拉萨，现在估计已经赶到那曲，他负责从后面包抄猛强的后路。

孙英杰一到格尔木就会同当地警方召开了案情分析会议。格尔木刑警大队长首先介绍说:“昨天一接到公安部缉毒局的命令后，我们立刻在离格尔木 60 公里的地方设立了一个临时检查站，到目前为止没有发现任何情况。你们带来的缉毒犬将在半小时后被带到临时检查站。”

“好的，我来向大家通报一下西藏警方目前的进展。西藏警方现在取得了很大的进展，他们在昨天下午就赶到了羊八井，通过查看羊八井温泉度假村的监控录像，发现田静他们一行 6 人是在前天上午 10 : 40 到达那里，他们在那里只呆了不到 1 个小时，于 11 : 30 离开了温泉。然后因为是到了午饭时间，他们在那里调查了所有的相关饭店，结果有了重大发现，他们在一家饭店发现了那些人吃饭，当时他们开了两辆车。有一个司机停在那里点菜，经服务员辨认照片那个人就是杀手。杀手先离开饭店，那些人等他回来后才一起离开饭店。服务员回忆，杀手在这群人中为首。根据上述情况，西藏公安怀疑那个杀手也去了温泉洗澡，最后他们果然在温泉的监控录像中发现了那个杀手，杀手是一个人在 12：30 来的，13：10 离开。同时西藏警方调取了全省高速公路上的全部监控录像进行查找。发现了那两辆车的行踪……我现在按时间的前后顺序来确认，这两辆车在一周前从云南进入西藏，4 天前过了然乌，这中间时间太久，从云南到然乌最多只要两天时间，其他时间他们去干了什么现在还不清楚。3 天前过八一，前天上午 8 点从川藏公路进入拉萨。前天上午 9 点进入了青藏公路，最后一次发现这两辆车是昨天上午 8 点在那曲的青藏公路收费站。按照这个速度计算，如果他们不改变行程，应该在今天中午到达格尔木。现在的问题是杀手应该是在昨天中午 12 点得到消息，他们的位置和车牌已经被确定了，现在请大家设想一下罪犯的下一步打算会是怎样？”

格尔木刑警说：“首先我们来估计一下，当时毒贩们得到消息的大致位置，大家请看地图。这里还有青藏公路 G109 国道的里程表：西宁—(123)—倒淌河—(196)—茶卡—(484)—格尔木—(269)—五道梁—(150)—沱沱河沿—(91)—雁石坪—(100)—唐古拉山口—(89)—安多—(138)—那曲—(164)—当雄—(75)—羊八井—(78)—拉萨，我们可以假定他们的速度在 80 公里／小时左右，这个速度可以在拉萨到羊八井的时间上能推断出来，他们是上午 9 点进入青藏公路的，10：30 到温泉的，两者距离是 89 公里，如果算上找饭店、泡温泉的时间正好对得上。而计算羊八井到那曲的时间肯定是对不上的，因为中间他们要过夜，他们过夜的地点我们现在不能确定，我们可以肯定他们没有开夜车赶路，要不然他们下午 2 点离开羊八井，一般是在当天晚上 12 点左右到达那曲，所以我估计他们一定在那里过的夜。由于我们从录像中可以明确他们到达和离开那曲的时间是上午 8 点，离那曲最近的居民点有 5 个小时的车程。所以我们可以肯定他们是在路上停车过的夜。最后，他们 8 点离开那曲，中午 12 点得到消息。中间有 4 个小时，我估计他们最后的位置应该在这里——五道梁和沱沱河沿之间的某地。这个地方是青藏公路上最荒凉的地方。那里的东边是三江源保护区，西边是可可西里保护区，两边全是无人区。罪犯在那里是无法生存的，所以他们的选择不多，一个是回头返回那曲，还有一个就是继续前进到格尔木，中间没有任何别的出路。那曲是藏北的交通中心，人口有 9 万人。那里附近有 G317 国道和 S301 省道，是两条岔路，分别通向西藏的昌都地区和阿里地区。那样回旋余地大得多。而且他们原本就是向格尔木方向过来的。所以我估计他们会返回头，回那曲转向昌都地区。因为 S301 省道四边全是无人区，比 G109 国道还要荒凉，路上车也很少，是很容易被发现的。G317 国道沿线有不少居民点，内部道路也比较多，容易隐蔽。那是理所当然的第一选择。另一个选择就是回到那曲，在那里就地隐蔽起来，现在我想问一下，他们在西藏有藏身之地吗？”

孙英杰听了以后说道：“首先我感谢青海和西藏的同志做了很多很好的工作，特别是西藏警方查明了很多情况，比如他们共有多少人？以谁为首？有几辆车？比4587的情报要详细准确得多！为我们进一步开展下面的工作打下了良好的基础。”

“现在我向大家汇报一下整个案情的相关情况。首先我说说大家都很关心的那个为首的杀手情况。据云南DL市公安局钱彬的调查，杀手是藏族人。家乡是云南贡山的丙中洛，身份证上用的是藏名叫饶结平错，汉名叫猛强，事实上就是藏语饶结平错的意译。猛强今年24岁，是个孤儿，父亲是个猎人，母亲在他5岁时就早亡。母亲去世后，他一直跟着父亲在山里生活，他的枪法可能就是那时候练成的。12岁时父亲因病去世。因为猛强十分聪明，被贡山普化寺收养，他基本上是在贡山普化寺受的教育。据调查，猛强十分的顽皮，也根本受不了喇嘛的那么多戒律约束，虽然师傅十分宠爱他，但是他却没有当喇嘛。2009年师傅去世后，他代表某家俱乐部参加了一场射击比赛，在昆明受了半年的专业射击训练，彻底地成为一名神枪手。后来他因为打架斗殴被开除了，那时候他已经不能适应贡山的农村生活，他已经被城市的繁华迷昏了头。结果他很自然地留在昆明，因为他对野外很熟悉，后来做了很短的一段时间探险导游。我们估计在这期间，他就和贩毒分子搞到了一起。半个月前，他回到了老家，寻找了当地最大的马帮，并于12天前带了5男2女7个旅游者和12个马夫、10匹马从丙中洛出发，前往西藏的察瓦龙。按当地马帮人员估计，他们5天前到达察瓦龙。这样时间上就和4天前那两辆车出现在然乌对得上了，因为察瓦龙到然乌只要一天时间。两天多的时间，那两辆车应该是先开到了察瓦龙，接了猛强从丙中洛用马帮运来的毒品后，继续上路前往拉萨的。

“现在我再来简单介绍一下这个案子的相关情况，我们是在上个月成功地在云南贡山抓获了偷运海洛因进入我国的森警飞行员，堵住了毒品进入我国的一条入口。同时我们在深圳破获了运送海洛因的地道和DL到深圳的运输线。基本彻底破坏了这个贩毒集团在中国的整个贩毒网络。但是我们中间的一个重要节点——DL的案犯抓捕没有成功，据我们了解，DL的案犯手中大概还有800公斤的海洛因。这批海洛因是他们手中最后一批毒品了。当时我们在DL前往内地的交通干线上做了大量的布控，案犯不可能现在把毒品从DL运往内地。结果案犯按原路返回把毒品从DL运回了边境上的贡山，这一点出乎我们所有人的预料。

“大家请看地图，毒品原来的运送路线是这样的：缅甸野人山（森警直升机空运）——云南泸水——DL（汽车原木夹带）——深圳——香港（地道偷运）。因为我们切断了DL——深圳——香港的运输通道，同时我们在DL追捕也十分急迫，结果逼迫他们又把毒品重新运回了贡山，另开辟了一条新的运毒路线：云南贡山（马帮）——西藏察瓦龙（汽车）——西宁，最终目的地仍然应该是香港。

“结合猛强的特点，主要是他对野外生存有着丰富的经验，并且我们在他的家中找到大量可可西里的资料这一点来看，我们要有他在走投无路时不顾一切地闯进可可西里无人区的准备。我提议，西藏那边的追捕工作继续由西藏警方负责，青海警方孙大队长负责，由格尔木顺着青藏公路向西藏方向排查，双方以唐古拉山青藏两省区的分界线为限进行搜索。我们不仅要守株待兔，而且要主动出击，争取查清这两辆车在青藏公路上的行踪。我本人将带领武警在可可西里保护区管理局巡山队的配合下，深入可可西里进行追踪。我个人认为猛强带着毒品进入了可可西里无人区。”

孙大队长想了想说：“我不太同意孙总的想法！冬季进入可可西里无人区对当地人来说也是个九死一生的考验。而对一个没有当地生活经验的人来说，在没有充分准备的情况下进入无人区，那无疑是个自杀性的行为。虽然猛强有一定的野外生存经验，但是可可西里的平均海拔在4500米以上，面积几乎是中国的1/10大小，而且现在是冬季。猛强作为一个探险导游，他十分清楚里边的危险性。我还是认为，他们会退回那曲，同时把毒品埋在青藏公路沿途的某个地方，以后重新来取，而贩毒分子会在那曲潜伏下来，或者干脆在那曲分散开来，以逃避我们的打击。”

孙英杰敏锐的直觉告诉他，猛强一定是在可可西里，但是他现在没有证据来说服孙大队长，当然他也无法排除猛强逃回那曲的可能，于是他说：“孙队长的想法很有道理，我想我们要多管齐下、多条腿走路，孙大队的意见我会转告西藏警方，让他们在那曲做最大的努力，彻底搞清楚猛强到底回没回那曲！同时我们也按照我们的计划继续进行！”

猛强和他的人经过了20小时的行程，疲惫不堪地来到可可西里的腹地，他们远远地看见了一个羊群。猛强掏出望远镜找到了那顶扎在蓝天白云之下、青青草原之上孤零零的帐篷，他想这就是他两天来一直在寻找的，明天就要断粮了，而这里有他所需要的一切。“上天照顾我们啊，现在我们到帐篷那里去，看看能不能买到点吃的喝的，还有锅具等用品，看看他们有没有多余的帐篷。”

帐篷看上去不远，但也开了10分钟才开到帐篷那里。一下车，猛强诧异地看见女主人穿着光板羊皮袄双手下垂，半弯着腰，伸着舌头站在了一边。

猛强明白这是藏人过去几千年流传下来的农奴对头人、大喇嘛的礼节。1959年以后，他的家乡就基本没人行这种礼节了。他想象不到在21世纪竟然还有人对他行这种礼，他一下子就明白了这个地方的闭塞愚昧，应该10倍于他那贫穷壮美的家乡。

猛强看了看四周，满意地发现了成堆地晒干了的牦牛粪。他用藏语说了两句，说得很慢，他知道他家乡的康巴藏语方言和这里还是有区别的，他高兴地发现她能听得懂。他没有征求女主人的同意就对大家说：“大家别客气，进去看看吧！”

说着掀开了帐篷的门帘，一阵阵羊膻味混合着很多说不出来的很不舒服的味道扑鼻而来，猛强瞟了田静一眼，看见田静皱着眉头用手捂着鼻子跟了进来。进去只见帐篷中间是个火塘，帐篷的正上位挂着3幅画像，大家看着那3幅画像哑然失笑，中间最大的一幅是全球人民认识的毛主席标准像，左右是达赖和班禅的画像！猛强很清楚在无知的藏民心中，毛主席是文殊菩萨转世，那可是比达赖和班禅高得多的神格般的存在！

等大家全进去以后，那个女主人跟了进来，什么也没说就趴倒在地，先拨旺了火塘，然后从一个牛皮袋子里掏出了几条长长的灰不拉几的白布，恭恭敬敬地把一条条白布用双手高举过头顶，一一给他们献上。

然后，他看见那女的挖了一大块新酥油，就着火塘中新烧开的水用力地打起了酥油茶。她那被风吹的干涩的脸上流露出真诚的笑容。猛强随口问了问这里的情况，他满意地发现这里方圆几十公里只有这一户人家，这户人家5口人，女主人在家，男主人在放牧，3个孩子在上学，大的在那曲上初中，两个小的在双湖上小学，只有寒暑假才回家来。

猛强明白这应该是最后的游牧民，他根本不相信这两个游牧民的孩子还能安心地过他们的前辈们过了千百年的生活，外来的文明如洪水一样，将把他们原有的文化洗涤得干干净净！

10分钟不到，只见那女藏民先翻出了块羔羊皮用力地把几个铜碗给擦干净，然后再用力地吹了几下，最后把酥油茶倒了进去，然后一一地捧了上来。

猛强一端起来就知道，这碗不是过去那种真正的铜碗，是那种工业化发色的铝碗，是“西贝”货。那股冲鼻的膻味已经不是他所能接受的了，他笑看着田静强压恶心地在喝。等他刚喝两口，只见田静一阵狂吐，把刚喝下的那几口酥油茶给吐得干干净净！

猛强一见之下，就对那女主人说：“我这里带了几瓶烈酒，你把男主人叫回来，我们一起喝了。”那女人一听这话，高兴得满脸红光，弯腰点头后退着出了帐篷。

半个小时不到，只听见一阵急促的马蹄声传来，一会儿男主人肩上扛着一个风干羊腿，手上提着几个口袋走了进来，那个女的跟在后面，手上端着一个盆子跟了进来。猛强掏出最后半瓶酒对男主人说：“我这里就这一点，来敬你一杯。”

说着，猛强把酒倒在几个小碗里，只见女主人把一盆干奶酪放在桌子上，然后又找出一塑料桶的散装白酒拿了过来。

男主人先是跪坐在下首位置，把羊腿放在矮桌上，诚惶诚恐地端起了小碗酒一口喝尽后说：“好酒啊！好酒！贵人来了，我这里酒不好！吃的也不好！贵人们就将就着吃吧。”说着他跪直身子，拿起酒桶给他们一一加满，然后掏出一把小刀，从羊腿上削下几片生羊肉，恭恭敬敬地一一递上，猛强尝了一口，一股带有强烈的羊膻味和着木屑般的口感差一点让他吐了出来。猛强强咽了下去，对手下说：“你们去车上把吃的全拿来，一起吃光吧。”

不一会儿，猛强和男主人喝了几碗酒，田静他们实在吃不下去，只吃了点带来的干粮。猛强指了指口袋说：“那里边是什么？”

那藏人满怀高兴地说：“今年生了不少羊羔，我儿子夏天回家帮我点了羊数，现在我又搞不清楚了，我就用羊粪蛋子来数羊，一个羊粪蛋子是一只羊，数了好几次，就是数不明白……”

猛强明白一个人长久不和外界接触，首先就会失去算术能力，而现在看来，他们不仅失去了算术能力，还失去了数数能力。他明白他们多少辈子以来一直过着这种放羊娶媳妇生孩子的日子。想到这里，猛强为他们感到无限的悲哀，他突然对手下用汉语说道:“动手，把他们全做了。”

说着猛强头也不回地离开了帐篷，他明白他没有办法不这样做，虽然他们像绵羊一样的纯洁、善良、无助，他们蝼蚁一样的生命对他来说根本无足轻重，但是他仍然不愿意亲自动手。同时他也没有其他选择，他需要帐篷、衣物、锅、食物、燃料，而这一切在这个可可西里无人区只有这一家能够提供，他不由自主地怜惜起“这堆瓦砾”，但是他没有想到，其实他也是别人眼中的“那堆瓦砾”。

这时，猛强看见田静一个箭步冲了上来，举着手要抽他的脸，他一把抓住了她的一只手，然后田静又举起另一支手也被抓住了，田静大声地喊着:“你为什么要杀他们？他们做错了什么？他们是那么的善良，那么的与世无争！我还以为你只是准备买点吃的而已，你这个禽兽、凶手！”田静一边喊一边用双脚不停地踢着猛强，猛强没有反抗，他只是把田静用力地拉向自己的身边，让田静不好发力，突然猛强感到下腹部一阵剧痛，田静一膝盖撞向了他的要害部位，猛强只好放开了手，改为用两只手紧紧地搂住田静，他一只手紧紧地搂住田静的背，另一只手紧紧地搂住田静的腰，把自己的头紧紧地藏向田静的肩头，任凭田静的拳头雨点般地向自己的背上、头上打去！过了好一会，无助的田静早已委顿地哭倒在地。猛强看一下四周说:“装上帐篷、锅碗什么的，还有全部吃的、盐，杀 20 只羊带上，不要忘了那堆干牛粪，那是燃料。”

说着，猛强走出了帐篷，打开了他的汽车引擎盖，他看到汽车的蓄电池 12 伏，然后他把 ipad 掏出来一看电压是 10.8 伏。他想 ipad 应该能够用汽车蓄电池供电，于是他把 ipad 的充电线剪开，连上了蓄电池，打开了 ipad，开始规划起下一段旅程的路线。

## 二十八

三天以后的晚上，外边的大雪已经有一米多深，猛强一行已经在可可西里的腹地——可可西里湖边困了两天两夜，这里是藏羚羊传统的冬季产羔地。帐篷外面，北风仍然在咆哮不止，鹅毛般的大雪在漫天飞舞。所有的人紧紧地挤在帐篷里，互相靠着体温取暖，中间唯一的火盆几乎已经熄灭，散发出的微弱热量给这个冰冷的死气沉沉的帐篷带来唯一一点光亮。

所有的人穿上了所有的衣服，还把那 20 头羊的羊皮剥了下来胡乱地裹在身上，但是这一切完全是杯水车薪，根本无法抵御零下 30 多度的酷寒。

在这寂静中，田静突然打破了沉默喊道:“猛强，你要对所有人负责，不仅是你，也不仅是我，还有你的这些手下！你明明知道要下大雪，你天天听天气预报，难道你敢不承认吗？要不然你也不会杀了那两个可怜的牧羊人，抢走了他们几乎仅有的东西！现在你准备怎么办？坐在这里等死吗？你说！你看着我的眼睛！你说啊！”说话间田静跳了起来，弯下了腰一把抓住了猛强的领子。

猛强突然间被激怒了，他跳了起来，一把把田静推了个踉跄说：“你还好意思说这个，这全是你害的。不是你这个卧底，我们现在早在西宁快活了，还能在这里生死未卜地活受罪吗？一切全是拜你所赐！怎么现在你害怕啦？怕死啦？怕死不要做卧底啊！”

田静猛然站直了身子，眼睛直视着猛强说：“怕死？我当然怕死！承认自己怕死没什么可耻的！因为生命是那么的美好！你不怕死？好的！我可以承认你不怕死！你是英雄好汉！大不了18年后又是一条英雄好汉！但是，你的那些手下呢，他们怕死！他们和我一样怕死，他们和我一样有家人，他们想活着回去！当然你从来不把他们的死活当一回事，你的手下在你心中和那两个善良的牧民一样随时可能被你杀了，就好像你杀了那个小巴一样，是不是？”

猛强一下子冷静了下来，他明白了田静的用意，他现在一定要小心应对，要不然他就马上失去对手下的控制，那就完了，什么都完了。他笑道：“你不要挑拨，那没用，要知道你是公安，他们能相信你？你把他们当3岁小孩了？要知道我们全是贩毒的，那是把脑袋别在裤腰带上的买卖。他们会怕死！那不是笑话啊？哈哈！而且我告诉你，我已经和老板说了，他亲自带人从新疆来接我们，我们的地址他们知道，只要我们在这里坚持下去就没事了。我们现在有吃有喝，穿的也暖和，车也没坏，大不了等雪停了，我们还能自己开到新疆去。我想你现在还是好好想想你自己的处境吧！我现在捏死你，就像捏死个蚂蚁一样容易。”

“不错，你现在捏死我就像捏死蚂蚁一样容易，你为什么现在不动手？现在捏死我，还能少一张嘴吃的，能让你们多活几天，现在你们有吃的有喝的，最多还能吃半个月吧？但是烧的呢？大家全看见了，我想肯定不够半个月。你们大概不会饿死，你们应该是被冻死！对不对，我没说错吧？车倒是可以开到新疆去，油呢？油够吗？油大概只够开百把公里吧，开到新疆？猛强你骗谁？老板来接你，这倒是个方法，不过照现在这天气，我看你们老板还是来给你们收尸吧。”

“你说得不错！你以为你说的这些他们想不到吗？你以为你比他们聪明？我告诉你，我们这边有700公斤的海洛因，只要这700公斤的海洛因在这里，老板他一定会来救我们，这是他的钱！聪明人，你知道吗？所以，我们现在很安全，老板他一定会来！”

“我没说你们老板不来！但是这天气，我看他只能给你收尸！最重要的是，你根本不应该进可可西里，这全是你的错！是你把我们大家一起带到这个死地！你要负责！你完全应该把海洛因埋在一个什么地方，然后你就能带着他们去西宁，你应该让你老板来把这货运走。你为什么不这么做？是你在逞能！明白吗！是你自己在逞能！才让我们大家落到这么个境地！”

猛强一把封住了田静的衣领说：“不错！是我把大家带到这个地方来的，但是我也会把大家活着带出这个地方的！这一点你放心！还有你记住：少你一张嘴，我们就能多活 2 天，你不要逼我，明白吗？”

说完，猛强把帐篷帘子一摔，头也不回地冲了出去。

帐篷内又陷入了死一般的寂静！过了一会儿，田静说道：“我们应该打电话给公安自首，你们把海洛因交出去，那是重大立功表现，我保你们坐不了几年牢就能出来了。你们不像猛强，杀人是他逼的，你们不会去为猛强陪葬的，对吗？”

“你不要挑拨离间了，没人会听你的！猛哥说得不错，我们全是把头别在裤腰带上走上这条路的，老板不会丢下我们不管，他会来接我们。”

就在这时，空寂的外面穿来了一声撕心裂肺的狼嗥声，在这一阵阵的狼嗥声中，田静冷笑道：“是的，老板会来接你们的！不过，我估计他大概连你们的尸骨都找不到了，因为在此之前，你们早已经全都进了狼肚子里去了！”

这时，突然一个人蹦了起来说道：“你们别说了！我受不了了！我害怕！”说着他冲进了外面的茫茫暴风雪中。

所有的人默默地注视着这一切，所有的人精神早已崩溃，他们麻木地看着这一切！等田静从震惊中反应过来，她用力摇着一个人说道：“他会迷路的，他会被冻死在外面的，你们难道不去救他吗？”

那人默默地对她翻了一下眼睛，又低下了头。田静明白他们已经无可救药地被这一切压垮了！她转头冲了出去，她知道还有一个人可能去救他，他应该是他们所有人中，包括她自己的最后依靠。她冲向了旁边的那辆汽车，果然在那辆卡车的驾驶室内找到了猛强，只见他用两手拄着他那最后的依靠——那支 M14，头垂在方向盘上呆呆坐在那里。田静对着他上气不接下气地喊道：“有人疯了，他冲到了外面跑了！”

猛强一下子跳下车说：“什么时候？向什么方向跑的？”

田静用手一指说：“大概是这个方向！”

然后，田静眼看着猛强把枪往地上一扔，头也不回地冲进了无边的暴风雪中。这时风越来越大，吹得田静站也站不住，雪越来越大，雪花在她冻僵了的脸上当场就结成了冰。田静不由自主把头上的羊皮裹紧，她逃进了像冰窟一样的驾驶室，等她把车门一关上就松了一口气，那冻彻心肺的寒风已经被她关在门外。过了几分钟，见猛强也没有回来，她突然明白过来了，猛强可能也迷了路。

她跳下了车，冲回了帐篷，摇醒大车司机喊道：“猛强去救那个人了，你把车钥匙给我，猛强也可能迷了路，我要去把车灯打开，那样猛强就知道回来的方向了。”

田静连滚带爬地回到了车上，把车灯全部打开，把车发动起来在四周转圈，只见那大灯的光柱在漫漫风雪夜里射向了远方，时间在一分一秒地流失，田静的心越来越向下沉去，她十分清楚只有猛强活着，包括她自己在内，所有人才有可能活着出去，猛强的死意味着他们将全部死亡，她根本无力活着走出这莽莽无人

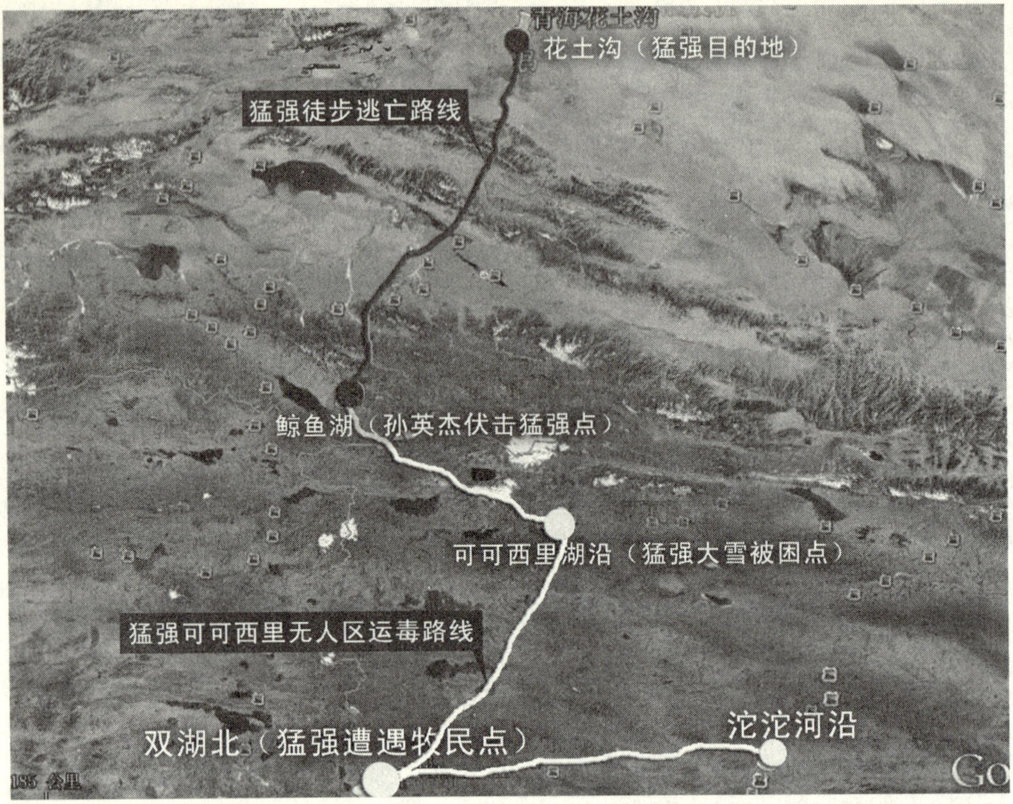


的可可西里。突然她跳下了车，伸着双手狂乱地从雪里摸了起来，她的双手早已被冻得失去了知觉，突然她摸到了什么，她一把把那支猛强最可靠的伙伴——M14抓到手中，她用力扣动了扳机，枪没有响。田静瞪着眼睛看着枪过了一会儿才反应过来，她没有打开保险，也没有拉枪栓，田静胡乱地用双手在枪上乱摸起来，突然之间一梭子子弹打在了她面前的地上，枪的后座力和巨大的响声把她吓得一屁股坐在了地上，她定了定神，又拣起了枪，把枪举过了头顶，朝着猛强跑去的方向又打了一梭子。然后她冲回了汽车，关上了发动机，在呼啸的北风声中仔细倾听有没有枪声传来，果然不到一分钟，只听见远远地传来了两声微弱的枪响，田静马上又回了一梭子子弹过去，然后她又听见回了一声枪响。田静高兴地大叫起来："他还活着！他听见了我们的枪声！"说着她冲进了驾驶室，把车子慢慢地向着猛强的方向开去。

当时，猛强冲进了暴风雪中，不到几分钟，他就找到了那个人，等猛强抓住他时，猛强没想到那人竟然一下子用力朝猛强打了过来，嘴里还喊着："我不回去，我要出去，我能出去！你别管我！"

猛强明白他是暂时疯了，等猛强把他彻底打昏并制服以后，突然发现自己失去了方向感，他不知道如何走回去，努力地回忆自己在制服那个人的时候，朝哪个方向转过身子，大概转了多少度，他想看清他来时的脚印，但是狂啸的北风早把脚印吹平了，他只记得他来的时候风是从左前方吹来的，猛强决定让风从右后方吹来，那样他就能走回去。他不知道他走的时候方向有点歪斜，中间还不由自主地转过几个小弯，事实上他的方向基本准确，但是差了大约60度，如果他笔直地走下去的话，大概会从营地左边100米左右走过，他把那人扛在右肩上向回走的时候，步子不由自主地向左偏，那样的话他就会偏得更多。5分钟过去了，猛强的体力早已透支，他气喘吁吁地望着那无尽的黑夜，突然间，隐隐约约地听见几声枪响传来，他一下了跪了下来，把肩上的人一下子扔在了地上，他努力地平息下自己狂蹦的心，仔细倾听是不是真有枪声传来，果然一分钟不到，他狂喜地听到又有一阵枪声从他左边传来，他从怀里掏出那支M1911A1手枪，向枪声的方向回了两枪。

没等车子开200米，只见猛强连滚带爬地出现在前边的灯柱中，田静刹住车后，连拖带拉地先陪着猛强把那人给摔进了货箱，等那人一上了车厢，猛强就虚脱在了地上。田静像拖个死猪一样，把猛强拖上了驾驶室，开了回去。回去的路上，田静只听见猛强急促的喘气声，他看着猛强的胸脯在剧烈地起伏着。不到10分钟，他们回到了营地，田静看着猛强挣扎着下了车，走到了后车厢，然后一把把那个疯子扛在肩膀上驮着，大步流星地走进帐篷。他把那人轻轻地放在火塘边上，站起来冷峻地对那帮目瞪口呆的笨蛋们说道："把他衣服脱了，用雪擦他身子。快点，还有最后一点酒，喂他喝下去。"

"你们记住，我能把你们活着带进这个地狱一样的地方，也就能把你们活着带出这个地狱一样的地方。"说完猛强走出了帐篷，田静静静地看着他摇摇晃晃艰难地爬上了汽车驾驶室。然后她也跟了上去，她见猛强的脸上一点血色也没有，胸脯比先前更加地起伏，那喘气声就像风箱一样在出气。过了一会儿，田静听见猛强说："我上衣口袋里还有一支烟……"田静把烟给翻了出来，点着了，她一边咳嗽着一边把烟塞到了猛强的嘴里说："就这样了，还要逞能！还要摆出那种打不死的英雄形象，何苦来着！"

然后，田静也坐在驾驶座上休息起来，过了一段时间只听见猛强问道："你是警察，为什么救我这个杀人犯？"

田静想了想说道："我不是警察，我只是个警察的线人罢了。"

"4587，线人？你又在骗我了？"

"我是警察，还是线人，现在还不是一样？我用得着去骗你吗？"

"说的也是，对我来说，你是警察还是线人根本无关紧要，你对我来说，只不过是个重要的人质而已。现在说说，你为什么救我？我一死，你不是就能逃了吗？"

田静沉默了一会儿说："你总归还是个人。你的罪行，法律和你的良心会审判你。而我总不能让你白白地去死。这就是我救你的原因。当然，你用不着感谢我，因为你早已失去了感谢的能力。"

"是吗？你用不着用激将法，我不吃这套！事实上，你救我，纯粹是为了你自己！

你很明白，只要我一死，你们所有人包括你自己全会死在这荒野里！你没有办法离开这里。你还想活下去！对吗？”

田静转过头来，凄然一笑地抱着猛强的额头说道：“是的！你说得对，我是想活着离开这个鬼地方，我这么年轻，怎么会想死呢！你一死，我们所有人全会死在这荒野里！我们没有办法离开这里。你活着，我们就能离开这个鬼地方了吗？”

“只要我活着，我肯定把你们全活着带出去！你们别无选择，只有相信我！当然我自己是十分相信这一点。”

“是的！我别无选择，即使有选择，我也会选择跟着你！我相信在这个条件下，能带我活着离开这里，大概只有几十万分之一的几率，而你就是其中的一个。”

猛强把田静的手从头上推开说：“不要肉麻了！我不吃这一套。”

“说真的！你还算是个男人！能给人带来安全感和信心！这是你唯一的优点。”

“是吗？我的优点很多，你可以慢慢发现。对了，你说你是公安的线人，为什么做这个？你肯定不是为了刺激？难道是为了钱？还是有什么把柄在公安手上？”

田静一下子沉默了下来，过了很长的一段时间，她说道：“我是自愿做公安的线人。我家是重庆开县的农民，那里产天然气，在一次井喷事故中，我的父母死了，只剩下我和我弟弟两个人，当时国家赔了很多钱，有好几十万吧。我在重庆读大学，也管不了那么多，只给他钱花，没管他思想教育工作，我弟弟当时才15岁，伤心过度，他手上又有钱，没多久，就染上了毒瘾。钱不仅花光了，还又偷又骗，没两年他就死于吸毒过量，去年死的时候，他还没满18岁。从此以后，我就恨透了毒贩。我学酒店管理，来这里工作以后，机缘巧合认识了燕子，结果公安大概发现了我过去的经历，就把我发展成了线人，我就一直帮燕子跑腿。”

“你不知道当线人的危险吗？而且事情已经过去一年多了，你认为值得吗？”

“他是我唯一的弟弟，我为他报仇，做什么也值！你们贩毒害得多少人家破人亡。我就想把你们这帮毒贩全部绳之以法！”

“哼！说句不好听的话，我大哥说过，吸毒的人全是废物。你弟弟吸毒，那也好不到哪里去。苍蝇不叮无缝的蛋，你不能完全只怪贩毒的，不去想想你弟弟犯下的错！”

“我弟弟原来很好，很听话，很懂事，就是太伤心了，外加你们这些毒贩害的！”

“好了，不说这些了！说这些亲戚朋友的时候，会带有太多的感情成分！不够客观！我沈大哥说过一个故事，过去科学家在加拿大一个草原上放养了一群鹿，由于没有天敌，鹿群很快繁殖开来，草原也被它们吃得七零八落，环境完全被它们破坏了，鹿也长得肥胖得没边了，跑都跑不动，最后科学家们检查了那些鹿，发现他们全有了高血压等富贵病。为了改变这个状态，科学家们想出了个好主意，放进去几只狼，不到半年，鹿们又健康地奔跑在欣欣向荣的草原上了。”

田静半天以后说道：“你想过没有，那些被狼吃掉的鹿的感受吗？”

“成功难道不需要付出代价吗？”

“你不认为这个代价太大了点吗？”

“对鹿群来说，代价一点也不高，这是科学家们说的，不是我说的。”

“是的，但它们毕竟是鹿啊！”

“所以，我开头就说过，不要带感情成分！”

“人如果没有感情，那不是和动物一样。”

“难道人不是动物吗？”

“和你这样的法西斯没法沟通，你别自认为自己是只狼，在别人的眼中，你可能仍然被看成一只鹿！”

猛强笑着说道：“我一定是只狼，而你一定是那草原上欢跑的那只小鹿。”

田静也露出了久违的笑容说：“是的，我是那只你从来想吃而吃不到的小母鹿。”

# 二十九

死寂的一周又过去了，雪在5天前已经停了，食品大概还够吃2～3天，而燃料已经用完了，现在仅仅靠着拣藏羚羊粪、牦牛粪当燃料了。当然猛强留了最后的一点汽油，估计了一下他的储备，明白最多只能再坚持一周。一周以后，包括他自己在内恐怕全会死光，他每天都在给沈红义打电话，得到的消息一直是冠明已经到了新疆，不是大雪封山就是走错了路，或者干脆陷在了泥塘里要重新走。他想按照冠明现在的速度，只有给自己收尸了。冠明从来没有野外能力，指望他来救自己，简直就是自欺欺人，那不过是根可望而不可即的救命稻草罢了！他明白自己唯一的指望就是那些在这片荒原上盗猎藏羚羊的盗猎者，他有意停留的地方是从青海方向去可可西里无人区的核心地带可可西里湖的必经之地。而可可西里湖是藏羚羊的最大产羔地，正常的时候，现在正是盗猎者赶往可可西里湖的时间。这场大雪大概耽误了他们的行程，从这两天网上查来的资料分析，他知道藏羚羊已经开始产羔了，它们正聚集在可可西里湖附近，不要一个月，藏羚羊就会散向整个可可西里地区，盗猎者就很难抓到成群结队的藏羚羊。他相信那些盗猎者正在赶向可可西里湖，他的运气就快来了！

正在这时，只见一个人冲到身边，激动地说：“车，有车来了。”

猛强一骨碌冲下了车，抓起望远镜，朝那人指的方向看去，只见两辆车正开向他的方向，他笑了，说道：“把家伙全准备好，一定要他们卖给我们一点汽油和吃的。田静你来和他们说，女人好说话，就说我们是来探险的，大雪封了山，没油没吃的了。”

田静说道：“他们会过来吗？他们是干什么的，怎么现在在这个无人区？”

“会的，在这个大荒原，看到人一定倍感亲切，一定会过来打个招呼。他们不是好人，我相信他们是盗猎藏羚羊的亡命之徒。我在边上躲起来，防着点。现在就看你的了。”说着，猛强提着那支 M14 匍匐着爬到了不远的一块大石头后面躲了起来。

猛强看着那两辆车越开越近，他估计的没错，果然是盗猎者，他看着一辆破破烂烂的老解放 CA30 和一辆拖拉机组成的车队，不禁感慨万千，这帮盗猎者真是比他还敢玩命啊！虽然老解放 CA30 也是越野车，但是早就该淘汰了，上个世纪 90 年代就不生产了，车龄恐怕至少得有 20 年了，居然现在还在用，而且是在这样的地方，拖拉机在这个荒野上倒是比普通的车好用得多，但那也只是辆拖拉机啊。正在胡思乱想着，只见那两辆车已经快开到这里了，猛强不由自主地缩了缩身子，看着田静他们手舞足蹈地向那两辆车欢呼着。

田静见那两辆车上下来了 4 个人，黝黑的面庞上如刀刻一样布满着皱纹和裂口，粗糙不堪的手上提着两支枪，另两个人手上提着两把刀。

田静欣喜地迎上前去道：“嗨！各位大哥，我们是旅游探险的，前段时间下大雪，我们给封在这里了，油没有了，吃的也没有了，不是见到你们，我们就完了！你们能不能卖给我们一点油和吃食？”

那些人疑惑地看了看田静，又瞧了瞧田静他们那两部车，最后仔细地打量着田静，一个看样子为头的人说：“你们是旅游探险的？哦！是吃饱了撑着没事来找刺激的吧……现在很刺激，对吗？”说着那人在田静的脸上摸了一把。

说话间，上次那个被田静从雪地里救回来的人冲了上去说：“你干什么？”

只见另一个把枪顶在他胸口，把他推回来说：“你个艿娃子还挺横的啊！现在怎么不横了。”

“我们用钱买，多花点钱，还不行吗？”

“钱？你们就知道钱，有钱就了不起啊！可我们还就不卖你们了。兄弟们我们走，要不了几天，你们就全他妈的冻死了！到时候这些车和钱，等我们回来拣啊。”

田静连忙打圆场说：“大哥，别，我那朋友说话就这样！你别生气！你们还是卖一点给我们吧。”

那人绕着田静转了个圈说：“不错！不错！这小妞话说的还不错，我们就卖一点给你们！不过我们带的油也不多啊，卖给你我们就不够用了吧。还有吃的，我们穷，也没带多少。”

“对啊，我们老大说的没错！”旁边的人起哄。

“我兄弟们都说了，不是我不想卖你们！是我兄弟们不想卖你们啊。我总要听我兄弟们的吧！不过我们兄弟全是最好说话的，看你这么个漂亮妹子年纪轻轻的就死在这荒无人烟的地方，咳咳！还是怪可惜的啊！要不你就陪我们睡一觉。我就和他们好好说说！”说着那人就抱住了田静。

田静一把把那人推开，就在这时，枪响了。

几声枪声响过，猛强跑了过来，朝着那几个人又各补了一枪，对田静说：“田静没事儿！你看他们现在全死了。”田静厌恶地踢了那人一脚。

猛强一边把田静拉上车一边说："把这些人全埋了，还有就是把油和吃的全装我们车上去，今天多做点好吃的，肯定还能找到酒。我们好多天没吃的了，好好庆祝一下，我们可以继续活下去了。"

"猛强，他们怎么这么可恶！偷猎……藏羚羊是国家保护动物啊，而且还想强奸我，我真怕他们当时杀了我！"

"不会的，我看他们没那个胆子！他们有胆的话早在城里做大案子了，用不着来这里玩命！说实在的，我挺佩服他们的！你看他们为了改善自己和家庭的生活，开着这样的报废车和拖拉机就敢到这无人区来！他们来偷猎能挣几个钱？多苦！他们挣的那几个钱，全是汗水和命换来的，你还要说他们偷猎的可恶，真不知道你是怎么想的。"

"只有你这样的人才会认为他们是好人！因为你们是同一类人，全是渣滓！你应该自己和他们好好谈，让他们卖给你汽油和粮食啊？你为什么跑一边躲起来，随时准备杀掉他们啊？"

"这里是可可西里，人性的丑恶和善良在这里会被无限放大，这里是化外之地。他们在社会中不敢做的事，在这里就说不清楚了！我总要防着点啊。"

"他们和你一样！只要没有社会和法律的约束，就成了不折不扣的野兽。完全没有任何同情心。你看那些藏羚羊，为什么要杀了它们，只不过为了它们的羊绒？"

"你又高高在上站在了道德的制高点，来批判这些底层老百姓的道德水平了。你不去讨论买卖，却讨论起杀戮来了。如果你要指责，请你去指责那些在伦敦花10～20万去买一条'沙图什披肩'[①]的人，只不过是因为那些温暖的披肩能穿过1个戒指而已。这些打猎的人在其中还挣不到1000元呢。这里五六月份，是藏羚羊产羊羔的季节，一块羊羔皮出手才1000元的利润，但是一块沙图什披肩就要10～20万，就因为它能穿过戒指，一根Shahtoosh（沙图什）毛丝的直径是9～12微米，而一般山羊绒是14～17微米，为了织成这样一条披肩要消耗300～400克生绒，而一头藏羚羊最多产绒150克，所以这条披肩是用三头藏羚羊的生命和无数人的辛勤劳动换来的。戒指披肩最常见的颜色是米色、灰色、咖啡色，白色是最罕见和珍贵的，藏羚羊绒中只有12%～14%的绒是白色的，它们来自藏羚羊的胸部和腹部，据说拿破仑曾送了一条沙图什披肩给他的情妇约瑟芬，约瑟芬甚是喜爱，一下子又买了40条。没有买卖就没有杀戮。"

"我没说我不指责那些脑满肠肥的有钱人，但是这不代表这些偷猎者就不该受指责？他们穷，我承认！但是你看那些被你杀害的牧民，不也是很贫穷吗？他们没有去偷猎！"

"哈哈，你果然提到了那些可怜可叹的牧民！但是我却认为这些勤劳勇敢的猎人比那些无可救药的牧民好得多。他们至少知道通过艰苦奋斗来改善他们的状况，而

① 沙图什指藏羚绒。

不是在那里逆来顺受得连数数的本能都没有了。聪明的人类就是依靠像他们一样不满足现状的人来前进的。你应该感谢这些人！要不然你还是会像那些可怜的牧民一样在生着你那可怜的孩子！而当然你那可怜的孩子仍然会重复你那悲惨的生活！”

“为什么我一提到牧民，你就变得歇斯底里！你这么说的唯一理由就是——你从内心深处害怕这样的罪恶，你为什么当时不自己动手杀了那些淳朴的牧民，杀他们的时候你为什么要离开帐篷啊？你会为此下地狱！为什么今天你就毫无顾忌地大开杀戒，是因为他们有该死之处，你的良心用不着为此受折磨！这就是你杀了他们以后，还能够在这里和我大谈人生道德的理由！”

猛强气急败坏地说：“你不要混淆这个问题！那些牧民，我可怜他们但不尊重他们；那些猎人，我尊重他们但不可怜他们，这是完全不同的问题。当然杀那些淳朴的牧民会让我良心不安，因为我不是个毫无怜悯心的杀人狂！是的，我的良心会谴责我自己。但是就是为此下地狱，也是我该受的。不过你要记住，杀人狂也不一定要下地狱，他还有可能是英雄！”

田静那标志性的讥讽的表情又重新浮现在她脸上，说：“要不然你怎么能当英雄呢？”

猛强也笑了：“在我看来，《水浒传》中的不少英雄好汉全是杀人狂！”

“《水浒传》中的英雄好汉不乱杀无辜百姓！”

猛强指着天说：“孙二娘的人肉包子，还有李逵在浔阳城中劫法场时砍翻的可大都是无辜百姓！当然你会选择性地记不住这些。但是你要记住，这个世界不是非黑即白，就像这天一样！它是灰色的，非黑非白！半黑半白！无黑无白！亦黑亦白！”

说完，猛强头也不回地跳下车，丢下目瞪口呆的田静恨恨地坐在那里。

没几分钟，猛强抽着烟回来了，对田静说：“下来吧，他们已经快把吃的烧好了。”田静下来一看，嘿，每个人手上全拿着一根火腿肠在那大吃特吃。猛强把一大根火腿肠掰成两段，随手递了一半过来说：“这么多天你肯定饿了，他们正在下面条呢，先吃点这个吧！”

田静泪水突然涌了出来，她明白这次她总算活了下来，她有希望活着离开这可可西里大荒原。但是离开了荒原以后，她还能活几天？那才是她将要面临的更大问题，她还能不能依靠他———这个男人活下去，对她来说，肯定是个更大的挑战。

猛强搂着田静关心地问：“怎么啦！不相信这一切是真的？我说过，我会把你们带离这荒原的，你们都会活着离开可可西里的。”

田静不好意思地转开了身子：“不是！我一直相信，但是我……”

正说着，一个人拎着一个大白塑料桶跑来说道：“这里有好多酒呢。”

猛强眉开眼笑地说道：“快，给每人倒上一碗，我们来好好地庆祝一下！”

酒被大家飞快地灌入了肚子中，猛强喝得最多，不到十几分钟，将近一斤的白酒已经灌进了肚子。多日来的紧张和压力，差点压垮了他，他的身体远不如过去，酒量也少了很多。平常两斤的白酒对他来说不在话下，现在不到一斤的白酒就让他醉意醺醺了。从他的眼里看去，只见田静脸庞红扑扑的，不知是酒意还是这段时间高原紫外线照射造成的高原红，正在这时，他正好看见田静也在瞟着自己，在两人目光接触的一刹那，田静的目光慌乱地躲开了。猛强的心中一阵激荡，耳中突然传来了沈红义的声音："你记住！女人，你不把她弄上床，她永远不会真心待你，永远不会和你说实话，你也永远搞不清楚她的真实想法。一定要不管她三七二十一，先办了再说……"

他走上前去，一把把田静给扛在了肩上，在田静的尖叫声中，雨点般的拳头砸在他的背上，他把田静扛进了帐篷中，轻轻地把她放在了火塘边的那堆羊皮上，在一阵激烈地撕扯、碰撞和喊叫过后，一切恢复了平静，而猛强也沉沉地睡去！

# 三十

半夜，猛强从睡梦中醒来，他伸手一摸，只摸到了田静一条光洁的腿，那条腿立刻就缩了回去。猛强光着身子抬起了头，只见帐篷里炉火在熊熊燃烧着。猛强笑了，他知道肯定是田静加了柴火。他朝田静看去，只见田静缩成一团背对着他，他伸手把她搂住，感到田静一阵挣扎，猛强用力把她抱了过来，温柔地问道，"舒服吗？"田静突然转过身来，拳头用力朝着猛强宽阔的胸膛雨点般地砸来，猛强等着她发泄完了以后，又用力把她抱紧，温柔地贴在她耳边说："不喜欢吗？"只听见田静嘤声说道："疼！"猛强笑了，更加用力地把她搂向了胸膛。突然感到胸前一阵疼痛，田静一口咬住了猛强胸前的肌肉，但是泪水却不由自主地潸然而下，难道这个男人这个杀人犯这个该下地狱的毒贩子就是她一辈子的男人吗？！他们俩就这样相拥着沉沉睡去。

天亮了，猛强醒来一看，田静仍然蜷缩在他的怀中沉沉睡着，穿着他的衬衣静静地睡在他的怀里，突然他发现他的那支 M1911A1 竟然被掏了出来，乌黑的枪口正对着他，他的背上一下子冷汗涟涟。他伸手取过枪关上了保险。现在他知道他已经爱上了田静——这个可爱的姑娘。她到底是一个公安？还仅仅是公安的一个线人？他要好好地考虑一下他们的未来了！

这时，田静也醒了过来，她羞涩地把身子移开了一点，抬头一见那支枪已经被关上了保险。只听猛强温柔地说："你昨晚为什么不用枪打死我？"田静一下子绷紧了身子，过了一会儿说："我不知道，当时我真想一枪打死你。可能是我不敢杀人吧。"猛强叹了口气说道："我没想到你还是个处女？对不起。"说着猛强把田静又温柔地抱回了怀里，他只见泪水又挂满了她那美丽的脸庞，猛强温柔地用嘴吸吮着她的泪水，一边说："我真高兴，你是个处女，我还从来没有遇到过处女。我以后一定会好好地爱你，保护你！"田静摇摇头说道："我们没有以后的！我们只有现在！这一点，你清楚！我也清楚！别再说了。”

猛强看着田静说道：“你没有谈过恋爱？”田静说道：“我高中在县中读的，那时候每天早上6点开始早自习，晚上晚自习到23：00点。老师全部盯着，我笨，只好把时间全用在读书上了。到了大学，一切还新鲜，等我熟悉了以后，家中就出事了。等我平静了，我弟弟就又出事了，我连吻都没有接过。”猛强一下子吻住了她的嘴，他用力地吻着她，田静从一开始的紧张到后来慢慢地笨拙而热烈地回吻着他，一切又重新开始了。

等一切平静以后，猛强就起来了，他要操心太多的事情，他把所有的东西都看了看，特别是那堆剩下的700公斤的货。不要一周他就能开到朝阳湖那里，现在冠明正等在那里。困难已经过去了，当然他还有个大麻烦，田静怎么办？

正在烦心的时候，他的那帮手下也全起来了，他们一边装车，一边慢慢地聚拢到猛强身边来。猛强诧异地看着他们欲言又止的表情，一下子就明白了他们要说什么。他立刻狂怒地说道：“滚！你们干你们的活去吧！田静的事还轮不到你们来操心！”

说完，他拿了点吃的，又钻回了帐篷。一进去就装着冷淡的语气说：“起来吧！这里是吃的！吃完以后，你上东风卡车。我们要出发了！”

几小时后，这个历经苦难的车队又行进在可可西里的荒原上。猛强坐在东风卡车的驾驶座上，旁边坐着田静。两个人默默无语地枯坐着。猛强已经抽了一包多香烟了。他看着一言不发的田静，也不知怎么开口。最后还是猛强撑不住了，他最后抽了口香烟，烦躁地把才吸了几口的香烟扔出了窗外，对田静说：“你不想说点什么？”

田静叹了口气说：“说什么呢？有用吗？我们是两条道上的车！只能是悲剧！”

“那你也不问问我家里的情况？”

“那又有什么用呢？这改变不了我们之间的什么。而且你会说实话吗？”

“好吧，我来说说，信不信由你了。我和你一样，也是个孤儿。我是藏人。我的家乡你去过，就是云南贡山的丙中洛，母亲在我5岁时就死了，她的面容我已经记不清楚了，几乎没有任何印象了。爸爸是个猎人，妈妈死了以后，我一直和爸爸在山里生活，那时候很苦，很小就跟着爸爸去打猎，我的枪法就是那时候练成的。12岁时爸爸也死了，我看他是喝酒喝多了，身体喝垮了才死掉的。我成了个孤儿，受尽了欺负，我就在贡山普化寺门口那里要饭。当时普化寺的师傅看上了我，事实上他收养了我，教我读书写字，但是他却不许我当喇嘛，说我太不守规矩了，不能当喇嘛。2007年师傅也去世了，我不知道干什么的时候，正好有人叫我代表俱乐部参加了一次射击比赛，我在昆明受了半年的专业射击训练，成为一名神枪手。但是少数民族运动会还没有开始，我就因为一次酒吧打架给开除了。你在听吗？”猛强看了一眼两眼空洞直视前方的田静说道。

“我在听！想不到我们俩都是孤儿！我们俩应该互相帮助互相支持才对啊！但是造化弄人啊！你还是说说你怎么开始贩毒的吧！”田静淡淡地说道。

“你说得不错，一切全是命！当时那次打架事实上是为了有人在酒吧中调戏燕子——燕子是我后来老板的女人，我应该是见义勇为吧。当时我把人打伤了，他们帮我赔了钱，还找人说情没让我坐牢。我就这样认识了他们。当时我也不知道他们是做什么的，只知道是香港人，有钱！我见了昆明的花花世界，就不想回贡山去了。我大哥和燕子就帮我出了个主意，让我当户外导游。他们还给我介绍过几个客户。可是好景不长，不到3个月，有一对台湾人就告我偷东西，说我偷了他们价值十几万的照相机，还说我强奸了那女的。事实上完全是那女的勾引我，那男的就诬告我，他们还有一条短裤做证据，当时我是浑身有嘴也说不清楚了。最后是我沈大哥帮我赔了他们20万，这件事才算收了场。以后我导游也做不成了，而且沈大哥一直对我很好，后来就跟着他们干了。"

猛强哪里知道，自从沈红义知道了猛强的身世，特别是知道他还是个神枪手，有着极为丰富的野外生存经验，还是中缅边境的人以后，就念念不忘，他一步步地把猛强拖下了水。那对台湾人事实上就是沈红义安排的，他需要走投无路的猛强对他感恩戴德。

"你说的那个沈大哥，他是在利用你，希望让你感恩戴德。"

"沈大哥对我很好！就是他希望我感恩戴德，那也没什么！我到城里的时候，几乎身无分文，在城里我才真正知道了钱的重要。没有钱就没有了一切，钱才能让我过上我喜欢的生活。"

"你说吧！我们现在怎么办？"

"我们还有大概5天就能到朝阳湖，冠明在那里等我。我把货交给他以后就金盆洗手不干了！以后我们就浪迹天涯吧！"

"你信得过我？我是公安的线人！不怕我告发你们？"

"我想过了，我把货给了他以后，我们俩先在可可西里度完我们的蜜月，中间还有半个月时间。你如果要告发他们，他们早带着货跑远了，公安根本抓不到他们了。那样我也算对得起我沈哥了。"

"可是，你还和我在一起！你不怕我告发你！"

"你告发我，我只有认命！我没有什么好说的！"

田静听完这段话以后叹了口气说："你想听听我是怎么想的吗？"

"当然。"

"我希望你去自首！你把这些毒品全交给警察，我会在外面等你的！"

"自首！亏你想的出！首先，我不能背叛沈哥，也绝不会背叛沈哥！其次，我的这些手下，他们是决不会同意自首的。今天早上他们就准备问我怎么处理你。这几天你不要离开我身边，他们会随时杀了你。你在我身边，我想他们不敢！如果他们真杀了你，你是公安的线人，我也不好怪他们什么。最后，我也不想坐牢，那样我会发疯的，你总不会希望我成个疯子吧！"

"谢谢你对我的关心！这样吧，要不把这些毒品烧了，那样毒品就害不了人了！那样的话，我就答应一辈子跟着你，听你的话。"

“你怎么这么幼稚呢！我不能把毒品烧了，沈哥把这么重要的东西给了我，我已经少了100公斤了。剩下的我一定要完完整整地交给他。而且我的手下也绝不会让我把毒品烧了的。他们全是为了钱！这些钱是他们用命换来的，这是他们应得的，谁也不能剥夺他们这些权利！”

说着，猛强从怀里掏出那支M1911A1手枪来，他一把把枪顶上了膛，转过枪把，把枪递到了田静的手里说：“你不能让我背叛沈哥，让我做个不忠的人！同样你也不能让我把这些手下全杀了，让我做不仁不义的人。你还不如一枪打死我呢！”

田静用颤抖的手接过枪哭着说：“你以为我不想一枪打死你？昨天晚上我就想！而且我试了好几次！大不了我们一起死！有什么了不起的！可我做不到啊！我也不想死啊！我才22岁，我想活下去！”

猛强停下车来，温柔地抱着田静说：“我知道你爱我，我也爱你。你做不到杀了我，同样我也做不到杀了你！你听我的就肯定没事了，现在没事，到朝阳湖前没事，谁也不敢杀你的。只要你到朝阳湖前答应我！如果你在到达朝阳湖前还不答应我，我只有杀了你，虽然我爱你，但你逼我做不忠不仁不义的事，是你的不对！”猛强边说边用双手捧着田静的脸，把她的脸面对着自己。猛强看着她那泪流满面的脸接着说：“你好好想想，我们到朝阳湖还有5天，这5天我们不说这些不愉快的事情了！好吗？我们好好地过我们的蜜月！我们在到朝阳湖前那天晚上再做最后的决定。”

5天很快就过去了，明天他们就要到朝阳湖了。那天晚上，猛强和田静早早地吃了东西，就钻进了帐篷睡下了。整个夜晚，他们根本没有入睡，因为，他们隐隐觉得，这会是他们最后在一起的时光！

时间在不知不觉中流逝，天边露出了一丝微弱的光芒，看来，今天会是个晴天。田静看着猛强说道：“你觉得幸福吗？”

“你给了我这辈子最大的幸福。”

田静强装着笑脸说：“我也一样！要没有你，我到死还没真正爱过。那样我这辈子不就是太亏了？”

猛强心中一紧：“你在说什么呢！说什么死啊！你会答应跟我走的，是不是？”

“猛强，我们都不要自欺欺人了，我是不会同意你把那些毒品交给你那沈哥去害人的。我在我弟弟灵前发过誓，我不会让毒品再去害人了！我们俩是两条道上跑的车，相爱就是个错误。那全是命！我不怪你！”

猛强一直低着头，突然田静泪流满面地抱着猛强说：“你会一辈子记得我的！我知道。你会亏心的！你会后悔的！你这辈子欠我的，你以后10辈子也还不清！”说着田静把猛强推倒在地，趴在猛强的胸上痛哭起来。

猛强也止不住地泪流满面说：“为什么这样？为什么你要这样？为什么我们要这样？”

“你为什么要去贩毒？好了！对错对我们已经不重要了，重要的是我们相爱。我们真的互相爱对方，对吗？”

猛强把田静拉了上来，吻着她的脸说，“是的，我们相爱！我真的爱你！”

“那就够了！对我来说这就够了！我作为一个姑娘，还希图什么呢？来吧，我的爱人！让我们一起攀上爱的巅峰吧！”田静一边狂吻着猛强一边说：“现在是我们这辈子最幸福、最快乐的时刻了，好好享受，好好牢记吧！今后，再不会有这样的日子了！”

田静一边说着一边拉着猛强的双手放到了她细长优美的脖子上：“我不会再感到痛苦了！让我在欢乐中走吧！”

“不！不！为什么要这样！”

田静两眼放出炽烈的光芒翻身向地上倒去，光滑白嫩的身子倒在那洁白的羊皮上，她抬起身子张开双臂热切地说道：“来吧！来吧！现在是你表现的时候了。快点，我已经有点等不及了！”

# 三十一

可可西里的天空晴朗无比，一扫近一个月来的狂风暴雪，和煦的南风吹拂着大地，灿烂的阳光温暖着原野。阳光普照下，猛强痴痴地跪在一个刚刚垒起的土堆前，心中彻骨冰凉。这个土堆是他花了两个多小时才挖好的坟墓——田静的坟墓！这世上他唯一爱过的女人的坟墓。他的双手手指全部磨破，那是他在挖开那亘古不化的冻土，用双手刨开泥土时划破的。

事实上，他在田静弥留之际就发誓洗手不干了，他肯定会实现这个誓言！可是田静已经死了，他觉得自己的生命也消逝了一半。他预计今天就能到达朝阳湖，在那里他把货交给冠明后，马上就会回到这里来，他要把田静带到她心爱的父母和弟弟那里去，这只不过是他们暂时的分别而已。事实上，在他的心里，他们已经永远不能分离了。他再一次掏出 GPS 来，把这里的经纬度给刻在脑海里后就站起身子，头也没回地上了车，身后的那一小群人也默默无声地跟着他，他们就这样寂寞无声地开向朝阳湖。

傍晚时分，他们来到了和冠明约定的会合地点，但是那里没有一个人，也没有一辆车，猛强掏出 GPS 再次核对了位置，不错，是这里！猛强掏出卫星电话给沈红义打了个电话，电话竟然没人接！这是猛强离开 DL 以来从来没有的事情，心中一下子紧张起来，他不明白发生了什么，他马上又给冠明打了个电话，冠明接了在电话里说：“猛强老弟！怎么说呢？算了！还是你先下车以后，我跟你一个人好好说说。”

猛强下了车，走远了几步说：“好了，你说吧。”

猛强只听见冠明电话里吞吞吐吐地说：“猛强老弟！是这么回事！当时公安局在 DL 到处抓你，他们发动全市的人找那辆你开的北京 2020 吉普，所以沈哥就想了个办法。你别生气啊！他就让你离开DL，顺便也把公安注意力从DL引开。你做得很好，真的很好！真把公安注意力从DL引开了，我们就能把真的东西运出DL。”

猛强听到这里只感到大地在摇晃，他好像突然沉沦在无边的黑暗中。半晌，很费力地说：“你是说，我只是鱼饵，我带的毒品全是假的？！”

“不好意思啊！这全是沈哥的主意啊！你知道……”

猛强只感到一阵天旋地转，他的世界彻底地崩塌了。他对着这苍茫的灰色的天空狂笑了起来！然后又慢慢地颓然跪倒在地，双手掩面痛哭起来，他的耳边响起了田静的话：“你认为自己是个狼，但是在别人的眼中，你可能仍然被看成一只鹿！”他更加无法原谅自己的是，他为了这700公斤假的毒品竟然杀了自己心爱的真爱的女人！现在一切都无法挽回了！他那心爱的真爱的田静已经被他亲手杀死在他的身下。他那心爱的真爱的田静竟然心甘情愿地死在了他的身下，而这一切竟然是为了那700公斤的假毒品。现在他总算明白了——是他的沈红义大哥背叛了他，而他却背叛了自己的爱情。

猛强突然抬起头，向着苍天发出了一阵长啸：“嗷……”他一定要复仇！他一定要复仇！天堂中的田静一定期待着他的复仇！

## 三十二

两辆车无精打采地在大路上奔驰着，车后卷起漫天飞雪和沙砾。巍峨高大的巍雪山倒映在鲸鱼湖的碧波荡漾中。在这如画的美景中，车上的人却在默默地各想各的心事。今天就能穿出可可西里的千里无人区来到新疆的315国道了，但是眼看就要重回人间的喜悦根本激不起人们的情绪。所有人的心中都充满了愤恨。沈红义轻而易举地骗了他们所有的人，让他们九死一生地在荒漠中求生，却早已把他们全部抛弃，他戏弄了这些从地狱中爬出来的炮灰。他们的未来现在已经紧紧地和猛强联系在一起了。猛强在这次可可西里中的行动早已征服了他们的心，他们决定只有跟随着猛强去复仇，去向沈红义讨还他们应得的一切！他们一定要让沈红义加倍偿还这一切！他们不仅要沈红义死，他们还要让沈红义失去一切以后再去死！

猛强在脑海里梳理着沈红义一切可能的行动，他猜想沈红义肯定是早就决定利用自己，好让自己把公安的力量全部牵扯在可可西里，他好另辟蹊径把毒品运出DL。毒品现在肯定不在DL了！但是毒品在哪里？那是一个大问题。当然沈红义肯定也不会把这批毒品运往香港交给他的老板，那是他的最后一批毒品，是他最后发大财的机会，他一定会私吞这批毒品，尔后卖给出价最高的人。猛强不敢确定毒品是不是已经交易出手了？毒品是不是还在中国？最重要的是沈红义他现在在哪里？

猛强抬头看了看车窗前面，他的脸色渐渐凝重起来了。前边不远处天色开始变得灰暗了，他打开了车窗，明显感到起风了，而且风里夹带着细细的沙子和冰冷的冰粒，直接往车里、嘴里、耳朵里钻。他让司机停车，下车转身爬上了车顶，他直起身体举起了望远镜，先仔细地看了看那片乌云，然后转了一圈身子，对四周环境仔细地观察了一下。接着跳下车顶，冲进汽车，指着前方对司机喊道："马上要来沙尘暴了！快把车开到那条沙梁下面去，我们要先避避风。快！"

就在他们要接近那道沙梁时，突然一个声音从旷原上传来："停车！停车！我们是公安武警！停车检查！停车接受检查！"

"怎么办？猛哥，前面有警察检查。"

孙英杰已经在这里等待他们半个月的时间了，随着时间的推移，所有的人心情都越来越急。他从新疆武警那里借来的这个武警机动中队出来的时间已经接近一个月了，就在鲸鱼湖的这条沙梁下，他已经埋伏了半个月的时间，他的补给是从接近1000公里外的若羌县城拉来的。若羌县是中国面积第一大县，位于塔克拉玛干沙漠东南缘，里边是很知名的罗布泊，它的面积相当于两个浙江省的面积，人口却只有3万人，物资更是不足。而他这个武警中队驻地更是远在接近1500公里的和田，很多补给只能从1500公里外的和田调运来，在这个地方维持1个中队的力量，人力物力的消耗是巨大的，光是运输补给就动用了半个中队的人员和10多辆车。如果这次不能成功地抓获猛强、缴获毒品，无疑他要负全部责任。

随着时间的推移，大家的不满和怀疑更是像春雨后的春笋一样在不断地滋生：猛强他们是不是进入了可可西里？他们在没有任何后援的情况下能熬过这10来天的暴风雪吗？是不是早死在可可西里的茫茫荒原里？他们是不是一定要从可可西里前往新疆的315国道？即使他们要去新疆是不是一定要走鲸鱼湖？即使他们走鲸鱼湖是不是一定会走到这道沙梁下？

孙英杰舔了舔干裂的嘴唇，高原反应让他根本集中不了精神，他知道现在已经比刚来的时候反应小多了。回头看了一眼身后的武警战士，他们身上的衣服布满了灰尘，强烈的紫外线让他们的皮肤全部干裂，双颊上的高原红是那么的刺眼，因干旱缺水裂开的嘴唇上布满了血珠。他心中明白，他们的光景一定比猛强他们要好上千百倍。首先他们是做了充分的准备才来可可西里的，而猛强他们是因为被追捕、被迫临时决定到可可西里逃命的。两者的准备工作不可相提并论。第二，他们只不过在可可西里无人区的边缘地带伏击对方，对方却是要穿越整个1000公里的可可西里无人区，而穿越可可西里无人区即使对专业的探险队来说也是个巨大的挑战，而在冬季穿越可可西里无人区更是几乎不可能完成的任务。遇到的困难可想而知。最后，他们身后有国家做后盾，补给不成问题，而对方作为一个犯罪团伙，不可能得到充足的补给。现在他只有坚持下去，而对手是不可能再坚持下去的，他坚信这一点。

如果再过几天，还不能等到猛强他们到来的话，他就不得不收兵回和田了。或许，猛强已经在可可西里丧生了吧？他这样猜测，如果猛强还活着，那么一定会来到这里的！正如他昨天打电话给胡局长所汇报的：第一，从地点上看，猛强他们两辆车是在青藏公路上失踪的，青藏公路的北端格尔木经过大规模的搜索可以确定他们肯定没有到达格尔木，猛强得到沈红义的警告后会改变行程，他肯定不会按原来的行程去格尔木了。同样他也不可能返回头回拉萨。那么他只有两个选择，一是向东去三江源自然保护区，或者向西去可可西里保护区，结合在猛强家中搜查到的大量可可西里保护区的游记等资料，以及猛强作为一名野外探险导游的事实，可可西里对猛强的诱惑力是不容置疑的。第二，从时间上看，就在10天前，可可西里中心区下了场大暴风雪。暴风雪对猛强的打击是巨大的，正常情况下，猛强花一周左右的时间可以通过可可西里，事实上可可西里的冬天比夏季更加狂暴，但是却是唯一可能通过的时间，因为可可西里内部几乎全部是高原冻土和草甸沼泽，短暂的夏季会把整个可可西里变成一个巨大的泥潭，所有的车辆无法通行，冬季的暴风雪可以把一切全部冻结，车辆才可以通行。但是暴风雪会把他的行程耽误10天以上，所以时间上也说得通！如果猛强还在可可西里活着，他将在近几天内穿过可可西里。第三，关于他为什么一定会去新疆，那也很简单，可可西里无人区北面是新疆，西南面是西藏，东面是青海，他是从西藏到青海的路上被我们发现的，才被迫进入可可西里，所以他不会回青海和西藏，他的目的地一定是新疆。第四，他为什么一定走鲸鱼湖？是因为可可西里保护区内虽然平均海拔超过4500米，面积超过50万平方公里，内部是个高原，比较平坦，里边根本就没有路，很容易迷路，基本上没有明显的地标。但是只要认准了巍雪山、新青峰和岗扎日3座海拔超过6000米的山峰位置，走遍保护区都不会迷路，海拔6000米的山峰100多公里外就能看见，是最好的天然地标。鲸鱼湖在巍雪山的西面，是新疆和青海的分界湖，也是新疆阿尔金山保护区和青海可可西里保护区的分界地。从来都是从可可西里去新疆的必经之路，可可西里号称是千湖高原，里边绝大多数是盐湖，鲸鱼湖却是有名的淡水湖，里边有着大量的高原鱼类，这对他们恢复体力、补充食品是个巨大的诱惑。所以他一定会选择鲸鱼湖。而我们现在所埋伏的沙梁，正好横亘在面对着从可可西里向鲸鱼湖逶迤而来的巍雪山的宽谷内，10公里宽的宽谷一览无余，他只要来鲸鱼湖就一定会被我们发现。我们所需要的就是耐心等待！

现在有人来了，这是孙英杰在半个月来第一次见到外人，他知道在冬季几乎没有人从可可西里出来，只会有极少数打藏羚羊的盗猎者会进出可可西里，但是他们一般也是从青藏公路进出，几乎不会从新疆进出，所以来的这两辆车十有八九就是猛强他们。

孙英杰让人把早就准备好的两挺81式轻机枪架了起来，高音喇叭也准备停当，等那两辆车接近100米时开始广播，同时几个武警端着枪也站起了身子。

"猛哥，警察检查！怎么办？这里怎么有警察？他们是冲我们来的吗？"

"他们是冲盗猎者来的，我先仔细看看。"猛强边掏望远镜边说道。

猛强一看心里就凉了一大截，立刻说道："武警有机枪，他们肯定是冲着我们来的。硬拼是不可能的，只有拖延时间，沙尘暴马上就要来了，等到沙尘暴来了，我们就有机会跑了！”

“猛哥，我们投降吧！我们手上没有毒品！只要我们咬紧牙关，什么也不说。警察拿我们是没有办法的，只能关我们15天！”

猛强心中明白，如果现在他还不拿出决断来，手下的人在这个沉重的打击下，立刻就要崩溃了！他立刻说：“关我们15天？笑话！我们一定是被那个该死的沈红义出卖给了警察。要不然警察又不是神仙！他们怎么知道在这里设伏等我们钻进来？就凭我们贩的那些毒，你们哪个不够掉几次脑袋的啊？现在听我命令，先下去一个人，暂时说我们是网络上联系的探险队，让他们不要开枪。拼命地拖时间！”

车上的一个人下去了，对着武警说：“我们是探险队的，自己在网上组织的团队。警察同志，请你们不要把枪对着我们。我们害怕！我们没做什么坏事啊！”

“你们有多少人？现在全部下车，一个一个地慢慢走过来，我们要检查，每个人都带好身份证。”

猛强立刻在车上小声对那人说：“就说怀疑他们是盗猎的，是土匪。我们害怕，让他们先过来一个警察。”猛强希望能先给骗过来一个警察好抓住当人质，那样时间就拖得久了。

“你们是不是土匪啊，我听说可可西里有盗猎者和土匪抢东西，我们害怕啊，你们这么多人！还有枪！我们可不敢过去！要不你们先过来一个人，我们先看看是不是警察？”

那个武警中队长一直在观察天象，突然对孙英杰说：“孙处，不好了！马上要起沙尘暴。他们一定在拖延时间准备逃跑！绝对不能派人过去，搞不好那个人会被当人质。至少要派一个班一起去。”

“你看沙尘暴到来还要多长时间？”

武警中队长抬头看了看天色说：“快则几分钟，慢也不会超过半小时了。”

“让车上的人全下车，然后你带2个班分两路包抄过去，要快！一定在沙尘暴以前把他们全部抓住。”

“是！”武警中队长敬了个军礼就跑开了。

“我们是中国人民武装警察部队！现在正依法对你们实施检查，车上的人听着，现在全部下车，准备接受检查。”

“你们先派人过来让我们看看就下车。”

“不行，我们这么多人，像是盗猎的吗？”说着几十名警察全部从沙梁后面站了起来。

“你们看清楚了！我们还有机枪，我希望你们认清形势，接受检查。不要试图反抗或者逃跑。”

“完了，完了，警察那么多人，还有机枪！我们跑不了了！猛哥我们投降吧！”

“不要急，现在沙尘暴马上就来了，再拖几分钟。你刚才说得很好。现在就说让我们商量商量！”

“那好，我们商量一下。”下车的人赶紧学舌。

“你们一定要认清形势，做出正确的选择！现在给你们30秒时间商量。我们知道你们是谁。猛强，你听好了！我们希望你们放下武器，举手投降，那样你们才有出路。顽抗到底是死路一条。也不要梦想沙尘暴的到来会拯救你们，沙尘暴半个小时之内起不来。”

“你们说什么？我们听不明白！我们这里没有叫猛强的人，我们是在驴友俱乐部约着一起来可可西里探险的。”

“现在开始倒计时！ 30秒之内你们全部都下车，否则我们就开枪了。”

“现在怎么办啊？”

“就说要拿身份证，翻行李，能拖一分钟是一分钟。”

“警察同志，我们下车接受检查，等一下啊，我们有的人要找身份证。”手下赶紧学舌。

猛强带着人全部下了车，在一阵混乱中，猛强走到汽车的后边，从后备箱中把那支M14拿了出来，顺势趴在了地上，爬向了车底，他现在只有孤注一掷了，让沙尘暴赶快猛烈刮起来吧！

此时，风越来越大，风沙刮打得人脸上感到生疼。武警中队长带了两个班包抄过来，他们的距离已经只有七八十米，猛强举起了枪，向着武警方向开了几枪，他把枪口抬高了几厘米，他现在不想再杀人了，沈红义除外。

枪一响，那边武警的还击就开始了，那些包抄的武警全部卧倒在地。他暂时把他们压制住了，猛强明白，他坚持不到3分钟就会被打成筛子，机枪一响的话甚至都不要1分钟。

孙英杰说：“争取抓活的，机枪不要照着车射击，防止汽车爆炸。进行压制性射击！掩护我们和中队长他们。”说着孙英杰带头跳出了沙梁，他带领一个班开始了匍匐前进。

这时，似乎天上的佛祖对他起了慈悲之心，突然之间，狂风裹着黄沙从天边滚来，顿时，一片黑云如一道黑幕压过来，很快，天空变成漆黑一片，伸手不见五指。孙英杰喊道：“全体射击，机枪射击！自由射击！千万不能让他们跑了，给我打汽车轮胎。没有汽车他们就跑不了了。”

已经来不及了，猛强窜上了汽车，他已经发动了汽车，但是车子还没开出10米，轮胎就被击中，猛强只好又窜下了车，下车时他还从驾驶座旁边摸到了一个水壶。他翻滚着向外逃去，他已经顾不上他手下的人了，他连那支视若生命的M14也顾不上拿，他只知道只有尽快逃离这里。他朝着无尽的黑暗奔去！向着那深渊奔去！为了复仇——他可以把他的一切抛弃！

# 三十三

蓝蓝的天空下，一只雄鹰翱翔在白云间，灿烂的阳光暖暖地照着大地。猛强感到自己慢慢地漂浮起来，渐渐地离开了大地，1 米、2 米、3 米，随即上升到 4 米、5 米、10 米、100 米……速度越来越快，接着，他发现眼前的景象消失了，自己被推进了一个黑洞中，心绪却沉静在一片无限的安宁中。某种力量越来越强烈地拖着他向上而去！而且不时地被挤压碰到洞壁上。他问自己："我还活着吗？"接着，他又肯定地意识到，自己正在死去。突然，前方出现了一个光点，旁边是无际的黑暗。他犹如天际中的一颗星星，正在飞速地穿过无边的黑暗，朝着那光明飞行。瞬间，那光点又在飞快变大，变成一轮黎明时的太阳，光彩夺目。光芒四射的阳光并不使他感到炫目耀眼，眼望着这轮红日，他感到无与伦比的快乐。他穿过深邃的黑洞，他越是朝金色的阳光接近，越感到无比的安宁和幸福。他醒悟到，这奇特的光线本身就是由美好组成的，他没有陶醉在这种美好中。他觉得自己一生中从未如此的集中和专注，越是接近光线，这种感觉就越强烈。最后，他同光线融合在一起，他感觉到了一种无以形容的心醉神迷。他似乎与宇宙合为一体，许多美妙的景色在他的眼前闪过，他清醒地意识到，自己就是这些美景，就是飞逝的森林、高山、河流、天际、银河……宇宙的一切奥秘全部展现在他的面前。

就在这时，一个似乎被深深埋没的父母亲的记忆蓦地出现在他的眼前，他们身材高大，浑身放射出彩色光芒，头顶上环绕一束光轮。他们笑吟吟地朝他走来，转眼间，他听到他的师傅临死前对他所说的话："你是我门中人，你将历尽万千劫难，终将回归我门。"然后，他突然看到田静正在那光芒中等着他，他正要向她飞去拥抱她，田静的脸突然幻化成了沈红义，他用尽气力狂喊道："不、不……"

猛强猛然睁开了双眼，他感到冰冷的沙砾夹杂着冰块硌着他麻木的身体，僵硬的躯体根本不听从麻木晕眩的脑子使唤，无法动弹。他听到"呼、呼"的风声，他努力翻眼朝声音传来的地方望去，只见一只秃鹫正站在他的面前，一边拨拉着翅膀一边用两只凶残的死鱼眼目不转睛地盯着他，他浑身一个激灵，他明白这个家伙正在等着他咽下最后一口气。他眨了一下眼睛，努力地回忆着，渐渐地明白了所发生的一切……

他记起了所有的事情，在鲸鱼湖他撞进了公安精心准备的埋伏圈，他在沙尘暴中脱身逃跑。他丢掉了一切，只有随身携带着的一个水壶、一把手枪和一把匕首跟随着他。他迷失了方向，他只能依靠太阳的方向前进。他一直朝东前进，不敢朝北，他离新疆的 315 国道只有 100 ～ 200 公里远，他害怕公安在新疆 315 国道沿线等待着他，他只有向东步行 1000 公里再次穿越可可西里无人区，翻越 6000 米高的白茫茫的阿尔金山，通过中国最可怕最干旱的100公里宽的库木塔格沙漠，争取走到青海的315国道上，他的目的地是——花土沟。那个如同在月球上一样突兀出现的“小香港”。只有他活着到达那个随着石油的开发而畸形繁荣起来的目的地——花土沟，他才有复仇的希望。

他已经3天没有吃过任何东西，只喝了点水，干渴的喉咙像着了火一样。他的体力早已在3天前翻越阿尔金山时消耗殆尽。他的枪只是一把空枪，最后的几粒子弹早在可可西里无人区打猎时用完了，没有那几粒子弹他是走不了那20天的，他早死在残酷的可可西里无人区了，他靠着最后的那粒子弹打到的野兔翻过了阿尔金山。现在他明白这只秃鹫是他最后的希望。他需要用它来穿越这死亡之海——库木塔格沙漠。

他慢慢地闭上了眼睛，到底是自己成为这只秃鹫的口中之食，还是秃鹫成为他的救命稻草，现在已经到了最后的决定性时刻了，他想用手去摸他腰间的“丛林之王2号”刀，但怕惊动了那只秃鹫，他一动也不敢动。他知道只要这只秃鹫飞走了，他的生命也将随它而去。他不可能活着等到下一个秃鹫来拜访他。虽然他早已生不如死，但是复仇的渴望让他仍有活下去的动力。

他就这样慢慢地等着，尽量让自己的呼吸平稳下来，他积蓄着最后的力量，为了复仇——他需要这生死一搏。

他希望这一刻快快到来，他的体力正在飞速地随风而逝，正在高速地向死神手中坠落。意识慢慢地模糊不清了。

突然，头上传来一阵剧痛，他的双手如弹簧一样暴起，在一阵漫天飞舞的沙土中，他感到他的嘴被甘甜的血液充盈着。他狂饮着晕了过去……

等他再次苏醒过来时，已是夜色茫茫，零下20多度的酷寒冻醒了他。他发现他正咬着秃鹫的脖子，冰冷的血早已把他的嘴和秃鹫的脖子冻在了一起。他想一定是田静的在天之灵指引了他，给了他最后的动力，让他生存了下来。而她让他生存下来的唯一目的就是——她在天堂中期待着他的复仇。

# 第四部
# 复仇

讲述了猛强对沈红义进行孤胆复仇，并配合孙英杰缴获了全部的毒品。

# 三十四

一周后的晚上8点，DL市。

猛强开着一辆租来的桑塔纳，慢慢地跟在铁10局昆明—DL铁路建设工程指挥部运输大队的朱强坐的的士后。他身上穿着买来的报废警服。他很清楚身上的警服和真正的警服在明眼人眼里一眼就能分得出来，但用来糊弄老百姓绝对够了。现在不规范的警用物品市场给他带来了很大的方便，他来DL才两天就已经买好了假警服、手铐和高压警棍。

猛强烦躁地抽着烟，他已经跟踪朱强3个小时了，危险在增加。他现在是DL的重要通缉犯，不论是公安局还是沈红义的人全在抓捕他。留给他的时间不多了，他唯一的机会就是他们认为他不会也不敢回到DL来。他早已把生死置之度外，他这一生中还有一件非做不可的事——复仇。在他完成唯一的使命之前，他不能被捕，更不能死去。

他看见朱强从饭店出来，喝得有点东倒西歪的，上了辆出租车，他跟了上去。等朱强下了车，他急速地把车停在了他的面前。

"朱强，你被捕了。"

朱强醉眼朦胧地说："开什么玩笑！谁啊？"

猛强左手把一张纸往其面前一扬说："你看好了！这是逮捕令！"

他趁着朱强的注意力完全被他吸引的机会，右手腕一翻，已经把手铐拷在了朱强的左手上，还没等朱强挣扎开来，把他右手也给铐上了。他把挣扎着的朱强推进车里，顺手从身后抽出支高压警棍往他身上一捅说："让你不老实。"实际上高压警棍他做了改装，普通的警棍电压只有1万伏。他改装的这支警棍电压高达10万伏，只要一下就能把人击晕。

猛强看了一眼周围的人都围了上来就说："看什么看，警察抓人没见过啊？"说着就上了车一溜烟儿地开跑了。

他把车开到一个小区内，试了试朱强的呼吸，把手铐从朱强的手上解了下来。然后掏了瓶白酒喝了一大口，最后又往自己和朱强身上洒了点白酒。

他下了车，架着犹如喝醉了酒一样的朱强慢慢地上了楼。

这个地方是他几个月前没离开DL时就租好的房子，没人知道这个地点，他一直把这个房子作为他的应急据点，现在果然派上了用场。上了楼以后，他先把朱强手脚分开大字形绑在一张床上，然后在他嘴里塞上一团布，最后把一盆冷水浇到了他的头上。

猛强点了支烟，坐了下来悠闲地看着朱强慢慢悠悠地醒了过来。

“你给我听好了，我马上给你把口中的东西取下来，你不许叫！有问题可以问，你不害怕就叫一声试试看！看我怎么收拾你！”说着猛强把朱强嘴中的破布给拉了出来。

“你是谁，我在哪里？你不是公安？你把我绑起来干什么？救……救命啊！”还没等朱强“救命”声给喊出来，猛强早已经把破布又一把塞回了他的嘴里。

接着猛强随手把手中点燃的香烟直接就按到了朱强的脸上，在香烟烧着皮肤的恶臭味中，猛强恶狠狠地说：“我让你叫！我让你叫！你给我听好了我说的每一句话，如果你听明白了，你就给我点一下头。”

朱强满脸惊恐地望着猛强，头却点得像鸡啄米一样。猛强顺手一个耳光狠狠地打过去说：“我要你点一下头！谁让你点那么多下！你是不是不准备听我的话啊？”

朱强一会儿点头，感到不对又开始摇头。猛强又一个耳光打了过去说：“你现在给我听明白了，我不是警察，我和警察不一样，警察还不敢随便打你，更不敢随便杀你，我根本不在乎你的死活！只要你不老实，我马上就杀了你！不过在杀你以前，我一定会让你好好享受享受痛苦，我要得到我想得到的东西。现在我给你看几张照片，如果你认识其中的哪一个，就点一下头。”

猛强看见朱强点了一下头。就拿出事先准备好的沈红义、燕子、冠明、勒民、小B等人的照片一张一张拿出来给朱强看。见朱强没有丝毫反应就说：“哦！不说是吗？好的，你小子有种！我倒要看看你小子多有种。”

猛强看了一下四周，一脸阴笑地把调光台灯给拿了过来，开亮了台灯，把亮度扭到很暗的位置，扭下了上面的灯泡。然后一把把朱强的裤子给扒了下来。在朱强发狂般的胡乱挣扎中，抓住了他的生殖器一把塞到了台灯的灯头里。几秒钟过去了，朱强的身体不由自主地猛烈抽搐，一股强烈的尿骚味传了出来，原来他已经小便失禁了。

“瞧你那熊样，我还没有通电呢，你的尿都已经吓出来了，怎么不装英雄好汉了？你说不说？”

说着猛强把朱强嘴里的东西掏了出来，在朱强的连连咳嗽声中，口水中夹杂着鲜血胡乱地流了下来。

“我说，我说！可我真的不认识他们啊，我不能骗你啊！”

还没等他说完，猛强就把那布又塞回他的嘴里说：“我看你是不见棺材不掉泪，不见黄河不死心！我不让你尝尝我的厉害，你真不知道马王爷长三只眼。”

猛强把台灯头使劲地往上塞了塞，抓住了台灯的调光开关慢慢地把旋钮开大，在轻微的嗡嗡声中，床上的身躯好像是背后有只无形的手在推动一般，犹如飘浮般地升起来了，腿和手腕都在挤着绳子向外膨胀，直到绳子都紧紧地嵌进肉里和骨头里。那双眼睛向外突出，鼓着盯视着上面的天花板。大张着嘴巴想要发出一阵阵鬼嚎般的嘶叫，嘴中的破布使他发出的声音成为一种奇怪的嘶嘶声。最后在一阵强烈的四肢抽动过后，朱强再次昏了过去。

猛强又拿了一瓶矿泉水浇到了朱强头上，见他又慢慢醒来就说：“怎么样，滋味很好受吧！现在想不想说了？如果还不说，下次我就用老虎钳一个一个地夹碎你的手指头，不急，你有20个手指头和脚趾头呢。我会慢慢地夹，放心，你少了一两个手指头和脚趾头没什么大不了的。反正我有的是时间，我会慢慢地跟你玩的。现在我再问你一遍，你说不说？”

猛强看见朱强点了一下头又把那几张照片一张一张地拿给他看了，然后见朱强在看见燕子、冠明、勒民、小B的照片时点了几下头。就说：“这样不是很好吗？我问什么，你就答什么。不要想耍什么花招。我杀了你，就像捏死个蚂蚁那么容易。现在我马上掏出你口中的布，你还敢叫不叫了？”

猛强看他摇了下头就问道：“那几个人，你先认识谁的？”说着就把布从他嘴里掏了出来。

“我说了，你要放了我？要不然……”

还没等他说完那块破布又塞回他的嘴里去了。“你没资格和我讨价还价，如果你说的是实话，我会放了你。现在你给我说！”猛强说着又把布给拽了出来。

“好的，我说。是先认识那个女的。”

“怎么认识的？认识多长时间了？”

“在酒吧里认识的，认识快半年了。”

“另外几个呢？”

“那个最年轻的和年纪最大的不太认识，我只见过他们一次面。另外一个也只见过几次。”

“什么时候？在什么地方？”

“大概一个月前，在广州见过那两个。”

“是吗？那个女的让你做过什么？”

“也没做过什么？”

猛强一把把布又塞回他嘴里骂道：“还不老实！还不说实话！看样子我是要去拿老虎钳了。”

朱强惊恐地四肢乱动着，把头一会儿乱点，一会儿乱摇。猛强就说：“怕了！那好，我再给你次机会。现在说，那个女的让你干了什么？”然后他又把布给拽了出来。

“我帮他运了一次货。”

“什么货？”

“是蛇。”

“蛇？！你骗我！”

“真的，我绝对没有骗你啊！当时我打开了一个箱子看了，上面真全是蛇。你别急！你听我说，你知道，那个女的很漂亮的，她……她勾引我，我们有了那种关系以后，她说她是倒卖野生动物的。她有一批货是蛇，好像还有四脚蛇什么的，想运到广州去卖。说那是野生保护动物，不给运的。让我从我们的内部调临时火车运到广州。”

"蛇下面的东西你翻了没有？"

"蛇下面？蛇下面？蛇下面没有东西啊。"

"我问你的是蛇下面你翻了没有？你直接给我回答！"

"没有，没有！我不敢，我一看见是蛇就害怕，马上就把箱子给关上了。"

猛强明白了，燕子有意在运毒品的箱子中放上了毒蛇，说是偷运野生动物，这个笨蛋不敢仔细检查箱子。真是一箭双雕的好主意啊。猛强又想了想问道："火车不是还没有开通吗？你怎么运的？"

"火车是没有正式开通，但是我们指挥部的火车今年下半年刚刚临时开通了，主要就是给架轨车等工程车用的。车次很少，也不对外开放。就是给铁路建设部门内部临时用用的。我在指挥部管运输，每次都是我负责运输。"

"运了多少东西？"

"20～30个大铁箱子，就运了一次。当时，她让那个年纪轻点的广东人也跟着车押货去了广州。"

"交给谁了？什么时候交的？"

"就是另外那两个男的来接的，就上个月七八号。"

猛强算了一下时间，正是他在可可西里大雪中煎熬的日子，看样子沈红义正是用他来吸引公安的注意力，让燕子来了个暗度陈仓，成功地把货运出了DL。

"你说的全是实话？"

"全是实话！句句是实话！我求求你了，你放了我吧？"

"你先给你家里和公司打个电话，对家里说，你单位有事，临时出差。这两天不回去了。对公司说你病了，这两天不去上班了。"

"好的，好的。但是你要放了我，不会杀了我吧？"

"杀你？杀你干吗？你放心，我不会杀你的，只要你说的是实话。明天我就去找人问问，看你说的是不是实话。是实话的话，要不了两天，我就放你走！要不然我就夹碎你的手指脚趾。你听清楚了吗？现在还有什么想起来的吗？嗯！没有！那好，现在你给家里和单位打电话！"

等朱强打完电话以后，猛强先让他吃了几片安眠药，用胶条把他嘴给封好，检查了一下他手脚上的绳子，就出去了。

## 三十五

而在此时，缉毒局大楼内，孙英杰和胡诚光等相关人员正在进行这次"北风行动"的总结。

胡诚光警监说："这次行动整体上是成功的，虽然几名主犯均未落网，而且还有一大部分的毒品海洛因也没有缴获，同时我们还牺牲了3名好同志。但我们行动之初制定的3个目标现在已全部达到：公安局内部内奸已挖出；贩毒集团也被彻底破获；贩毒集团通过‘野人山’无人区的方法已查明，漏洞也已堵上。所以‘北风行动’已经胜利结束了。”

孙英杰说：“我有不同的看法。这次行动远远谈不上成功，第一，我们牺牲了3名好同志，其中两个全是花一样的好女孩，这样的代价太高了。其次，‘北风行动’应该没有结束，我不认为猛强死在了可可西里，我审问了在可可西里抓到的他的手下，我对他野兽般的生命力和敏锐的直觉十分清楚。我敢断定他活着，而且现在正在DL，或者正在赶向DL的途中！只要他活着，他一定会去找沈红义报仇的！现在是他们内乱的时候，我们可以坐等其变。我已经安排了余光，现在暂时放弃对猛强的追捕，我们要给他自由活动的空间。那样他会指引我们抓到那批货，甚至是沈红义。我猜沈红义是不可能斗得过他的。”

胡诚光点头说：“你这样说，肯定有你的道理，但是就可可西里的那个环境，猛强就一个人，没有车，没有补给，没有后援。我看过你的报告，你审问过在鲸鱼湖抓到的他手下，你仔细核对过他带走的物品，只有一把枪、一把多用途战术刀和一个水壶，就这么点东西和随身衣服，他怎么能够活着走出这近100万平方公里的无人区？要知道鲸鱼湖离最近的有人的地方至少500公里远。他活着出来的希望太渺茫了，特别是他已经在可可西里无人区生活了一个多月，在他体力早已透支殆尽的情况下，我问过最好的特战队员，他们也说不可能。我们现在只有坐等猛强的行动，我希望你和你的手下现在就去休假一个月，这段时间对你和你手下来说也太累了，需要好好休息了。”

“是的，我今天就让他们放假，只要一有猛强的消息，你马上通知我。我想不要一周就一定有消息传来。我今天就赶回DL去，我有这个直觉，猛强现在已经在DL了。”

“我不阻拦你的行动，你可以今天就回DL。我现在就只想问你一个问题，我们缉毒局对你和你的团队在这次行动中的表现很满意，已经正式向总×二部申请，把你和你的小组全部调入我们局，你们领导赵勇说，当时你只同意暂时借调，完成行动后回去，如果现在你仍然要求回去的话，他们就收你回去。如果你改变主意，他们会尊重你个人意见，当然我们也尊重你个人意见。”

“原来我是想回总×二部的，我的小组在总×二部历次行动中从来没有损失过同志，这次不一样。我希望继续和你们并肩战斗，把更多的毒贩缉拿归案。这点我会向赵勇同志说清楚的，我正式要求调入你们缉毒局。我也要尊重我的小组成员他们的意见，我会和他们好好谈谈。”

“好！希望你们这次好好休息，你这次去DL，事情可能不多，把老婆孩子全带上吧，DL是风景名胜区，你们好好玩玩，生活工作两不误啊。”

# 三十六

猛强明白朱强说的是实话，他现在只能走一步看一步，他决定先去找到小B的家人。虽然找勒民的效果可能更好，但是他估计勒民的家人已经去了缅甸。他知道勒民事实上是佤族人，佤族是中缅边界民族，佤族人在缅甸都会有亲戚。小B就不同了，他是本地汉族人。

他记得那天下午勒民和小B离开DL时勒民说的话："小B老婆快生了，他们俩感情很深，我怕他偷偷给家里打电话……"这是他唯一的机会，他认为小B一定和他老婆有联系。现在他要做的就是尽快找到小B的老婆和孩子。

当天晚上他就赶到小B家门口，经过一夜的观察，他认为小B家没公安蹲点守候，同时他也确定小B家中有人。第二天早上10点，他的运气来了，他在小B家门口看见小B老婆抱着孩子出了家门。他跟踪了百把米确认没有人在小B的老婆背后盯梢后就快速地走到她身边说："跟我来，小B让我带你去见他。"

小B的老婆疑惑地看了他一眼说："你是谁？我不认识你。"

"我是小B的朋友，在缅甸认识的。他现在回DL了，藏在我家里，让我带你过去。他想看看你和孩子，他明天就要去缅甸，他说等他在缅甸安定下来，就让我把你和孩子全送过去。"

"他在缅甸认识的朋友没一个好人！你也不是什么好人！我不去！"

"弟妹，不要这么说嘛。小B还是不错的，一直惦念着你和孩子，这不他回来看你们来了吗？"

"他害得我们娘俩还不够啊？人家生小孩，老公全在旁边侍候着，我还要担心他的死活。你说我容易吗？小孩生下来几个月了，也没见过爸爸一眼，他给他喂过一次奶还是换过一次尿布？他那个爸爸当得够格吗？"说着小B的老婆哭了起来。

"小B知道你受委屈了，但是他也没办法啊，他不是准备带你们去缅甸吗？不要3个月，你们一家3口就会在缅甸快快活活地在一起了。他也想儿子，儿子谁不喜欢，你总不能不让小B看看儿子吧？跟我走吧。"说着猛强就把小B的老婆连哄带骗的哄上了车。

等小B的老婆一进房门，猛强就从后面扼住了她的脖子，没两分钟就把她给掐昏了过去。当时猛强边掐她的脖子边把她往地上压。他用的力量恰到好处，正好把小B的老婆掐昏了过去，又没让抱在她怀里睡着的孩子摔着。

猛强到房间里看了看朱强，见他还没醒过来，就把他往里边推了推。然后出来把小B的老婆绑到了床的另一头，把她的嘴也给堵上了。然后他看了眼小孩好像醒来了，就顺手把小B的老婆上衣给解开了，他把小孩放到了小B的老婆怀里，把小孩的嘴放在了乳头边，只见小孩张开了他的小嘴含住了乳头，大口大口地吃起了奶。

猛强避开小孩用冷水把小B的老婆浇醒：“我现在就要小B的电话。现在我把你嘴里的布掏出来，你如果敢叫的话，我就把小孩给杀了。”见她点了下头，猛强就把她嘴里的布给掏了出来。

“小孩呢？”

“小孩没事，在你怀里呢。他正在吃奶。你没感觉到吗？”

“可我没有小B的电话，他跑了出去……”

猛强根本没等她把话说完就把布给塞了回去：“你这种话还是和公安去说吧。公安拿你没方法，我可有的是办法。我再问你一句，你说不说？”

“我真的不知道小B在哪里啊。怎么说？”

猛强笑了：“你不知道！好的，但是你会想起来的。”说着猛强又把布塞了回去。他用手摸着小B老婆的乳房说：“多美丽的乳房啊，多好的乳头啊。看你儿子现在吃的多香啊。我不会打搅他现在吃这个乳头的，因为这是你儿子最后一次吃这个乳头了。为什么呢，你想不到吧？我现在就可以告诉你，因为我要把它割掉！”说着猛强从口袋里掏出把刀来压向了她的乳房。

猛强看着小B的老婆满脸惊恐地在挣扎着，就说：“何必呢！我也不想那样做。小B跑出去了，他不管你了，你给他生了个儿子，他连看你都不来看你！你还护着他干吗？而且小B现在又不在这里，我不会也不能把小B怎么样。我只是想要小B的电话号码和小B谈谈。你有什么想不开的？”说着猛强把她嘴里的布给拽了出来。

“你真的只是和小B在电话里谈谈？”

“当然，只要你告诉我他的电话号码？”

“好的，小B托人告诉过我一个电话号码，说有最紧急的事才让打，我从来没打过，也不知道能不能打通。”

“那你们平常怎么联系？”

“几乎没联系。我还有个邮箱，有时互相通过邮箱留言。小B要我每次看这个邮箱就上网吧去看。”

“你现在把电话号码和邮箱全告诉我。”

接着猛强当场就打了这个电话，电话响过了一会被掐掉了，不到3分钟，一个电话打过来了，猛强看了一眼，是广东的长途。里边一个声音在问：“是谁刚才打我手机？”

猛强说：“小B，是我，猛强。想不到是我给你打电话吧。你是不是很想知道我怎么知道你这个电话。很简单啊，你老婆和孩子全在我旁边。想不想和你老婆说说话？我把电话给她哦。”

“小B，这个人把我和孩子全抓了来，你快来救救我们啊……”没等她把话说完，猛强就把电话收了回来说：“小B，我没骗你吧。你老婆、孩子就在我身边呢！”

“强哥，我们俩往日无仇近日无冤，你这是什么意思啊？”

"没什么意思，我只不过想和你叙叙旧，一下子又找不到你，就只好找你老婆要电话，嘿嘿！看样子是你老婆误会了我的意思。"

"是吗？那我老婆和孩子现在怎么样了？"

"这一点你放心，你老婆和孩子现在全好得很！我总不会欺负女人和小孩吧？不过，小B，你也知道，我现在和沈红义是仇深似海啊。我和我手下一直在找沈红义沈老板算账。你知道沈老板什么消息啊？"

"你和沈红义的事，我一点也不知道！如果你和沈红义有什么事，那不关我的事啊。我没有得罪你猛大哥，你找我老婆、孩子的晦气，恐怕是找错人了吧。你要找也应该找沈红义啊。"

"不错，你说得又对，又不对，对的是我应该去找沈红义的晦气，不对的是我也没找你老婆和孩子的晦气，到现在我也没动你老婆和孩子一根手指头。我只不过特别想知道沈老板的一点消息而已。我想了又想，只有你能帮我这个忙了，要不然我就没法找沈红义的晦气。"

"好吧，我告诉你他的消息，你可不要失望啊。沈红义认为我现在已经没用了，把我甩了，我现在也没有他的消息了。"

"小B，这就是你的不对了了，我没有得罪过你，你也不能就这样帮沈老板搪塞我吧？"

"猛强大哥，是真的。我告诉你实话，沈红义已经出国了，他再也不会回国内了，我们国内的这些手下他全不要了。他还想杀了我灭口呢，你问我沈红义的事，我现在真的一点也不知道。"

"小B，不是我看不起你，沈红义要杀你的话，你还能好好地活到现在？你就编吧。看样子你是铁了心要帮沈红义了。你也不要你老婆和孩子了？"

"我说的全是实话。沈红义他已经把所有的货全运上了船，现在恐怕货已经到了国外了。当时勒民和我把货运进了集装箱，沈红义就要杀我灭口，当时我留了心眼。我告诉他我如果死了，我的朋友就会把这段时间干了什么告诉公安局……"

"等等，你把话说清楚，从头开始说，从你离开DL开始说，中间有一句假话，哼，你知道后果。"

"我明白，我知道。我全是真话，沈红义他对不起我，不是我不仁，而是他不义。我和勒民离开DL以后，就跑到深圳来了。当时跑的时候，因为公安局在电视上通缉我们，沈红义就想杀了我们灭口。勒民发现后，怕了，就没敢要沈红义帮我们安排，是我们自己跑的。当时我和勒民都找了个过去的女朋友当掩护，化装成车祸伤员，才逃出了DL。等我们到了深圳以后，勒民就想杀了掩护过我们的两个女的。当时，我就想那帮人太狠，我还是自己多留个心眼。我就让那女的跑了，还让她去我家看了看，顺便把电话和邮箱告诉了我老婆。到了深圳以后，勒民和我买了个冷藏集装箱。你知道那种冷藏集装箱在船上要通电的，就像个大冰箱，里边温度零下几十度。我们找人做了改装，温度控制在十几度，外面看上去还是零下几十度。里边装上了电灯、冰箱、电炉什么的，还装了一个简易厕所，就是那种可以拖着跑的临时集会上用的那种，还装了好多吃的、喝的、用的，大概够两个人用上个把月。上个月 10 号，我们最后又把那几十个铁箱子装了上去……”

“什么铁箱子？从哪里来的？里边装了什么？”

“8 号那天，从铁路上运来的。当时是燕子押的货，里边装了什么我不知道。但是我猜就是那批货。当时沈红义和冠明全来了，应该就是那批货，等我把它们全装好以后，冠明就要杀我灭口，我就说我把这几天做的事全告诉了我的女朋友陈美艳，如果我死了，陈美艳就会把我们做过的事全告诉公安，他们怕了，就让我走了。后来沈红义他们的事我就不知道了。我说的全是实话，你就放了我老婆和孩子吧！”

“你骗谁？就你知道的那点情况，沈红义就能把你放了？沈红义不会把集装箱换个地方？你把我当 3 岁小孩？我看你是不想说实话，那也没关系，你那儿子长得白白胖胖的真可爱，反正你还没见过，死了也就死了，反正你还年轻，大不了以后再生一个？”

“我求求你了，放过我老婆和孩子吧。我不能说，也不敢说，当时沈红义放我走时说过，只要我敢把那些话说给别人听，他就杀了我全家！我求求你，我这里给你跪下了。”

“沈红义说他要杀你全家，你就害怕了。看样子我是还不如沈红义啊。他能杀你全家，我就不能杀你老婆和孩子了？你要知道，你老婆和孩子现在在我手里，不是在沈红义手中。你到底现在是应该怕我，还是怕沈红义？你给我说说看？是不是认为我的心不够狠啊！”

“怕你！现在当然更怕你。”

“那就对了，而且你就是告诉我了，沈红义怎么知道？你刚才不是自己说了吗，是沈红义不仁，不是你不义。你帮他做了那么多的事，他把你就这样甩了，还想杀了你，你不怨吗？你还帮他瞒什么瞒呀？”

“我想想，如果我告诉你实话，你要把我老婆和孩子全给放了啊。你说话要算话！”

“好的，只要你说实话，我就把你老婆和孩子给放了。我说话算话！而且我要你老婆和孩子有什么用？你也不动脑子想想。”

“好吧！我就信你了。当时在深圳时，勒民经常背着我和一个人见面，我留了个心眼跟踪了他们，发现那个人是个船上的大副——中远 ×× 公司专跑美国航线的白云山号集装箱船的大副。沈红义应该就是准备让他把货运到美国去。我就是靠这个逼着沈红义放过我的。”

“我会查的，如果说的是实话，我就把你老婆和孩子给放了。你这段时间还是躲个一年半载吧。你知道沈红义这个人的。”

“谢谢强哥关心，我说的全是实话，你不信可以查。”

# 三十七

猛强坐在床前想了半天，看样子小B说的是实话，问题是快一个月了，货已经上了船，不知道运没运到美国。不管小B说的是不是实话，他都要上网查查中远××公司和白云山号集装箱船的具体情况。

他看了看朱强和小B老婆的情况，然后照例喂了几颗安眠药给小B的老婆，最后给小B的孩子换好了买来的尿不湿，“你不要乱来，我出去查一下小B说的是不是实话，只要是实话我今晚就放你们走。”说着猛强离开了这个地方。临走前，四下看了看，这可能是他最后一次看见这个地方了。

猛强去了个网吧，不到10分钟就查清楚了中远××公司每周在广州—旧金山航线上有集装箱班轮，船期23天，其中有一条正是白云山号。这说明了小B说的是实话，但是他左查右查也没有查到白云山号的旧金山到港日期。照时间算的话，那艘白云山号应该就是这几天左右到旧金山。但是它到没到呢？这是个重大的问题。他决定冒充一家贸易公司去中远××公司查查。

猛强先通过网上查到中远××公司的电话，然后打电话去中远××公司的运输部：“喂，你好。请问这里是中远××公司吗？我是广州三远贸易公司的。我们有一批冷藏集装箱在白云山号集装箱船上。我想知道这船什么时候到美国啊，美国那边催得急啊。不好意思啊，麻烦你帮我查一下。谢谢！”

一会儿接到回电，猛强赶紧道谢：“是吗？明天上午就到旧金山。好的。谢谢。那交货还来得及。”

猛强接完电话以后，他人生中最重要的一件事已经有了把握了。他已经做出了能做到的最好的补救了。他泪流满面地在众人诧异的眼光中离开了网吧。

“DL市公安局吗？我要找余大队长听电话……我是猛强，你告诉他，我10分钟后打这个电话找他。”

孙英杰静静地坐在了电话机前，他半闭着双眼，犹如老僧入定一样，而余光却如热锅上的蚂蚁，在房间内不断地踱步，他每走一个来回，就看一眼电话。10分钟一到，电话铃准时响起，余光一个箭步扑到电话机前，他抓住听筒抬起眼来看着孙英杰，孙英杰睁开眼说道：“案子快结束了，沈红义斗不过猛强。现在需要我们的就是打扫战场！你接吧！”孙英杰知道这是他期盼已久的电话，他突然感到意兴索然，他连这个电话都不愿意听了，静静地看着眼前那个和电话连在一起的耳机。他明白他是被猛强打败了。

“余光吗？我是猛强，我告诉你沈红义的货在中远××公司的白云山号集装箱船上。那条船明天上午到达旧金山，船上的大副是他们的人，货在某个冷藏集装箱里。

集装箱里边还有两个人，应该全是你的老熟人了。我想大概是冠明和勒民吧。还有事情你要保密，你们局里有他们的人，应该还是个大官。我信得过你，因为你是今年新调来的。”

“猛强，你给我们提供的情报非常重要，你有重大立功表现。你现在在哪里？我们局里的内奸已经被挖了出来。是否需要我们的帮助？希望你能到公安局进行投案自首……”

“还有一件事，你现在可以去 DL×× 小区 ×× 楼 ××× 房间看看。”猛强慢慢地挂了电话，他现在的心里犹如被抽空了一样，复仇根本没有给他带来想象的那种快感，而只是留下更加深重的伤痛。他明白这种刻骨铭心的伤痛和无穷无尽的追悔将要追随着他的整个生命。他犹如行尸走肉般离开了 DL。在那漫天的灿烂晚霞中他仿佛听到了他的师傅临死前对他说过的话：“你是我门中的人，你会历经千苦万难，满身伤痛地回到我门中来，那样，你才能成为一个真正的喇嘛。”

余光根本没有时间去思考猛强为什么提供如此重要的情报，现在最重要的就是把这个情报通知孙英杰。通过孙英杰联系国际刑警组织，并和美国缉毒署合作，拦截那条携带毒品的船。大概只有不到 24 小时的时间了。

第二天清晨，美国旧金山外海，正等待旧金山港引领员来引领进港的白云山号集装箱船等来的不仅有引水员，还有大批美国海岸警备队的船只，在空中隆隆声中，直升机运来了美国缉毒署的大批警察。不到一个小时，就从白云山号集装箱船上运来的 40 多个冷藏集装箱中，找到了那个改造过的集装箱。

冠明和勒民在拘留所中凄惨地等待着被遣返的日子，而为了推迟最后审判的到来，他们俩已经快成为美国法律专家了。他们无休止地提出各种各样的上诉，从案件管辖权、死刑等等不一而足。

“北风行动”结束了。

# 尾声

第二年10月的一天夜里，非洲肯尼亚的首都内罗毕。沈红义和燕子正从赌场出来，开车回他们的家。他俩现在都做了整容手术，躲在非洲，认为不管是大陆公安还是香港的老K都找不到他们。

等他们俩回到家，打开了灯，突然发现房间里有两个人，拿着枪指着他们说："你们俩在非洲很逍遥啊，香港的弟兄们都很想念你们。"

沈红义说："你们是谁？我不认识你们？你们是不是认错人了？"

"义哥，当年我们在香港，你可带小弟一起喝过不少酒，赌过不少马，一起玩过不少妹子！你现在真是贵人多忘事？"

"哈哈……算了，算你们狠，不过希望看在过去都是兄弟的份上，给兄弟我一个痛快的。我还有点钱，现在都是你们的了。"

"好说，都是兄弟嘛。这件事也是老板们的意思，不关我们跑腿的什么事，我们也是受人所命，大家都是找碗饭吃，义哥，我们还是好兄弟，兄弟我现在手头……嘿嘿……那些身外之物呢？"

"保险箱在画后面，要不要我来开？"

"不敢劳你义哥的大驾了。是这幅画吗？"

"是的，你拿掉画，就看见保险柜了。号码是……"

沈红义见他注意力有点放松，就突然扑了过去，燕子同样向另一个人扑了过去，枪响了。他们俩连人都没能碰到就已经死了。

那个杀手凶狠地在尸体上用力踢着骂："妈的，画后面根本没有保险柜，这个王八蛋，最后还涮我们一道？便宜了他们。"说着他又朝尸体上补了几枪。

"我们应该早点把他们绑起来，让他们受点罪，把他们的钱给诈出来。现在……"另一个有点不甘心。

无奈之下，这两人也只好割下了沈红义和燕子的右手食指回去交差了。

在一个春暖花开的日子，孙英杰带着孟丽的遗体来到缅甸掸邦第一特区果敢县×××乡×××村，看见老三、阿卡、东虎他们带了不少人在等他们。见到了孙英杰，他们就说："我们知道没资格送她，我们是来给他爸上坟的，他爸当年很照顾我们……"

孙英杰理都不理他们，一直来到了墓地。他们都在后面跟着，只见一个朝北的山坡上，有一些坟，他们的墓不像当地常规的墓一样坐北朝南，而是坐南朝北。墓碑都朝着北方，孙英杰明白这都是当年红卫兵越境参加缅共人民军牺牲者的墓，他来到最高处，见孟丽父母的墓都在，他看得出来整个墓地都刚刚经过精心的打扫。他来到孟丽父母的墓前，行了礼说：“你们的好女儿来了，你们终于一家团圆了。今后你们就永远在一起了。”

说完以后，他拿出自己带来的一把锄头，在孟丽父母的墓前正中稍矮点地方挖了起来，只见老三、阿卡、东虎他们把带来的许多供品供在了孟丽父母的墓前，施了礼后，又都过来帮着挖墓地，但孙英杰摆了一下手。老三说道：“孟丽的事与我们无关，至少我把她当朋友看，我们只是想尽一尽我们的心意。”孙英杰还是摆摆手，他们就都默默地退了下去。

一直到夕阳西下的时候，孙英杰挖好了墓，把墓碑立好。最后他又从怀里掏出本书来，这本书包得严严实实，他从看到孟丽的遗书起，就想知道这是本什么书，但是他没有想过拆开它，他会完整地不折不扣地完成孟丽的遗愿。如果孟丽把这本她最看重的她父亲的唯一遗物包了起来，他决不会打开这本书，当然更不会允许其他任何人打开这本书。

他来到孟丽父亲的墓前，把那本书点着了，看着那本书在他面前化为灰烬。在书刚开始燃烧时，书的封皮现了出来，一个带着八角帽的大胡子照片现了出来，同时，天边隐隐约约地传来了遥远的歌声。

是谁点燃了天边的朝霞？千年的黑夜今天要融化。
也许光明会提前到来，我们听见你的召唤。

是谁指给我闪亮的星斗？心灵战胜了虚荣的繁华。
在寻找家园的十字路口，我们看见你的身影。

是谁带领我重新出发？正义的思想再度升华。
前进的路需要新的脚步，我们跟你前仆后继。

是谁站起来永不倒下？身后的大地开满鲜花。
革命的意志百炼成钢，我们决心和你一样。

坚定我的心让红旗飘扬，接过你的枪奔赴战场。
唱起你的歌就有了力量，走在你的路上我们找到新的方向！

他不由自主地站了起来，把右拳举到头边喃喃自语：“切·格瓦拉……”这时，一阵狂风掠过，把那本书的灰烬和歌声吹得漫天飞撒，无影无踪。他迷茫地看着灰色天空，久久地发呆……

现在他明白了他在这里只还有一件事，要按照孟丽的遗愿在这里、她的出生地，她母亲的故乡、他父亲战斗生活过的地方，建一所希望小学一样的学校。

西藏某寺院，一个身材高大的陌生人来到了这里，他既无名字，也无人认识他。这时寺庙后山有个石洞正空着，他便发了一个最艰苦，最殷切，最可怕的愿望：让他那残余的生命幽闭在石洞里。不久之前才死的那位隐士，在这洞室里度过了十二年。

每天早晨会有人给他推进去一钵子糌粑去。在洞中山壁上流淌泉源供给他水用。每七天他得到一点茶和一小块酥油，一月中有两次得到几块木柴，他用火石可以把柴点燃。每天给他施送食物的喇嘛晓得，假如他企图或已经从窗口和他说话，他就会永远毁灭的，所以他必得缄默着。如果幽闭者同当差的道友说了话，那他所过的这些清净自观的岁月都不算作功德了。如果忽然有一天装糌粑的钵子毫未动到，于是外面的喇嘛就知道，这位隐士不是害病就是死了；如果食物连续几天仍未动呢，人们便会于第七天把石洞打开。因为，这个孤独者靠得住是死了的。死者被抬出去，他那尘世的躯壳像圣者们的一样，用火焚化。

他将最后一次感到太阳的温暖，看见山坡上阳光普照的田亩，看见地上他自己和别人的影子。他将永远再也看不见光和影的演变了，因为他将直到死的那天为止，都在漆黑中生活。他最末一次看见灰色的天空和行云，山峰和它们那闪烁的雪田。

洞门是开着的。他走进去，把蒲团铺开，这就是他的床铺。人们念着经。后来门关上了，前面用石头砌成一道墙。他大概是立在那里吸取正在流逝的白日最后的光线吧。当石块间的空隙用小石和碎片填满了时，深沉的黑暗围绕了他。

现在这被禁者除了他自己念经的声音之外，什么都听不见。他觉得夜晚很长，但他却不晓得，太阳何时沉落，黑夜何时突来。在他什么都是同样黑暗的……一年挨着一年地过去。他不断诵着经，在梦想着涅磐。他的时间观念变迟钝了，他不晓得，昼与夜走得多么慢，因为他老是坐在他所想象的地毯上，在梦想着涅磐，他知道，为要参加永久的福佑，为要参加永久的赎罪，在“克己”上要有无限牺牲的。

他变老了，但他却不自知，因为时间对于他是静止的，在他看来，他的生命同涅磐中的“永久”比起来，简直就像一秒钟光景。一只蜘蛛或一只千足虫在他手上来回地跑，这是可以同他做伴的唯一生物。他的衣服腐烂了，他的指甲增长了，他的头发生长而且披盖着。他的皮肤变得雪白雪白，他的视力减弱了，但直到眼盲了为止他都不知道。他的语言能力会慢慢退化，直至失去了发音的能力。他只热望着解脱。总有一天，唯一可以到他石洞里来拜访他的朋友在敲他的门——死神，他的到来，为的是把他从黑暗中引到涅磐中的大光明去。

# 后记

本书属于通俗侦探类读物。作者可喻为一颗新星的冉冉升起——中国的弗雷德里克·福赛斯——惊险小说大师和悬念小说大师。文风采用美式犯罪小说的手法，写了公安部缉毒局和香港黑社会组织老K在云南DL市展开激烈较量的故事，大约23万字。分6大部分：引子、第一部凶杀、第二部交易、第三部背叛、第四部复仇、尾声。目标读者为喜欢推理侦探类的读者，本书稿作者首发天涯点击率很高，并受邀在天涯做过访谈。书稿结构完整，语言通俗有趣，内涵发人深思。在这个人人自危的可可西里临界点，他们的生活发生了身不由己的改变——这改变不是轰轰烈烈的生死抉择，而是灰色地带的沉浮明灭，人性的斑斓底色由此彰显。尤其是关于小说人物色彩的设定，很是深刻：

**一、猛强的人物设定**

猛强在小说中的人物设定超越了正面角色和反面角色的界限。小说中出场占了百分之七八十的篇幅（除了第二部“交易”，其他篇章是绝对主角）。他是个杀手，完全是个反面角色，但是在小说中，作者把他当一个正面角色在写。重点描写了他的忠（忠于沈红义、忠于爱情）、义（在大风雪中对手下的救援）、仁（对小孩子吃奶的处理、对公安英雄夏玉斌遗体的处理）、礼（对马帮信仰的尊重）、信（不看飞行员的皮包）、勇（他在可可西里的行动）、智（第四部“复仇”充分展现了他的智力）。当然他的残忍、冷酷、无情、狠毒、铁石心肠的一面也做了充分的表现，还有隐忍、率性、真诚、守信、忧郁、孤独的一面，是个矛盾综合体，最后忏悔而死，这样的结局比一般的被捕更有警世意义。猛强是个纯灰色的人物角色设定。

**二、沈红义的人物设定**

沈红义在小说中出场占了40%的篇幅（第二部“交易”主要是他和孙英杰的对手戏）。人物设定是最大的反面角色。完全按照猛强的反面来写。重点描写了他的不忠（不忠于老K）、不义（抛弃杀戮自己的手下）、不仁（以手下的家人作为人质）、不礼（对女性人格的侮辱）、不信（没有任何信用可言）、不勇（一直躲在幕后操纵，从不进入危险地带）。他的毒辣、狡诈、贪婪、无情、谨慎的一面也充分表现了出来。他的角色表现特点像黑社会教父，在平易近人中给人一种毛骨悚然的感觉，最后众叛亲离，失去一切后被杀。是纯黑色的角色设定。

**三、田静的人物设定**

田静在小说中出场占了30%的篇幅（第三部“背叛”主要是她和猛强的对手戏）。人物设定是最大的正面角色。重点描写了她的真、善、美、纯洁、聪慧，为理想和爱情做出了悲壮的牺牲。是纯白色的角色设定。

### 四、孙英杰的人物设定

孙英杰在小说中出场占了 40% 的篇幅，在小说中对应了沈红义的设定，也是猛强的直接对手。事实上他是一个 90% 白色 +10% 黑色的角色设定。

### 五、孟丽的人物设定

孟丽在小说中篇幅很少，她作为卧底只在引子和尾声中出现，大概只占据 10% 的篇幅，但是很重要，她像个影子一样贯穿小说。是一个 80% 白色 +20% 黑色的角色设定，因为父辈理想破灭的经历，使她有理想，但也动摇过，那篇遗书表达了她想回归平淡。前后呼应的那本书和那首歌充满了历史缝隙中的象征意义。

### 六、涂副局长的人物设定

涂副局长在小说中篇幅很少，占据 10%，是一个 10% 白色 +90% 黑色的角色设定。他知道廉耻，自己深陷毒瘾和对儿子的爱使得自己无法自拔，最后名誉扫地后自杀，内心挣扎的活动只在曲笔中若隐若现。

图书在版编目（CIP）数据

灰色 / 杨代文著 .—北京：同心出版社，2014.11
ISBN 978-7-5477-1306-8
Ⅰ.①灰… Ⅱ.①杨… Ⅲ.①侦探小说－中国－当代
Ⅳ.①I247.5

中国版本图书馆 CIP 数据核字（2014）第 202098 号

灰　色

出版发行：同心出版社
地　　址：北京市东城区东单三条 8-16 号东方广场东配楼四层
邮　　编：100005
电　　话：发行部：（010）65255876
　　　　　总编室：（010）65252135-8043
网　　址：www.beijingtongxin.com
印　　刷：北京兴星伟业印刷有限公司
经　　销：各地新华书店
版　　次：2014 年 11 月第 1 版
　　　　　2014 年 11 月第 1 次印刷
开　　本：710 毫米 ×1000 毫米　1/16
印　　张：14
字　　数：300 千字
定　　价：32.00 元